EADAR PEANN IS PAIPEAR

Deasaichte le Domhnall Iain MacIomhair

GAIRM: Leabhar 63

EADAR PEANN IS PAIPEAR

deasaichte le
DOMHNALL IAIN MACIOMHAIR

GAIRM
Glaschu
1985

Foillsichte an 1985 le
GAIRM
29 Sràid Bhatairliù, Glaschu G2 6BZ, Alba

Clò le Bookset, Glaschu
Clò-bhualadh le MacKenzie & Storrie Ltd., Dùn Eideann

Thug an Comann Leabhraichean
cuideachadh don Fhoillsichear gus
an leabhar seo a chur an clò

ISBN 901771 75 9

Eadhon mus eil comas còmhraidh aige, tha an leanabh beag a'
feuchainn ri rudeigin innse dhuinn. Ni e sin 's dòcha le sgriach, 's dòcha
le a làmhan, 's dòcha eadhon le bhith a' rànail no a' gul. Agus nuair
gheibh e comas air facail a ràdh, 's urrainn dhà rudeigin innse dhuinn le
aon fhacal a-mhàin. Innsidh e dhuinn a bheil an t-acras air, no am
pathadh, a bheil e a' faireachdainn goirteas no rud mar sin. Agus nuair
gheibh e air facail a chur ri chèile, abair an uairsin gun tòisich e ag innse
dhuinn. Agus ann an dòigh 'se sgeulachdan a tha aige. Fillte anns na
sgeulachdan sin tha teachdaireachd — rudeigin a tha e ag iarraidh
innse dhuinn.

Agus nach ann mar sin a tha an sgeulachd co-dhiù? Tha an sgeulachd
daonnan a' feuchainn ri rudeigin a thoirt fa-near dhuinn. Eadar gur e
uirsgeul no cunntas no sgeulachd ghoirid a tha againn, tha i ag innse
rudeigin dhuinn.

Tha tùs ar comais air sgeulachdan innse a' tòiseachadh nuair tha
sinn gu math òg, eadhon nuair tha sinn nar naoidheanan. Cha b'
urrainn dhuinn sgeulachdan innse mur bitheadh comas còmhraidh
agus comas tuigse againn. Bha uair a bha sgeulachdan a' falbh bho
bheul gu beul, tro bheul-aithris, mar a their sinn. Bha sin nuair nach
robh foghlam aig daoine a bha a' toirt cothrom dhaibh air sgrìobhadh a
dhèanamh. Ach mar a leasaich foghlam dhaoine agus mar a leasaich
an comasan, bha dòigh aca air sgeulachdan a chur sìos air pàipear. Bha
na sgeulachdan sin de chaochladh gnè, agus bha iad air an innse airson
caochladh adhbharan.

An-diugh tha sinn eòlach air a' mhodh-sgrìobhaidh ann an Gàidhlig
ris an can sinn an sgeulachd ghoirid. Agus faodaidh an sgeulachd
ghoirid fhèin a bhith de chaochladh sheòrsachan. Faodaidh an
sgeulachd ghoirid a bhith stèidhichte air rudeigin, rudeigin ann an
eachdraidh, eadhon rudeigin às a' Bhìoball. Faodaidh i bhith
stèidhichte air rudan sònraichte a thachair don ùghdar; faodaidh i
bhith stèidhichte air fiosrachadh a tha aige mu chuspair air choreigin.
Agus ged 'se sgeulachd a tha innte, tha i eadar-dhealaichte ann an
caochladh dhòighean bho mhodhan-sgrìobhaidh eile. Tha an sgeulachd
ghoirid am bitheantas ag èirigh gu tur à mac-meanmhain an ùghdair

fhèin, eadhon ged dh'fhaodas i bhith stèidhichte air rudeigin eile. Tha i
a' seasamh air a casan fhèin. Tha toiseach oirre, tha meadhon oirre agus
tha deireadh oirre. Chan eil i na cuibhreann de rud sam bith eile a tha
nas fhaide.

A thaobh na sgeulachd ghoirid, chan eil sinn a' faighinn innte mar as
trice ach duine no dithis, agus tha na tachartasan agus na smuaintean
ag iadhadh timcheall orra sin. Faodaidh an sgeulachd ghoirid a bhith
na h-eacarsaich air sgrùdadh a dhèanamh air inntinn dhaoine ann an
suidheachaidhean sònraichte. Agus ann a bhith a' dèanamh an
sgrùdaidh sin, tha an t-ùghdar a' feuchainn ri teachdaireachd a thoirt
fa-near dhuinn. Faodaidh an teachdaireachd sin a bhith mu ar beatha
làitheil. Faodaidh i bhith mu phuing shònraichte anns a bheil ùidh air
leth aige fhèin. No faodaidh i bhith na cunntas air tachartas, chan ann
le bhith na sùil-fhianais air rudeigin da-rìribh a ghabh àite, ach lìomhte
le cainnt 's le innleachdan a tha an t-ùghdar a' tarraing à inntinn
fhèin.

Thuirt sinn roimhe gu bheil caochladh sheòrsachan ann de
sgeulachdan goirid. Tha sgeulachdan ann anns a bheil plota
sònraichte. Faodaidh sgeulachd a bhith a' beantainn ri aon charactar
no ri dà charactar air taobh staigh crìochan na sgeulachd. Faodaidh
cuideachd sgeulachd a bhith air a deilbh na leithid de dhòigh agus gu
bheil i air a crìochnachadh san t-seagh 's gu bheil i gar fàgail a'
smaoineachadh. Cha chanadh sinn gu bheil a leithid sin de sgeulachd
gun chrìoch oirre idir. Tha crìoch oirre gun teagamh, ach tha e an urra
ruinne, na leughadairean, beachd-smuaineachadh 's dòcha a dhèanamh
air a' chuspair agus raon smaoineachaidh a leantainn air adhart, gu ar
co-dhunaidhean fhìn a ruighinn. Chan eil seo idir na easbhaidh a
thaobh a leithid sin de sgeulachd. Tha sgeulachdan eile ann a tha
sìmplidh nan gnè, 's chan eil iad càil nas mì-thaitniche airson sin.

Is dòcha gu bheil rudeigin a' dèanamh dragh do ùghdar, 's gu bheil e
à' feuchainn ri rudeigin fhaighinn a-mach à inntinn fhèin, 's gur e an
dòigh a tha e a' gabhail air sin, a chur sìos air pàipear, agus e cuideachd
a' toirt chothrom do dhaoine eile beachdachadh air an rud sin. Anns an
dòigh seo tha an sgeulachd ghoirid, 's dòcha, rudeigin coltach ri
bàrdachd, le faireachdainnean pearsanta an ùghdair a faighinn làmh
an uachdair air rud sam bith eile a tha a' tachairt anns an sgeulachd.

Chan eil teagamh nach eil rud no rudeigin a' tachairt nar beatha uile aig
a bheil buaidh mhòr oirnn. Agus mas e 's gu bheil liut aig ùghdar air
sgrìobhadh, tha an sgeulachd na deagh mheadhon air sin a thoirt fa-
near do chàch. Chan eil teagamh sam bith nach fheum e, ann a bhith a'
dèanamh sin, a bhith faicealach a thaobh nan raointean air a bheil e ag
obrachadh. Ma tha e ag iarraidh obrachadh air taobh staigh raointean a
bheatha fhèin, feumaidh e feuchainn ri dèanamh cinnteach gur fhiach
rud sgrìobhadh mu dheidhinn. Agus feumaidh smachd shònraichte a
bhith aige air a' chuspair mu bheil e a' sgrìobhadh, oir feumaidh an t-
ùghdar nochdadh an riochd maighistir an dà chuid a thaobh cuspair
agus cainnte, agus na briathran a bhith nan seirbheisich aige a chum a
rùintean a choimhlionadh.

'Se mearachd a bhitheadh ann smaoineachadh gu feum sgeulachd
ghoirid a bhith fìor ghoirid. Faodaidh an sgeulachd ghoirid a bhith gu
math fada, seadh a thaobh àireamh nam facal a tha innte, ach tha e
cudthromach mu a deidhinn gu bheil i innte fhèin mar sgeulachd, agus
nach eil i an urra ri rud sam bith eile no ri tachartasan eile air taobh
muigh crìochan nam briathran a tha ga dèanamh suas.

'S iomadh cuspair mu faod an sgeulachd ghoirid a bhith. Agus, a-rèir
a' chuspair mu bheil i, tha sin a' deachdadh gu ìre dè an seòrsa
sgeulachd a their sinn a tha innte. Chan fheum an sgeulachd ghoirid
Ghàidhlig a bhith dùinte; faodaidh i bhith a' sgaoileadh a-mach gu
crìochan a tha gu math nas fharsainge na crìochan na Gàidhealtachd
fhèin. Agus tha comas aig cuid de na sgeulachdan goirid a tha againn
ann an Gàidhlig seasamh taobh ri taobh le sgeulachdan ann an cànan
sam bith eile, an dà chuid a thaobh cainnte agus a thaobh cuspair.

Chan e cunntas a tha ann an sgeulachd ghoirid idir, cunntas san t-
seagh gu bheil an t-ùghdar a' sgrìobhadh sìos dìreach an rud a chunnaic
e no an rud a chuala e no an rud a dh'fhairich e agus e-fhèin na shùil-
fhianais air an t-suidheachadh. Ma tha i na cunntas, 'se cunntas a tha
innte a tha ag èirigh a-mach à inntinn an ùghdair fhèin, cunntas a tha
esan a' cruthachadh, uaireannan annasach 's dòcha, ach uaireannan
sìmplidh cuideachd, cho sìmplidh 's nach do smaoinich sinn air
roimhe seo. Agus 'se sin aon rud a tha cudthromach mu litreachas sam
bith — gun toir e oirnn smaoineachadh, 's dòcha aig amannan air
suidheachadh a tha gu math sìmplidh. Faodaidh an sgeulachd

beantainn ri beatha, ri bàs, ri gaol, ri cràbhadh no ri rud sam bith eile a tha a' beantainn ri inntinn an duine, agus gu dearbha ri pearsa an duine ann am farsaingeachd. Faodaidh na suidheachaidhean a bhith gu math annasach, faodaidh iad a bhith aighearach, agus faodaidh iad a bhith, air am làimh eile, gu math domhainn.

Bhitheadh e duilich a ràdh gu bheil aon dòigh-sgrìobhaidh a-mhàin a' sònrachadh na sgeulachd ghoirid bho sgrìobhaidhean Gàidhlig sam bith eile. Agus gu dearbha ma choimheadas sinn air an raon de sgeulachdan goirid a tha againn ann an Gàidhlig, chì sinn gu bheil caochladh dhòighean-sgrìobhaidh air an cleachdadh, chan ann a-mhàin le ùghdaran air leth ach leis an aon ùghdar nuair tha e a' sgrìobhadh sgeulachdan mu chuspairean eadar-dhealaichte. Tha na dòighean-sgrìobhaidh gu ìre mhòir an co-chòrdadh ri na cuspairean mu bheil na sgeulachdan. Ma tha rannsachadh againn air inntinn duine, ge air bith co às a tha an rannsachadh sin ag èirigh, faodaidh sinn a bhith cinnteach gum bi an dòigh-sgrìobhaidh rudeigin domhainn. Ma tha sgeulachd aighearach againn, tha an dòigh-sgrìobhaidh dualach a bhith rudeigin aotrom ged nach dèanar dìmeas sam bith air airson gu bheil e aotrom, cho fad 's a tha e freagarrach a thaobh a' chuspair mu bheil an sgeulachd gu bhith.

Anns an leabhar seo tha suas ri leth-cheud sgeulachd ghoirid Ghàidhlig. Nuair bha mi a' deasachadh an leabhair, bha e fa-near dhomh taghadh a dhèanamh a thaitneadh ri leughadairean aig gach ìre. Chan eil an àireamh sgeulachdan a tha san leabhar ach a-mhàin a' riochdachadh an raoin fharsaing de sgeulachdan goirid a tha againn ann an Gàidhlig. Cha b' e an duilgheadas idir dè dheidheadh don leabhar ach dè dheidheadh fhàgail às. 'S tha sin fhèin na theisteanas air lìonmhorachd nan sgeulachd a tha againn ann an Gàidhlig. Tha mòran de sgeulachdan ionmholta againn nach eil sa' chruinneachadh seo idir, 's cha b' e dìmeas no cion mianna a dh'fhàg às iad, ach a-mhàin nach gabh an soitheach Gàidhealach ach a làn. Tha iomadh seòrsa sgeulachd ann. Tha feadhainn aotrom ann. Tha feadhainn ann a tha domhainn. Tha feadhainn ann a tha a' beantainn ri cuspairean a tha, 's dòcha, air taobh muigh crìochan comas ar breithneachaidh. Bha mi a' meas gu robh an t-àm ann sealltainn air ais, agus sùil a thoirt air na thatar air a sgrìobhadh de sgeulachdan goirid Gàidhlig, agus a-mach à sin feadhainn a thaghadh agus an cur cruinn còmhla na leithid seo de thrusadh. Tha mi an dòchas, ann a bhith a' dèanamh sin, gu bheil mi air feadhainn a thaghadh agus a chruinneachadh a dhùisgeas inntinn an leughadair, chan ann a-mhàin gu ceasnachadh dè tha na h-ùghdaran ag ràdh, ach cuideachd gu smaoineachadh nas doimhne a dhèanamh air na cuspairean mu bheil iad a' sgrìobhadh. Agus ma bheir e orra fhèin peann a chur ri pàipear, agus beachdachadh air dè tha a' tachairt eadar peann is paipear, 'se rud iomchaidh a tha ann.

A thaobh taghadh den t-seòrsa seo, bithidh sgeulachdan ùra air nochdadh eadhon mus bi an taghadh seo ann an clò, agus 'se rud math a tha sin. Tha sgeulachdan ùra daonnan a' nochdadh, gu sònraichte ann an "Gairm", agus ann an corra leabhar le ùghdaran air leth. Tha gach sgeulachd a tha againn cudthromach, chan ann a-mhàin air a sgàth fhèin, ach ann am farsaingeachd an raoin a tha againn. Dè as cudthromaiche don naoidhean bheag, nuair tha e a' feuchainn ri innse dhut gu bheil an t-acras air, na an sgriach uabhasach a leigeas e às aig dà uair sa' mhadainn? Dè 's dòcha as cudthromaiche don ùghdar a tha air tighinn gu ìre na an rud sin a tha a' beantainn ri inntinn 's a tha e a' toirt am follais ann am briathran sgeulachd?

Cha bhitheadh e freagarrach an seo sgrùdadh no rannsachadh a dhèanamh air sgeulachdan air leth a tha san taghadh seo, oir bhitheadh leabhar an sin ann fhèin (an soitheach Gàidhealach a-rithist). Biodh ar leughadairean a' rannsachadh 's a' ruamhar eadar agus air cùl an cuid bhriathran, agus aig amannan 's dòcha gun cuir e iongnadh orra dè lorgas iad.

Dòmhnall Iain MacIomhair

Taing . . . .

Do na h-ùghdaran airson cead a thoirt seachad an cuid sgeulachdan a chleachdadh;

Do na foillsichearan a leanas airson cead a thoirt seachad sgeulachdan a dh'fhoillsicheadh leotha a chleachdadh:

GAIRM, GLASCHU
ROINN NAN CANANAN CEILTEACH,
OILTHIGH GHLASCHU
CLUB LEABHAR, PORT RUIGHE
CHAMBERS, DUN EIDEANN

Do Roinn nan Eilean Siar den Chomann Ghàidhealach airson an obair a chlò-sgrìobhadh mus deach i chun an fhoillsicheir;

Don luchd-teagaisg sin ann an Roinnean Gàidhlig sgoiltean a thug seachad am beachdan a thaobh sgeulachdan a bhitheadh freagarrach san leabhar — tha cuid de na mhol gach neach a' nochdadh, ach gu mì-fhortanach b' fheudar cuid fhagail às;

Don Ollamh Ruaraidh MacThòmais, Oilthigh Ghlaschu, airson cuideachaidh agus brosnachaidh ann a bhith ag ullachadh an leabhair.

D.I.M.I.

NA SGEULACHDAN, NA H-UGHDAIREAN
(AGUS FAR NA NOCHD NA SGEULACHDAN AN TOISEACH)

1. AN CAR

Nuair dh'fhairich Seonag deireadh a' chàir a' bualadh air a' phòile-solais bha e mar gun cuireadh duine sgian na cridhe. 'Se a' chiad rud a thàinig a-staigh oirre: "Ciamar a dh'innseas mi seo do Mhurchadh? Bha fios agam nach robh astar gu leòr eadar an dà chàr eile. O carson a dh'fheuch mi ri faighinn a-staigh an seo?"

Chunnaic i duine no dhà a' toirt sùla oirre, agus feadhainn aca a' gàireachdraich. Dh'fhairich i cho dearg's a bha a h-aodann air fàs. Bha fhios glè mhath aice dè bhiodh iad a' smaoineachadh: "Co ris a bhitheadh sùil agad agus boireannach aig a' chuibhle?" Ise a fhuair tron teast a' chiad uair! Dh'fheuch i ris a' chàr a chur dìreach ri oir a' chabhsair gus am falbhadh an fheadhainn a chunnaic dè thachair agus i a' leigeil oirre nach robh i a' saoilsinn càil dheth.

An uairsin thàinig i a-mach agus choimhead i air deireadh a' chàir. Cha robh an gnothach cho dona agus a shaoil i an toiseach ach bha e dona gu leòr. Bha tolg mòr anns a' bhumpair aig deireadh a' chàir. Cha bhitheadh am bumpair ceart gu bràth tuilleadh. Cha mhòr nach robh i a' caoineadh. An càr ùr às an robh Murchadh cho pròiseil!

'Se latha grianach a bha ann nuair dh'fhàg i an taigh anns a' mhadainn agus i a' dèanamh air a' bhaile. Bha i a' faireachadh cho toilichte agus cho comasach a' stiùireadh a' chàir. Thòisich i air òran a ghabhail agus an uairsin stad i air eagal gum bitheadh daoine ga saoilsinn neònach. Ach a-nis ged a bha a' ghrian a cheart cho soilleir bha a h-uile càil air tionndadh cho grànda. "Uill, tha e cho math dhomh dèanamh air na bùthannan," thuirt i rithe fhèin. Ach bha a ceann ann an leithid a bhoil leis na thachair's gun theab i leth chlach ime agus leth phunnd buntàta iarraidh anns a' chiad bhùth. Thachair càirdean rithe ach is gann a dh'aithnich i iad leis mar a bha i a' faireachadh.

Air an rathad dhachaigh bha i a' fiachainn ri smaoineachadh ciamar a dh'innseadh i do Mhurchadh dè rinn i. Bha e cho moiteil às a' chàr agus cho pròiseil cuideachd gun d'fhuair ise tron teast a' chiad uair a dh'fheuch i e, ged bhitheadh e a' tarraing aiste agus ag ràdh gu robh e neònach gur e na boireannaich an còmhnaidh a bhitheadh a' faighinn tron teast a' chiad uair.

Ciamar a thòisicheadh i air innse dhà?

"A bheil cuimhne agad a Mhurchaidh nuair thuirt thu gun toireadh tu maitheanas dhomh airson rud sam bith nan toirinn pòg dhut?"

Ach bha amharas oirre nach bitheadh a' bhuaidh aig a pògan air a-nis 's a bha aca aon uair.

No: "A bheil cuimhne agad, a Mhurchaidh an latha a phòs sinn agus na bòidean a rinn thu gun gabhadh tu mi airson a' chuid as fheàrr neo a' chuid as miosa?

Uill, tha a' chuid as miosa air tachairt."

An dèidh dhi faighinn dhachaigh thog i am fòn agus dh'fhaighnich i de mhuinntir garaids a bha faisg air làimh am b'urrainn iad bumpair ùr a chur air a' chàr an latha ud fhèin. Thuirt iad nach b'urrainn dhaibh sin a dhèanamh ach dòcha gun dèanadh iad e an ath latha. Ghabh i ris an tairgse sin agus chuir i sìos am fòn.

"Eil fhios am faigheadh Murchadh a-mach mu dheidhinn mur innsinn idir dhà e?" thuirt i rithe fhèin.

"Chan eil feum aige air a' chàr is bithidh e a' coiseachd dhan choinneimh a-nochd. Bhithinn a' faireachadh slèagach ach 's fheàrr sin na 'n aimhreit."

Bha i a' faireachadh beagan na b'fheàrr an dèidh dhi cur roimhpe nach innseadh i idir e agus thòisich i air a h-obair taighe le cridhe na b'aotroime. Ach cha robh e fada gus na thòisich a cogais air a buaireadh.

"Ma thòisicheas sinn air rudan a chumail bho chèile chan eil fhios càite an stad e. Ma gheibh Murchadh a-mach gun cheil mi seo air goirtichidh e gu mòr e."

Na h-inntinn chunnaic i i-fhèin agus Murchadh ann an cùirt an dealachaidh agus am fear lagh ag ràdh,

" 'Se a' chiad rud a thàinig eadar an dithis seo nuair thòisich a' bhean air rudan a cheiltinn air an duine."

" 'S fheàrr dhomh innse dhà," smaoinich i mu dheireadh, "ged bhitheadh e fiadhaich fhèin."

Thainig gnogadh dhan doras agus cò bha siud ach a deagh bana-charaid Catrìona.

"Thig a-staigh, a Chatrìona. Bheil fhios agad dè rinn mi? Bhuail mi an càr air pòile is chan eil fhios agam ciamar a dh'innseas mi do Mhurchadh e."

"Innse! Carson a dh'innseas tu e? Nach cuir a' gharaids ceart e?"

"Bhithinn a' faireachadh cho slèagach ged tha," fhreagair Seonag.

"Faireachadh slèagach! Nach tu tha gòrach. Nam bithinn-sa ag innse do Thormod a h-uile càil a tha mi a' dèanamh ceàrr, bhitheadh bristeadh-pòsaidh air a bhith ann fada ro seo. Cha dèan math a h-uile càil inse dha na fir. Cha dèan e ach aimhreit is gheibh thusa sin a-mach luath gu leòr, a nighean. Chan eil e math dhaibh cus den fhìrinn a chluinntinn co-dhiù."

Rinn Seonag gàire airson a' chiad uair on thachair an tubaist.

"Thugainn a-staigh dhan chidsin is gabhaidh sinn cupa tì," ars ise.

"Dèan thusa dìnneir mhath dhà agus na innis càil," arsa Catrìona nuair bha i a' falbh.

Ach bha Seonag eadar-dhà-bharail fad an fheasgair agus cha robh i air a h-inntinn a dhèanamh suas aig leth uair an dèidh còig nuair a dh'fhairich i an doras a-muigh a' fosgladh agus Murchadh a' tighinn a-staigh.

"Bithidh do dhìnneir deiseil ann an tiotan, a Mhurchaidh, dh'èigh i. Faodaidh tu am pàipeir a leughadh thuige sin." "Dè chanas mi?" thuirt i rithe fhèin an dèidh dhi am biadh a chur a-mach, agus i a' suidhe aig a' bhòrd.

An uairsin thug i an aire gu robh bocsa beag air a chur air a beulaibh.

"Dè tha seo?" dh'fhaighnich i.

Agus an uairsin dh'fhosgail i e.

"O Mhurchaidh, am broidse air an robh mi a' coimhead Disathairne seo chaidh. Carson a chosg thu do chuid airgid?"

"Uill," arsa Murchadh.

O Mhurchaidh," thuirt i, "chuir mise tolg mòr am bumpair a' chàir agad an-diugh."

Cha tuirt Murchadh guth. Chaidh e a-null dhan dreasair agus thug e rudeigin às. Nuair thug e a-nall ga h-ionnsaigh e chunnaic i gur e an soitheach criostal a thug piuthar a màthar dhi a bha ann agus gu robh tè de na cluasan aige briste.

"Uill!" bha i a' dol a thòiseachadh, "an soitheach criostal a thug piuthar mo mhàthar dhomh . . ." Chuimhnich i air a' chàr agus thòisich i air gàireachdaich.

Thòisich Murchadh cuideachd.

"Thill mi dhachaigh anns a' chàr aig Iain," ars esan, "a dh'iarraidh pàipearan a dh'fhàg mi a-staigh agus bhris mi an soitheach. Cha d'rinn mi ach a stobadh anns an dreasair gus an tiginn dhachaigh 's an innsinn dè thachair. B'e an t-iongnadh nach fhaca tu e. Tha mi uabhasach duilich."

"Bha mo cheann ann an leithid a bhoil leis a' chàr," arsa Seonag, "no bha mi air fhaicinn. Ach chan eil còir sam bith agamsa a bhith fiadhaich. Tha an dàrna duine cho clibeach ris an duine eile."

An dèidh na dìnneir nuair bha i na seasamh aig an uinneig a' smèideadh ri Murchadh agus e a' falbh gu coinneamh na comataidh bha i a' faireachadh mar gun deach uallach a thogail dhith.

Ach thàinig rudeigin a-staigh oirre.

"Chan eil fhios ciamar a bhitheadh mur a bitheadh e-fhèin air an soitheach criostal a bhristeadh?"

Agus an uairsin thuirt i rithe fhèin:

"Cha bhi mi ag innse a h-uile càil idir, rudan beaga co-dhiù."

Iain MacLeòid

Cha robh fhios aig Seònaid bho rian gu dè seòrsa litir a thug am post thuice bho chionn ghoirid an seo. 'S ann a bha i an toiseach den bheachd gur e sumanadh a bha ann airson nach robh i air cìs na rèidio a phàigheadh. Chan e gu robh Seònaid chòir a' dol a phàigheadh airson na rèidio. Mar thubhairt i-fhèin, "Mur a bheil iad airson mise a chluinntinn faodaidh iad a ghearradh dheth." Agus bha i-fhèin is Curstaidh Nèill glè chinnteach nach b'urrainn dhut an rèidio a chreidsinn, no uaireannan co-dhiù. Thàinig iad uair no dhà chun a' cho-dhùnaidh nach e an aon rud a chuala an dithis air an rèidio a bha staigh aca. Ach cha b' e sumanadh a bha seo idir ach fiathachadh gu pòsadh Màiri nighean a peathar ann an Glaschu. "Abair pròis," arsa Seònaid, "nuair phòs mi-fhìn agus Ruairidh cha robh càil mar seo ann." Cha do thuig Seònaid bhochd air fad gu dè a bha sgrìobhte air a' chuireadh, gu seachd araid dè a bha R.S.V.P. a' ciallachadh, ach bha Ruairidh a' smaoineachadh gur ann ceàrr a chaidh iad agus gur e R.I.P. a bu chòir a bhith an — "Write in ink please."

Cha tàinig smaointinn gu Màiri gun tigeadh Seònaid chun a' phòsaidh; nan robh tha mi glè chinnteach nach robh i air an cuireadh fhaighinn. Ach smaoinich Seònaid gun deidheadh i-fhèin is Ruairidh ann chionn bha comanachadh ann an Glaschu an aon seachdain, agus "bha cheart cho math dhuinn seachdain mhath a dhèanamh dheth," arsa Seònaid.

Abair ùpraid nuair thòisich Seònaid air ullachadh airson a turais. Fhuair i aodach ùr — còta dubh a dhèanadh an comanachadh agus am pòsadh, ad liath agus ite bhuidhe innte a bha aig Mèarag Chaluim anns a' bhùth bho linn cogadh nan con, brògan dearga agus bucaill ruadha annta bho fhear a chunnaic i anns an Exchange and Mart. Fhuair Ruairidh deise ùr dhubh agus brògan buidhe.

Mu dheireadh thall thog iad rithe an dèidh a' bhò agus na cearcan fhàgail fo chùram Curstaidh Nèill, ach chan fhaigheadh iad duine aig am fàgadh iad an cù chaorach agus b'fheudar dhaibh a thoirt leotha.

Ràinig an triùir aca Glaschu gun tubaist. Bha Màiri nan coinneamh (bha i air tulagram fhaighinn anns a' mhadainn sin fhèin — "Tha mi arriving, me and Ruairidh") agus bha sin cho math, oir chaidh Seònaid agus am bodach a thug bhuaipe a ticead a-mach air na h-aon deug. Shìthich Màiri i agus dh'fhalbh i chun an taighe, ach gu tubaisteach chaidh iad suas an staidhre air a' bhus gus am faiceadh Seònaid am baile na b'fheàrr, agus nuair a chunnaic Seònaid nach robh "sgiobair" ann, mar a thuirt i-fhèin, chaidh i gu ùpraid.

Bha Ruairidh agus Seònaid latha anns a' bhaile ron phòsadh, agus a chionn gu robh Màiri cho trang ag ullachadh bha iad air an treòiristean fhèin. Bha Seònaid airson a dhol a thadhal air seann fhear ga feadhainn. Dh'innis Màiri dhi mar a gheibheadh i ann — an subaway mar a theireadh Seonaid fhèin a ghabhail gu Kelvinbridge. Dh'fhalbh i-fhèin is Ruairidh agus an cù — am beathach bochd bha e gus a dhol às a chiall. Chuir Màiri air an subway iad, ag ràdh rithe fhèin nach b' urrainn iad a dhol ceàrr, ach is beag a bha fhios aice cò bh'aice. Chaidh Seònaid agus Ruairidh a chath dhith anns an dearbh àite anns na thòisich iad an dèidh a bhith timcheall trì uairean. Bha Seònaid glè chinnteach nach deach iad seachad air Kelvinbridge, ach cha robh bodach nan ticeadan den bharail sin idir.

Bha e tàmailteach le Ruairidh agus Seònaid a' tilleadh dhachaigh cho tràth, agus seach gu robh aig Ruairidh ri lìon sgadain a cheannach dh'fhalbh iad air a tòir. Mu dheireadh ràinig e bùth mhòr uabhasach a bha, ann am briathran Seònaid, "na bu mhotha na Eaglais Cheann a Loch." Dè bha seo ach bùth mhòr Lewis, agus chuir Seònaid agus Ruairidh seachad am feasgar innte a' lorg lìon sgadain, rud nach robh innte. Ach gu tubaisteach nuair bha iad a' dol a dhèanamh air an taigh 's ann a leig Ruairidh às an cù agus e dol a lasadh a phìob, agus an ath shùil a thug e cha robh sgeul air. Sheall iad thall 's a-bhos, shìos agus shuas, a' faighneachd do dhuine an siud is an seo am faca iad "Caileag."

Mu dheireadh thall thàinig àm dùnadh na bùthadh agus cha robh for air a' chù. Nuair chaidh Ruairidh agus Seònaid a-mach chun na sràide chunnaic iad poilisman an sin agus còta fada geal air, agus chaidh Ruairidh a dh'fheòrach dheth am fac e Caileag. Cha b'e freagairt a b'fheàrr a fhuair e. "Feumaidh," arsa Seònaid, "gur e Communist a bha ann."

Cha robh aig Seònaid agus Ruairidh ach a dhol dhachaigh gu trom tùrsach agus an dèidh ochd busaichean a ghabhail ràinig iad gu tèarainte taigh Màiri air an ath shràid.

Bha Ruairidh airson SOS a chur air a wireless airson a' choin, ach cha leigeadh Màiri leis, ach chuir iad dhan phàipear e agus madainn a' phòsaidh bha fear aig an doras leis.

Chaidh Ruairidh agus Seònaid chun a' phòsaidh ann an tacsaidh, agus b'fheudar don duine a bha leis a' charbad seo a' charbad a thionndadh agus a dhol a-mach ceann eile na sràide, oir cha deidheadh Seònaid thairis air pìos den rathad a bha aig a' cheann eile, chionn gu fac i daoine ga chur sìos air latha Sàbaid an uair mu dheireadh a bha i anns a' bhaile ann an 1926.

Cha robh Màiri air a dòigh an seòrsa aodaich a bha air Seònaid ach cha b'urrainn i càil a dhèanamh dheth. Ach cha leigeadh i leotha an cù a thoirt leotha idir. Cha do chòrd an t-searmon ri Seònaid idir. Cha b'urrainn i faighinn seachad air a' phiàno a bha iad a' cluiche anns an eaglais.

An dèidh a' phòsaidh chaidh iad do thaigh-òsda mòr agus "abair thusa," arsa Seònaid, "fidenalls." Bha duine ann thall agus a-bhos ag èirigh a bhruidhinn. Cha robh Seònaid gu bhith air a fàgail air dheireadh, agus dh'èirich i-fhèin is thug i facal comhairle air an òigridh agus dh'innis i don chuideachd mar chaidh i-fhèin iompachadh leis a' Mhinistear Ruadh.

Bha Màiri air a maslachadh ach bha 'n còrr gu tighinn. Chuir Seònaid crùn air a h-uile càil a bha ann nuair shèid i sròin leis a' phìos pàipeir a bha anns a' ghloinne air a' bhòrd.

Ach feumaidh sinn Seònaid agus Ruairidh fhàgail anns a' bhaile, oir tha iad ann fhathast agus tha e a' còrdadh glan riutha mura biodh an t-eagal a tha orra gun caill an cù a' Ghàidhlig.

Aonghas T. MacLeòid

Tha fichead bliadhna o phòs Murchadh is Màiri. Tha deagh chuimhne agam air là na bainnse. Feumaidh mi aideachadh gu robh mi duilich air an son. Cha robh aig Murchadh a chuireadh e air ach a sheann deise ghlas, is deàrrsadh aisde leis an aois. Chunnaic gùn Màiri là na b'fheàrr, ach, le a h-ad ùir, bha i bòidheach. Phòs am ministear iad anns an eaglais bhig aig ceann shuas a' bhaile. Dh'òl sinn an slàinte an taigh a mhàthar-san, agus thug an dotair iad na charbad gu taigh beag croiteir air taobh na beinne.

Cha robh mòran fearainn aig Murchadh, ach bha dà mhart aige agus beagan chaorach. Reic e bainne agus clòimh, agus, mar chaidh na bliadhnachan seachad, chuir e beagan mu seach.

Thàinig an cogadh agus bha feum air Murchadh air an fhearann. Dh'oibrich e-fhèin is Màiri a là is a dh'oidhche, agus thàinig là, nuair bha an cogadh seachad, a cheannaich Murchadh tuathanachas air an robh taigh mòr geal. Bha iad math dheth a-nis. Cha robh duine cloinne aca, ach bha iad sona le chèile.

Ach cha d'innis mi dhuibh mun bhocsa dhubh!

Air là àraidh, fichead bliadhna bhon là a phòs iad, bha Murchadh a' dol gu fèill anns an ath bhaile. Dh'fheumadh e na brògan ìosal spaideil a chur air. Fhuair e aon bhròg ìosal, ach càit an robh an t'èile? Sìos air a ghlùinean chaidh Murchadh feuch an robh i fon leabaidh. Cha d'fhuair e a' bhròg, ach fhuair e bocsa — bocsa dubh nach fhaca a shùilean riamh. Tharraing e a-mach e, ach bha e glaiste.

"A Mhàiri," dh'èigh e, "gu dè a th'agad sa' bhocsa dhubh?"

Thàinig Màiri is greann oirre.

"A Mhurchaidh," arsa ise, "ma chuireas tu corrag air a' bhocsa dhubh, cha bhruidhinn mi riut gu sìorraidh tuilleadh."

"Agus," fhreagair Murchadh, "mur innis thu dhòmhsa gu dè a tha thu a' cleith, cha bhruidhinn mise riutsa."

Fhuair Màiri a' bhròg eile, agus thilg i air Murchadh i. Gun ghuth gun ghabadh chuir e uime a chuid aodaich agus dh'fhàg e Màiri leatha fhèin.

Shuidh Màiri air cathair, is na deòir a' ruith o a sùilean.

"A Mhurchaidh, a Mhurchaidh," ghlaodh i, "nach robh de

mhisneachd agamsa na dh'innseadh dhutsa an nì a tha mi a' falach
ort!"

Chaidh an là seachad agus thàinig ciaradh an fheasgair. Cha robh
sgial air Murchadh. Bha cridhe Màiri bhochd briste. Is dòcha gu robh e
air a bhàthadh anns an Abhainn Mhòir! Is dòcha gun mharbh carbad e
air an rathad air ais.

"Till, a Mhurchaidh, is innsidh mi dhut gu dè a tha anns a' bhocsa!
Carson nach do loisg mi am bocsa is na tha ann o chionn fhada?"

Bha Murchadh air an rathad dhachaigh, ceum san uair aige agus
coltas glè mhì-thoilichte. Cha b'fhiach prìsean; chan fhaca e mòran
eòlaich; b'fheàrr leis nach d'fhalbh e riamh. Ach cha robh cabhag
dhachaigh air gu Màiri is a bocsa dubh! Dè an sonas a bhiodh aige mur
cluinneadh e guth Màiri tuilleadh? Shuidh e air cloich ri taobh an
rathaid, agus le a cheann na dhà làimh rinn e suas inntinn gum b'fheàrr
leis Màiri le a bocsa na bhith às a h-eugmhais buileach.

Dhìrich e e-fhèin agus le ceuman fada rinn e air a dhachaigh.
Chunnaic Màiri e a' tighinn agus ruith i ga ionnsaigh.

"A Mhurchaidh," ars ise, "thig còmhla riumsa is chì thusa dè a tha
anns a' bhocsa dhubh."

"A Mhàiri," fhreagair Murchadh, "tha mi coma ged a bhiodh tu a'
gleidheadh cuirp ann!"

Le chèile chaidh iad a-steach, agus le a h-iuchair dh'fhosgail Màiri
am bocsa. A measg phàipearan thug i gùn brèagha geal!

"Gu dè a tha thu a' dol a dhèanamh le sin?" arsa Murchadh.

"Bheil cuimhne agad air là na bainnse?" arsa Màiri. "Rinn mi an gùn
seo le mo dhà làimh fhèin, ach bha fhios agam nach robh agadsa ach do
sheann deise ghlas, is cha b'urrainn mi do nàrachadh. Ghlèidh mi
riamh e, agus is iomadh uair a sheall mi air nuair bha mi leam
fhèin."

"Lean mise, a Mhàiri," arsa Murchadh, agus thug e i gu ceann shuas
an t-sabhail. A-mach às an fhodar, thug e bocsa — bocsa dubh glè
choltach ri bocsa Màiri. Dh'fhosgail e e, agus a measg phàipearan thug
e deise bhrèagha ghorm!

"Thachair dhòmhsa mar thachair dhutsa, a Mhàiri," ars esan. "Rinn
an tàillear an deise dhomh, ach bha sinn bochd le chèile, agus cha
d'innis thu dhomh gu robh gùn agad. Ach èisd rium a-nis, a Mhàiri! Chì

mis am ministear. Iarraidh mi air tighinn oidhche na Sàbaid. Cuiridh tusa ort do ghùn, agus mise mo dheise ghorm, agus pòsaidh e sinn uair eile."

Mar a thubhairt, b'fhìor! Chunnaic Murchadh am ministear, agus bha am ministear deònach. Air oidhche Sàbaid cheangail e a-rithist am paidhir a bha ceangailte fichead bliadhna — Màiri na gùn briagha geal, agus Murchadh na dheise bhriagha ghorm. Cha dùnadh an gùn air Màiri, agus bha putan an siud is an seo fosgailte air deise Mhurchaidh, ach cha robh fiamh a' ghàire air aodann a' mhinisteir.

Catrìona Storrar

'S beag a bha dh'fhios aca gur e am bruadraiche a bhuannaicheadh aig a' cheann thall. Tha mi sgrìobhadh seo a-nochd anns an Eiphit. (Chan fhaic duin'e ach mi-fhìn.) Nuair sheallas mi mach air an uinneig chì mi biorramaidean na Pharaohs, 's chì mi a' ghrian aca a' dol fodha.

Tha mi smaoineachadh air mo bhràithrean. O, bha iad toilichte gu leòr mo mharbhadh, no mo shadail anns an t-sloc. Airson a' chòta iomadhathach a bh'agam. Cha do thuig iad mi a-riamh — 's cha thuig iad dè 's ciall don chòta sin. Tha còta coltach ris orm an-dràsda fhèin. Ged dh'fheuch iad ri mo mharbhadh cha deach ac' air 's cha tèid leotha a chaoidh. Sin an rud nach eil iad a' tuigsinn.

Cha do dh'aithnich iad mi an toiseach nuair thàinig iad ach dh'aithnich mis' iadsan. Is bha sin ceart gu leòr. Oir cha do dh'aithnich iad mi a-riamh.

Tha cuimhn' agam a' mhadainn a thubhairt mi riutha gun dèanadh iad ùmhlachd dhomh. B' ann aig àm an lòn-maidne a bh'ann 's bha mi air èirigh às mo leabaidh, làn dòchais is aoibhneis. Dh'innis mi dhaibh mu dheidhinn mo bhruadair, ach cha smaoinicheadh iadsan air càil ach airgead. Mise na mo chòta iomadhathach 's iadsan nan còtaichean truagh làitheil. Dè chiall a bh'acasan?

'S a-nis tha mi na mo mhaor os cionn na h-Eiphit — am bruadraiche! O, tha deagh fhios agam gun dèanadh iad an aon rud a-rithist, nam faigheadh iad an cothrom. Dh'ionnsaich mi mòran anns an t-sloc. Choinnich mi am bàs an latha ud, 's choinnich mi 'n fharmad. Bha mo chòta iomadhathach làn fala. Dh'èirich biasd às an dorchadas ceart gu leòr ach tha fhios agam a-nis gu bheil a' bhiasd ud ann. Sin bu choireach nach robh eagal orm anns a' phrìosan. Cha bhàsaich duine dà uair.

Gach oidhche bithidh mi sgrìobhadh nam bruadairean a bhios a' tighinn nam inntinn. Tha fhios agam dè thachras anns an Eiphit cuideachd. Thig Pharaoh ùr is tachraidh iomadh droch rud. Ach chì mi cuideachd gum bi sinn saor. Chan e gun còrd mo bhruadairean ri daoine. Tha cuimhn' agam nuair dh'innis mi don rìgh mu dheidhinn na goirt. Chunnaic mi an lasair na shùilean ceart gu leòr : dh'fhaodadh e bhith air cur às dhomh 'n uairsin : tha bith aca dhomh airson mo bhruadairean. Ach feumaidh cuideigin an fhìrinn innse. Is nach robh mo bhruadar ceart? Rinn iad ùmhlachd dhomh mar dh'innis mi dhaibh.

'S a-nis tha mi an seo nam fhear-riaghlaidh, a' làimhseachadh airgid — mise, am bruadraiche! Ruithidh iad às mo dhèidh cho fad 's a bhios cumhachd agam. Ach nuair thrèigeas an cumhachd? Dè thachras an uairsin? Ruithidh iad an dèidh cuideigin eile, mo bhràithrean, ach aon, Beniàmin. Cha dèan esan brath orm. Feumaidh mi creideas a chur an sin co-dhiù.

Nuair sheallas mi mach air an uinneig chì mi na biorramaidean. Tha iad aosd. 'S tha iad mòr. Tha diathan eile anns an rìoghachd seo. Tha i làn de nathraichean, barrachd na bh'anns a' ghàrradh mhòr làn cùbhraidheachd. Tha nathraichean anns gath àit. Sin a dh' ionnsaich mi bho mo bhràithrean. Mura bithinn air ionnsachadh cha bhithinn an seo an-diugh. 'Se iadsan a thug dhomh an cumhachd — ged nach do thuig iad e. Shàbhail iad mi-fhìn 's iad-fhèin leis an olc.

Chan eil mi a' tuigsinn sin.

Dh'ionnsaich mi cànan ùr 's shàbhail mi mo dhaoine leatha. Rinn mi gall dhìom fhìn air an son. 'S thug mi dhaibh biadh gallda 's tha iad riaraicht. Tha adhbhar air choreigin air cùl sin, ged nach eil mi ga thuigsinn.

Tha e toirt gàireachdainn orm. Bha iad cho neochiontach mu dheidhinn an airgid nam beachd fhèin : ach mhill iad mi air a shon. 'S chan fhac iad sin. 'S aig a' cheann thall, 'se mis' a rinn an t-airgead 's cha b'e iadsan. Mise — am bruadraiche — a fhuair an cumhachd, gu seallainn dhaibh gun dèanainn sin cuideachd. Is mura bitheadh iadsan, cha robh mi air sin a dhèanamh. Eil iad a' tuigsinn sin?

Tha iad a' dèanamh adhradh dhomh airson gu bheil an t-airgead agam, ach cha dèanadh iad adhradh dhomh nuair bha an còta iomadhathach agam. Chan fhaic iad sin nas motha.

O, well.

Tha 'n oidhche a' tuiteam 's a' ghrian a' dol sìos air na biorramaidean, mar thèid a' ghrian sìos air m'airgead-sa 's air an airgead-san.

Bidh cuimhn' aig daoine orm airson a' chòta iomadhathach 's airson mo bhruadairean, is chan ann airson mo chumhachd. Bu chòir dhaibh sin fhaicinn.

Bu chaomh leam mòran a sgrìobhadh mu dheidhinn na h-Eiphit ach 'sann a tha mi sgrìobhadh mu dheidhinn mo bhràithrean 's mo dhachaigh fhìn ged thachair iad rium. Tha sin neònach, nach eil? Is chan aithne dhomh sgrìobhadh gu domhainn ann an cànain na h-Eiphit. Tha sin èibhinn cuideachd.

Tha h-uile càil cho èibhinn 's gur ann a tha mi smaoineachadh : Chan eil rian nach deach mo thaghadh airson adhbhar iongantach air choreigin.

'S tha sin èibhinn cuideachd.

Iain Mac a' Ghobhainn

An ciaradh an fheasgair thainig e thar a' bhealaich le eallach air a dhruim. Bha a' mhuileann ri taobh an Uillt Tarsainn, far an robh e na chleachdadh aige a bhith a' cur seachad na h-oidhche, a-nis a' tighinn san t-sealladh.

Bha Dòmhnall Urchard, an ceannaiche-siubhail, a-rithist aig baile. "Fàilt ort, a charaid," arsa am muillear. "Bheil às ùr agad?" Thug iad greis a' còmhradh agus, an dèidh dhaibh innse mu na thachair bho chunnaic iad a chèile roimhe, chaidh Dòmhnall Urchard null chun an stàbaill far an robh e na chleachdadh aige a bhith a' cur seachad na h-oidhche agus thill am muillear steach an taigh.

Bha am muillear agus a bhean an oidhche sin a' còmhradh an taic an teine; cha b'fhada gus an d'ràinig iad an ceannaiche-siubhail. "Chan eil rian nach eil tòrr airgid aig Dòmhnall a-nis," ars a bhean, mar nach bitheadh an smuain càil ach air a thighinn a-steach oirre. " 'S fhada bho thòisich e tighinn."

"O! Tha sin aige," arsa am muillear. "Tha poca làn aige a h-uile uair a thig e." Thàinig stad beag anns a' chòmhradh an seo, ach cha do sheas e fada. Bha an teine a' dol sìos ach bha blàths gu leòr anns a' chòmhradh agus a h-uile greiseag thigeadh iad air ais le beag ghàire gu Dòmhnall agus a phoca òir.

Bha e fada fada den oidhche nis ach bha solas fhathast a' tighinn à uinneig na muilne. Dh'fhosgail an doras gu fàthach. Thàinig am muillear a-mach agus sheas e anns an dorchadas. Thug e sùil timcheall. Bha a h-uile càil sàmhach marbh. Os a chionn bha na reultan a' deàlradh gu soilleir ach bha timcheall na muilne tiugh dorch. Dh' èalaidh e gu sàmhach a-null gu doras an stàbaill, agus thug e sùil eile mu thimcheall. Chualas diosg fann an dorais, agus bha gach nì sàmhach a-rithist. Greis an dèidh sin chualas an ath dhìosg. Chaidh solas na muilne às. Bha na reultan a' deàlradh mar a bha iad roimhe, agus bha gach nì mun cuairt gu sàmhach sìtheil.

Thàinig deireadh na seachdain agus deireadh na dara te, ach cha do thog Dòmhnall ceann anns a' bhaile. Bha na daoine a' gabhail iongantais nach robh e tighinn mar a b'àbhaist. Dh'fhaighnich cuideigin don mhuillear am b'aithne dhà càil mu dheidhinn.

"Bha e seo ceart gu leòr bho chionn dà sheachdain," ars am muillear, "a' cur seachad na h-oidhche mar a b'àbhaist. Cha robh lorg air sa' mhadain agus bha dùil agamsa gur ann air falbh don bhaile a bha e. Chan fhaca mise tuilleadh e."

Dh'fhàs na daoine amharasach. "Thuirt am muillear gun tàinig Dòmhnall Urchard don mhuilinn, ach cha tuirt e gun dh'fhàg e i," ars aon fhear dhiubh. Sguir na daoine a dhol don mhuilinn agus cha b' fhada gus na dh'fhàg am muillear am baile.

Greis mhath an dèidh seo bha feadhainn a' togail taighe ri taobh far an robh a' mhuileann. Thòisich iad air ceann an taighe, ach cha robh a' dol aca air a chur suas. Nuair thilleadh iad an ath latha bhitheadh an rud a bha aca air a chur suas an là roimhe air tuiteam. Aon là thàinig seann bhodach far an robh iad agus thuirt e riutha a' chlach mhòr a bha aca aig an oir a thoirt air falbh. Rinn iadsan mar sin agus chaidh an taigh an àirde gun tubaist an dèidh sin.

Bha daoine a-nis a' cumail a-mach gum b'e seo a' chlach fon thiodhlaic am muillear Dòmhnall Urchard anns an stàball.

Seonag NicAsgail

Choisich Alasdair tron chladh le a cheann crom. Ràinig e a' chlach a bha e ri lorg. Cha robh e air a faicinn a-riamh, ach dh' innis an sgrìobhadh a bh'oirre dhà an rud a bha e ag iarraidh fhaighinn a-mach. Choimhead e rithe a-rithist. "Fionnlagh Dòmhnallach, 1940, deich bliadhna fichead a dh'aois." Cha tàinig deur gu a shùil. Ruith coinean seachad mu a chasan. Chuimhnich e air a mhàthair ann an Canada; bha i airson faighinn cho fada air falbh agus a b'urrainn di às dèidh na deuchainn a thàinig na beatha òig. Cha robh i ach fichead bliadhna agus a ceithir aig an àm. Bha Fionnlagh agus i-fhèin air ceithir bliadhna shona a chur seachad còmla ri chèile, agus anns na dhà mu dheireadh bha a cupan sòlais làn nuair chaidh mac a bhreith dhaibh. "Siud mar nach robh i an-diugh," smaoinich Alasdair. Thòisich e a' beachdachadh air na nithean a dh'fhaodadh a bhith aca mur a biodh gòraich athar — 'se gòraich a bh'ann na bheachd-san co-dhiù. Bha fios aige gur ann an aghaidh a càlach a dh'fhalbh a mhàthair a Chanada leis-san. Thionndaidh e a chùlaibh ris a' chloich. Bha i a' toirt droch smuain a-steach air. Airson mionaid thàinig fuath uabhasach na chridhe airson athar, airson an rud a rinn e, ged nach robh cuimhne aigesan air ach mar a chaidh innse dhà. Dhùin e a shùilean. Chunnaic e, mar gum b'ann, a mhàthair na suidhe air beulaibh an teine ann an Canada, agus e-fhèin na h-uchd. Bha cuimhne aige fhathast facal air an fhacal mar thubhairt i ris. "Càite," ars esan rithe, "bheil m'athair-sa?" "Tha," fhreagair ise, "d'athair air a thiodhlaiceadh ann an Cladh a' Ghlinne am baile Ardanais. Chuir e roimhe," thubhairt i, "gu snàmhadh e na bu luaithe na neach eile bho Aird nan Sgeir gu taobh thall Mol nam Muc. Bha e riamh math air an t-snàmh, ach an dèidh sin bha eagal orm; faodaidh a' mhuir làmh an uachdair fhaighinn gu math aithghearr. An là ud dh'iarr e gum bithinn fhìn agus tu-fhèin ga choimhead agus dh'fhalbh sinn nar dithis, agus nuair ràinig sinn bha esan letheach-slighe, agus bàta beag ga fheitheamh anns an fhasgadh air an taobh thall. Dìreach mus do ràinig e am bàta chaidh e às mo shealladh, agus chan fhaca mi tuilleadh e gus an tug luchd a' bhàta a-steach e marbh." Chuimhnich e an seo mar bhris a mhàthair sìos, a' bhochdainn a bha fios aige a dh'fhuiling i, oir cha robh e-fhèin ach dà bhliadhna, agus cha b'urrainn dhi a dhol a-mach a dh'obair. Chuala e glaodhaich eun fad às agus ghoirisich e. Thug e sùil eile air a' chloich, choisich e air adhart, agus dhùin e an geata às a dhèidh.

Sheas Anna, màthair Alasdair, aig an uinneig. Bha còrr agus fichead bliadhna a-nis bho thàinig i a Chanada. Tharraing i an cùirtear agus chuir i air an solas. Bha i ag ionndrain Alasdair; cha robh i cleachdte ri bhith na h-aonar. 'S ann glè mhi-rianail a bha i na h-inntinn nuair dh'innis Alasdair dhi gu robh e dol a thoirt sgrìob a dh'Ardanais a dh'fhaicinn an àite anns an d'rugadh e. Bha fios aice nach robh e ag innse na firinn, nach b'e idir baile Ardanais a bha e airson fhaicinn, ach Aird nan Sgeir, agus Mol nam Muc agus is dòcha uaigh athar. Leum an cat beag geal na h-uchd. Shliob i a dhruim. Smaoinich i a-rithist air Alasdair, agus thàinig na teagamhan gu beulaibh a h-inntinn. Bha eagal oirre gum biodh beagan de thàladh na mara na fhuil, agus cha robh fios aice gu dè a' bhuaidh a bhiodh aig baile a bhreith air. 'S iongantach mur biodh iomadh atharrachadh ann. 'S iomadh rud a bheireadh fichead bliadhna mun cuairt. Thòisich an cat ri mialaich. Leig i a-mach air an doras e.

Shuidh Alasdair air an stòl anns an taigh-òsda an Ardanais agus dh'iarr e gloinne uisge-beatha. Chuir e sìos i agus dh'iarr e an ath the. Choimhead e ris an dealbh a bha mu a choinneimh air a' bhalla, agus dh'aithnich e bho bhith cluinntinn aig a mhàthair gur e Aird nan Sgeir a bh'ann. Chuir e sìos an dara gloinne uisge-beatha, a dhà shùil a' coimhead an deilbh gu mion. Thàinig gath dearg na grèine a-steach tron uinneig, agus chluich e airson mionaid air bàrr a shròin. Mhionnaich e fo anail. Smaoinich e rithist air doilgheas a mhàthar, agus air a' bheatha a dh'fhaodadh a bhith aca mur bitheadh faoineas an fhir a bha na laighe fuar marbh anns a' chladh. Ghabh e an treas gloinne agus thug e sùil eile air an dealbh. Cha robh e ga fhaicinn buileach ceart, bha a' mhuir aig Aird nan Sgeir mar gum b'ann a' tulgadh mu choinneimh a shùilean . . .

Dh'èirich Anna na bu tràithe na b'àbhaist dhi. Bha comhart chon air a suaimhneas a bhriseadh, agus dhùisg i le sgriach thiamhaidh na cluasan. Thionndaidh i dha-na-tri thurais anns an leabaidh agus mu dheireadh cha robh air ach èirigh, tràth agus mar a bha e. Bha i a' trulais thuige is bhuaidhe anns a' chidsin, agus an sin chaidh i chun an dorais leis na botail bhainne. Theab i dìreach fannachadh. Bha a' phiseag marbh air an lic.

Choisich i null chun na h-uinneige agus thug i sùil a-mach. Cha robh ach naoi taighean air an t-sràid agus 's ann aicese bha am fear mu dheireadh. Mhothaich i don phost. Bha e rudeigin tràth; cha b'àbhaist dhà bhith tighinn mun àm ud. Ghabh e seachad air a' chiad taigh air an t-sràid. Smaoinich i gun tugadh litir togail do a cridhe. Bha am post air a dhol seachad air an treas taigh. Thug i air ais an cùirtear pìos beag agus chum i ga choimhead. Bha i ag ionndrain na piseig. Chunnaic i faileas lasraichean an teine anns an uinneig. Bha am post air a dhol seachad air an ochdamh taigh.

Sheas Anna air beulaibh na lic anns a' chladh. Bha a' ghaoth a' rusladh a trusgain duibh. Bha i a-nis na h-aonar, agus cha robh fios aice dè bu lugha oirre a' mhuir no an deoch. Chuir i làmh air an lic, an toiseach air ainm Fhionnlaigh agus an sin air ainm Alasdair. Os a cionn chaidh a' ghrian fo sgòth, agus thòisich an t-uisge a' dòrtadh. Choimhead i suas agus tharraing i coilear a còta an àird mu a cluasan.

Norma NicIomhair

Bha Màiread ag obair leis am vacuum agus an toiseach cha do dh'fhairich i an gnogadh idir. 'Se seann vacuum a bha ann agus nuair bhitheadh i ag obair leis bha e a' dèanamh a leithid a dh'fhuaim 's gu saoileadh tu nach cluinneadh i bomb a' dol dheth a-muigh air an t-sràid. Ach b'e a' chiad vacuum a bha aice riamh agus bha seòrsa de thaobh aice ris.

Chan ann le toileachas sam bith a dh'fhosgail i an doras oir dh'aithnich i gnogadh Seònaid Uilleim on ath thaigh agus cha robh sannt sam bith aice air bruidhinn ri Seònaid aig an àm.

"Thig a-staigh," arsa Màiread agus i a' feuchainn ri a bhith a' coimhead sìos air Seònaid. 'Se boireannach mòr foghainteach a bha innte agus coltas oirre nach cuireadh nì fon ghrèin eagal oirre. Cha ghabhadh i oirre uair sam bith gun tàinig i a dh'aon sgrìob a choimhead ort.

Thug i sùil air am vacuum ach cha duirt i guth. Bha seo na chomharradh gu robh i ann an trim meadhonach math.

Is ainneamh a chitheadh i am vacuum nach canadh i, "Cha d'fhuair thu cuidhteas an rud sin fhathast."

Bha vacuum briagha ùr aice fhèin.

"Uill," arsa Seònaid, "Tha mi deiseil tràth an-diugh."

"Dh'èirich mi aig seachd agus dhall mi air an taigh cho luath 's a dh'fhalbh Tormod a dh'obair.

"Seadh, gabhaidh mi cupa," ars ise nuair a thathainn Màiread tì oirre.

Bha fhios aig Màiread a-nis nach bitheadh i fada gus an tòisicheadh i air na burglars.

Bha an còmhnaidh cuspair air choreigin aig Seònaid air am bitheadh i a' leantainn gus am bitheadh a h-uile duine ach i-fhèin seachd sgìth dheth. An-dràsda, 'se na burglars a bha ann.

O chionn seachdain no dhà chaidh briseadh a-staigh a dhèanamh air dà thaigh anns an nàbachd agus gnothaichean a ghoid asda. On àm sin cha do sguir Seònaid a bhruidhinn mu na burglars a h-uile uair a thachradh duine rithe.

"Uill, cha do thill iad tuilleadh," ars ise, "ach cha leig iad a leas an taigh againne fheuchainn. Tha deagh ghlas air an doras agus tha Tormod a' cadal a h-uile oidhche leis a' phòcair ri thaobh. Chan eil fhios agam ciamar a tha thusa a' dèanamh an gnothach idir, a Mhàiread, ach ma tha eagal ort chan eil agad ach gnogadh."

Cha duirt Màiread guth. Chan èisdeadh Seònaid rithe ann. Cha do leig i oirre an liuthad oidhche a dh'èirich i a dhèanamh cinnteach gu robh na dorsan agus na h-uinneagan glaiste agus i air chrith leis an eagal.

Ach mu dheireadh thall chuir Seònaid crìoch air a sgeul agus air an tì.

" 'S fheàrr dhomhsa falbh ged tha," ars ise.

"Bithidh gu leòr agadsa ri dhèanamh fhathast."

Leig Màiread osna nuair dhùin an doras air cùlaibh Seònaid. Nach tric a bha farmad aice ri Seònaid airson a' bharail a bha aice oirre fhèin.

"Bha mise math gu leòr nuair a bha Seumas agam . . . Ach cha dhèan seo an gnothach," arsa Màiread rithe fhèin agus chum i oirre le obair an taighe. Nuair a bha i deiseil anns an rùm cadail stob i am vacuum anns a' bhocsa aige air cùl a' chùirtein anns a' phreasa bheag agus thòisich i air cur uimpe airson a dhol a-mach gu na bùthan.

Dhùisg Màiread aig uair sa' mhadainn an là'rna mhàireach agus fallas oirre. Bha bruthainn ann agus bha solas na gealaich a' deàrrsadh tron uinneig air a cùlaibh agus a' dèanamh pàtran buidhe air a' bhalla aig ceann na leapa. Shad i dhith a' chuibhrig ach cha tigeadh cadal ga h-ionnsaigh agus mu dheireadh laigh i a' coimhead a' phàtrain a bha a' ghealach a' dèanamh air a' bhalla agus a' feuchainn ri a h-inntinn a dhèanamh suas airson èirigh agus cupa tì a dhèanamh dhi fhèin.

Bu bheag oirre riamh a bhith a' dùsgadh feadh na h-oidhche. Bhiodh rudan a thachair feadh an latha agus uaireannan eile a' tighinn a-staigh oirre. Rudan beaga grànda a dhìochuimhnich i mun deidhinn nuair bha i trang. Bha i a' tuiteam na cadal a-rithist nuair shaoil i gun dh'fhairich i brag. Dh'èirich i na suidhe anns an leabaidh agus dh'fhan i greis mar sin ach cha chuala i càil ach buillean trom a cridhe fhèin.

Shaoil i gu robh i greis mhòr mar sin na suidhe ag èisdeachd.

Smaoinich i air èirigh ach nuair nach cuala i an còrr tuilleadh laigh i
sìos a-rithist agus tharrainn i aodach na leapa suas ma cluasan. Bha i
dìreach gu tuiteam seachad nuair dh'fhairich i an ath bhrag. Leum i na
suidhe. Bha buillean a cridhe cho trom 's gu robh dùil aice gum
briseadh e mach às a com.

An uairsin laigh a sùil air bonn an dorais far am faiceadh i sreath de
sholas na gealaich a bha tighinn tro uinneig bhig anns an doras a-
muigh, agus bhrùchd fallas a-mach air a mala.

Chunnaic i faileas a' dol seachad air bonn an dorais.

Dh'fheuch i ri sgairt a leigeil aiste ach cha tigeadh guth às a h-
amhaich. Dh'èirich i air a cois ach bha a leithid a chrith na casan 's gun
lùb iad fòidhpe. Chaidh aice air snàigeil a-staigh don phreasa bheag air
cùl a' chùirtein agus dh'fhan i na crùban an sin.

Dè dhèanadh i? Cha robh càil ri chluinntinn a-nis ach a cridhe fhèin
a' dèanamh a leithid a dh'fhuaim 's gu saoileadh tu gun cluinneadh
duine aig ceann shìos an taighe e.

An uairsin dh'fhairich i fuaim a dh'aithnich i, fuaim doras an rùm
cadail ga fhosgladh air a shocair.

Cha b'urrainn i èigheach ann. Bha i mar gu robh i ga tachdadh.
Chrùb i nas fhaide staigh ris a' bhalla agus bhuail a làmh air rudeigin,
plug am vacuum. Bha i an leithid a chabhaig a' dol a-mach 's gun d' fhàg
i anns an toll e.

Dh'fhairich i casan an duine a' coiseachd gu socair a-null don
leabaidh. An uairsin, agus i gu dol seachad leis an eagal thàinig badhg
a-staigh oirre — gus an latha seo chan eil fhios aice ciamar. Chuir i
mach a làmh agus chuir i air am vacuum. An ath rud chaidh fois na h-
oidhche bhriseadh le fuaim uabhasach am vacuum agus sgairtean
Màiread a' tighinn glè fhaisg air ann an neart.

Chunnaic dithis phoileasman an càr a-muigh air an t-sràid, dithis
dhaoine a' leum a-mach air doras taigh Màireid mar gu robh an
deamhain às an dèidh.

Cha b'fhada gus an robh iad aca.

An ath latha bha Màiread na suidhe a-rithist ag èisdeachd ri Seònaid
a' bruidhinn mu na burglars.

"Tha mi a' smaoineachadh, a Mhàiread," ars ise, "gur e an Sealbh
fhèin a thug air am vacuum a dhol dheth mar rinn e. Nan robh thusa air

a dhol tro na chaidh sinne chan fhaigheadh tu seachad air."
Cha duirt Màiread guth. Bha i a' smaoineachadh air an t-sealladh a
chunnaic i nuair thug na poileasmain gu taigh Seònaid i aig dà uair sa'
mhadainn airson gun coimheadadh iad às a dèidh. Bha an doras a-
muigh fosgailte agus nuair chaidh iad a-staigh don rùm-cadail fhuair
iad Seònaid agus an duine air an ceangal ri casan na leapa.

Cha mhòr nach tainig gàire air Màiread nuair chuimhnich i air a'
choltas a bha air aodann Seònaid — agus an clobhd-soithichean air a
cheangal ma beul airson a cumail sàmhach!

Iain MacLeòid

Faodaidh tu seasamh rè latha air Drochaid na Caoidh ag èisdeachd ri guileig a' ghuilbnich 's ri fuaim an uisge a' cagair gu binn anns na linneachan: no faodaidh tu amharc air aodann nam mòr-bheann a tha ag èirigh air gach taobh den ghleann uaigneach anns an eilean air nach bi ainm. Ach air ciaradh don fheasgar cha ghabh thu an rathad seo. Tha cagailtean càirdeil far an dèan iad do bheatha agus far am faod thu feitheamh ri èirigh na grèine. Gheibh thu fàilte 's furan nan eilean — an spàin-adhairc agus an taobh as blàithe den teine. 'S chan e guileag a' ghuilbnich no cagar an uillt no osnadh nam beann a chuireas eagal ort, ach gaoir tiamhaidh mnà 's i caoidh.

Nach iongnadh leat mar a nì mnathan caoidh airson a' chealgair, an fhir-fhuadain, an duine gun stèidh, a chionn 's gu bheil e flathail na phearsa, gaisgeil na ghiùlan, no theagamh deas gu bradan a thoirt à linne no ruaig a chur air an damh chròiceach. Bha a' cheart smuain aig Mòrag NicGilleathain 's i na suidhe aig a gealbhan fhèin, a sùilean air toit na mòna bha 'g èirigh gu na tarsannan. Trì bliadhna on a thàinig crìoch air a' chogadh san Fhraing, ach cha do thill Ailean, a cèile — Ailean a thilg uaith an corran airson a' chlaidheimh — Ailean a' chridhe aotroim, na coise siùbhlaich, 's na sùla mireagaich daonnan ri spòrs. B'e an aon àm nach b'fheàrr air gealladh na air dèanadas e oidhche gheamhraidh nuair thogadh e an fhiodhall bhàrr a' bhalla 's a chuireadh e air ghleus i, 's a chluicheadh e seana phuirt nan eilean, fhad 's a bhiodh Mòrag a' snìomh ri taobh an teine.

Ach cha do thill Ailean agus 's ann air Mòraig 's air Màiri, a nighean, a thuit obair na croite — Mòrag nan sùilean gorma air am biodh aoibh an còmhnaidh, agus Màiri le suaip ri h-athair na sùilean agus a chridhealas na nàdar. Fad làithean goirid a' gheamhraidh ghiùlain iad an fheamainn an craileagan don chroit agus san oidhche, ri solas a' chrùisgein, bha iad ri càrdadh 's ri snìomh. San earrach thionndaidh iad am fearann leis a' chois-chruim agus gheàrr iad mòine sa' bhlàr.

Air feasgar aig deireadh an fhoghair, bha Mòrag na suidhe ri taobh an teine, sgìth le saothair an latha, 's i beachdachadh air làithean a bha seachad 's air bliadhnachan a bha ri teachd.

"A Mhàiri," ars ise, "chan ann an taigh do mhàthar bu chòir dhut a bhith snìomh, agus Alasdair Caimbeul leis fhèin thall an Grianan. 'S math am fearann a th'aige ri cois Allt na Teangaidh, 's càite eile am faighear sealladh cho brèagha air Stafa no air Lunga no air A' Bhac Mhòr?"

"Cho fad 's a tha sibhse leibh fhèin, cha phòs mise," fhreagair Màiri.

"O" arsa Mòrag, "nach mòr am beud nach eil d'athair aig an taigh. 'Se bha sunndach mun taigh. Cha robh a leithid air cur port air an fhiodhaill aig an fhaidhir Muileach no an taigh-òsda sam bith eadar Latharna 's a' Ghalldachd. Bhiodh na deòir air do shùilean ga èisdeachd a' cluich 'Eudail mo chridhe, tha mi seòladh, a' seòladh,' ach dh'fhaoidte gun till e fhathast mun tig sneachd a' gheamhraidh."

Mo lèireadh! Ged a thàinig an sneachd, cha tàinig Ailean, ach 'se chualas naidheachd dhròbhair Ghallda gun chluich Ailean am port mu dheireadh. Co-dhiù, a' suidhe ri taobh a gealbhain air oidhche fhada gheamhraidh bha Mòrag air ais anns na seann làithean, agus aig deireadh gach sgeòil 'se bhiodh ann:-

"Ach bha sin mun deach Ailean thairis don chogadh," no

"Bha sin an dèidh do dh'Ailean togail air don Fhraing le òrain 's le chlaidheamh."

Ach biodh sin mar a bha, an toiseach an earraich, chuir Dòmhnall MacPhàil an cèill an gaol a bha na chridhe, agus rinn Mòrag èisdeachd nuair chagair e na facail na cluais. Dhùisg iad òran na cridhe fhèin. Dhìochuimhnich i Ailean nam port aotram, agus cha robh air chuimhne ach an obair ghoirt agus na bliadhnaichean fada fàsail a bhiodh roimhpe 's i leatha fhèin.

B' i sin a' bhanais a bh'aig Mòrag 's aig Màiri ann an eaglais Chill-fhianain, agus cuirm nach robh a leithid ann an sabhal mòr Chill-Eadhrain. 'S ged a bha iad às gach ceàrn den eilean, cha robh ann leithid Dhòmhnaill MhicPhàil mur b'e Alasdair Caimbeul fhèin. 'S mur b'ann aig Màiri cha b'ann aig t'èile bha sùil no cas a dhannsadh cho sunndach ri feadhainn Mòraig. Ma bha sùilean ro dheàrrsach cò ghabh aire? 'S ged a bha 'n loch na chobhragach gheal le gaoith chruaidh a' Mhàirt a bha rànaich mu na ballachan, cò chuala sin?

An teis mheadhon na cuirme thainig fear-turais an rathad. Bu truagh a choltas 's bu bhochd a bha e air a chur air le cleòca fada agus seana bhonaid Ghàidhealaich. Leig e a chudthrom air an ursainn, ach bha fàilte ann dha sa' chuideachd agus àite-suidhe aig ceann ìosal a' bhùird. Chuir e an t-seana fhiodhall a bh'aige fo chleòca làimh ris air an ùrlar. Nuair thàinig crìoch air ithe 's air òl, ghlaodh Dòmhnall MacPhàil ris a' choigreach:

" 'S ann agad tha na corragan fada airson pìobaireachd no fìdhleireachd. Seo, mo laochan, thoir dhuinn am port as mireagaiche th'agad."

Gu dearbh b'iad sin na puirt mhireagacha thug am fear-fuadain dhaibh, a' cur lùths nan casan agus sunnd nan cridheachan, agus bha gach aon ag ràdh:

"Cha chualas a leithid de cheòl sa' ghleann on dh'fhalbh Ailean MacGilleathain."

Dhùisg an ceòl smuaintean ann an inntinn Mòraig. Dh'fhàs i anabarrach sàmhach, agus chùm i a sùilean air an fhìdhlear 's e na shuidhe ann an cùil dorcha. Mu dheireadh ghabh iad tàmh rè tamaill, 's chaidh an t-slige-chreachainn mun cuairt. 'S ann an sin a fhuair iad a-mach gun d'fhalbh am fìdhleir gun fhios daibh. Gu dearbh bha e aig an àm sin fhèin fada air an rathad do Ghrianan, a cheann ìosal ris a' ghaillinn 's gun ach aon smuain na cheann — leabaidh fheòir am bàthach a fhuair e iomradh air.

Nach iongnadh leat corr uair mar a thig sàmhchair air fearas-chuideachd 's cridhealas gun fhios carson? 'S ann mar sin a bha e an sabhal mòr Chill-Eadhrain agus fad mionaid cha chualas ach glaodh tiamhaidh na caillich-oidhche agus srann oillteil na gaoithe. Aig a' cheart àm, chuala Mòrag ceòl binn nan teud na cluais. B'e seo rìgh nam fidhlear a bha cluich, agus chuir an t-sèisd a bh'aige an fhuil às a h-aodann.

Bha e mar gu robh a' ghaoth fhèin a' seinn nam facal:

Eudail mo chridh', gur trom leam mo thàladh,
Le stàilinn air leis is le targaid fom cheann;
Eudail mo chridh' gur bochd bhios mo dhùsgadh,
Le bruadaran faoin' air na làithean a bh'ann,
Eudail mo chridhe.

Leum i air a bonn is thilg i uaipe làmh Dhòmhnaill a bha air a guaillean. Thilg i fosgailt' an doras 's ghlaodh i gu h-àrd ris an dorchadas, a guth air a ghiùlan air sgiathan na h-oidhche:

"Ailein, Ailein, till air ais, till air ais. 'Si Mòrag tha gad ghlaodhaich ...
Tha thu aig do sheana chleasan, ach tha mi gad fhaicinn a' falach anns
na sgàilean . . . 'S math tha fhios agam gur tu th'ann, oir 'se do phort
fhèin a bha thu cluich, 's till air ais . . . 'S mòr an eucoir a bha mi a'
dèanamh ort . . . Bha mi cho fadalach, aonarach, 's cha robh thu
tighinn."

Ach cha robh freagairt ann. Air an ath-mhadainn fhuair iad corp an
fhidhleir na laighe air beul sùgha an lùb an t-srutha ri taobh an rathaid.
Thiodhlaic iad e làmh ris an drochaid air nach d'amais a chasan anns
an dorchadas, oir dhaibhsan a chladhaich uaigh, cha robh e ach na
fhear-fuadain. Ach cha robh fois an cridhe Mòraig agus anns na
seachdainean a lean, bha i daonnan ra faicinn a' coiseachd air ais 's air
adhart faisg air an drochaid. Thàinig a' chrìoch oirre, san àm san robh
na feadagan a' neadachadh air ìochdar a' ghlinne, agus mar a bha ceart,
dh'fhàg iad i na cadal suain sa' chladh an cois na mara.

Ach air a shon sin, cha tèid thu seachad air Drochaid na Caoidh air
don anmoch tuiteam, 's chan e guileag a' ghuilbnich no torman an uillt,
no ospag oiteag na h-oidhche, no osnadh nam beann idir a chuireas
eagal is bròn nad chridhe. 'Se tuireadh mnà a' caoidh —a' caoidh
fìdhleir bochd, gun dachaigh, gun ainm a bhris cridhe mnà le òran nach
do chluich e riamh 's nach b'aithne dhà riamh.

Eideard MacSporain

Bha Raonaid na seasamh aig a' bhòrd ag iarnaigeadh is a h-inntinn a'
ruith air rudan eile — no innse na fìrinn air aon rud agus air aon neach.
Bha na sgoileirean a' tighinn dhachaigh an latha sin airson làithean-
saora an t-samhraidh. Saoil am biodh cùisean eadar i-fhèin is Ruairidh
Alasdair Aonghais cho inntinneach 's a bha iad aig a' Chàisg. No 'm
biodh t'èile air tighinn eatorra. Gheall i-fhèin is Ruairidh sgrìobhadh
gu chèile nuair dh'fhalbh e ach cha tàinig bhuaithe ach an aon sgrìobag
agus ged fhreagair ise i gu luath cha d'fhuair i freagairt fhathast. Gun
teagamh chunnaic i e nuair bha iad air an t-slighe Ghlaschu. Thainig e
chun an stèisein ann an Inbhir Nis ga faicinn fhad sa bha an trèan na
stad greiseag an sin ach cha robh e leis fhèin. Bha Mòrag bheag
Dhòmhnaill Uilleim còmhla ris. Mas fhìor gu robh ise cho feumach air
a faicinn cuideachd! Huh! Bha, cho feumach nach biodh ùine aig an
dithis eile còmhla. Bha nòisean a tòineadh aice do Ruairidh. Robh
Mòrag bheag a' smaoineachadh gu robh ise, Raonaid, dall? Nach robh i
faicinn na sùilean a bha i dèanamh ri Ruairidh. Is mar bha i
tòiseachadh ri bruidhinn air gnothaichean mun sgoil a h-uile cothrom
a gheibheadh i agus Raonaid a' feuchainn ri bruidhinn ri Ruairidh mu
dè bha dol aig an taigh.
    Bha Raonaid air an sgoil fhàgail a' bhliadhna roimhe sin gus greiseag
a chur seachad aig an taigh mus tòisicheadh i ri nursadh. Agus ged bha i
titheach gu leòr air cluinntinn mun fheadhainn a b' aithne dhi 's mu na
tidsearan 's ann shaoileadh tu air Mòrag nach robh gnothach aicese
riutha 's gur ann a bha seo eadar i-fhèin is Ruairidh. Agus a-nis seall
thusa 'n ùine a bha Ruairidh aig Mòrag dhi fhèin. 'Sann a bha seòrsa de
aithreachas air Raonaid nach do thill i bliadhn' eile dhan sgoil. Agus
gus dragh ceart a chur oirre bha i air litir fhaighinn o Mhòrag bheag an
latha sin fhèin mas fhìor a ràdh gun tigeadh i nall a choimhead oirre a
chiad weekend aig an taigh ach bha litir làn de Ruairidh. Ruairidh siud,
's Ruairidh seo, Ruairidh aig na Sports, Ruairidh aig danns na sgoile,
Ruairidh anns a' chlass-room. Agus thuigeadh tu ge be air bith càit am
biodh Ruairidh bhiodh Mòrag!
    Chan e mhàin gu robh Ruairidh aice dhi fhèin fad na bliadhna anns

an sgoil ach bha iad a' fuireach anns an aon bhaile cuideachd — ochd mìle air falbh. Carson ma bha Raonaid na caraid cho mòr aice nach do dh'iarr i oirre dhol a-null 'n àit ise bhith tighinn a-nall a' chiad chothrom? Agus bha P.S. anns an litir cuideachd.

"Tha mi air fios fhaighinn gu bheil mi faighinn a-staigh dhan University. Tha Ruairidh e-fhèin a' dol ann. An robh fhios agad?" 'S math bha fhios aice nach robh. Cò bha dol ga innse dhi? Robh Mòrag a' smuaineachadh gu robh University a' sgrìobhadh gu Raonaid a dh'innse dhi cò bha iad a' taghadh is cò nach robh!

"Raonaid a ghaoil," chual i màthair ag èigheachd às an sgularaidh, "tha crodh a' nochdadh agus tha banachagan a' cheann shìos seachad a sin. 'S fheàrr dhut falbh. Crìochnaichidh mi-fhèin an t-iarnaigeadh."

Tharraing Raonaid oirre na Wellingtons agus thug i peil is siuga mach às a' phreasa. Bha feasgar brèagha ann. Bhiodh feadhainn de na sgoileirean anns a' ghearraidh a-nochd. 'S cinnteach gu faigheadh i naidheachd air Ruairidh.

Ach nuair thill Raonaid on eadradh cha robh i ach mar a bha i roimhe. Bha gu leòr aig na sgoileirean ri ràdha gun teagamh ach cha robh air Ruairidh a bharrachd air càch.

Agus gu dearbh cha robh ise dol a dh'fhaighneachd dad mu dheidhinn. Bha na sgoileirean co-dhiù cho feumach iad-fhèin air naidheachdan a' bhaile fhaotainn. Cò bh'aig Murchadh an-dràsda; d'fhuair Seonaidh Alasdair a licence air ais; cuin a bha dannsa gu bhith ann; cuin a bha football; robh guth air banais; 'l fhios co leis a bha babaidh aig Seonag Eachainn; nach e bha smodaig an loidsear a bha an taigh Eòghainn; robh dad a dh'fheum anns na saighdearan a bh'aig na rocaidean ? ? ?

Chuir seo beagan de thilleadh ann an Raonaid. Bha na saighdearan feumail gun teagamh. 'S dòcha nach robh i-fhèin air a bhith cho dìleas do Ruairidh 's a dh'fhaodadh i. Uill, dh'fheumadh tu dannsa còmhla ri cuideigin. 'S ged thigeadh fear dhachaigh leat an-dràsd 's a-rithist, dè choire bha sin?

Chuir Raonaid am bainne air suidheachadh agus dh'fhàg i am peil air an t-sinc gus an dèanadh i e nuair bhiodh i dèanamh na soithichean.

Shuidh an teaghlach aig am biadh agus bha bhruidhinn a' dol, a-null 's a-nall. Cha robh cabhag air an fheadhainn òga ann. Cha robh dannsa no football an àite agus on bha na h-oidhcheannan cho soilleir cha bhiodh an òigridh a' cruinneachadh aig a' Phost-oifis airson greis mhath fhathast. Cha robh Raonaid uabhasach titheach air a dhol ann a-nochd co-dhiù.

Sgioblaich i-fhèin 's a màthair am bòrd agus thòisich iad air na soithichean. Shuidh a h-athair aig an teine 's chaidh na gillean suas an staidhre a sheabhtadh. Thainig Dòmhnall Mòr air chèilidh agus bha dranndail aige fhèin 's aig a h-athair an cois an teine. Bha a màthair a' dol a chèilidh air bean Eòghainn. O uill, bha e cho math dhìse dhol a thadhal air Peigi Ruadh. Bha e cho math a dhol chun a' Phost-oifis còmhla ri càch. Bha Peigi air dreasaichean fhaighinn air approval 's bha i airson am faicinn co-dhiù.

Bha i butaigeadh air falbh gun seabhtadh idir ach smaoinich i 'n uairsin gun cuireadh i oirre sgiort eile agus geansaidh liath. Chìr i ceann aig an sgàthan anns a' chidsean. Cha b'fhiach dhi phùdar a chur oirre ann.

"Tha mise falbh," thuirt a màthair. "Feuch nach bi sibhse anmoch gun tighinn dhachaigh a-nochd."

"Fuirichibh riumsa," thuirt Raonaid ri màthair, "agus coisichidh mi sìos an rathad còmhla ribh."

Bha Peigi Ruadh ann an deagh thrim nuair ràinig Raonaid agus thug iad greiseag a' coimhead air na dreasaichean.

Bha deagh sguad aig a' Phost-oifis nuair ràinig iad. Bha na nigheanan cruinn mun chiosc agus feadhainn dhe na gillean nan seasamh is cas air gach taobh dhen rothair. Bha gurc beag no dhà a' gabhail ceò a-staigh anns a' chiosc is grunnd aca a' ruideanachd air an rathad mhòr le an seacaidean mun ceann.

Bha Màiread dìreach ag ràdh gur e deagh oidhche choigreach a bh'ann nuair nochd dà rothair aig na tobhtaichean, agus nuair thàinig iad na b'fhaisge cha mhòr nach do leum cridhe Raonaid a-mach às a beul. Choimhead i feuch na dh'aithnich duine de chàch dad oirre ach bha iad uile a' faicinn feuch an aithnicheadh iad na coigrich. Dh'fhaodadh ise bhith air innse dhaibh cò bh'ann oir dh'aithnich i Ruairidh cho luath 's a nochd e. Chan e gun dh'aithnich i buileach idir e ach bha fhios is cinnt aice cò bh'ann. Stad iad a-measg nan gillean eile ach thog e a cheann airson mionaid agus choimhead e oirre. Ghlac a sùilean airson tiotan.

"Dè chuir sibhse air an astar seo a-nochd?" thuirt fear de na gillean.

"Bha sinn a' smaoineachadh 's dòcha gum biodh sibh ri football," fhreagair Ruairidh.

"A mhic an diabhail 's tu tha breugach. Thainig sibh às dèidh bhoireannach." Seo on ghurc bheag, mac a' mhiseanaraidh.

Ach bha Raonaid coma. Cha mhòr dìreach nach robh a cridhe a' seinn le toileachas. Bha e toirt a dìol dhi gun leigeil fhaicinn do chàch gu robh diù sam bith aicese dhe na coigrich.

'Se oidhche àlainn a bh'ann.

Criosaidh Dick

Bha an oidhche fuar. "Beannachd leat agus mòran taing," arsa Màiri ri ban-charaid. Dhùin i an doras ach cha do ghlas i e oir bha dùil aig Màiri ris a' mhinistear tadhal air a shlighe dhachaigh bhon chlèir. Bha teine math anns an t-seòmar agus shuidh i an cathair comhfhurtail far am faiceadh i an doras tron uinneig.

Thòisich i a' cunntadh na h-inntinn an fheadhainn a dh'aithnich i a bha aig seirbhis adhlacaidh a bràthar, Aonghas, am feasgar ud. Thainig mòran às a' Ghleann Mhòr far an robh a h-athair còig bliadhna thar fhichead na mhinistear. 'S ann am mansa a' ghlinne a rugadh i-fhèin agus Aonghas.

Chaidh Anna, a piuthar, na nighinn òig gu Astràilia far na phòs i tuathanach. Bha dà bhliadhna bho bhàsaich ise. Chaidh a bràthair Seòras gu Canada na mhinistear. Bhàsaich esan an ospadal an dèidh tubaisd ann an càr còig bliadhna air ais. Shiubhail Màiri agus Aonghas an saoghal cuideachd. Bha Aonghas na chaiptein agus ise na banaltram. Cha do phòs iad agus nuair bha làithean obrach seachad thog iad taigh beag goireasach faisg air a' bhaile agus deich mìle bho eaglais a' Ghlinn Mhòir. Agus cha robh Sàbaid nach biodh iad san eaglais far an robh iad nan òige.

Bho chionn bliadhna fhuair iad ministear Sasannach. Bha e na fhìor shearmonaiche agus bha ceangal air leth aig an t-sluagh ris. Chuir e seachad mìos san t-samhradh ag ionnsachadh Gàidhlig an Leòdhas, agus le cuideachadh nan seann daoine bha e dèanamh oidhirp mhath. Bha lorg aige air eachdraidh na sgìre agus air sinnsearachd gach teaghlaich. Ged rugadh e an Lunnainn agus ged a bha blas Oxford air a bheurla bha e air iomadh dòigh na bu Ghàidhealaiche na duine de aois san sgìre. Cha robh guth aige air pòsadh agus gu tric chuireadh e seachad an oidhche aig Màiri agus Aonghas aig àm clèir, an àite dhol gu mansa fuar falamh.

Chaidh Màiri na h-inntinn air ais gu làithean a h-òige. Sgoil na sgìre, an sgoil Shàbaid agus cleas a' Bhìobaill aig a màthair. I-fhèin a' cluich an orgain aig coinneamhan seachdain. A màthair, ro thric, a' togail Màiri mar fhìor eiseamplair aig coinneamhan na hòigridh. Am beachd a pàrantan agus gach duine san sgìre cha robh aon ann a bha cho ciallach stuama, stòlda ri Màiri. "Carson nach eil Màiri a' pòsadh aon de na gillean òga a tha tighinn gach samhradh a chuideachadh a h-athar?" Sin a theireadh iad uile. Ach aon samhradh thàinig gille òg eireachdail don bhanc. A h-uile feasgar bhiodh e-fhèin is Màiri an cuideachd a chèile. Bha e feitheamh ri fios à ceann a deas Ameireagaidh agus mu mheadhon an fhoghair thàinig litir ga iarraidh gu cabhagach. Dh'fhàg e-fhèin is Màiri air an aon là: esan gu taobh eile an t-saoghail agus ise gu Lunnainn airson bliadhna na banaltram an ospadal.

Thuit fàd às an teine agus thug siud Màiri air ais gu cùisean an là. Rinn i osann. Cha b'e osann bho bhith brùite idir ach osann saorsa, mar gum biodh uallach no eallach air tuiteam dhith. Fad nam bliadhnachan bho thill i à Lunnainn ghlèidh i gu cùramach glaiste na cridhe nì duilich agus thug i taing do Dhia gun tug am bàs leis a h-uile aon a bhuineadh dhi gun sgeul air na thachair ann an Lunnainn. Thuirt i rithe fhèin, "Dà fhichead bliadhna bho nochd bha mo leanabh agam nam achlais san ospadal. Thug mi ainm m'athar air mun tug iad leo e gu dachaigh nan dìlleachdan. Càit a bheil e? A bheil e beò? An deach a mharbhadh sa' chogadh? Seo a' chiad oidhche bhon oidhche ud a chuir mi seachad nam aonar."

Chlisg i le fuaim càir. Sheall i a-mach. Bha am ministear a' tighinn chun an dorais agus a mhàileid na làimh mar gum biodh e dol a chur seachad na h-oidhche. Dh'fhosgail i an doras agus thàinig e steach. Chuir e sìos a mhàileid. Chroch e a chòta agus ad. Thionndaidh e gu Màiri. Chuir e ghàirdean timcheall oirre. Phòg e i mar nach deach a pògadh a-riamh. Tro na deòir thuirt e na cluais. "Mo mhàthair." Leig Màiri glaodh aisde. "Mo chreach," dh'èigh i, "Mo leanabh fhìn, am Ministear Ur."

Iain MacLeòid.

Bha Dòmhnall air falbh a dh'obair a' mhadainn ud mar a b'àbhaist. Chir Màiri a falt dorch a bha a' tuiteam na thuinn air a mala, agus cheangail i ruban dearg uime airson a chumail às a sùilean nuair bhiodh i ag obair. "Ag obair," ars ise, 's i a' coimhead a h-aodainn fhèin anns an sgàthan, "chan eil càil an seo ach obair bho mhoch gu dubh, 's chan eil fiù duine agam ris an còmhraidh mi bho chaidh Seonaidh don sgoil." Thàinig gruaim trom air a h-aodann, mar a thig air aodann leanaibh nach fhaigh an rud tha e ag iarraidh. Thàinig gruaim cuideachd air an aodann anns an sgàthan.

Chaidh i suas an staidhre a dh'iarraidh an aodaich shalaich. B'e madainn Diluain a bh'ann, agus 'se an nigheadaireachd a' chiad rud air am biodh i a' toirt làmh. Leig i leis a' bhùrn ruith, agus chrath i don mhìs bleideagan siabainn às a' phacaid mhòir a bh'anns a' phreas ri taobh a' bhùird. Thruisich i a dà mhuinichill agus dh'fheuch i air.

Thug i leum aiste. Tharraing i a làmhan gu grad às a' bhurn. Cha mhòr nach deach a losgadh. Leig i ruith leis a' bhùrn fhuar, agus dh'fheuch i a-rithist. Cha robh an siabann ud math air na làmhan idir, ach dè a b'urrainn dhìse a dhèanamh? Cha robh de airgead aca air a chur ma seach na cheannaicheadh inneal nighe mar a bh'aig daoine eile. Ach cha robh diù dhìse ann. Shuath i a làmhan na h-aparan brèagha dearg. Smaoinich i air an t-seòrsa aparain a bhiodh air mnathan eile a' bhaile, feadhainn air an dèanamh de stuth bog buidhe, 's a bha a' dùnadh bhon amhaich sìos chun a' mheadhain. Dh'fheuch i don bhùrn a-rithist, 's thug i fruiseadh nach robh fann air lèine uaine Dhòmhnaill.

Chroch i an t-aodach air an t-sreing a-muigh air cùl an taighe. Cha do leig i oirre gu faca i Ealasaid a' coiseachd seachad. Bha i a-nis a' dol gu te an fhuilt a h-uile seachdain. Mhothaich Màiri gu robh deise ùr dhearg oirre. Thug i sùil air a deise ruadh fhèin; 'sann glè bhàn a bha i fàs. Cha b'urrainn dhi gun sùil eile a thoirt. Chunnaic i ceann donn Ealasaid a' dol a-mach à faire. Chuir i suas a làmh gu a falt fhèin. "Ruban dearg," ars ise, gu brònach.

Chaidh i steach, agus chuir i air am buntàta airson na dìnneir. Bha a' mhias air lòn bùirn fhàgail air an làr, agus thiormaich i e! Cha b'urrainn dhi a chumail a-staigh na b'fhaide: "Carson," ars ise, nach do ghabh Dòmhnall an cothrom ud airson barrachd airgid a dhèanamh, carson?"

Chaidh a h-inntinn air ais chun an latha ud o chionn mìos nuair thàinig Dòmhnall dhachaigh agus a dh'innis e dhi aig an teine às dèidh na tea. "Tha," ars esan, "ceann na h-oibreach againn a' sgur air sgàth aois, agus chaidh an t-àite aige a thairgse dhòmhsa." Chuimhnich i air mar a bha lasair air tòiseachadh na cridhe aig na facail. "Ach," arsa Dòmhnall, "cha do ghabh mi e, cha robh mi air a shon." Chaidh an lasair às. Cha dubhairt i càil ris. Bha e a' smaoineachadh gum b'e e-fhèin a b'fhearr fios. Ach 's cinnteach gu robh e a' faicinn cho duilich 's a bha e dhìse, 's cho furasda don fheadhainn aig an robh airgead.

Bha am buntàta a' goil thairis air an teine. Fhuair i a' phrais, agus theothaich i am brot a bha a chòrr bhon dè. Bhiodh gu leòr feòla ann don triùir aca. Shuidh Seonaidh aig a' bhòrd cho luath 's a thainig e, bha e airson falbh a chluiche cho luath 's a b'urrainn dha. Dh'fhalbh Dòmhnall mar a b'àbhaist às dèidh a chupain tè.

Nigh i na soithichean agus ghlan i an taigh. Thug i steach an t-aodach. Shuidh i le leabhar aice air beulaibh an teine. Nam biodh Dòmhnall air an cothrom ud a ghabhail cha bhiodh ise an dràsda ...

Thàinig am fuaim chun an dorais, agus leum Ealasaid a-steach, a h-anail na h-uchd. Bha brògan oibreach Màiri glè aosda a' coimhead ri taobh brògan àrda gobach Ealasaid. Chrath Ealasaid a ceann cràiceach coileach agus thàinig na deòir. "Tha mi," ars ise, "seachd mìle sgìth a' faighinn rudan ùra, an t-inneal nighe ud, an carbaid ùr, an deise ùr seo, agus canaidh Iain gu bheil a h-uile càil agam a dh'iarras mi. Nam b'urrainn dhuinn an sonas a tha agaibhse a bhith againn. ..."

Cha dubhairt Màiri smid, agus thiormaich Ealasaid na deòir le a h-aparan brèagha dearg. Bha tuar an airgid air a h-aodann.

Sheas Màiri air beulaibh an sgàthain. Smaoinich i air Ealasaid, agus ghabh i nàire airson nan smuaintean a bh'aice mu Dhòmhnall tron latha. Bha e an còmhnaidh ceart. Chìr i a falt agus rinn i gàire. Rinn an t-aodann anns an sgàthan gàire cuideachd.

"Dè tha seo?" arsa Dòmhnall agus e a' togail an ruid a bha laighe na shlaod air an làr. Choimhead e ri Màiri, agus bha na deòir na sùilean, deòir an toileachais. Ged nach robh airgead aca, bha iomadh rud a b'fheàrr. Chuir i a làmh suas gu a ceann. " 'Se sin mo ruban dearg," ars ise.

Nighean Sgoile

Cha robh Tormod ach naoi, ach an-diugh bha cudthrom eagalach air laighe air a spiorad òg. Shocraich e e-fhèin air cloich chruinn air cùl na cruaiche agus dh'fheith e gus an nochdadh càch. Dè chanadh iad? Dè chanadh iad nuair dh'innseadh e dhaibh? Saoil am biodh Dòmhnall Ruadh nam breacadh-seunain a' magadh air 's a' tarraing às? 'S cinnteach gum bitheadh. 'Se Dòmhnall bu shine den chloinn mun cuairt 's bha e tuilleadh is bragail uaireannan. Nach robh Malag ag ràdh dìreach an-raoir fhèin gu robh h-uile duine toirt an aire cho mì-mhodhail 's a bha e fàs 's gum bu cheutach do athair beagan ceannsachaidh dhèanamh air.

Ach co-dhiù, cha dèanadh Màiri no Eòghann no Ruairidh magadh air — Màiri co-dhiù. Nuair dh'innseadh e dhi mar thachair, dh'fhàsadh a sùilean mòra na bu chruinne 's na bu tlàithe le iomagan agus bhiodh truas mòr a cridhe aice ris.

Ach gu dè bha gan cumail, gu tà? An fhaod a bhith nach robh an t-uisge 's a' mhòine aca staigh a-nis? Bu chòir dhaibh greasad orra; mura tigeadh iad a dh'aithghearr dheidheadh a' ghrian fodha 's chan fhaigheadh iad cead tighinn a chluich.

Thàinig Malag timcheall oisein na cruaiche. "O...'n ann an sin a tha thu? Na gabh fuachd nad shuidhe an sin fad an fheasgair. Cia mheud poca thug thu staigh?"

"Trì."

"Feuch gun dèan sin an gnothach, matà. Tha fuine agamsa ri dhèanamh a' chiad char sa' mhadainn. Feuch gu fuirich thu faisg air làimh. Tha agad ris a' chrodh thoirt dhachaigh, cuimhnich, agus ma dh'fheumas mise tighinn gad shiubhal, cha mhath dhut..... Eil dad ceàrr ort, chan eil thu coimhead ach stuirceach?"

"Chan eil."

Chaidh earball a h-aodaich à fianais an taobh a nochd i. Sàmhchair. Dh'èirich meanbhchuileag no dhà às a' mhònaidh agus theirinn iad a chluasan 's a chùl-amhaich. Thachais e e-fhèin gu dìcheallach gus na ghlac a chluas am fuaim ris an robh i feitheamh agus dh'èirich e air a chorra-biod.

Bha iad uile tighinn còmhla nall cùl na h-iodhlainn. Bha e beagan mì-shona — b'fheàrr leis gu robh Màiri air tighinn an toiseach, na h-aonar. Ach nuair ràinig iad, 's iad a' bochdadaich 's ag èigheachd mu choinneamh, chaisg e iad cho sòlaimte 's a rachadh aige, 's thuirt e, "Bhàsaich Susanna!"

Sguir a mhìre 's a' bhocadaich. Sheall iad air gu h-iomaganach.

"Cha do bhàsaich!" arsa Dòmhnall Ruadh.

Chuir an naidheachd dragh air gun teagamh, thug Tormod an aire.

"Bhàsaich. Chaidh mi mach le gràn thuice cho luath 's a thàinig mi às an sgoil 's cha robh sgeul oirre. Choimhead mi 'n uairsin shìos os cionn a' chladaich 's fhuair mi ri taobh gropain i . . . marbh."

Theab glug a' chaoinidh tighinn air. Bha chompanaich uile coimhead air cho truasail agus bha cumhachd nan co-fhaireachdainn air nach robh e eòlach.

B'aithne dhaibh uile Susanna, an tunnag a fhuair Tormod an-uiridh o bhean a' chìobair. Nach iomadh gàire thug i orra. B'i fhèin an tunnag a b'èibhinne 's bu lugha nàire ghluais air dà spòig riamh. Ach cha robh e buileach freagarrach a ràdh gum b'ann air dà spòig a ghluais Susanna; bhristeadh tè aca nuair a bha i na h-isein agus b'ann gu math cuagach, spliathach a bha i riamh on àm sin.

Dh'itheadh i gràn (no dad sam bith eile bhiodh ri sheachnadh) às an làimh, leanadh i steach don arbhar iad nuair dheidheadh iad a falach agus nuair bhiodh iad a' deasbad a-measg a chèile —mar as tric a bhitheadh — 's gann nach rachadh fhaighneachd do Susanna gu dè a beachd, oir bhitheadh i an siud is car na ceann ag èisdeachd riutha gu dìcheallach. Bha e gu math doirbh a chreidsinn nach b'urrainn dhi aon rud dhiubh sin a dhèanamh tuilleadh.

"An truaghan!" arsa Màiri.

"Saoil an e cù rinn e?" dh'fhaighnich Ruairidh.

Chrath Tormod a cheann.

"Cha do bhoin dad dhi. Cha do rinn i ach . . . ach bàsachadh."

"Feumar a tiodhlacadh matà," ars Eòghann, am fear bu phongaile dhiubh uile, "agus a tiodhlacadh dòigheil cuideachd. B'airidh i air."

Sheall Tormod air a chompanaich. Dh'aomadh ceithir chinn gu dùrachdach. "Ceart, matà," ars esan, "thugnamaid."

Ghabh iad a-null gu iomall a' chladaich air an socair, a' dèanamh beagan draghaidh air an casan mar shaoil iad bu chòir do luchd caoidh.

Bha Susanna air a druim dìreach agus a spògan, seargte gun lùths, paisgte air a h-itean broinne.

"O, an truaghan!" dh'èigh Màiri, a' dol air a glùinean ri taobh agus ga slìobadh. Cha do leig na balaich dad orra agus thòisicheadh, leis an t-seann spaid a thug iad leotha o cheann na cruaiche, air cladhach an tuill. Thug iad greis mu seach air an spaid agus, an dèidh mòran osnaich is acain, rinneadh sloc a shaoil iad mòr gu leòr airson an gnothaich.

B'ann ri Màiri a dh'earbsadh a leigeil don ùir agus rinn i sin gu socair, pongail leis a' cheathrar bhalach nan seasamh sàmhach ga coimhead.

Ach bha cudthromachd na cùise a' fàs draghail do Dhòmhnall Ruadh agus thuirt e le mothar gàire: "Bu chòir dhuinn Salm a ghabhail, nach bu chòir?" Sheall càch air le diomb a chuir na thosd e sa' mhionaid. Sin mar a thachras an còmhnaidh, thuirt Tormod ris fhèin, dh'fheumadh cuideigin cuis-bhùird a dhèanamh nuair a b'olc . . .

Nuair a bha 'n gnothach seachad 's a sgaoileadh an ùir gu rèidh air uachdar an t-sluichd bha iad fhathast deònach fuireach greis na b'fhaide. Cha robh e ceart, ann an dòigh, coiseachd air falbh agus Susanna bhochd fhàgail ann an siud.

"Dèanamaid crois!" arsa Màiri.

Dh'aontaicheadh leatha sa' spot.

"Falbh thusa null gu eathar Chaluim aig a' phort," arsa Tormod ri Eòghann. "Bha Calum a' leaghadh teàrr-bhuidhe an-diugh 's cha chreid mi nach bi na h-èibhleagan teth fhathast. Teasaich am pìos iarainn a bh'aig Calum 's thoir a-nall e. Thugainn thusa, Ruairidh, feuch am faigh sinn biorain mhaide san tiùrr."

An ceann tiotan dhìrich Tormod is Ruairidh às a' chladach le dà bhioran fhreagarrach aca is iad a' toinneamh sreang mun timcheall 's a' dèanamh crois dhiubh. Cha b'fhada cuideachd gus an do nochd Eòghann leis a' phìos iarainn agus ruthadh na grìosaich na ghob.

"Dè tha thu dol a sgrìobhadh?" ars Eòghann.

Chan eil mi buileach cinnteach. Saoil nan cuireamaid ann am Beurla "Mar chuimhneachan air Susanna, an tunnag a b'fheàrr a . . ."

"Ach, nì 'n t-ainm aice an gnothach leis fhèin," arsa Dòmhnall.

"Tha 'n t-àm agad cabhag a dhèanamh. Tha seo a' fàs fuar," ars Eòghann. Rug Tormod 'n uairsin air an luideig a bh'air ceann an iarainn agus gu dicheallach thòisich e air losgadh litir mu seach de ainm na tunnaige anns a' mhaide.

Ach bha e furasda fhaicinn nach robh theas air fhagail na dhèanadh an gnothach agus cha robh e ach air SUS a sgrìobhadh nuair a b' fheudar sgur.

"Och, nì sin fhèin a' chùis," arsa Dòmhnall.

"Nì, nì, tuigidh sinne cò th'ann," ars Eòghann, 's gun e deònach sam bith turas eile thoirt chun a' phuirt.

Mar sin chàirich Tormod a' chrois gu cùramach aig ceann an t-sluichd, ach fhathast cha d'fhuair e stèidheachadh ceart.

Chualas guth feargach air an cùlaibh.

Nuas a ghabh Malag agus coltas garbh oirre 's i an dèidh bhith siubhal Thormoid thall 's a-bhos.

"Dè chladhach 's an ruamhar tha seo?" dh'èigh i, "sguiridh sibh dheth sa' mhionaid dìreach! Agus . . . thusa, amadain ghràinde, gabh dhachaigh agus 's tusa gheibh e bhuamsa nuair ruigeas tu."

Leum i thuige agus thug i sgailc mhath dha mu chùl a chinn. B' ann an uairsin a laigh a sùil air a' chrois. Chuir sin an cuthach buileach oirre. Phrann i fo casan i, 's i 'g èigheachd riutha — cho cruaidh 's gun cluinnte thall 's a-bhos i agus lasadh fiadhaich na sùil.

Sheall Tormod oirre agus, goirt 's gu robh chluasan agus cruaidh 's gu robh thàmailt, cha mhòr nach tàinig gàire thuige.

Shaoil e gu robh iomadh rud fo na neòil nach robh daoine tuigsinn nuair thigeadh iad gu aois.

Pòl MacAonghais.

Nuair thill iad dhachaigh à Glaschu cheannaich iad taigh mòr geal le lios mòr air a bheulaibh. Cha robh dìth airgid orra oir bha Murchadh air a bhith na phoileas 's e air inbhe Superintendent a ruighinn. 'Se an aon rud a-riamh a chuir faileas air am beatha nach robh clann aca. Bha i uabhasach toilichte leis an taigh, agus bha Murchadh toilichte cuideachd oir bha e faisg air a' mhuir 's bha e dèidheil air iasgach. "Tha seachd rumannan ann gu lèir," ars esan rithe.

Thug iad am piàno dhachaigh leotha agus an àirneis a bh'aca anns an taigh eile air Great Western Road. Air latha brèagha samhraidh bha i na suidhe anns an lios air cathair, a' ghaoth bhlàth a' togail a fuilt, 's Murchadh le a shlat iasgaich shìos aig a' chreagach.

Agus chual i am piàno a' cluich. Chuir seo eagal uabhasach oirre oir bha i cinnteach nach robh aon duine am broinn an taighe. Gu critheanach dh'èirich i às a' chathair 's chaidh i steach don rùm ach cha robh duine na shuidhe aig a' phiàno, 's bha e fhathast na chèis mar thàinig e. Cha chual i an ceòl tuilleadh an latha sin.

Nuair thàinig Murchadh dhachaigh le cudaigean dh'innis i dhà dè thachair.

"Feumaidh e bhith gun do thuit thu na do chadal," ars esan rithe. Bha e àrd tapaidh liath, 's bha an dithis aca air a bhith pòsd airson deich bliadhna fichead.

"Chan eil rian nach eil thu ceart," ars ise. "Chan eil rian nach e bruadar a bh'ann."

"Nach i a tha coimhead geal," arsa Murchadh ris fhèin. " 'S math dh'fhaodte nach robh còir againn a thighinn dhachaigh."

An oidhche sin fhèin chaidh iad a chèilidh air càirdean dhaibh ach cha do bhruidhinn iad idir air a' phiàno, ach dh'fhaighnich Anna anns a' ghuth-thàmh:

"Cò bh'anns an taigh a cheannaich sinn?"

"Cha robh ann ach cailleach a bha fuireach na h-aonar," arsa Tormod 's e cur a-mach Cinzano dhi: oir cha robh Murchadh ag òl. "Carson a tha thu faighneachd?"

"O chan eil airson càil," ars Anna.

Nuair chaidh i-fhèin is Murchadh dhachaigh bha a' ghealach àrd geal anns an adhar agus an taigh sàmhach. Ach bha e coimhead àraid anns an t-solas gheal ud mar gum biodh e feitheamh, agus thubhairt i seo ri Murchadh.

"Isd òinseach'," ars esan. "Chan eil càil ceàrr air an taigh." Bha fhios aice nach robh mac-meanmna sam bith ann am Murchadh — 'se sin bu choireach gur e deagh phoileas a bh'ann.

An ath latha a-rithist nuair bha i còcaireachd anns a' chidsin agus Murchadh aig a' chreagach chual i am piàno a-rithist 's nuair chaidh i steach don rùm anns an robh e cha robh duine ri fhaicinn. Ach an turas seo dh'fhairich i fàileadh cùbhraidh anns an rùm. Nuair thàinig Murchadh dhachaigh cha do dh'innis i dhà gun cual i am piàno a' cluich.

B'e seo a' chiad sanas a chum i bhuaithe na beatha.

Fad a bheatha bha e air a bhith sealg dhaoine air feadh Ghlaschu agus bha sin fhèin gu leòr dhà. Agus a-nise dh'fheumadh ise sealg an taibhs a bha cluich air a' phiàno, anns an taigh mhòr fhalamh ud. Bha a' ghrian air aodann Mhurchaidh a dhubhadh ach bha a h-aodann fhèin geal.

An latha bha seo 's i na h-aonar anns an taigh a-rithist chual i am piàno 's nuair chaidh i steach don rùm bha nighean bheag le dreasa phinc oirre na suidhe aig a' phiàno. Chaidh i null far an robh i agus thubhairt i rithe,

"Cò thu?"

Sheall an nighean rithe le sùilean cho gorm ri sùilean dola agus fhreagair i.

"Màiread."

"Màiread," arsa Anna. B'e Màiread ainm a màthar. Bha iad a' bruidhinn ri chèile airson ùine mhath nuair thàinig Murchadh a-steach.

"Dè tha thu a' dèanamh an sin nad aonar," ars esan. "An ann a' cluich air a' phiàno a bha thu?"

"Cha b'ann," ars ise. Dh'èirich i bhon t-seata air an robh i na suidhe agus thubhairt i:

"An d'fhuair thu iasg an-diugh?" Agus mar a b'àbhaist bha e air iasg a ghlacadh.

"A bheil thu cinnteach gu bheil an taigh seo a' còrdadh riut?" ars esan. "Dh'fhaodadh sinn tilleadh a Ghlaschu ma tha thu 'g iarraidh." Ach bha i droch-nàdarrach anns a' bhad, ag ràdh, "Chan eil iarrtas sam bith agam a dhol air ais a Ghlaschu." Agus cha dubhairt e an còrr mu dheidhinn.

A h-uile latha a bha e aig a' chreagach bha i bruidhinn ri Màiread agus ag innse sgeulachdan dhi. "An latha bha seo," theireadh i, "bha an nighean bheag seo a' coiseachd tro choille nuair chunnaic i am poileas seo anns an deise ghorm mu a coinneamh."

Agus dh'èisdeadh Màiread rithe gu cùramach, ach nuair chluinneadh i Murchadh a' tighinn bha i teiche air falbh.

"Dè fàileadh a th'anns an rùm seo?" arsa Murchadh rithe, agus smaoinich i, " ;Se poileas a th'ann. Carson nach fhairicheadh e am fàileadh?"

"Boltrach ùr a cheannaich mi," ars ise. Agus thug e sùil oirre mar nach biodh e ga creidsinn. O, ars ise rithe fhèin, nam biodh an dithis againn — mi-fhèin is Màiread — còmhla ri chèile a chaoidh . . . . .

An latha bha seo agus Murchadh air a bhith anns an taigh gun ghuth air fhàgail thubhairt i ris,

"Nach eil a thìd agad a dhol a dh'iasgach."

"Uill," ars esan, "thàinig e steach orm gu robh mi gad fhàgail ro thric nad aonar."

"Isd, amadain," ars ise, "thalla thusa le do shlait. Tha mise ceart gu leòr far a bheil mi." Agus rinn e sin, a' toirt sùil oirre nuair dh'fhàg e.

"Tha sinn a-nise nar n-aonar," ars ise ri Màiread. "Tha e àraid gur e dreasa phinc a th'ort, oir 'se pinc an dath a b'àill le mo mhàthair." An dèidh dhi sgeulachd innse do Mhàiread thubhairt i rithe, "An aithne dhut danns?"

'S thòisich an dithis a' danns, air feadh an rùm. "Tha mi 'n dòchas," ars ise, "nach fhàg thu mi tuilleadh." Agus bha eagal oirre gun tilleadh Murchadh, oir gach turas a bha e tilleadh bha Màiread a' fàgail.

Bha Murchadh math air a bhith glacadh dhaoine is èisg ach cha do ghlac e Màiread fhathast. Bha e nàdarrach gu leòr a-nise gum biodh Màiread còmhla rithe mar gum b'ann leatha fhèin a bha i. Ach am b' urrainn dhi a cumail mar phrìosanach anns an taigh mhòr ud?

Le làmh Mhàiread na làimh fhèin bha i falbh air feadh an taighe, 's i a' sealltainn na rumannan dhi. "Seo an rùm agad fhèin," ars ise rithe, 's i a' fosgladh aon de na dorsan. Bha a cridhe gus briseadh air eagal nach còrdadh an rùm rithe.

Thàinig an smaoin a-steach oirre, "Nan èireadh rudeigin do Mhurchadh," ach chaisg i an smaoin anns a' bhad mar gum biodh eagal oirre gu ruigeadh i inntinn Mhàiread.

An latha bha seo thòisich i ag argamaid rithe, "Nach do dh'innis mi dhut nach robh còir agad am bùrn ud a chur air an làr?" Agus bha i fiadhaich airson mionaid ach chaill i a fearg 's rug i air Màiread na gàirdeanan 's thòisich i slìobadh a fuilt.

Ach cha b'fhada a-nis gus an tilleadh Murchadh agus gus am fàgadh Màiread. A h-uile turas a bha i fàgail bha eagal oirre nach fhaiceadh i i tuilleadh.

Nuair thàinig Murchadh dhachaigh le gad èisg mar a b'àbhaist dhà thubhairt e, "Dè am bùrn a tha sin air an làr?"

"O dhòirt mi e nuair bha mi nighe nan soithichean," fhreagair i.

Thug e sùil oirre ach cha dubhairt e an còrr airson mionaid. Am poileas ud leis an iasg marbh na làimh!

Chaidh e null far an robh i agus thubhairt e, "Tha mi gad fhàgail nad aonar ro thric. Rinn mi an aon rud ann an Glaschu."

Thug i sùil ghaolach air agus thubhairt i.

"Chunna mi an nighean bheag ud an-diugh fhèin," ars ise, "agus làithean eile cuideachd."

"Co ris a tha i coltach?" ars esan.

"Tha dreasa bheag phinc oirre," ars ise. "Agus 'se ise a dhòirt am bùrn air an làr. Thubhairt mi rithe nach robh còir aice sin a dhèanamh."

"Bha thu ceart," arsa Murchadh. "Bha thu ceart gu leòr."

Thug i sùil air le iongnadh. "Dè thubhairt thu," ars ise.

"Thubhairt mi riut gu robh thu ceart gu leòr," fhreagair e. Ann an ceann ùine dh'fhaighnich i, "A bheil thu creidsinn gu bheil an nighean seo ann."

"Ma tha thu ga coimhead tha i ann," arsa Murchadh. Nach e bha coimhead sgìth is aosd, am poileas ud a bha gun sgìos!

Am poileas ud nach robh a' fàgail càil gun a rannsachadh!

Shuidh iad a-muigh anns a' ghrèin air cathraichean agus ise ag èisdeachd ach an cluinneadh i am piàno. Bha sàmhachd air feadh an domhain.

"A-màireach," ars ise, "feumaidh tu ionnsachadh iasgach dhomh."

"Ceart gu leòr," ars esan. Bha e air a làmhan a nighe bhon fhuil. Anns a' mhionaid ud fhèin chuala iad am piàno a' cluich. Sheall i ris.

"A bheil thu tighinn?" ars ise.

"Tha," ars esan. Chaidh iad a-steach don rùm. Bha Màiread na suidhe aig a' phiàno. Rinn i gàire riutha 's thòisich i ri cluich.

Iain Mac a' Ghobhainn

"Bha calman geal agam uair is mi nam bhalachan . . . Is mi bha measail air!" ars Iain. Bha làn fhios aige, is na facalan fhathast air a bhilean, nach robh coimeas aig na briathran seo ri beurachd Ghilleasbaig Mhòir. Ach an robh Gilleasbaig Mòr, no laoch eile riamh, ann a leithid a chàs is a bha Iain?

Air an t-sràid, beagan mhionaidean air ais, sgap is lùb Iain meòirean tiugha an dara làimhe mun do chuir e iad tron chròic fhuilt dhorcha, anns an dòcha an robh corra ghaoisdean liath, is thug e crathadh beag air an aid chlò, anns an robh dubhan le cuileig an stobadh, ged nach b'ann air iasgach a bha aire an ceartuair, mun do tharraing e air i le dhà làimh, mar gu robh e ga dheasachadh fhèin airson stoirm ged bha am feasgar brèagha. Gun fhios gun aire gu robh fhalt a-nis a' tuiteam gu mìsgiobalta air cùl a chinn is ri taobh a chluaise, is le snodha slìgeach, neoàbhaisteach air aodann, rinn Iain air an stèisean, an cabhsair cruaidh fo a chasaibh a b'eòlaiche air mòinteach na air sràidean a' bhaile.

Ged bha an tràth fheasgar brèagha cha do bheachdaich e air, ni motha a thug e mòr aire air boireannach àrd, cumadail, ged bha i le ceum aotrom aice a' coiseachd roimhe chun an stèisein. Na inntinn, airson dòcha am ficheadamh turas, bha e taghadh cuid de na briathran geurchuiseach, dibhearsaineach, a bu tric a bhitheadh aig Gilleasbaig Mòr, no aig Teàrlach, is iad a' pliodairt ris na h-igheanan aig cèilidh no aig banais. Chan e gun duirt Iain fhèin facal ri tè riamh a bheireadh rudhadh gu gruaidh, cho àilleil is gum bitheadh i. Is cha robh iarraidh aige gun canadh. Ach air chinnte bha an latha an-diugh eadardhealaichte bho gach latha a chaidh, oir ged bha facalan abhcaideach Ghilleasbaig a' cur snodha air aodann an-dràsda, dòcha gum b'e comhairle bràthair a mhàthar a chuir an siud e.

Nach b'fheàrr dhut bean-taighe fhaotainn: boireannach dòigheil, foighidneach, air choreigin, mun tèid a h-uile nì a dholaidh," thuirt Dòmhnall ris is e a' toirt buille le chep do shean chat leisg, riabhach, a roghnaich riamh an sèithear a bu bhlàithe airson a chlò-chadail.

"B'fheàrr dhà gu mòr bean fhaotainn," arsa Mòr, bean Dhòmhnaill. Ach bhruidhinn i gun mhòran dòchais is a' toirt sùil eile air mìchuantachd an taighe. "Ach am faca mi-fhin fear riamh a bheubanaicheadh a chuid aodaich coltach riut, Iain! Na chaidil thu anns an deise sin?" Rinn Mòr oidhirp gun bhuaidh air na rocan a bu mhiosa a thoirt às an aodach a bha cheana air a dhruim fhad 's a sheas Iain gu tosdach, foighidneach.

"Ach, tha e gasda," arsa Dòmhnall, oir ged bha Iain mì-sgiobalta bha e gun mhìothlachd is cha robh aig Dòmhnall air a bhith cur air. "Cha choimhead muinntir Pheairt air a dheise fhad 's a tha dath a chuid airgid a' tighinn riutha, agus nì e sin."

"Ach an e an t-sean ad-iasgaich sin a tha thu a' toirt leat? Dhomh i gus an toir mi grèim anns an lingeadaidh is i cho duaichnidh mar sin ... Agus ceannaich dhut fhèin ad eile fhad 's a tha thu air falbh," chomhairlich Mòr is i a' cur snaim air snàthnain.

"Bithidh gu leòr eile air aire: tha 'n ad math gu leòr," thuirt Dòmhnall, gun aithne air doimhneachd na fìrinn.

Fad na tìde dh'èisd Iain ri còmhradh eadar an dithis aca, còmhradh nach robh mì-choltach ri iomadh còmhradh eile ris na dh'èisd e is a leig e mu chluais. Bho chaochail a mhàthair bha Iain a' dèanamh air a shon fhèin, is a-rèir coltais bhitheadh. Thigeadh Mòr a-nall an-dràsda is a-rithist, a' glanadh is a' sgioblachadh a h-uile nì muin air mhuin ri làimh, is gum bu tric nach faigheadh e gnothaichean a ghleidheadh Mòr seachad gus an robh e a' lorg nì-eigin eile. Gun ghruaim gun ghearain ghabhadh Iain an ath nì bu deiseile ri làimh.

Thigeadh Dòmhnall e-fhèin a' toirt sùil a mheasadh le tlachd sprèidh agus buill-obrach, oir, ged b'e Iain a' chiad fhear a rachadh gu làmh-chòmhnadh a toirt do neach eile, cha robh leisg no cion sgoinne air mu obair fearainn no sprèidhe.

Air an latha seo thàinig an dithis aca gu dheasachadh is gu chomhairleachadh is e dol gu Peairt gus ball àirneis fearainn a cheannach. Dh'èisd Iain riutha ach mu dheireadh thug Dòmhnall sùil air a' ghleoca is dh'èigh e, "Dhiall, Iain, tha 'n gleoca sin agad air dheireadh. Thoir do chasan leat no caillidh tu am bus."

"Seo d'ad," arsa Mòr, is gun an còrr, bha Iain a-mach is an dithis aca aig a shàilean ga choimhead na shìnteagan sìos am frith-rathad. Letheach rathaid sheas is thill e ceum, "Dè nis a dhìochuimhnich e?" arsa Mòr ri Dòmhnall. "Feuch gum biadh sibh an cat fhad 's a tha mi air falbh," dh'èigh Iain is stad e gus na thog Dòmhnall làmh rèiteil ris mun d'rinn e air an rathad mhòr a-rithist.

Aon uair is gu robh Iain anns a' bhus cha robh smaoin tuilleadh air cat no air dachaigh, air Dòmnall no air Mòr. Ged nach do laigh a shùil fhathast oirre bha Iain an dùil gu robh ròs aige air bean.

Bu toigh le Iain a bhith leughadh nam pàipearan a bha toirt am follais nithean a bha ri reic agus b'iomadh bad neònach a bheag feum a cheannaich e an cois sin. Mu dheireadh nuair theireadh Gilleasbaig, is dreun às-creideach air aodann, "Ach càit air an talamh an d'fhuair thu seo?" fhreagaireadh Teàrlach, na bu luaithe na thug e freagairt à Leabhar Aithghearr nan Ceist riamh, "Carson a tha thu a' faighneachd? Nach fhac e ann am pàipear e." Aon uair, is Iain air nì a bha air leth mì-fhreagarrach a cheannach, thuirt Gilleasbaig, "Nach math dhàsan nach eil mnathan rin reic air an aon seòl." Ghabh an dithis aca tomhas a ghòraiche len sùilean a-rithist gun fhios aig aon dhiubh dè an toradh a thigeadh às am briathran. "Chan fhaigh e bean 'on approval'," arsa Teàrlach. Is ghàir iad.

Ach b'e sin gu dearbh a bha Iain am beachd fhaotainn.

Chuir Flòraidh dà dhealbh dhith fhèin thuige. Bu ghann a sheall e air fear de na deilbh oir, ged bha a h-aodann cruinn ri fhaicinn, cha robh ann ach snapshot air na bhuail a' ghrian oir bha sgall mòr dorcha air a gruaidh. Ach b'aithne don fhear a ghabh an dealbh eile a cheàird, is bha Flòraidh air a dealbh mar gun do leth-thionndaidh i gus bruidheann, na sùilean tlàth a' mire ris. Shuidh Iain iomadh feasgar a' coimhead air an dealbh gus an robh e am beachd gun aithnicheadh e Flòraidh ann an àite air bith. Nis bha e dol ga faicinn anns an fheòil.

Cha b'esan leis fhèin a bha a' dèanamh air a' bhad shònraichte seo oir bha an tè a bha ceuman air thoiseach air air stad aig a' ghleoca is a' coimhead suas is a lethcheann risan. Leum a chridhe nuair dh'aithnich e tè an deilbh. Mar ri seann eòlach thuirt e gu furanach, "Flòraidh?"

"Iain?" ars ise a' tionndadh ga amharc.

Ged bu gheurchainnteach Gilleasbaig Mòr theagamh gu robh e air seasamh cho balbh ri Iain fhèin na àite, oir cha d'rinn an snapshot breug; bha sgall mòr trom-dhearg a' cur mì-shealladh air an dàrna gruaidh. Bha na sùilean a bha ga mheas dòlasach, amharasach.

Airson leth fada mionaid bha sùilean Iain air an sgall ghrànda, ach mu dheireadh shluig e a sheile is fhliuch e a bhilean le bàrr a theanga is thuirt e, "Nach fheàrr dhuinn a dhol a ghabhail cupa tì. Cuiridh e blàths oirnn." Thug e a-mach neipcean-pòca loireach is shuath e am fallas bho mhala is bho bhoisean mun d'rug e air uilinn oirre ga stiùireadh gu àite bìdhe a bha e am beachd a bhitheadh freagarrach. Fhad's a bha iad a' coiseachd chan fhaiceadh e an sgall is cha b'urrainn dhà chreidsinn nach do mheall a shùilean e — gus na shuidh i ma coinneamh far an tuiteadh an solas oirre. An uair sin a dh'aindeoin a nàire, cha b'urrainn dhà a shùilean a thoirt far a h-aodann.

Fhad's a bha iad a' feitheamh gus an tigeadh an tì, leag i a sùilean gu foighidneach is chuir i làmh mhìn, reamhar, gheal, air a' bhòrd is phaisg i an dàrna làmh ann am bois na làimhe eile. Is ann an uair sin a thuirt Iain, "Fhios agad, bha calman geal agam uair is mi nam bhalachan . . . Is mi bha measail air . . . Cha chreid mi gu robh leithid a mheas agam air creutair eile riamh."

"Calman?" ars ise a' togail a sùilean mar gum b'e bha seo ach facal nach robh na cànain idir.

"Seadh," ars Iain is e dol na chabhaig. " 'Se do làmhan a chuir nam chuimhne e. Thug mi do sgoil e aon latha gus a shealltainn do Ghilleasbaig. Ma tha, nuair chaidh mi ga thoirt dhachaigh bha boinne fala air a bhroilleach is boinne a' sileadh bho ghob. Cha do thuig mi riamh dè am prannadh a chaidh a dhèanamh air, creutair eile cho beag mìothlachd ris!"

Chaidh Iain na thosd is a sùilean fhathast air is dearbh chinnt aige nach b'e seo eirmseachd Ghilleasbaig a chuireadh na caileagan nan lùban sùgach. Ach cha b'urrainn dhà suidhe tosdach is a-rèir coltais cha robh iarraidh aicese air còmhradh bho leugh i aodann nuair mhothaich e don sgall mhì-thlachdmhor. An cùl inntinn bha faclan Theàrlaich: "Chan fhaigh e bean 'on approval'," agus còmhla ris bha an t-eagal gun tigeadh iomradh air pòsadh. Thug an t-eagal sin air faclan Iain fhèin tighinn nan sruthan, nan tuiltean. Bhruidhinn e air Dòmhnall is air Mòr, air taigh is air cat. Dh'fhàg a shùilean a h-aodann is lean iad a làmhan a shnìomh gu bog, banail mu na cupanan, a' cur na chuimhne an calman geal, is chaidh a chlisgeadh an lughad is theich a mhaoin far aodann. Dh'fhàs e tapaidh, fearail a-rithist. Thuirt i facal a thug gàire air is thog e a shùilean ri h-aodann a-rithist. Dh'fhàs aodann

fada is an teis meadhoin a ghàire thuirt e? "Chan eil e goirt, a
bheil?"

Airson leth na mionaid choimhead i air mar nach robh i tuigsinn is
an uair sin chuir i dreun bheag oirre is bhrùth i a bilean ri chèile mun do
fhreagair i gu socair, sìobhalta, "Chan eil, is cha robh riamh. Bha an
làrach ann bho rugadh mi." Ged bha Iain, air oidhche dhorcha, air dhol
thairis air fadhailean air an robh e aineolach, chan fhairicheadh e na
b'aotruime na spiorad na dh'fhairich e an dèidh mar thug ciùine a
faclan às a ghàbhadh e.

Ach an uair sin bha e anns an ribe a-rithist le ceist a chuir Flòraidh,
ged nach b'ann mar cheist a chuir a guth na faclan.

"Is e bean-taighe a bha dhìth ort?" ars ise, is cha do thog i a
sùilean ris.

Ged bha an doras fad air falbh bha dol às aig Iain, ach an àite sin
shuidh e far an robh e, a' sìneadh amhaich, oir bha an colair teann mu
mheall an sgòrnain, agus le dànachd air nach robh aithne aige roimhe
seo thuirt e, "Is e bha bhuam ach bean."

Phaisg Flòraidh a làmhan a-rithist is i a' feitheamh. Na inntinn
chunnaic Iain an calman geal is am boinne fala dearg air a bhroilleach
is theann e ri bruidhinn.

Cha b'urrainn do Iain aithris a-rithist na faclan a thàinig thuice na bu
mhotha na b'urrainn dha aithris na faclan gòrach a chleachd e ris a'
chalman gheal. Mu dheireadh thuirt Flòraidh, Flòraidh an deilbh
bhrèagha, "Tha thu cho briathrach ri bàrd!"

Le dànachd air nach do chuir e dearbhadh gus am feasgar ud thuirt
Iain, gu sunndach, aotrom, "Is their iad nach bi fear na bhàrd gus am bi
fear na leannan."

Is cha do sheachainn a shùilean a h-aodann.

Beagan sheachdainean an dèidh seo thuirt Dòmhnall ri Mòr, "Ach a
bheil fhios agadsa dè chlach-iùil a tha tarraing an fhir ud daonnan gu
Peairt?"

Rinn Mòr snodha is thuirt i, "Chan aithne dhomh, ach chì mi
litrichean a' tighinn thuige bho Moss Brothers."

Choimhead Dòmhnall oirre feuch an ann a'cheart da-rìribh a bha i
mun duirt e, "Moss Brothers! Ma tha chan e briogais ghlùine no
dongarees a tha na bheachd!"

Bha Dòmhnall a Mòr gu toilichte aig a' phòsadh, is an t-Sàbaid an dèidh a' phòsaidh bha iomadh fear is tè eile anns an eaglais gus am faiceadh iad a' chàraid òg. Bha Gilleasbaig Mòr fhèin na shuidhe is nuair chunnaic e Flòraidh a' tighinn a-steach las a shùilean le mìlse gheur na naidheachd air an robh e a' dèanamh ro-ghlacadh mum bitheadh i air a bhilean am feasgar ud fhèin.

Shuidh Flòraidh is shuidh Iain ri taobh. Air an dasc phaisg i làmh mhìn am broinn làimhe, is chrom i a ceann, is cha robh fhios aige an ann a' sireadh no a' toirt taing a bha i. Ach anns a' mhionaid sin, anns an eaglais, fo shùilean a' choimhthionail, chuir Iain a làmh mhòr le a h-iongnan briste, gu h-aotrom air uachdar a làmhan airson tiotan beag, is choimhead iad air a chèile.

Ged chunnaic Gilleasbaig gach aon nì de seo, dhìochuimhnich esan a bha cho eirmseach, abhcaideach, guth riamh a thoirt air nì a chunnaic e.

Eilidh Watt

15. AN DUBLADH

Bha am fòrladh seachad. Cha robh ach dà latha eile ann ro sheòladh an Earrann Airm gu cheann-uidhe neo-aithnichte. Ach, le toirt a-mach "topees" agus aodach de dhùthchannan tetha cuideachd, bha e soilleir gu leòr nach b'ann air an Aird a Tuath a bhiodh sinn a' cur ar n-aghaidh. Bha na h-uile uidheamachadh coimhlionta. Bha uair no dhà agamsa airson aonarachd agus beachd-smuaineachadh mun seòlamaid. Thog mi orm a choiseachd thar nan Slèibhtean Feurach an Sasainn a Deas.

Chòrd na cnuic ìosal, uaine sin daonnan riumsa. Tha fois an sin am measg nan caora creimidh, fo fhuaim co-sheirmean cluigean nan eaglaisean fad às; na dealain-dè ag itealach tro dheàrrsadh na grèine mar dhuilleagan fuasgailte nam blàthan gorma. Agus, nuair ruigeas sibh mullach a' chnuic seo gheibh sibh sealladh thar dùthaich Shasainn — sealladh ana-creidmheach saidhbhir, farsaing, duilleagach fo cheò-theas an latha Samhraidh.

Bha mi a' coiseachd air adhart, a' tighinn faisg air mullach maoil an t-slèibhe, nuair thachair mi air seann duine. A-nis, tha de dheagh-ghean air cuid de fhir-dùthcha 's gu fàs iad aosda gun seargadh faicsinneach. Bha esan na sheann duine gun teagamh, ach gidheadh bha dreach na fallainneachd air, mall ach dìreach na choiseachd, a chruth tana ach rag, is aodann rocach, dubh leis a' ghrèin. Math dh'fhaoidte bha e na chìobair, no aon de na fir-ealanta dhùthchail Shasannach a bhitheas a' fighe meanglain gu cliath-chaorach no faillein gu cliabhan.

Bha e meadhonach àrd, agus bha coltas air gu robh e a' dol seachad orm. Ach, an sin, stad e gu h-obann, mar gum bithinn air a bhualadh.

"Uill! Thàinig sibh dhachaigh mu dheireadh thall!"

Labhair e rium cha mhòr gu feargach, mar gum biodh e a' smuaineachadh gun d'rinn mi ceàrr an dachaigh fhàgail agus a dh' fhantainn cho fada bhuaipe. Bha e a' bruidhinn ann an aon de na cainntean dùthchail Sasannach, a' dèanamh air rud sam bith fuaim dìreach agus ionraic gu tur, gun chealg no mealladh ann idir. Ach, cha dèan mi oidhirp a dhèanamh coltach ris a' chainnt-dùthchail sin nam sgrìobhadh. Thuirt mi ris —

" 'Se mearachd a th'agaibhse. Nam fhios, chan fhaca mi sibh riamh roimhe. Gu cinnteach, chan fhaca mi sibh ron latha seo."

Thainig nàdar corraich air. Thuirt e "An saoil sibh gun dhìochuimhnich sibh, John? Cha do dh'atharraich sibh mòran o chionn fichead bliadhna."

Fhreagair mise — "Is sibhse a tha ceàrr. Chan e John an t-ainm a th'orm."

Rinn e gàire — "Bithidh sibh ag innse dhomh nach b'e Hudson an t-ainm agaibh. A dhuine, dh'aithnichinn ur coiseachd mìle air falbh."

Shaoil mi, math dh'fhaoidte, nach robh an seann duine ann uile gu lèir, ach bha coltas ciall is dùrachd air. Bha mi a' smuaintinn air briseadh a' chòmhraidh gun ciall no toinisg seo, agus dol air falbh, ach bha coltas gu robh fios aige air mo rùn, agus ann am modh anabarrach tiamhaidh rinn e grèim air mo ghàirdean.

"John," thuirt e, "Carson a tha thu a' cumail suas an dealbhchluich seo? A bhalaich! Is e latha mòr dhòmhsa a tha ann ur faicinn aon uair eile. Chan eil atharrachadh annad idir, dìreach an aon fhasan a' camadh do bheul nuair bhitheas faite-ghàire ort."

Bha fìor dheòir na shùilean gorma is iad beagan ceòthach leis an aois. Shaoil mi gum biodh e mì-mhodhail is an-iochdmhor feuchainn aon uair eile ra cheartachadh.

Ann an dà fhichead 's ochd uairean bha mi a' fàgail na dùthcha. Dh'fhairich mi gum biodh e na bu chaoine co-aontachadh le rùintean an duine aosda. Uime sin, bha mi nam shuidhe ri thaobh air an fheur ghoirid, dlùth le creimeadh nan caorach, agus bu choma co-dhiù leamsa, am bu mhi John Hudson no nach bu mhi!

B'e gnàth iongantach a bh'ann, gu dearbh, nam shuidhe an sin fo dheàrrsadh na grèine air feasgair Cèitein ciùin, fionnar, cùbhraidh, ag èisdeachd ris a' cuimhneachadh mu làithean a bha seachad — làithean nach robh air a bhith agam, agus mu theaghlach nach robh agamsa idir. Ach, bho àm gu àm, nuair bha e a' bruidhinn, bhuaileadh a chainnt le mòr iongantas mi. Mar eisimpleir, theireadh e —

"Och. Bha sibh daonnan dèidheil air an tuathanachd. Bheil sibh dèidheil oirre fhathast?" — Agus, b'fheudar dhomh aideachadh gu robh sin fìor. Nam shuidhe an sin ann an aodach an Airm air na Cnuic-a-Deas an Sasainn, bha mi a' smuaineachadh nach robh nam sheann ghnothaichean ris an tuathanachd, coltach ris an òigridh agus na dèidheilean aig John Hudson, ach aisling fhaoin!

An dèidh leth-uair còmhraidh, b'fheudar dhomh iarraidh air mo leth-sgeul a ghabhail, a' mìneachadh gu robh mi dìreach a' fàgail na dùthcha.

Nuair chuala an seann duine dè thuirt mi, chum e grèim daingeann, gu inbhe bhig cràiteach, air mo ghàirdean.

"A-nise, is fheudar dhuibh a faicinn mum falbh sibh," ars esan. "Bha ise a' feitheamh an sin am fichead bliadhna seo, an dòchas dùrachdach gun tilleadh sibh là air choreigin. Agus, a-nise, seach gu bheil sibh an seo, cha bhitheadh e ceart idir nach fhaiceadh sibh ise:

Ciamar a bhitheadh e leam, John, nam bithinn ag innse dhi gun thachair mi ort shuas an seo, agus nach do rinn sibh aon cheum air an leth-mìle nas fhaide airson beannachd fhàgail aice? Bhitheadh sibh a' briseadh a cridhe, John, agus mo chridhe fhèin cuideachd."

Chuir sin mise gu iarraidh freagradh luath nam inntinn fhèin air ceist dhoirbh nam modhan. Bha fhios agam gu robh e ceàrr eadhon gabhail orm a bhith ag aontachadh ach fhathast — agus b'e sin a' chuid a b'iongantaiche — nuair bha an seann duine a' bruidhinn, bha mi a' smuaineachadh gu robh cuid de na sgeulachdan mum bhalachanais is m'òige a' dùsgadh cuimhneachan fann nam inntinn.

An sgeula aige, ged a b'annasach i, gidheadh cha robh i nuadh gu tur. An aghaidh mo bhreitheanais, thòisich mi a' gabhail beachd am bu mhise da-rìribh John Hudson.

A-rithist, bha guth annais ann an iarraidh an t-seann duine. Bha dèidh mhòr agam a' bhean-uasal fhaicinn a bha a' feitheamh car fichead bliadhna air an John Hudson chaillte. Cha b'urrainn dhi a bhith glè òg a-nise, nas motha na bha mise glè òg.

Math-dh'fhaoidte ràinig mi co-dhunadh a bha ceàrr. Eadhon aig an là an-diugh, chan eil fhios agam, ach, ceart no ceàrr, lean mi an seann duine thar na Slèibhtean Feurach an Ceann a Deas Shasainn.

Thug e mi sìos aon an dèidh aoin de fhrith-rathaidean uaigneach agus ro bhòidheach, far am bitheadh dath liath-dhearg nan ròsan fiadhaich a' sàthadh an obair-ghrèis am fìor gheal nam blàthan sgitheich; — seachad air na geatachan briste a' dol do na h-achaidhean làn bhuidheagan-an-t-samhraidh — don taigh mhòr cloiche-chrèadha dearg far an robh na h-uinneagan farsaing fosgailte a' cur fàilte air fàileadh cùbhraidh blàthan na h-Og-mhìos.

Threòraich e mise thar starain lùbach, eadar raointean fheòir rèidh, dlùth lomach is ùrail. Stad e air beulaibh doras an taighe. Ghnog e, agus an dèidh a' ghnogaidh, chuir e bhonaid na làmhan, na sheasamh an sin gus am bitheadh freagradh aige, agus, nuair chunnaic mi an t-seann bhean-uasal a' tighinn a chur fàilte oirnn, — fhuair mi, mi-fhìn, gun fhios dhomh, ceann-ruisgte cuideachd.

Na seann aois fann, bha inbhe is maise am filleadh na dreasa dhuibh shìmplidh a bha air a gearradh gu foirfe, a falt geal mar shneachd na h-aon oidhche, dìreach an aghaidh duibhead a culaidh. Rinn i ospag bheag luath na h-iongantas: subhach, mar a bha am modh aig mo mhàthair fhèin nuair ruiginn dhachaigh gun dùil aice. Ach, b'e an t-ainm a chuir i orm, ainm eile. Cha do dh'èigh i ach an aon fhacal — "John!"

Dh'fhairich mi an sin, anns a' bhad, gum bitheadh e ciontach cruaidh a-nise aisling atharrachadh gu fìreantachd. Oir, is mise nam dhotair, chunnaic mi gu robh a dreach euslainteach neo-mhaireannach. B'ise bean-uasal fo sgàil a' bhàis — no bha gliocas Hippocrates gu neoni. Ach, aig an aon àm, bha mi a' faireachadh gu maireadh, gu cinnteach, a grinneas sochaireach thar tuiteamas a bàis.

Ghabh mi tea bhuaipe, agus gu h-iongantach, b'e sin an cèilidh as ciataiche, càirdeile tha nam chuimhne. Fhuair mi mi-fhèin a' cluich earrainn, ach riaraichte leis an earrainn. A' riaghladh m' iongnadh, chaidh mi seachad air na ceistean a bha mi glè gheur fiosrachadh fhaighinn bhuaipe. Ach, shaoil mi gum biodh na ceistean sin dìomhain is amaideach nam bu mhise, da-rìribh, John Hudson. Cheadaich mi dhi a' chuid as motha den chòmhradh a dhèanamh. Bha i a' bruidhinn mun t-seann duine, m'fhear-iùil, mar gum biodh eòlas agam air on bha mi nam leanabh. Bha i a' bruidhinn mun aon mhuinntir agus air na h-aon tachartasan 's a bha esan, agus, b'e fìor iongantas a bh'ann, bha iad na b'eòlaich ormsa, leis an fhìrinn innse, na bu chòir dhaibh a bhith.

Bha còmhradh sona, cridheil gu leòr aice, ged chunnaic mi gu furasda gu robh cràdh maireannach oirre. Ach, gu h-obann, dh'fhàs i stòlda, sàmhach. Thuirt i —

"Och, John! nach bu tusa an t-amadan a theich air falbh mar sin! Gu dearbh, cha chuir mi coire airson sin ort a-nise. Nach eil e cho coltach thu-fhèin a thilleadh nuair tha Sasann a' cogadh. Tha e fiòr choltach riut fhèin a thilleadh a shabaid!"

Bha fhios agam nach robh mòran de eòlas an Airm aice a chionn, ged a bha crùn a' mhàidseir air mo ghualainn, bha suaicheantas buidheann leigheis an Airm orm cuideachd.

"Bha fhios agam cho math," thuirt ise, a' dol air adhart, "nach robh ann ach còmhstri amaideach eadar leannain. Bha a cridhe briste, John. Dh'fhuirich i gu inbhe bhig deich bliadhna mun do phòs i."

"Ise!" dh'èigh mise.

"Seadh, Mary, gu cinnteach. Chuir i a dealbh thugam airson mo latha breith mu dheireadh. An toigh leat fhaicinn? Co-dhiù, tha ùine mhòr air a dhol seachad. Ach, a bheil dochann ort fhathast?"

Bha fhios agam nach robh e ceart dhòmhsa amharc air dealbh de ghnùis leannain fir eile. Ach, an dèidh sin! Bha miann do-cheannsaicht orm dealbh na cailin seo fhaicinn. B'e seo, gu cinnteach, gnùis ro-bhòidheach na meadhon-aois; ged nach fhaca mi i ach tro dhealbh a-mhàin, cha do dhìochuimhnich mi riamh gu tur i. Bha i nam chuimhne o chionn cho fada a-nise agus, o àm gu àm, tha mi a' dearmad nach fhaca mi a' chailin beò riamh. Agus, aig an àm sin, a' gabhail tea le màthair fear eile, a' dèanamh cluiche-cidhis mar a mac caillte, bha mi a' smuaineachadh gu robh eòlas gu h-iomlan agam air a' ghnùis àlainn sin nam choinneamh.

Is fheàrr dhomh an dealachadh a chumail ann an dorchadas. Chluich mi mo roinn gus a' chrìoch, mas ann naomh no suarach a bha i. Chan eil fhios agam, eadhon gus an là an-diugh, cò aca. Tha cuimhne agam gun tug mi gealladh nach bithinn cho fada bhon dachaigh a-rithist. Thug mi bòidean gnàthach gu sgrìobhainn gu minig. Bha eadhon labhairt ann mu fhòrladh eile anns na làithean ri teachd.

Ach, bha fhios agam eadhon nuair bha mi a' bruidhinn, nach biodh, math dh'fhaoidte, litrichean, no fòrladh, no ath-aonadh ann a chaoidh. Bha mise, mi-fhìn, a' dol null thairis airson bliadhnachan gu cinnteach, math dh'fhaoidte gu bràth. Agus, bha fhios agam nach robh e coltach gu maireadh ise fhad 's a bhithinn air falbh. Bha na comharraidhean tinneis oirre ro shoilleir airson sin — an t-at fo a sùilean agus mu

thimcheall a h-adhbrannan; dath gorm nam bilean is nan cluasan, am
plosgartaich mi-shocair aice eadhon nuair bha i na suidhe. Shaoil mi
nach biodh cron sam bith ann, a' toirt gealladh eu-comasach nan
toireadh e beagan toil-inntinn dhi car ùine ghoirid.

Gu dearbh, shaoil mi gu robh an toil-inntinn seo aicese cheana agus
a' cur thairis. Nuair dh'fhàg mi mo bheannachd aice, bhean i ri mo
chòta mar gum biodh i na cailin, a' cluich leis na putain agus gan
toinneimh a-null 's a-nall.

"John," thuirt ise, "Thug thu a leithid de shonas is de fhois iongantach
dhomh am feasgar seo: Tha uiread de John na seann làithean annad
fhathast."

Dh'amhairc mi air ais bho oisinn an fhrith-rathaid. Chunnaic mi ise
na seasamh an sin, òran tiamhaidh ach òirdheirc na h-urram is na
gràsmhorachd. Chunnaic mi ise na seasamh an sin — agus, gu grad,
thog mi air falbh.

Leis an dripealachd a' dol air bòrd na luing, dhìochuimhnich mi gu
luath an dubhachas nar dealachadh iongantach. Tro na bliadhnachan
còmhstri, tinneas, agus cruaidh-chàs a lean, bha an tuiteamas neònach
a' dol gu minig às mo chuimhne gu tur. Nuair thill mi mu dheireadh
thall b'ann gu m'fhìor dhachaigh agus na gnothaichean a bha a'
feitheamh orm an sin. Thuit an t-iomlan, cluiche-chidhis mòr a'
chogaidh bhuam mar m'aodach airm no fallainn, a' fàgail mo bheatha
chòir ri cheangal le chèile a-rithist. Bha an cluiche-chidhis mòr a' co-
dhunadh agus a' dol na fhonn nam chuimhne, agus an cluiche-chidhis
nas lugha a' caitheamh bho m'inntinn cuideachd.

A-nis, aon latha Earraich — aig crìoch Fèill nan Tarbh ann am baile
Pheairt — thachair mi ri ceannaiche bho thaobh an iar nan Stàitean
Aonaichte. Bha e an dèidh meadhon latha agus grunn againn ag òl ann
an taigh-òsda an "Station." An dèidh còmhradh eadarainn mun Fhèill
a bh'ann air a' mhadainn, mu shìnnsearachd nan tarbh agus mu
phrìsean, dh'fheòraich an ceannaiche Ameiraganach dhomh an robh
luchd-dàimh agamsa anns na Stàitean Aonaichte. Fhreagair mi, le
m'fhios, nach robh aon.

"Is e rud iongantach tha sin," thuirt e, "oir bha fear den luchd-
oibriche air mo thuathanachas fìor choltach ruibh. Chan eil cuimhne
agam ciod an t-ainm a bha air."

Le fiamh-ghàire thuirt mi gu feumadh gu robh mo ghnùis glè choitcheann a chionn bha daoine eile roimhe seo a' dèanamh mearachd mum dheidhinn.

Ag amharc nas dlùithe orm, thuirt e —

"Ach, is e samhla iongantach, sònraichte a th'ann. Chan urrainn dhomh ainm a chur air an duine, ach tha a ghnùis nam chuimhne fhathast, ceart gu leòr. Chan eil e comasach dhomh a dhìochuimhneach. Chaidh a thoirt a-steach às na beanntan, ro-thinn leis an fhiabhras mhial, agus às a chiall leatha gu h-iomlan. Chuireadh fios orm a dh'fheuchainn am b'urrainn mi cobhair a dhèanamh air. Bha e daonnan ag èigheach nach bàsaicheadh e gus an cuireadh e gnothaichean ceart gu lèir na dhachaigh."

Dh'amhairc mi nis, le clisgeadh fuar orm, agus chunnaic mi faileas mo ghnùis anns an sgàthan mhòr os cionn an àite-teine. Bha e geal, mar ghruth. Nam mhac-meanmain bha mi air ais am-measg mo thuiteamas iongantach air Slèibhtean Shasainn a Deas.

"Tha mi a' smuaintinn gu bheil fhios agam air ainm an duine sin," arsa mise.

"Sin sibh, tha fios agaibh air. Bha sibhse càirdeach" ars esan. "Cha robh! Cha robh!" fhreagair mise. "Cha do thachair mi air riamh, agus, mas fìor mo bheachd, cha robh sinn càirdeach idir, idir. Gidheadh, ar leam, is e ainm an duine, John Hudson."

"John Hudson," thuirt mi a-rithist, "agus, tha mi an dòchas aig a' chrìoch, gu robh inntinn socair, agus gun chaochail e ann am fois."

Chunnaic mi a-nise gu robh gnùis a' cheannaiche Ameireaganaich beagan geal cuideachd. Dh'èirich e mar gum biodh e buidheach air falbh.

"Is sibhse a tha ceart gu lèir," ars esan. Tha na h-uile rud a labhair sibh ceart. B'e an t-ainm John Hudson. Dh'eug e uaireigin rè a' chogaidh-mhòir — saoilidh mi ann am bliadhna El Alamein. Chaidh a' bhreisleach sìos.

"Bha e mar gu robh e a' smuaintean gun d'rinn e rudeigin a chuir fois air a chogais no inntinn. Agus, dìreach mar tha sibh ag ràdh, fhuair e bàs ann an sìth."

Ailein Friseal

Chuir Màiri biadh Aonghais dhan àmhainn, thilg i a h-apran air cùl sèithir 's dh'fhalbh i suas an staidhir. Dh'fhosgail i doras a' phreas-aodaich 's ruith i a làmh air bad is bad de na bha crochte ann. Eideadh de gach dath ach saoil dè b'fheàrr a fhreagradh a turas? Gorm? Bha e ro dhorcha, ro dhubhach. Cha toireadh sin togail sam bith do Ghranaidh air leabaidh tinneis. Uaine, ma tha? Chrath Màiri a ceann. Laigh a meur air dreas craobhach. Thog i mach e 's chum i rithe fhèin e air beulaibh an sgàthain. B'e seo an dearbh fhear a chòrdadh ri Granaidh Ghrannd. Craobhach, soilleir, sunndach. Bhiodh e na dheagh chomharra gu robh am meanglan gorm fhathast.

Chuir Màiri oirre an dreas craobhach 's mhaisich i a h-aodann aig an sgàthan. Chuir i a falt fada bàn suas le cîrean ann an cruth tarrainneach gus gun coimheadadh i cho tlachdmhor 's a b'urrainn i aig taobh leapa Granaidh. Dhiùlt i gu tur aideachadh gur dòcha gu robh Granaidh a-nis seachad air ùidh a ghabhail na coltas 's na còmhdach. Cha b'ann le teagamh a chuimte am meanglan gorm.

Fhad 's a bha i a' deisealachadh airson a dhol dhan ospadal smaoinich Màiri air a' mheanglan ghorm. 'Sann aig Granaidh Ghrannd fhèin a chual i 'm facal uair is uair "Ma chumas mi meanglan gorm nam chridhe thig an t-eun ceilearach." 'Sann aig na Sîonaich, thuirt Granaidh, a bha am facal an toiseach 's bha ise a' creidsinn nach robh duine air an t-saoghal cho glic ris na Sîonaich.

Cha robh suidheachadh fon ghrèin co-dhiù nach robh facal aig Granaidh ga fhreagairt 's mur biodh facal bitheanta air sgeul cha bhiodh i-fhèin fada a' dèanamh suas ràdh eirmseach. Bha Màiri ag obair an ospadal nan seann daoine far an robh Granaidh o chionn dà bhliadhna, 's bhiodh fealla-dhà eadar i-fhèin 's an luchd-eiridinn eile mu na geur-fhaclan aig a' chaillich a bha cho measail aca uile. 'Se corra latha rachadh seachad gun rud annasach no èibhinn a thachairt san ospadal agus 'se a' chiad rud a chanadh cuideigin, "Saoil dè bhios aig Granaidh ri ràdh!"

'Se boireannach iongantach a bha 'n Granaidh Ghrannd. Sa' chiad dol-a-mach cho fad 's a b'fhiosrach duine cha robh i na seanmhair idir. Ach mar as minig a thuirt Màiri ri a companaich, bha i cho coltach ri

seanmhair. Cailleachag bheag mheata le falt mìn mar an canach 's e
ann am figheachain nan dual mu ceann. Sùilean gorm-ghlas a
dh'fhàsadh mear le spòrs agus blàth le co-fhaireachdainn. Nàdar
tuigseach, foighidneach 's aghaidh chòir a lasadh le gàire mar
bhoillsgeadh grèine air saoghal gruamach.

San dara àite 's dòcha gu saoileadh gu leòr nach robh mòran
adhbhair-gàire aig a' bhoireannach a bha siud. Ach cha bhiodh an sin
ach feadhainn nach cuala guth riamh air a' mheanglan ghorm. Cha
robh duine beò aig Granaidh Ghrannd a bhuineadh dhi ach Peigi, a h-
inghean. Ach càite robh Peigi o chual a màthair bhuaipe mu
dheireadh? Bha i air dìochuimhneachadh o thàinig i dhan ospadal cia
mheud bliadhna bh'ann.

Nuair bha i aig an taigh rachadh i chun na drathrach an-dràsda 's a-
rithist a chunntais nam parsailean 's bhiodh fhios aice cia mheud
Nollaig o dh'fhalbh Peigi. Bha tiodhlac beag air a chur seachad aice a h-
uile bliadhna a dh'fheitheamh air Peigi nan tigeadh i dhachaigh —
peann, sgàthan, leabhar, badan aodaich 's cìrean airson an fhuilt fhada
bhàin.

'S ged nach tàinig Peigi dhachaigh fhathast chaidh aig Granaidh air
a bhith daonnan aoigheil, sunndach. Cha tug i riamh suas dòchas gun
tigeadh an latha a laigheadh an t-eun ceilearach air a' mheanglan
ghorm a chum i na cridhe.

A bharrachd air sin bha i cho daingeann sa' chreideas 's gun toireadh
i air càch creidsinn san aon dùil — gu h-àraid Màiri. Ach nuair
bheireadh Màiri iomradh ri Aonghas mun mheanglan 's iomadh
argamaid a bhiodh aca. Cha robh Aonghas a' toirt gèill do mheanglan
gorm. Dh'fhalbh Peigi o chionn fada 's nam biodh i dol a thilleadh bha i
air thighinn roimhe seo. Cha robh an còrr air ach sin. Bha h-uile rud an
saoghal Aonghais dubh no geal. Cha robh dathan eile eatorra idir.

Bha Màiri air lathaichean dheth nuair fhuair i naidheachd gun
bhuail fiabhras aithghearr Granaidh 's gu robh muinntir an ospadail
gu lèir fo iomagain mu deidhinn. Cha do chaomhain duine aca gach
aire 's coibhneas a bha nan comas. Ach dè bu mhotha dhèanadh feum
do Ghranaidh na Peigi fhaicinn nan robh rathad air sin a thachairt.
Cha robh duine a' creidsinn gun gabhadh Peigi lorg an cabhaig ach co-
dhiù chuireadh brath a-mach ann am pàipearan naidheachd 's air an

rèidio feuch an tigeadh Peigi chun an ospadail.

Bha a-nis trì latha on uair sin ach dubh no dath chan fhacas de Pheigi. 'S chan ann na b'fheàrr a bha Granaidh a' dol. 'Se sin a thug air Màiri cur roimhpe nach biodh Granaidh an-diugh gun duine thadhladh oirre gus a h-inntinn a thogail.

Nuair chaidh Màiri a-staigh dhan ospadal 'se Màiread a' chiad nurs a thachair rithe 's dh'fhaighnich i sa' mhionaid, "Ciamar a tha Granaidh?"

Chrath Màiread a ceann. "A' sìor dhol sìos, tha eagal orm. Uaireannan chan eil i toirt for oirnn."

" 'S an tàinig guth o Pheigi?"

Thug Màiread sùil oirre. "An robh dùil agad gun tigeadh?"

Chaidh Màiri a-staigh gu cùl nan cùirteinean far an robh Granaidh na sìneadh. A' coimhead air a' chreutair bhreòite san leabaidh shaoil le Màiri gu robh i air seargadh on chunnaic i i. Bha a sùilean dùinte 's fiamh ùr air thighinn air a h-aodann mar gum biodh comharra air caochladh bu mhotha nach robh fad air falbh.

Chrom Màiri os a cionn 's rug i air an làimh bhig mheanbh ach cha do shnaoidh Granaidh. Shuidh Màiri greis ri taobh na leapa gus na dh'fhairich i Granaidh a' dèanamh gluasad beag. Thuirt i h-ainm air a socair. Dh'fhosgail na sùilean gorm-ghlas is laigh iad briobach air Màiri gun aithne mus do dhùin iad a-rithist.

Thug Màiri greis air stàireachd. Thog i 'n dealbh a bh'air a' bhòrd. Dealbh Peigi a bha ri taobh na leapa on latha thàinig Granaidh Ghrannd dhan ospadal. Peigi na h-òige. Nighean bhrèagh. Bha i cuimhneachadh cuideigin do Mhàiri. Dreas craobhach oirre 's falt fada bàn sìos mu guaillean.

Bha Màiri a' dùr-choimhead air an dealbh nuair thàinig Màiread a shealltainn air Granaidh. Gun diog shìn i 'n dealbh do Mhàiread 's sheall i sìos air an dreas chraobhach a bh'oirre fhèin. Chaidh a làmh gu a ceann leis an fhalt bhàn ga chumail suas le cìrean. Sheall Màiri is Màiread air a chèile 's bha an aon smaoin nan inntinn. Thug Màiri na cìrean às a ceann 's leig i leis an fhalt fhada bhàn tuiteam sìos mu guaillean. Chlaon Màiread a ceann 's thill Màiri gu taobh na leapa.

Nuair dh'fhosgail a' chailleach a sùilean a-rithist ghluais Màiri ach cha tuirt i diog. Lean na sùilean troma gorm-ghlas an gluasad gus na laigh iad air an tè bha ri taobh na leapa. Nighean le dreas craobhach agus falt fada bàn sìos mu guaillean.

Ann an tiotan thàinig lasadh sna sùilean gorm-ghlas nach fhacas unnta o chionn trì latha. Dhealaich na bilean tana le fiamh gàire. Bha sìth is sonas sa' mhonmhor fhann a thuirt "Peigi". Shlìob Màiri an làmh bheag mheanbh air uachdar a' chuibhrige. Le osna shaorsnail dhùin Granaidh Ghrannd a sùilean ann an cadal sèimh.

Nuair thionndaidh Màiri air falbh bha Màiread ga coimhead.

"Tha i na cadal a-rithist" thuirt i.

"Tha," fhreagair Màiri, " 's ged nach dùisgeadh i tuilleadh tha fhios againn gu bheil i nis toilichte.

Dh'fhalbh Màiri dhachaigh le ceum sunndach 's bha Aonghas roimhpe a' feitheamh naidheachd.

"Tha mi cinnteach nach do dh'aithnich i thu," ars esan.

"O 'si dh'aithnich!" arsa Màiri.

"Ach cha tàinig Peigi, ged tha. Nach tuirt mi riut!"

"Cha tàinig," thuirt Màiri gu ciùin. "Cha tàinig Peigi idir. Ach thàinig an t-eun ceilearach."

Ceiteag NicGhriogair

Bha a sheanmhair air tuiteam na cadal, 's bha e glè mhòr leis a dùsgadh. Sheall e oirre na suidhe sa' chathair mhòir, a' bheannag dhubh mu guaillibh, a sùilean dùinte ann an aodann aig fois 's a làmhan paisgte, fàinne buidhe air tè dhe meòirean. Bha càch sa' choinneimh, 's iadsan a-staigh leo fhèin a' coimhead às dèidh a pheathar. Chaidil ise gu sèimh sa' chreathail. An taigh seasgair, e-fhèin air beulaibh an teine, an cù is an cat nan sìneadh gu cadalach anns a' bhlàths.

Nach e gach nì a bha socair. Smaoinich e air na bha timcheall orra anns an dorchadas: na caoraich anns a' mhòintich, a' bhò anns a' bhàthaich, na cearcan anns a' bhothaig — ach dh'fheumte a' bhothag a dhùnadh a dh'aithghearr, bha sin cinnteach: bha na cearcan air a bhith a-staigh o chionn fada. Nan dùisgeadh a sheanmhair . . . . .

An dorchadas is an t-sàmhchair mun cuairt an taighe. Dorchadas a' còmhdach na geòla ceangailte aig a' chladach, ball air a toiseach is acaire às a dèidh, na casan oirre airson nach rachadh i air a cliathaich an uair thigeadh an tràigh. Thaom e-fhèin a-raoir i; bhiodh i tioram gu leòr.

Mìle air falbh, càch anns an eaglais, gach làmpa laiste. 'S dòcha gu robh iad aig an t-seinn mu dheireadh an-dràsda. Solas is ceòl anns an oidhche chiùin fhoghair.

Dh'fhosgail a sheanmhair a sùilean. Rinn i gàire. "Chaidil mise treiseag. Trobhad ort, nach fheàrr dhut a' bhothag a dhùnadh, a ghràidh?" Bu deònach esan — leum e mach air an doras is a-null chun na bothaig, 's dhùin e i, a' cur a' chnot mhòir air an doras aice. Ruith e air ais — an dèidh dhà bhith ùine na thàmh cha b'urrainn dhà gun a bhith ruith is a' leum. Bha 'n oidhche geur, coltas reothaidh oirre.

"Sin thu fhèin. Tha fhios nach bi càch fada gun tighinn tuilleadh." Athair 's a mhàthair 's a bhràthair — saoil an robh iad air an rathad? Ghluais e null chun na h-uinneige.

'Sann an uairsin a chunnaic e na solais. Sreath de sholais, feadhainn mhòra chruinn shoilleir, dhà còmhla is iad a' gluasad gu luath tarsainn an talaimh treabhaidh aca, 's dhà eile air an cùl a cheart cho luath, 's dhà eile, 's dhà eile, 's dhà aig an deireadh, sreath dhiubh glè bhoillsgeil, a' gluasad cho luath!

"A sheanmhair, a sheanmhair, trobhadaibh feuch am faic sibh na solais! Dè th'ann? Dè bhios ann?"

Thàinig i chun na h-uinneige cho cabhagach 's a b'urrainn dhi. "Ach càite bheil thu faicinn sholas, a ghràidh?"

Ciamar nach robh i gam faicinn? "An siud, an siud! Nach seall sibh iad a' tighinn tarsainn an talaimh treabhaidh! Tha iad gus a bhith aig an taigh — seallaibh iad a' dol seachad!"

Bha a sheanmhair a' coimhead air le gàire air a h-aodann: shaoil i gur ann a' toirt a car aisde bha e. Ruith an gille chun an dorais feuch am faiceadh e na solais a' dol seachad air an taigh.

Bha 'n oidhche socair, fuar gu leòr, mar a bha i nuair a dhùin e a' bhothag. Cha robh solas ri fhaicinn ach an solas bho uinneig Alasdair Chaluim. Cha robh na solais mhòra luatha rim faicinn.

Dh'fhàg an gàire aodann a sheanmhar nuair a thuig i nach ann ri spòrs a bha e. Cho luath is a thill athair is a mhàthair chaidh i suas às an dèidh, 's iad a' dol a chur dhiubh an còtaichean Sàbaid.

"Dè tha ceàrr?"

"Chunnaic an gille beag manadh a-nochd."

Chaidh seachd bliadhna deug seachad, dà mhìos, aon seachdain. Bha e anns an taigh leis fhèin. An oidhche ciùin. Dh'èirich e is choisich e chun na h-uinneige.

'Sann an uairsin an chunnaic e na solais. Bha còig chàraichean a-nuas an rathad às dèidh a chèile. Bha a' choinneamh air sgaoileadh, is cha robh daoine a' coiseachd idir a-nis; bha iad a' dèanamh air na taighean ann an càraichean cho luath is a b'urrainn dhaibh. Toradh an rathaid ùir, smaoinich e. Is chuimhnich e air an oidhche eile, nuair nach robh sgeul air rathad tearradh no air càr.

Ghabh iad tron achadh far am b'àbhaist an treabhadh a bhith, is sguab iad le roid seachad air an taigh. Sheas e aig an uinneig, fiamh a' ghàire air aodann, gàire na tuigse 's na cuimhne; laigh blàths a' ghràidh air inntinn airson ùine ghoirid, ged a bha e na ònar, ged a bha e gun ainmhidh mu thimcheall an taighe, is ged a bha a' bhothag gun doras, gun mhullach, is a' gheòla aig a' chladach na clàran.

Iain MacDhòmhnaill

Cha robh ann ach duine meanbh dheth; cha robh uair a thuiteadh mo shùil air nach tigeadh briathran an t-seann òrain nam chuimhne: "daoine crìon de shìol nan seangan, clann piuthar seanar do Thom Thumb." Bha mi riamh den bheachd gur ann a-nall thairis a thàinig e, ged nach robh cinnt sam bith aig neach a b'aithne dhòmhsa dè an dùthaich no an cinneach dam buineadh e. Agus cha robh e-fhèin deònach sam bith air solas a chur air a' cheist a bha air muinntir an àite uile mu thimcheall a dhùthchais. Ni mò a bha a dhànadas aig duine againn faighneachd dhà co às a thàinig e.

Is ann air oidhche fhuair gheamhraidh is cabhadh sneachda ann a nochd e a aghaidh an toiseach an Cailtinnis. Bha triùir no ceathrar de bhodaich a' bhaile gan garadh fèin timcheall an teine an taigh-òsda Chaluim Ruaidh mun cuireadh iad aghaidh air an dachaigh nuair dh'fhosgail an doras is a bheannaich an coigreach a-steach air an ùrlar.

"Oidhche oglaidh, fheara," ars esan ann an Gàidhlig nach buineadh do cheàrna sam bith den Ghàidhealtachd air an robh eòlas aig na bodaich.

"Tha sin ann, a charaid," arsa Calum, "agus co às a thug sibh fèin a' choiseachd ris an tìde seo?"

Chrath an duine an sneachda bhàrr a chòta, thug e dheth ad, agus shìn e a làmhan a-mach ris a' bhlàths.

" 'Se tha sin ach naidheachd fhada," ars esan, is fiamh a' ghàire air aodann. "Ach a-nall le dràm den stuth as fheàrr a th'agad, agus a leithid eile do gach aon den chuideachd."

Thaitinn seo ris na bodaich, agus chaidh a' cheist an dara taobh an oidhche sin. Ach rè nan seachd bliadhna a dh'fhuirich an coigreach an Cailtinnis cha deach riamh a fuasgladh.

Ghabh e a chòmhnaidh maille ri Calum is, ged nach robh coltas beairteis no maoin air, phàigheadh e a rathad gu cogaiseach aig ceann gach seachdain. Co-dhiù, phàigh e Calum a' chiad seachdain no dhà; an dèidh sin nochd e e-fèin na dhuine cho làmhach èasgaidh mu thimcheall ghnothaichean an taighe-òsda is an fhearainn is gur ann a dheònaich Calum a bhiadh is a leabaidh a thoirt dhà an asgaidh. Chan e a-mhàin gu robh e ealanta mu obair fearainn is taigheadais; thàrlaidh gu robh eòlas anabarrach aige air gach gnè tinneis a bhiodh dualach do dhuine is do ainmhidh is air cungaidhean leighis air nach cuala muinntir Chailtinnis riamh iomradh.

Thionaladh e luibhean is flùran, còinneach an t-slèibhe is feamainn a' chladaich, is dhèanadh e plàsdan is fuar-litean a dhearbh èifeachdach mar ìocshlaint do iomadh neach a bha a' fulang. Chaidh a chliù a-mach air feadh na sgìreachd uile ach, a dh'aindeoin cia lìon neach a bha a' tighinn thuige airson cobhair, cha robh aon duine thall no bhos a b'urrainn nì innse ma thimcheall. A bhàrr air gur "Artar" a b'ainm dhà, cha robh fhios aig neach air nì sam bith ma dheidhinn a bharrachd air a' chiad latha a thàinig e.

Cho crìon is gu robh e na phearsa, bha neart anabarrach na bhodhaig. Thogadh e eallach a bheireadh dùbhlan do dhithis dhaoine cumanta; ach bha a ghuth sèimh, ciùin is a làmh mìn, socair nuair a chàireadh e air lot no creuchd i.

Theirinn gu robh e mu dhà fhichead, ach cha robh e idir furasda amas cinnteach a thoirt air aois. Fhrithealadh e seirbhisean na h-eaglaise an-dràsda 's a-rithist, is labhradh e gu fiosrachail mu chreideamh, sìth am-measg dhaoine, gràdh bràthaireil agus dòighean air am faodadh daoine an leas is an suidheachadh a dhèanamh na b'fheàrr. Bha tuigse is truas mar gum biodh a' co-fhàs ri nàdar; bha gliocas is foighidinn soilleir ram faicinn na ghnìomharan is na chòmhradh, agus chan ann aon uair a chaidh a chomhairle iarraidh ann a bhith a' rèiteach buairidh no troimh-chèile eadar daoine.

Na dhòigh shocair fèin bha e a' toirt atharrachaidh air a' bhaile uile. Shaoilinn nach robh sluagh an àite riamh cho càirdeil ri chèile, cho deas gu aon a chèile a chuideachadh, seadh, no cho soirbheachail nan obair is nan crannchar.

Ged nach robh an coigreach uabhasach briathrach ma thimcheall fhèin, cha sgìthicheadh e a bhith a' faighneachd cheist mu dhaoine eile — chan e idir ceistean pearsanta ach ceistean mu dhòighean is caitheamh-beatha an t-sluaigh mar chomann. Bha e a' leughadh mòrain, agus, mas fìor Calum, a' sgrìobhadh, gun fhois. Chuireadh e seachad an oidhche uile na sheòmar fèin a' sìor sgrìobhadh, ach, ged thug Calum sùil uair is uair air na duilleagan a bha e a' sgrìobhadh, smid dheth cha tuigeadh e. Thug e uair no dhà aon de na duilleagan os ìosal chun a' mhinisteir is a' mhaighistir-sgoile, ach cha dèanadh aon seach aon diubh dad na b'fheàrr na Calum fèin. Cha tàinig fear seach fear dhiubh riamh thairis air a' chànain anns an robh an coigreach a' sgrìobhadh.

Dh'fhalbh an duine mar a thàinig — gun fhios aig neach beò càit an deach e. Bha an oidhche gheamhraidh fuar dorcha is frasan sneachda ann. Timcheall air teine an taighe-òsda bha triùir no ceathrar de bhodaich a' bhaile gan garadh fèin. Dh'fhosgail an doras is choisich dithis dhaoine a-steach — daoine meanbha, crìon am pearsa, fìor choltach ris a' choigreach fèin an coslas is an dealbhachd. Labhair iad ri Artar ann an cànan nach do thuig duine den chuideachd, is fhreagair esan air a' mhodh cheudna. Dh'fhàg e an seòmar, is thill e an ùine ghoirid, ad is a chòta air, is pasgan beag phàipearan am màileid fo achlais.

"Oidhche oglaidh, fheara," arsa esan na Ghàidhlig neònaich fhèin, "ach 's fheudar dhòmhsa a bhith gur fàgail."

Rug e air làimh air Calum is air aon an dèidh a chèile den chuideachd. Ars esan, "Na gabhaibh iongnadh mar a tha mi a' falbh, is na cuireadh e uallach oirbh, oir bidh mi a' tilleadh — uaireigin."

Chaidh e-fèin is a dhithis chompanach a-mach don chabhadh-shneachda.

Cailein T. MacCoinnich

19. AN DUINE DUBH

Bha a' chroit na seasamh aig ceann shuas a' ghlinne agus cha robh an rathad a dol na b'fhaide. Bha na beanntan air a cùl agus An Tabh Atlantic mar dealbh fad às. Cha robh càil eadar an taigh agus an saoghal ach teud an dealan-uisge agus rathad corrach morghain, a bha dol a-mach à sealladh thairis air bruaich. Bha ceò ghlas ag èirigh bhon t-simileir. Air cùl an taighe bha bothan beag chlach air a thogail airson nan cearc le feans ma thimcheall. Air taobh a-staigh na feansa bha grunn chearcan a' sgrìobadh san talamh.

Thàinig cailleach le mias na làimh a-mach às an taigh agus chaidh i a dh'ionnsaigh an taigh chearc. Bha aodach dubh oirre agus bha bata aice. Thòisich i ri crathadh na bha anns a' mhias air beulaibh nan cearcan. Nuair bha a' mhias falamh chaidh i steach don taigh chearc agus thàinig i a-mach an ceann mionaid le dà ugh bheag dhonn na làimh. Thog i na h-uighean air beulaibh a sùilean agus sheall i gu geur riutha. Bha i toilichte — bha na h-eireagan air tòiseachadh a' breith.

Nochd duine beag tapaidh air an rathad os cionn an taighe. Bha na fiaclan aige cho geal ri sligean agus bha a chraiceann mar fhàd bhon tairsgeir. Na làimh bha poca mòr trom agus chrom e a-nuas air beulaibh an taighe a' dèanamh air an doras.

Thàinig boireannach òg a-mach chun an dorais, 's i a' crathadh flùir bho a làmhan.

"Chan eil sinn ag iarraidh càil an-diugh."

"Baraganan gu leòr an-diugh! Stocainnean? Còta bàn? Aparan?"

Chuir e am poc air an talamh gu grad agus dh'fhuasgail e e. Dhòirt a-mach às a' phoc dùn mòr aodach bhoireannach. Rug e air rudeigin soilleir sìoda agus sgaoil e a-mach e le làmhan fada donn.

"Gùn-oidhche brèagha àlainn an seo!"

"Chan eil mi ag iarraidh càil an-diugh!" Dh'fhàs i dearg anns an aodann.

"Stocainnean sìoda! Te àlainn — stocainnean àlainn! Ceithir is sia sgillinn."

"Ceart gu leòr. Gabhaidh mi aon phaidhir. Fuirich gu faigh mi airgead." Chaidh i a-steach agus thill i leis an airgead.

"Seo, matà. Thoir dhomh na stocainnean."

"Tapadh leibh, a bhean. Am beil sibh ag iarraidh dà phaidhir?"

"Chan eil ach a h-aon. Chan eil mi ag iarraidh càil tuilleadh andiugh."

"Ceart, a bhean." Rinn e osann agus thòisich e ri rùilleadh a-measg an dùin aodaich aig a chasan. Thug e dhi neapaicean beag geal. "Seo, a bhean. Bho Abdul Hassan — airson na Nollaige." Rinn i gàire ris.

" 'S fhada gu Nollaig, a bhròinein! Chan eil ann ach an samhradh fhathast. Ach tapadh leatsa. Innis dhomh — am bi sibhse — am bi sibh — a bheil sibh a' cumail na Nollaige cuideachd?"

"Cha bhi, a bhean. Tha latha eile againne. Latha Mahommed. Chan eil ann ach aon Dia agus 'se Allah am fàidh aige."

"Seadh, seadh. Feumaidh mi a dhol a dh'fhaicinn càite a bheil a' chailleach." Ruith i gu cùl an taighe.

"Cò a tha a siud, a nighean? Chuala mi thu a' còmhradh ri cuideigin."

"Tha duine dubh. Cheannaich mi stocainnean bhuaithe agus thug e dhomh neapaicean pòcaid an asgaidh."

"Nach robh sin snog dhà? An robh na stocainnean cho math ris an fheadhainn a thug Dòmhnall dhachaigh às Ameireagaidh?"

"Cha b'ann às Ameireagaidh a thug e iad! A Africa!"

"Gu dè an diofar a th'ann. 'Sann le Dia a tha an saoghal uile, co-dhiù. An tug thu dhà cupan tea? Bhitheadh e gu math sgìth 's e air coiseachd bhon rathad mhòr. Ach seo esan! Tha thu an sin, a bhalaich! Thig an seo, gu faic thu na cearcan brèagha a th'agamsa!"

Chaidh iad chun an taigh chearc.

"Seall air sin! Nach eil iad math! A h-uile h-aon ach an te dhubh sin. Tha mi a' fuireach ri banais gus an toir mi seachad an tè sin. Ach tha an còrr nan eireagan agus chan fhada gus am bi iad gu lèir ri breith. An caomh leat fèin uighean?"

" 'S caomh. Cearcan snog gu dearbh. Agus tha iad òg cuideachd!"

"Eireagan gu lèir, ach an te dhubh."

"An dùil an reiceadh sibh dhà na trì rium? Bheir mi dhuibh deich tasdain an tè orra."

"A bhoill, cha robh càil a dhùil agamsa gin aca a reic. Cha bhi mi a' reic ach na h-uighean. Nam bithinn cinnteach gum biodh tu gu math dhaibh. A bheil teaghlach agad?"

"Tha. Bean agus dà nighinn."

"Bhoill, bhoill, matà. Bheir mi dhut na ceithir as òige, agus fiach gum bi thu gu math dhaibh!"

"Tapadh leibh, tapadh leibh!"

Thug e a-mach làn a chròig a notaichean agus thug e dhi dhà dhiubh.

"Ceangailidh mi na casan aca le snàth agus cuiridh mi ann am poca dhut iad. Theirig còmhla ri Màiread agus bheir i dhut cupan tea."

An ceann lethuair a thìde dh'fhalbh Abdul Hassan suas an rathad agus chaidh e a-mach à sealladh tarsainn na bruaich. Bha am poca leis na cearcan air a dhruim agus am poca aodaich na làimh.

"Tha mi duilich a-nis gun tug mi dhà iad," ars a' chailleach. "Cha ruig e an rathad mòr a-nochd leis an ultach ud."

"Och, 's beag a chuireas e air! Tha iad eòlach gu leòr air ultaich. Na dh'innis mi dhuibh gun tug e dhomh neapaicean? Airson na Nollaige, ars esan! Chan eil fhios aige fiù cuin a tha Nollaig ann!"

"Tha mi a' dol a dh'fhaicinn gu dè na ràinig e. Na beathaichean bochd — air an ceangal ann am poca!"

Rug i air a' bhata, agus dh'fhalbh i suas an rathad. Nuair ràinig i mullach a' bhruaich sheall i sìos air fad a' ghlinne ach cha robh duine ri fhaicinn. Chual i gogadaich a' tighinn bho thaobh an uillt bhig ann an dìg an rathaid.

Chaidh i a-null agus sheall i sìos. Chunnaic i trì cuirp bheaga nan laighe air a' ghlasaich. Bha an duine dubh os an cionn agus cearc a' breabadaich na làimh. Bha sgian mhòr àraidh aige anns an làimh eile agus gheàrr e an ceann bhon cheathramh tè agus i ga choimhead. Nuair thàinig a guth air ais, thog a' chailleach am bata agus rinn i air.

"Gu dè tha thu ri dèanamh, a bhiasd? Na cearcan bochda!"

Leum e às an rathad agus thog e na cearcan marbha bhon talamh. Bha na sùilean aige geal na cheann agus cha dubhairt e facal. Nuair bha e a' dìreadh chun an rathaid na chabhaig, bhuail i am bata air mun druim. Thuit i chun na talmhainn agus shuidh i an sin airson ùine mhòir 's i a' gurraban 's ri osnaich:

"Obh! Obh! — Obh! Obh!"

An ath latha, fhuair Màiread leabhar làn sgrìobhaidh coltach ri sgrìobhadh circe na laighe anns an àite sin. Dh'innis duine foghlamaichte dhi às dèidh làimh gum b'e Bìoball àraidh a bh'ann —"An Koran," an leabhar a sgrìobh Mahommed, agus anns a bheil e ag aideachadh gum b'e fàidhe mòr a bh'ann an Crìosd.

Tormod MacDhòmhnaill

Ged bha i leatha fhèin air oidhche Nollaig cha do dh'fhairich i aonranachd sam bith. Bha an rùm sgeadaichte mar a b'àbhaist aig an àm seo den bhliadhna: pàipearan nan iomadh dath crochte bho mhullach an t-seòmair 's a' ruighinn nan oiseanan, na cairtean Nollaige ag aoibhneas rithe bho sgeilp an teine agus bho gach oisinn ris an cumadh iad an grèim. Bha a' chlann air ùr fhalbh, an gleadhraich milis na cluasan, 's an sprùilleach a dh'fhàg iad air an làr ri thional fhathast. Cha robh cabhaig ann, 's gun sgoil ann a-màireach. Bhiodh iad an-dràsda ag innse dom màthraichean mar chaidh dhaibh ann an taigh na "Leadaidh."

Deich bliadhna fichead a thug i anns an t-seòmar sin. Gun teagamh bheireadh i corra chuairt a Ghlaschu as t-samhradh, nuair bhiodh an sgoil dùinte, ach b'e seo an dachaigh aice, is bha i a' cur ris an teaghlach a h-uile bliadhna. Bha cuimhne aice a-nochd air Iain Dhòmhnaill a bhith staigh aice bho chionn naoi bliadhna fichead — an dàrna Nollaig a bha i anns an taigh seo – is siud a-nochd Dòmhnall beag aice, 's e cho coltach ri athair ris an dà sgadan, ach gu robh aodach na b'fheàrr air na bha riamh air Iain Dhòmhnaill.

'Se "An Leadaidh Liath" a bhiodh oirre. 'Se "Mrs Wood" a bhiodh air na litrichean aice, agus 'se sin a bhiodh aig a' mhaighstir-sgoile agus aig a' mhinistear oirre, ach cha robh càch ga fhaighinn nàdarrach a leithid sin a dh'ainm a radh. Cha bhiodh e ceart Bean Iain no Banntrach Thormoid èigheachd air bean-teagaisg, agus co-dhiù cha robh lorg sam bith aca air ainm baiste an duine aice, no an robh e beò no marbh. Bha fhios gun chaochail e bho chionn fhada, 's gun i ag ràdh dad ma dheidhinn. 'Se "sibh" a chanadh iad rithe an clàr an aodainn, is "An Leadaidh Liath" nuair nach biodh i an làthair. Bhiodh i a' faighinn corra litir à Ameireagaidh — 's dòcha uair no dhà sa' bhliadhna. Cha robh càirdean aice anns an eilean ann.

Agus Murchadh Thormoid Tàilleir! Bha e cho beag 's cho meata ri athair fhèin, ach bha a choltas air gum biodh e cho geur ris na daoine bhon tàinig e. Sin agad e! Nach tric a chì thu an nàdar ud ann an daoine beaga, mar gu faigheadh an inntinn am biathadh nach d'fhuair an corp. Cha b'e gu robh cus coltais air Tormod nuair a bha e anns an sgoil gu robh am biadh a' ruighinn inntinn a bharrachd. Ach air do shocair! An rud a bh'ann gu nàdarrach thàinig e 'n uachdair, agus 'se an clàrc a bh'aig a chomataidh an-diugh, ged nach robh e ach òg. Bha tairbhe an obair na sgoile a dh'aindeoin cùis. 'Se glè bheag de chèilidh a bhiodh i a' dèanamh. Brònag bhochd, na suidhe anns an rùm sin, 's a biadh ga thoirt thuice a h-uile tràth; ag obair air leabhraichean, 's a' dèanamh phioctairean beaga don chloinn. Beatha aonranach, gun chaidreabh, gun toil-inntinn. Cha bhiodh i dol gu na bainnsean idir. Eadhon aig an eaglais fhèin cha chanadh i càil ach gu robh là math ann, is siud i suas an rathad, na h-aonar, a' dèanamh air an dachaigh. Cha b'e gu leigeadh i leas sin: nach robh Màiri Anna a-staigh, 's am biadh deiseil aice air a cionn. Ach nam b'e 's gu robh tinneas a-measg na cloinne, bhiodh i anns an taigh sin mus cuirte dh'iarraidh na nurs, a' tairgse làimh-chuidich. Bha mòran aig a' chloinn ma deidhinn.

Thug i sùil a-rithist air na cairtean, a' leughadh na bàrdachd air gach tè dhiubh. Bha iad air an taghadh gu grinn. Bha cuimhne chùbhraidh aca oirre, ged bha iad gu math sgapte air feadh an t-saoghail a-nis. Siud Ailean Iain thall an Astràilia, ag obair air tuathanas-chaorach: bha comharran a' bhaile aige air a theangaidh mus do dh'ionnsaich e an ABC ceart. Thug an làmh-sgrìobhaidh aige na cuimhne an tàire bh'aige leis a' pheann. 'S bha i smaoineachadh nuair a bha e anns an sgoil gur e cosg tìde bh'ann a' feuchainn ri rud a chur na chlaigeann! Tà, cha b'e. Agus Dòmhnall Mhurchaidh: 's ann an Hong Kong a chuir esan a' chairt don phost; cha robh fhios càite robh 'n t-soitheach aige nochd. Cairt eile à Canada, cairt à Ceann-a-deas Africa, dhà no trì à Sasainn, is leth-dusan à Glaschu. Nach b'iongantach nach tàinig gin à Ameireagaidh am bliadhna? Cairt bhon mhaighstir-sgoile, is cairt bhon mhinistear. Cha tug i ach sùil chabhagach orrasan.

Bhiodh am maighstir-sgoile uaireannan a' fàs sgìth dhith. An dara uair cha tigeadh smid aisde, agus cho luath 's a bheireadh e iomradh air cloinn na sgoile cha robh allsadh a' dol air a cainnt. Glè mhath! Bha e toilichte gu leòr gu robh bean-teagaisg aige cho eudmhor 's a bha anns an eilean, ach bhiodh aire-san uaireannan air gnothaichean eile: cèilidh bha gu bhith air a chumail le sgiobadh a' bhuill-coise. Taghadh Pàrlamaid (bha taghadh ann air an fhoghar ud fhèin, is fear a' feuchainn a-steach a bha a' gealltainn nach cuireadh e a mhàs fodha air being ach an Taigh Pàrlamaid an Dùn Eideann). Eadhon gnothaichean na b'fhaide air falbh bhon dachaigh: Nyasaland, Taghadh Ceann-suidhe nan Stàitean Aonaichte. Dè'n taobh a bha i an dùil a leumadh Ameireagaidh an turas seo? Cha chanadh i guth.

Ach bha a thìde aice sgioblachadh beag a dhèanamh. Ged nach biodh cabhaig oirre anns a' mhadainn, cha robh math an taigh fhàgail mar gun cuireadh am muir a thìr e. Bha brioscaid no dhà, air am pronnadh cho mìn 's a dhèanadh brògan tacaideach e, ri thogail às a' bhrat-ùrlair. Bha bailiùnaichean a fhuair an cruaidh-fhortan nan stiallan air an làr (bha Calum a' Chnapair a' feuchainn ri sgrìobhadh a dhèanamh orra le peansail-luaidhe; cha robh athair beò, bròinean, 's chan fhac e bailiùn a-riamh gu siud). Bheireadh i sgrìobag bheag air an t-seòmar, agus bhiodh an uairsin tìde tea ann. Chan e gu robh feum aice air tea, às dèidh na bha sin de bhiadh milis fhaicinn ga chagnadh. Ach cha thuigeadh Màiri Anna sin. Is bhiodh cothram aice còmhradh a dhèanamh ri Màiri Anna fhad 's a bhiodh i a' càireadh na tea air a beulaibh. Cha mhòr nach robh Màiri Anna cho dèidheil air a' chloinn rithe fhèin, is bha naidheachdan a' bhaile aice bho thogail gu tasgadh an teine — is uaireannan eadar an dà cheann sin den là.

'Se boireannach neònach a bha anns an "Leadaidh". Bhiodh i an dàrna uair cho còmhraideach, ach is tric a chunnaic Màiri Anna i, nuair bhiodh i ag innse dhi mu na balaich is na caileagan òga, is cò bha suirghe air cò, a thogadh i am pàipear-naidheachd is a thòisicheadh i ga leughadh. Fìor dhroch fhasan, smaoinich Màiri Anna.

Thàinig gnog chun an dorais, is chuala iad an doras ga fhosgladh, is guth cruaidh Chaluim Posta: "Litrichean, litrichean. Chan fhada bhios dad aig balaich leis an ceannaich iad buideal, leis na tha iad a' cosg aig an Nollaig air cairtean." Chaidh Màiri Anna chun an dorais, is thill i a-steach leotha. " 'S ann dhuibhse bhios iad co-dhiù," thuirt i ris an "Leadaidh", "Tha an tea gus tarraing, is thèid mi ga h-iarraidh dhuibh."

Nuair thill Màiri Anna, bha an "Leadaidh" na suidhe aig a' bhòrd bheag, is na litrichean air a beulaibh, gun fhosgladh. "Nach brèagh an stamp a th'oirre siud," ars ise; "cha b'ann às an rìoghachd seo a thàinig i." "Cha b'ann," ars an "Leadaidh", is thog i a' phoit gus an copan a lìonadh. 'Se comharradh eile bha siud, is dh'fhalbh Màiri Anna gu ceann eile an taighe. Ameireagaidh! Dè an naidheachd a bhiodh innte an turas seo? B'fheàrr leatha nach robh i air a thighinn — a-nochd co-dhiù. Bha i air a bhith sona gu leòr fad an latha, is na cairtean mun cuairt oirre, 's a' chlann bheag a' ruideil 's ag èigheachd, 's iad a-nis ag innse dom màthraichean an là mòr a bh'aca an "Taigh na 'Leadaidh'." An àite bhith cuimhneachadh air an là sin dà bhliadhna dheug air fhichead air ais. Ach stad i leis an tàmailt. "Tha e beag gu leòr dhomh cuimhneachadh air."

Agus bha deagh chuimhne aice air. Nuair phòs i Seumas Wood ann an Glaschu bha obair gann anns a' bhaile sin, is bha esan air gealladh fhaighinn gu faigheadh e obair an Ameireagaidh. Ach cha robh de airgead aca na phàigheadh faradh an dithis. 'Se bun a bh'ann gun dh'fhalbh esan leis fhèin, agus bha aicese ri leantainn an ceann sia mìosan. Rinn i sin, ach fada mus robh na sia mìosan ann bha fhios aice gu robh leanabh gu bhith aice. Cha robh i airson innse dhà gus an ruigeadh i, ach an dèanadh iad greadhnachas le chèile. Mealladh, mealladh! Nuair ràinig ise Ameireagaidh bha Seumas Wood air boireannach eile a lorg, agus ged a bha e deònach tilleadh thuicese cha leigeadh an tàmailt leatha a ghabhail air ais.

Thàinig Màiri Anna chun an dorais a-rithist. "A bheil dad tuilleadh a dhìth oirbh?" ars ise, 's i toirt suil gheur air a' bhòrd 's air an litir a bha gun fhosgladh fhathast. "Chan eil, a Mhàiri Anna," fhreagair an t'èile ann an guth sèimh, socair. "Chan eil an còrr a dhìth orm. Cha chreid mi nach tèid mi a laighe tràth a-nochd. Cha bhi feum agam air suipear. Is cha bhi cabhaig oirnn anns a' mhadainn." Thug Màiri Anna an aire nach robh i air deur tea òl, ged a bha deich mionaidean ann bho dhòirt i don chopan i. Cha robh i air mìr ithe. Is bha an litir gun a fosgladh. Thill i air a socair gu ceann shìos an taighe.

Agus an sin thàinig an leanabh. Gille a bh'ann. Ise ann an Ameireagaidh, far nach aithnicheadh i duine. Ach an duine aice fhèin, is dè math bha sin? Ghabh an dotair a bha ga frithealadh truas dhi, no 's dòcha nach ann dhìse ghabh e truas. Bha e-fhèin gun teaghlach, is thuirt e gun togadh iad an gille nan tugadh i cead dhaibh. Agus rinn i sin. 'Se rud duilich a th'ann am math 's an t-olc a chur ann am meidh.

Thill i co-dhiù, is an ceann ùine thàinig i don bhaile seo, don sgoil seo, don taigh seo, is bha Ameireagaidh gu math fada air falbh. Is bha i 'n dùil gun rinn i feum. Bha litir a' tighinn uair no dhà sa' bhliadhna, mar chuimhneachan, is bha fhios aice gu robh am balach na dhuine an-diugh, agus e glè choltach rithe fhèin.

Dh'fhosgail i an litir, agus leugh i i. Chaidh na deich bliadhna fichead anns an t-seòmar nan smàl. Bha na cairtean, na deilbh, na leabhraichean, mar luath. Chaidh sonas na sprùilleach, is thòisich an sprùilleach ag at mar adhbhar dòchais.

Bha e a' tighinn a-màireach.

Ruaraidh MacThòmais

Mur b'e gun tàinig e an inntinn Thormoid gu robh suaip làidir aig an duine seo ris fhèin dòcha nach robh e air an dàrna sùil a thoirt air. Bha Tormod a' fàgail Ghlaschu na shuidhe anns a' bhus a bha ion 's deiseil gus falbh chun an iar-thuath, is e car gruamach chionns nach robh iarraidh mhòr aig' air a thuras. Bha e air obair a chall, air airgead a chosg, is a bhean a' maoidheadh nach rachadh ise a dh'fhuireach ann an Lag-na-h-Abhainn no ann an àite eile tuath air Peairt. B'e sin a' chrìoch a chuir an èiginn an cuimhne Thormoid gun dh'fhàg a sheanair croit a bha fàs bho chionn bhliadhnaichean, is bha e nis a' siubhal air an dòigh a bu shaoire gus cuairt a ghabhail chun an iar-thuath is an dòchas gu faiceadh e nì a thogadh dòchas.

"Na bitheadh sùil agad ri brath bhuam airson greiseig," thuirt e ri Lecsa. "Mas e Lagnahamhainn do lag," ars ise, "cha bhi iarraidh agam air." Ach nuair mhothaich i mar leòn i e lean i oirre. "Ach chan eil mi ag ràdh nach còrdadh e ris a' chloinn is far am bi thusa is a' chlann is eudar dhòmhsa a bhith."

B'ann air a' mhisneachd meadh-bhlàth seo a bha Tormod a' beachdachadh nuair thug e 'n aire don duine a thàinig gu cabhagach seachad air an uinneig ris an robh e na shuidhe. Cha robh am bus ach letheach làn is bha 'n t-àite suidhe ri thaobh gun duin' ann. Sheas an duine mionaid a' dèanamh gnothach ris an draibhear is nuair choisich e suas an trannsa thug Tormod sùil eile suas air, is dòcha na b'aoigheile na bha e 'm beachd oir sheas an duine ri taobh an t-suidheachain fhalaimh, chuir e a' chèis-làimhe suas air an t-seilf os an cionn, leag e e-fhèin ri taobh Thormoid is am bus a cheana a' gluasad air falbh. Rinn e snodha gàire mar gu robh e glè thoilichte leis fhèin is thuirt e:

"Rinn mi an gnothach air."

Ged bhrathadh fonn a chainnt àit-àraich chan fhòghnadh sin don duine ghasda seo is cha b'fhada gus an do thuig Tormod gum b'e Ted Rothach a b'ainm dà; gum b'ann à Ontario a thàinig e an ceartuair; gum b'ann às a' Ghàidhealtachd a dh'fhalbh a chuideachd; gun dh'fhàg bràthair a sheanar, a chaidh gu Afraca-a-Deas beagan airgid ri bhith air a roinn a-measg sliochd a dhithis bhràithrean, gum b'e e-fhèin an t-aon ogha a bh'aig aon bràthair; gu robh ceathrar oghaichean aig a'

bhràthair eile, dithis ghillean is dithis nighean, gu robh na fir air
taigheachas dhaibh pèin anns an àite anns an d'rugadh iad, na h-
ighnean pòsda mu dheas.

Dh'èisd Tormod ri aithris a bha a' togail aire bho a dhraghan fhèin is
thug e 'm barrachd aire dhà nuair dh'innis Ted nach robh esan a'
gabhail sgillinn de na dh'fhàg bràthair a sheanar chionns gur tric a
chual e mun bhochdainn a ruaig a chuideachd às an dùthaich is bha
còrr is na dh'fhòghnadh aigesan, oir, ged bha e pòsda cha robh
teaghlach aige.

"Mur eil thu ag iarraidh do chuid den dìleab carson a thàinig thu à
Ontario? Carson a tha thu dol gu Bàgh-na-fiasgan, àite air nach cuala
mi iomradh gus an-diugh ged tha mi eòlach sa' Ghàidhealtachd?" Cha
robh Tormod a' tuigsinn duine a bha a' cur cùl ri airgead air an robh
còir aige is aig an aon àm a' siubhal air an dòigh a bu shaoire a b'aithne
dhà.

"Cha tàinig mi nall a dh'aon ghnothach idir," arsa Ted. "Thug
gnothach eile mi nall. Dh'fhàg mi an 'secretary' agam a' cagnadh a
corragan le mì-fhoighidinn ann an Glaschu." Thug e sùil air fhiaradh
air aodann gach fir. "Ach gheall mi do dh'Fhearchar is do dh'Iain
Rothach, is e sin oghaichean bràthair mo sheanar, gu rachainn gan
tadhal is gu sealladh iad na seann làraichean domh. Ged nach bi mi
shuas ach an dà oidhche is math leam an t-eòlas sin fhèin a chur air mo
chàirdean, mo luchd-dàimh. Fhuair mi cuireadh blàth bhon dithis aca.
Ged nach fhaca sinn a chèile tha mi 'm beachd gun tig sinn a-rèir a
chèile is gheall Fearchar a bhith gam fheitheamh aig Bun-da-loch, a
làmh sìnte gu h-aoigheil thugam nuair theàrnas mi gu talamh air an do
choisich mo shìnnsear is àite air an tric an d'rinn mo sheanair
luaidh."

Bha Ted cho aon-fhillte, cho toilichte leis fhèin is le shuidheachadh is
nach b'urrainn is nach tàladh e duine thuige is mar sin, mun d'ràinig
iad a' Chrion-làraich bha Tormod a' fosgladh inntinn fhèin ri Ted.
Anns a' chiad àite bha e dèanamh gnè de rèiteach air a bheachdan ach
air chùl sin chuimhnich e air iomadh fear a fhuair cuideachadh bho
charaid air taobh thall a' chuain is a shoirbhich na lùib.

Dh'èisd Ted ris an eachdraidh is bha Tormod gu dòchasach gus an
duirt Ted aig ceann na sgeòile, mar gu robh e a' toirt breithneachadh air

cùisean: "Tha e mar seo, ged bhitheamaid a' gearain air na mnathan, agus tha sinn glè thoilichte fuasgladh fhaotainn bhuapa airson greiseig; cha mhair sin ach greiseag fhèin. Tionndaidhidh sinn riutha a-rithist. Airson cion obrach, tha iad thall againne mar an seo, mòran dhaoine dìomhain."

Mar gun cuireadh staid Thormoid is a bhriathran caran de ghruaimean air Ted shìolaidh an còmhradh gus nach robh facal eadorra. Bha Tormod a' coimhead a-mach air an uinneig ach an-dràsda is a-rithist chitheadh e faileas an aodainn aig Ted ann an glainne na h-uinneige is ar leis gu robh plìon ghàire air an aodann sin is e toirt corra shealladh fon t-sùil air fhèin.

Ann an ùine bhig dh'fhairich Tormod a bhith toirt putag dhà gus aire a thogail is nuair thionndaidh e chuir Ted ceist air: Nach duirt thu gu robh thu a' siubhal far an togradh tu fad na seachdain?

"Thuirt mi sin," dh'aontaich Tormod.

"Nach bi sùil aig neach ri brath bhuat?"

" 'Se sin as dùil leam," fhreagair Tormod.

"Seadh matà, dè mu dheidhinn thu m'àite-sa ghabhail is thu dhol gu Bàgh-na-fiasgan a choimhead air Fearchar Rothach?"

"Dè bu chiall dhà sin? Chan aithne dhà mi."

"Chan aithne dìreach. Is e sin cnag na cùise. Eisd rium mionaid. Thug mi leam a-nall an 'secretary'. Is ann mar sin a tha mi ga h-ainmeachadh ach tha mi ann an dàimh nas tinne na sin air Liuis." Chaog e na sùilean a' coimhead air Tormod feuch an robh e a' tuigsinn. "Nis chan eil mis' gu bhith bhos ach seachdain agus is bochd leam dà oidhche a bhith dhìth orm is Liuis a' cagnadh a meòirean às m'aonais ann an Glaschu. Ach gabh thusa m'àite. Mar thuirt thu chan aithne dhaibh thu, ni motha as aithne dhaibh mise. Gabh m'àite is pàighidh mi gu pailt thu."

Mhothaich Tormod do phasg notaichean na làimh. Bha mealladh annta.

"Cha ghabhadh duine mise airson Canèidianach beartach," thuirt e ach a' cuimhneachadh air cho math is a chuireadh e am fonn Ameireaganach air a theangaidh le bhith a' coimhead air cus telebhisean. Ach nuair thuirt e, "Ach dè theirinn-sa riutha?" bha fios aig Ted gu robh an latha leis.

"Chan eil agad ach ceistean a chur, a h-uile nì a mholadh, is ni thu cho math is ged b'e Ted Rothach a bh'aca."

Ràinig iad an Gearasdan far an deach iad a ghabhail grèim cabhagach chionns gu robh Ted am beachd tilleadh às a sin gu Glaschu. Thug Ted a-mach litrichean. "Seo," ars esan, "faodaidh tu sin a leughadh is bithidh tu cho fiosrach is a tha mi-fhìn. Seo dhut, tha mi'n dòchas, fiach do shaothrach, is bithidh Fearchar a' feitheamh riut." Thug e sùil air uaireadair is leum e gu chasan, thug e fàsgadh cridheil air làimh air Tormod is bha e gu sùnndach a-mach an doras.

Air a shocair thog Tormod am pasgan litrichean is eile is rinn e air a' bhus. Leugh e na litrichean is phaisg e gach nì seachad agus ged bha a smuaintean bun-os-cionn bha gnè de thoileachas ann a bhith dol air leithid de thuras. Cha robh faireachadh aige air mar bha tìd' a' ruith is e dealbh ciamar a ghiùlanadh e e-fhèin is mun tàinig a thuigse thuige dh'èigh an draibhear far a ghuala, "Seo Bun-da-loch. Nach robh fear am beachd fàgail an seo?"

Dh'èirich Tormod a' toirt leis a threallaich, is rinn e air an doras. Chrom e cheann is tron uinneig chitheadh e na bha a' feitheamh. Rinn e snodha gàire nuair chuimhnich e mar chanadh muinntir Ghlaschu nach bitheadh sgeul air poileasman nuair bha feum air chionns gu robh iad a' falach anns na cùiltean air eagal gun cuirte dragh orra. Bha dithis an seo dhiubh. Bha fear is a chùl ri càr is e a' coimhead mun cuairt mar nach robh dad a' cur dragh air ach a bhith meas na h-aimsir. Bha trì striopan air a mhuilcheann-san ach cha robh striop idir air muilicheann a' bhalaich throm a bha air a shocair a' toirt suathadh air uinneig a' chàr.

Nuair theàrnaich Tormod b'ann airson Fhearchair a bha sùil aige. Bha fear an sin gu dearbh aig an robh suaip ri Ted. Cha robh e àrd ach bha e garbh is a' coimhead na bu ghairbhe chionns gu robh seacaid ghoirid de chlò ruighinn air, is an t-aon phutan a dhùnadh innte, dùinte mu mheadhan ged bha coilear na lèine fosgailt aig amhaich. Bha ad den aon chlò air, ad a chumadh an t-uisge gun sileadh air amhaich no air aodann, is fon aid seo bha aodann leathann dearg mar gu robh e air at le feirg.

Bha na sùilean glasa fuar. Cha robh aoigh air an aodann seo. Ged chitheadh e Tormod gu soilleir nuair ghluais am bus cha do ghluais e bho thaobh a' chàir ris an robh e na sheasamh.

Cha robh dol às aig Tormod a-nis is, a' cur fiamh gàire air aodann, chuir e a' chèis na làimh chlì is a' sìneadh a làimhe rinn e air Fearchar.

"Nach tu Fearchar Rothach?" arsa Tormod a' cuimhneachadh air fonn bruidhne Ted.

"Is mi Fearchar Rothach," fhreagair am fear eile ach gun ghluasad na choinneamh. Ag àrdachadh a ghutha chuir e-fhèin ceist: "An tusa Ted Rothach?"

"Is mi," thuirt Tormod is na bu dàine a-nis. "Is mi Ted Rothach is tha do litrichean agam ga dhearbhadh."

Thionndaidh Fearchar bhuaidhe, ach gun ghluasad, thuirt e ris na poileasmain, "Seo agaibh Ted Rothach."

Ghabh na poileasmain ceum mall na bu tinne agus thuirt fear nan striopan gu còmhraideach, "Is e Dòmhnallach a th'annam fhìn."

Ged bha 'm balach eile trom na bhodhaig ghluais e gu sàmhach, sùbailte, is bha e aig uilinn Thormoid ged nach duirt e guth.

"Chuir thu 'n oidhche raoir seachad ann an Glaschu, nach do chuir?" Bha guth an Dòmhnallaich ciùin.

"Chuir," dh'aidich Tormod is an t-iongnadh air fiamh a ghàire a dhubhadh far aodainn.

"Am bitheadh tu cho math is gun tigeadh tu còmhla rinn gu stèisean a' phoileis anns a' chàr? Dìreach ceist no dhà rim freagairt."

"Ach carson?" thuirt Tormod, ach cuimhn' aige gu robh duine sgoinneil ri thaobh. Choimhead e bho aodann gu aodann is lean e air. "Cha d'rinn mise cron sam bith."

Thug an Dòmhnallach sùil gheur air mun duirt e, "Chan eilear a' cur murt às do leth fhathast ach fhuaireas marbh am boireannach a chunnacas còmhla riut anns an taigh-òsda far na chuir sibh seachad an oidhche. Bu mhath leinn ceist no dhà a chur riut."

Fhliuch Tormod a bhilean is thug e sùil air Fearchar a bha na sheasamh mar gun fhreumhaich a chasan anns an talamh. Cha robh cobhar an sin dà.

Eadar an dà phoileasman, mar eadar dà charaid dhlùth, choisich Tormod chun a' chàir is shuidh e na chùl is fear nan striopan ri thaobh.

Tro uinneig chùil a chàir thug e sùil air ais far an robh Fearchar gan amharc le sùilean às-creideach. Thilg e smugaid mun do shreap e gu slaodach don chàr far na shuidh e crom air a' chuibheil.

Ghlan Tormod a sgòrnan is gu teagamhach thuirt e, "Dòcha nach creid thu mi . . . "

"Is iomadh sgeul neònach a chluinneas ar leithid-ne," ars an Dòmhnallach.

Eilidh Watt

Thug i sùil a-mach, far an robh reothadh mòr a' gheamhraidh air a sgiamh fhèin a chur air an uinneig, agus am feur a-nis còmhdaichte le dìomhaireachd mar lìon an damhain-allaidh. Chaidh i mach is thug i ceum suas tron choille. Os a cionn bha geugan nan craobh mar mheuran tana, cruaidhe caillich is i a' snìomh snàth geal. Fo a casan bha na duilleagan reòite — iad lìomhte, is a dath fhèin air gach tè dhiubh. Chùm i oirre gus na ràinig i a ceann-uidhe, lochan beag shuas os cionn nan taighean. Chunnaic i e as t-samhradh, a' toirt luaidh air guirmead an adhair agus air bòidhchead lusan an t-slèibh — ach an-diugh, bha e reòta agus e mar leug airgid. Bha e reòta ach aon oisean beag, oisean beag dorcha, thall fo na drisean. Cha robh ann ach pìos beag uisge, a' cur dubh air a' gheal a bha mun cuairt, agus na threas-meadhon bha eala a' snàmh. Chunnaic i ann an-dè i. Chunnaic i ann i an là roimhe. Bha i fhathast ann. Ach saoil — saoil nach do ghluais i uaireigin. Saoil nach tug i sgiathan na h-oidhche oirre agus nach do thill i le briseadh na fàire. Bha i ann a siud — bàn, fìnealta, a h-itean mar an canach fo ghrian uisgealach a' gheamhraidh. Bha i an siud, sona ach a bhith snàmh mun cuairt anns an oisean dhorch ud. Ach an robh i sona? An robh a thuigse aice a bhith sona no a chaochladh?

Sheas Fionnghal ga coimhead. Siud mar a bhiodh ise. A' dol mun cuairt. Gu bràth a' dol mun cuairt ann am prìosan dorcha is an saoghal geal a-muigh. Bha an saoghal gealltanach. Bha an saoghal saidhbhir, ach bha e uairean cho fuar ri reothadh a' gheamhraidh. Na h-oisean bhiodh i sàbhailte. Is dè ged a bhiodh i ann am prìosan — nach robh i ann am prìosan dhi fèin?

Thug i sùil sìos air a' bhaile — an sgoil, an eaglais. Lean a sùil ris an eaglais agus às a sin gu taigh nan cailleach-dhubha. Taigh nan cailleach-dhubha — an ath sheachdain bhiodh ise ann. Chuireadh i dhith gu bràth aodach an t-saoghail seo. Chuireadh i cùl gu bràth ri ana-mianna na feòla. Ach an robh ise làidir gu leòr airson sin? Nach robh i òg? Nach e an saoghal a shealbhachadh còir na h-òige? Thug i sùil eile air an eala. Bha ise gun tùr, gun toinisg is i sona a bhith snàmh an siud. Carson nach deach ise a dhèanamh mar sin, gun reuson, ach crìoch a bhith roimhpe ri choimhlionadh agus gun e an urra rithe fhèin? Ach bha e an urra rithe.

Chaill i a foighidinn ris an eala. Thog i bioran. Thilg i oirre e, is dh'èigh i "Seall! seall an t-adhar cho gorm. Seall e a' feitheamh riut. Tha sgiathan agad. Carson nach itealaich thu? Carson a tha thu sona leis an toll sin, agus an saoghal farsaing ga do chuireadh? Nach eil iongnadh ort! Nach eil dìomhaireachd nan linneachan a' cur dragh ort?" Ach chum an eala oirre a' snàmh gu socair, sèimh.

Dh'èirich i na seasamh, agus ghabh i ceum sìos chun a' bhaile. Fa comhair, bha an tràigh mar a b'àbhaist agus a' mhuir ga sloisneadh mar a bha i o chian. Siud an lochan beag far na dh'ionnsaich i snàmh. Siud na bruaichean gainmhiche far am biodh iad a' ruidhleadh. An siud an sgoil — an siud an t-achadh bhuntàta a chuir iad an uiridh. Bha a' bheinn na freiceadan geal agus a-nis bha gathan na grèine ga dath gu fiamh an òir. Leum a cridhe. Bha gach boinne fala a bha na cuislean fuaighte ris an àite seo. Bha grèim aig freumh gach craoibhe air a cridhe. Agus a' dol ga fhàgail! Nan deidheadh i staigh, dh'fheumadh i fhàgail. Air falbh à seo bhiodh i mar chù gun mhaighstir, mar shruth gun uisge, mar òran gun fhonn.

Chuir i seachad an oidhche sin ri guidhe, ri reusonachadh, ri ùrnaigh — ag ùrnaigh, ach co ris? An ann rithe fèin? An ann airson freagairt fhaighinn o h-inntinn fèin a bha nis mar sop san t-sruth? Dè chreideadh i? Air a' cheann mu dheireadh, nach robh e gu h-iomlan na làimh fèin? Nach tug a Cruthaidhear dhi inntinn, tuigse, toil — agus dh'fhàg e iùil a beatha aice fèin.

Dh'èirich i sa' mhadainn is mar a b'àbhaist, theann a ceum ri na cnuic agus mu dheireadh gu Loch-an-eala. Bha an loch reòta ach a-mhàin an t-oisean ud — ach cha robh eun no beathach a' gluasad. Bha an t-àite cho sàmhach ris an uaigh. An sin chual i gurag os a cionn agus chunnaic i sgaoth de ealaichean geala, 's iad a' seinn 's a' stiùireadh an cùrsa air deas. Bha sanais air tighinn thuca gu robh an t-àm a-nis ann, agus a dheòin no dh'aindeoin, bha iadsan a' coimhlionadh òrdugh a' chruinne.

Smèid i ris an eala. Rinn i gàire beag rithe fhèin. Gàire tiamhaidh, agus fiamh an aithreachais na sùilean — ach a-nis, bha fhios aicese dè a dh'fheumadh i-fhèin a dhèanamh.

Mòrag NicCoinnich

Latha Nollaig air tighinn mu dheireadh is Pàdraig Beag mu chomhair na dìomhaireachd mhòir. Cha robh fhios aige ro mhath air a' mhadainn seo co-dhiù am bu chòir dhà a bhith sona no tùrsach. Ged nach robh Pàdraig ach na naoi bliadhna seachad bha seòrsa de fhaireachadh aige gum b'e bròn a bha ceart is daoine ga fhaicinn. A leithid sin a dhaoine air ais 's air adhart chan fhaca e riamh roimhe. Bu chòir dhà bhith tùrsach gun teagamh is ise bha coibhneil ris na laighe sa' chadal bhuan. B'e sin a dh'iarradh Iseabail piuthar a mhàthar air co-dhiù, agus bu shuarach an rud e ged leanadh e a seòl-se aig a leithid de àm.

Chan e gu robh e gu math sam bith snuadh a' bhròin a bhith air d'aghaidh ma bha aighear nad chridhe. An robh e a' toirt a chreidsinn air fhèin gu robh e duilich? Cha robh. Bha e ga h-ionndrain gun teagamh, 's ann dhà a thigeadh. Gu dearbh nan cumadh e air an rian sin cha b'fhada gus am bitheadh e-fhèin a' caoineadh cho math ri piuthar a mhàthar.

Cha robh e a' dol a chaoineadh. Cha b'e mulad idir a thàinig an uachdar oir b'e an sealladh mu dheireadh a fhuair e dhith sealladh ciùin sona, fiamh air a h-aodann nach fhaca e bho chionn seachdainean fhad 's a bha i air a lèireadh le euslaint.

Cha b'e seo a' chiad turas a thàinig am bàs gu math dlùth do Phàdraig. Bha fìor-chuimhne aige nuair chaill e a' chiad mhàthair a bh'aige, ged nach robh e buileach trì bliadhna nuair thachair e. B'e siud an aois a thuirt iad ris fada an dèidh siud.

Cha robh a' chiad mhàthair ach bochd mar bha mòran timcheall oirre an sràidean caola a' bhaile-mhòir. Bha an sòlasan fhèin aig gach teaghlach a dh'aindeoin sin agus iad a' dèanamh an dìchill gu bhith cho adhartach ris na daoine man timcheall.

Ged nach robh cuimhne rèidh aig Pàdraig air mar thachair na chiad dhachaigh chan eil teagamh nach d'fhàgadh claisean na inntinn nach rachadh a lìonadh gu sìorraidh. Ciamar a thachair aig àm na Nollaig is gun e fhathast trì bliadhna a dh'aois? Bha na giobaill eile a' faotainn rudeigin bho phàrantan no luchd-dàimh, agus bha Pàdraig cho dàna 's gun dubhairt e sin ri a mhàthair. Mar nach bitheadh a' bhochdainn dona gu leòr, thàinig an tinneas na car. An robh e ga mhealladh fhèin, no na gheall e dhi fhad 's a bha i ga aithneachadh, gun toireadh esan tiodhlaic Nollaig dhi cho luath 's a choisneadh e airgead air a shon fhèin?

Ma gheall cha do sheas e dearbhadh. Dh'fhuasgail am bàs e bho choimhlionadh a' gheallaidh mun gann a ruith a' bhliadhna gu ceann.

Cha robh sin ach saoghal eile. Thugadh Pàdraig air falbh às a' bhaile mhòr agus fhuair e dachaigh ùr. Ghabh Màiri Banntrach Alasdair cùram dheth, agus ged nach robh i dad na bu shaidhbhire an gnothaichean an t-saoghail na bha an tè a dh'fhalbh chan eil teagamh nach robh i saidhbhir an dòighean eile.

Thug muinntir na Glaic Uaine an aire cho piollach truagh 's a bha Pàdraig nuair thàinig e. Is gann a chumadh an deise ùr a bh'air, làidir tiugh 's gu robh i, am falach an gainne feòla air a bhodhaig. Thuirt iad riutha fhèin gum b'e an t-àgh a chuir an rathad e, agus gu h-àraidh an rathad Banntrach Alasdair. Bha fhios aca nach bitheadh mòran air fhàgail aig ceann na seachdain dhe na tasdain a bha i a' faotainn on Stàit airson Pàdraig a chumail.

Cha robh Pàdraig mì-thaingeil. Cha b'ann le briathran a nochd e a thaingealachd, ach le aghaidh aoigheil agus ceum aotrom. Cha robh an còrr a dhìth air Màiri Banntrach Alasdair. Chaidh Pàdraig don sgoil agus lean soirbheachadh ris an sin mar an ceudna.

Cha robh a' chlann eile mì-choibhneil ris, oir cha b'e seo a' chiad dhìlleachdan a chunnaic iad a' tighinn don Ghlaic Uaine. Bha balach an siud 's an seo agus corra chaileag cuideachd, a' trèigsinn seann eòlaich agus a' cumail a-staigh air a' choigreach. Rinn cuid spleuchd de na bloighean Beurla a bh'aca agus moit orra gum b'urrainn daibh bruidhinn ri Pàdraig na chànain fhèin. Chan e gu leigeadh iad a leas sin, oir bha Pàdraig ag ionnsachadh na Gàidhlig na bu luaithe na bha iadsan ag ionnsachadh na Beurla.

"Tha balach tapaidh an siud agaibh," ars am maighstir-sgoile ri Màiri Banntrach Alasdair aon latha Sàbaid is iad a' tighinn dhachaigh às an eaglais, "na bith càit an d'fhuair sibh e". "Tha e sin," fhreagair Màiri, "cha dèanadh mac na b'fheàrr".

Cha d'fholaich Màiri bhuaipe fhèin no bho Phàdraig sgeul nam bliadhnachan bho thoiseach. Is minig a bha iad a' còmhradh air a' mhàthair a chaill e. Theagamh gun do dhaingnicheadh am meas air a' chèile anns an dòigh sin na bu treasa na ghabhte dèanamh air dòigh sam bith eile. Dh'fhàs na sgoilearan eòlach air Pàdraig; bha e mar aon dhiubh fhèin. Cha robh an latha buileach leis, oir dhùisg fhileantachd farmad an àite no dhà. B'e Calum Mac-an-Aba am prìomh-sgoilear mun tàinig Pàdraig; b'fheudar dhà a-nise an inbhe ud a leigeil bhuaithe. An rud nach dèanadh Calum a-staigh anns an sgoil, dh'fheuch e ri dhèanamh air an raon-chluiche. Cha do dhearmad e cothrom Pàdraig a chur air a dhruim-dìreach anns gach gleachd a bhitheadh ann.

Bha seo na b'fhurasda do Chalum na bu chòir dhà bhith, oir cha robh nàdar a' ghearain am Pàdraig. Cha mhotha a bha Màiri comasach air a chòir a sheasamh. Bha i strì ris a' chroit moch is anmoch agus nach b'e sin, a-rèir mar thuirt na nàbaidhean, a thug an gaiseadh innte mu dheireadh. Cha robh Màiri idir gu math.

Cha do chùm an lighiche ainmeil fada i. Thuirt e rithe tilleadh dhachaigh agus gach cùis a rèiteachadh eadar i-fhèin 's a teaghlach. Cha robh sin ach a' chomhairle a bha aige, smaoinich Màiri, do gach duine anns an t-suidheachadh seo gun fhaighneachd dè an teaghlach a bh'ann no an robh teaghlach idir ann.

Bha Iseabail, piuthar Màiri, aig an taigh na h-àite agus gu fortanach, ma bha sgeul air fortan, bha i comasach agus deònach fuireach còmhla ri Màiri. Bha Màiri aoidheil ris na h-uile. Shaoileadh tu gum bu mhath leatha a dhearbhadh nach robh i a' cur a' choire airson a cor air duine beò. Bha an latha a' giorrachadh. Mar lùghdaich an solas anns an speur, dh'fhalbh an solas à sùilean Màiri beag is beag. Bha fhios aig Iseabail agus aig na coimhearsnaich nach maireadh i fada.

Bha Pàdraig a' mothachadh gu robh a mhàthair glè thinn. Ma thuig e dè bha anns a' bhàs cha do ghabh e air e. B'e rud a bh'ann a bha tachairt do fheadhainn eile.

Bha an Nollaig dlùth agus othail am-measg nan sgoilearan fa chomhair a' chuiridh bhliadhnail a bha a' feitheamh orra gu taigh na baintighearna aig ceann shuas an loch. Bha Pàdraig còrr is naoi bliadhna a-nise agus air teachd gu'n inbhe a leigeadh leis a dhol gu'n chuirm airson na ciad uair. Neo-air-thaing sgeul dhàsan agus don fheadhainn òg eile bho na sgoilearan mòra a bha thall 's a chunnaic mun ghreadhnachas a bha romhpa.

Cha chuireadh nì, eadhon tinneas a mhàthar, an cruinneachadh seo à smaointean Phàdraig. Thàinig an latha ro Nollaig agus thuirt Màiri ri Iseabail tràth den latha, "Bi cinnteach a-nise gun tèid Pàdraig gu'n treut a-nochd." Cha duirt Màiri mòran an dèidh siud.

Bha cuirm na Nollaig cho math 's a bha an t-ainm. Bha Pàdraig cho cinnteach 's a b'urrainn aon de aois a bhith nach fhac e a leithid riamh agus nach robh e an comas duine nì na b'fheàrr a shealltainn dhà gu bràth tuilleadh. Thàinig Bodach na Nollaig agus shìn e do Phàdraig poca shuiteas agus neapaicinn pòcaid. Bha na h-uile riaraichte agus thàinig deireadh na cuirme. Chruinnich còmhlan beag na Glaic Uaine agus ghabh iad an ceum dhachaigh.

Sìos an rathad còmhla ri Pàdraig bha Calum Mac-an-Aba agus dithis no triùir eile. Bha cagnadh gu leòr air rudan milis ach thug Calum an aire nach do bhlais Pàdraig air a chuid fhèin.

"Dè tha thu a' dol a dhèanamh leis na suiteas?" arsa Calum ri Pàdraig. "Tha mi a' dol gan toirt dhachaigh gu mo mhàthair", fhreagair Pàdraig. " 'S tu nach eil", arsa Calum, is càch a' stad a dh'èisdeachd, "chan e do mhàthair a th'innte co-dhiù. Tha fhios againne glè mhath cia às a thàinig thu". "Tha mi coma", arsa Pàdraig, a' dèanamh grèim na bu daingeann air na bha na dhòrn, "tha mi a' dol gan toirt dhachaigh co-dhiù". Mhothaich am fear eile le mì-thlachd nach robh Pàdraig air a leòn cho mòr 's a bha dùil aige.

Thòisich Calum a-rithist. "Cha toir thu dhachaigh iad. Thoir aonan dhòmhsa". Le sin spìon e am poca à làmhan Phàdraig agus siud na suiteas sgapte air an làr mun timcheall. Dh'fhàg Pàdraig Calum a' cruinneachadh nan suiteas agus thug e ris na buinn. Bha an neapaicinn aige fhathast.

Bha dithis de na coimhearsnaich a-staigh còmhla ri Iseabail. Bha e furasda gu leòr do Phàdraig coiseachd gu fiathach agus bruidhinn air a shocair mar bha iadsan a' dèanamh. Nach b'e sin an cleas a bh'aige a-nise bho chionn sheachdainean.

"Dè th'agad an sin?" arsa Iseabail. Sheall Pàdraig dhi an neapaicinn-pòcaid agus thuirt e. " 'S ann dha mo mhàthair a tha e". Chaidh e-fhèin is Iseabail a-steach don t-seòmar gu socair. Bha Màiri na sìneadh 's a sùilean dùinte. Cha duirt aon seach aon guth. Chuir Pàdraig an neapaicinn fo na meòirean os cionn an aodaich agus chaidh iad a-mach air ais.

Bha Pàdraig air a chois tràth an là-ar-na-mhàireach. Bha barrachd na b'àbhaist air ais 's air adhart, na h-uile gu stòlda, ged nach robh feum air stòldachd an-diugh. Bha Màiri far nach cuireadh straighlich an t-saoghail dragh oirre tuilleadh.

Thug Iseabail Pàdraig a-steach ga faicinn. Shaoil leis gu fac e fiamh air a h-aodann nach fhac e riamh roimhe, agus bha an neapaicinn paisgte na làimh dheis. Dh'innis Iseabail gun d'rinn Màiri seòrsa de dhùsgadh feadh na h-oidhche. Sheall Iseabail an neapaicinn dhi agus thuirt i, "Seo agad tiodhlaic Nollaig bho Phàdraig". Thàinig an aoigh sin air a h-aodann agus dhùin i a sùilean airson an uair mu dheireadh.

Bha Iseabail a' caoineadh. "Chan eil seo ach Nollaig thruagh dhutsa, a Phàdraig a luaidh", ars ise. Cha duirt Pàdraig guth ach b'e an sòlas, agus cha b'e am bròn, a fhuair làmh-an-uachdair na chridhe.

Dòmhnall Grannd

Thug Iain sùil dhrùiteach orra agus iad nan seasamh gu sàmhach slat no dhà air falbh. Bha dithis ann, agus an sùilean an dàrna fir shaoil leis gu faca e Murchadh — car tiotain, 's an sin chaidh e às an t-sealladh. Bha sgòth dhubh os a chionn anns an adhar agus thuit boinne uisge chun na talmhainn.

Dh'aithnicheadh iad a chèile san sgoil. B'e rùn Iain a bhith na fhear-teasgaisg, ach bha Murchadh dèidheil air an fhearann, agus b'ann le eòlas a mheudachadh air sin na bheachd a ràinig esan an oilthigh.

Thug iad ceithir bliadhna còmhla an Dùn Eideann, a' fuireach anns an aon taigh fo chùram na h-aon cailliche. B'e Burns an sloinneadh a bha oirrese, agus bu tric a smaoinich iad an robh càirdeas fad às aice ris a' bhàrd. Ach b'ann gu gàireachdaich a dheidheadh a' chùis nuair chuimhnicheadh iad nach cuala ise mun fhear iomraiteach.

Smaoinicheadh iad le chèile air aineolas an duine choitchinn agus iad a' suidhe air beulaibh nan ìseaban loisgte gach feasgar. Am bitheadh iad-fhèin iomraiteach mar bha Burns? An dà cheud bliadhna no trì an suidheadh dà oileanach bochd, acrach aig an dearbh bhòrd ud ag ithe dà ìseaban loisgte agus a' smaoineachadh le iongnadh agus ùmhlachd air Iain agus air Murchadh?

Bha an t-uisge na bu lugha. Gu dearbha, 's ann bha an latha a' togail air. Bha am feur cho uaine. B'fheàirrde e am fras ud. Thug e ùrachadh dha. Agus bheireadh a' ghrian tuilleadh ùrachaidh dha airson ùrachadh thoirt do na h-ainmidhean.

Chaidh iad a-mach air a chèile aon uair. Bha Murchadh airson a dhol ach am faiceadh e ball-coise ach b'fheàrr le Iain taigh nan dealbh. Cha robh fhios carson nach dèanadh gach fear mar bu mhiann leis fhèin, agus b'e bun a bh'ann gur ann air beulaibh dà chnap guail a chaidh am feasgar seachad. Anns a' mhadainn bha sìth ann.

Bha Iain agus Murchadh a' dol chun an taighe aon fheasgar agus iad a' bruidhinn mu chaoraich.

"Tha Gàidhlig agaibh a bhalachaibh," ars am fear a bha air am beulaibh, agus e a' tionndadh. Bha an Gàidheal a' coinneachadh a' Ghàidheil sa' bhaile mhòr. Dè an toileachas a rinn iad ris a' mhinistear agus e anns a' bhaile air chuairt aig taigh a pheathar.

"Am bi sibh a' dol don eaglais?"

"An-dràsda 's a-rithist."

B'i a' bhreug a bha siud. Cha robh Iain san eaglais bho phòs mac bràthair athar, agus bha ceithir bliadhna bhon uairsin. An dèidh gach naidheachd innse dh'èirich iadsan, agus leum iad bhon bhus. Bha àm bìdh air a thighinn. B'e coinean beag odhar a chuir briosgadh air. Chuir e boinneagan de smùid às an fheur agus e a' ruith bho tholl gu toll. Cha robh guth aige orrasan a bha nan seasamh air beulaibh Iain. Cha robh guth aige air dad. Iseaban. Oilthigh. Ministear. Bha fras eile air an neul agus thog e a choilear mu amhaich. Dh'fhaodadh nach leanadh i.

Dh'fheuch Iain air bàrdachd uair no dhà, agus Murchadh ag ionnsachadh mu ghnè chnuimhean a bhitheadh a' sgrios a' bhuntàta. Dh'fheuch e an dà chànan a b'aithne dha, agus shaoil e gu robh e dìomhain dha a bhith a' bàrdachd sa' Bheurla. Dè dhèanadh esan an aghaidh Mhilton, an aghaidh Mharlowe, an aghaidh Thennyson? Ach, air an làimh eile, dè dhèanadh e an aghaidh Dhonnchaidh Bhàin is Iain Luim? Le sin, chaidh oidhirpean mu sgaoil. Cha robh ùidh aigesan an cnuimhean Mhurchaidh, agus, ged bhitheadh, dè dhèanadh sin dha?

B'e latha mòr a bha siud, san oilthigh. Bha cleòcaichean fada dubha orra, agus adan a bha car neònach. B'e seo an latha air am faigheadh iad an duais. Bheireadh e mach don t-saoghal iad agus bhitheadh duais na beatha aca a-rèir agus dè bheireadh iad seachad. Mheal iad naidheachdan a chèile gann mus robh an ceòl às an cluasan agus iad air taobh thall an dorais. Le sin dhealaich iad tuath agus deas gu dà shaoghal ùr.

Bha seachd dathan a' bhogha-froise soilleir agus iad a' ruith tron adhar. Bha an coinean seasgair san toll. Thàinig sreathan de na sgrìobh e a-steach air.

"Chì mi dùthaich far nach teàrn a' ghrian,
Mar lainnir na leuga nam shùil —
Dùthaich mo dhachaigh, dùthaich mo mhiann,
Far 'n fheudar dhomh tilleadh gum rùn."

Cha do chòrd iad ris, ach bha cuimhne aige orra. 'S dòcha gun till e gu a rùn, ach nach b'ann chun an rùin a chunnaic inntinn an taigh cailleach Burns. Bha e beagan na b'fhuaire a-nis, agus an t-uisge fhathast a' sileadh. Anns na bliadhnachan an dèidh an dealachaidh bhitheadh iad a' sgrìobhadh, agus bhitheadh cairtean eadar gach fear aig àm na Nollaige. Bhitheadh litir aig corra àm a' ruighinn Iain, agus ged bhitheadh am freagairt goirid chumadh e snaim a' chàirdeis ceangailte. Thachradh seo mu dhà uair sa' bhliadhna.

"Tha an sgoil a' dol sìos. Chan eil innte ach beagan is dà fhichead duine. Mi-fhìn 's am maighstir-sgoile is Mairi NicDhonnchaidh. Tha an aimsir dona, uisge a bhàthadh am bradan tàrrgheal agus fuachd na chois. Chan eil naidheachd agam dhut. Is math sin Iain."

Theannaich e a chòta timcheall air ach an cumadh e am fuachd a-mach. "Chan fhada bhitheas tìde sgrìobhaidh agam. Tha mi cho trang. 'S fheudar do mhac an duine an t-airgead a chosnadh, agus is aithghearr a nì a' ghrian sgìth fear. Cùm do shùil air a' phàipear, 's iongantach mur feuch mi air rathad na Pàrlamaid. Tha luchd-fearainn mo dhùthcha air mo thaghadh, agus tha Sìne a' gabhail do naidheachd Murchadh."

Bhitheadh e a' cumail a shùla air a' phàipear agus b'aithne dha gun d'fhuair Murchadh a-steach. Ach sguir na litrichean. Mar bha eagal air, bha an tìde air ruith a-mach — tìde sgrìobhaidh agus tìde nan naidheachd. Bha uimhir an urra ris. Bha an dùthaich an urra ris. Bha an saoghal mòr fhèin an urra ris. Agus sguir na litrichean, ach fhathast thigeadh cairt aig corra Nollaig. Bha an t-ainm air a chlò-bhualadh air a' chairt. Daoine mòra leisge. Thigeadh an smaoin a-steach air uair bho uair, ach b'e a charaid a bha am Murchadh.

Thàinig e dhachaigh aon uair. Thadhail e air gach taigh a bha anns a' chlachan, agus thadhail e air Iain.

"Is iomadh atharrachadh a chì mi."

"Is iomadh."

"An e do thaigh fhèin a tha seo?"

"Chan e. Thug iad dhomh fear. Feumaidh mi fhàgail nuair sguireas mi. Feumaidh mi m'àite fhèin a lorg."

"Bithidh sin a' tachairt thall againne cuideachd. Tha mise cuideachd a' fuireach an taigh chàich. Ach thug iad dhòmhsa tapais anns gach seòmar. Còig seòmraichean deug. Ochdnar shearbhant. Feumaidh mi fhàgail nuair sguireas mi. Gheibh mi m'àite fhìn. Bithidh leth siud gu leòr."

Dè bha iadsan a bha air a bheulaibh ag ràdh an-diugh? Càit an robh iad? Bha cuimhne aigesan air Dùn Eideann, air a' mhinistear, air a' chaillich agus air na litrichean. Bha iad uile co-cheangailte ris na làithean a dh'fhalbh, agus an là-an-diugh na charragh-cuimhne — na charragh-cuimhne mar bha iadsan ga choimhead.

Shil an t-uisge a-rithist, agus shìolaidh a smuaintean sìos don toll maille ris a' choinean. Bu mhath gu robh esan co-dhiù beò. Bha e a' cumail càirdeis ris an corra uair a chuireadh e a shròin a-mach don t-saoghal.

"Nach gòrach mi, 's nach dìomhain mo smuaintean. Nach bochd gu bheil an là-an-dè ag èirigh nam chuimhne an-diugh agus rud an dèidh rud a' gabhail aite fhèin. Sin mar tha an saoghal cuideachd. Rud, dà rud, agus an sin rud eile. 'S fhada bho nach do sgrìobh e."

Chunnaic e boinneagan uisge air an dà mhala. Fallas gnùise air na clachan. Chuimhnich e air an dealachadh. An dealachadh deireannach.

Bha iad cruinn air an laimrig. Dè cho tric 's a bha iad a' dol a sgrìobhadh sa' mhionaid ud. Dè cho tric 's a thilleadh Murchadh sa' mhionaid ud. B'e 'n clachan clachan a chridhe, 's b' i 'n dùthaich thall nach iarradh e. An dèidh nam beannachdan choisich iad suas gu slaodach a-mach don chuan. Thill Iain fhèin agus iad à fianais, agus chaidh e dhachaigh tron dorchadas.

Bha e a' fàs dorcha, agus thionndaidh e. Bha an t-uisge na bu lugha. Thug e sùil eile orrasan a bha air a bheulaibh agus leugh e air a shocair na facail a bha air an snaidheadh an siud às a' chloich:

"Mar chuimhneachan air Murchadh Mac an t-Saoir (1910–1964) a rugadh 's a thogadh an Torgabost, agus a bha na Phrìomhaire san dùthaich thall thairis, agus air Sìne, a bhean, a bha na cul-taice dha sna làithean glòrmhor sin."

An dèidh nam facal sin bha dealbh sa' chloich nach do thuig e.

Nuair ràinig e dhachaigh smaoinich e air an taigh mhòr, air na tapaisean agus air na searbhantan. Agus an sin, smaoinich e air Murchadh. Agus an sin smaoinich e air fhèin agus e beò, làithean na sgoile air a chùl agus gun dùil ri carragh-cuimhne. Bhitheadh

Murchadh agus Sìne an siud gu bràth nan seasamh gu h-uaibhreach
am meadhon a' bhaile, daonnan a' labhairt nam facal ud ris an t-
saoghal. Cha deidheadh iadsan air dìochuimhne, ach air a shon fhèin
cha deidheadh ionndrain.

Saoil an dà cheud bliadhna eile am bitheadh coinean fhathast a'
ruith 's a' coimhead, 's a ruith 's a' coimhead? Cia mheud fear, airson
uaill is fèineachd, a bhitheadh a' tagairt a chàirdeis? Am bitheadh duine
idir a' tagairt a chàirdeis fhèin? An cuireadh farmad ri Murchadh chun
a' chrainn e a chum rathad na beatha a threabhadh le nithean
mòra?

Smaoinich e air leabhar, agus an uair sin smaoinich e air dealbh-
chluich. Chuimhnich e gun dh'fheuch e air bàrdachd uaireigin, ach cha
do chòrd i ris. Sgrìobhadh e leabhar mun Ghàidhealtachd, cha b' ann
airson airgid ach airson cliù.

An sin stad e. Is dòcha gun ceannaicheadh duine no dithis e ach cha
robh fhios an deidheadh a leughadh. Bhitheadh iomradh air anns a'
phàipear: cha b'fhiach e an t-saothair; chan eil an t-ùghdar ag innse rud
air bith a tha ùr; saoilidh mi gum bitheadh an leabhar seo na b' fheàrr
nam bitheadh barrachd iomraidh ann air siud no air seo; tha na
cuspairean car sgapte; chan eil e a' toirt dad dhuinn nach robh againn
roimhe seo.

Ach cha tàinig an leabhar riamh à mhac-meanmhain. Chuimhnich e
air a' charragh-cuimhne agus air a' choinean 's an sin chuimhnich e air
fhèin. Bha e a' coimeas na beatha ris a' bhàs — e-fhèin agus an coinean
an aghaidh a' charragh-cuimhne, an aghaidh na cloiche.

Shaoil e gum b'ann aige fhèin a bha an rath, ach chan fhaigheadh e
cadal. Dh'èirich e agus chunnaic e gu robh a' ghealach na h-àirde. Bha
cuideigin no rudeigin ga spreòtadh ach an deidheadh e mach gan
ionnsaigh aon uair eile, agus shaoil gum b'e tàir diùltadh.

Mar bha e a' tighinn am fagas chunnaic e an dà chruth an aghaidh an
adhair, agus mus do ràinig e iad bha gach nì a' tighinn na chuimhne às
ùr, na cairtean, na litrichean, an oilthigh, cailleach bheag nan ìseaban,
agus iomadh nì eile. Thug seo faochadh dha, ach nuair nach robh e a'
faicinn a' choinein smaoinich e gu robh e sona agus na chadal, oir bha e
cinnteach nach b'e eagal a bha air ron oidhche. Rinn sin dragh dhà.
Sheas e gan coimhead agus a' leughadh, 's gach nì a bha sin a' ruith

air. Cha robh fhios aige an robh Murchadh ga fhaicinn ann an saoghal nach b'aithne dhà, agus bha e ga bhuaireadh nach robh e a' còmhradh ris. Smaoinich e air a' chonaltradh a dh'fhaodadh a bhith eadar an dithis aca.

"A Mhurchaidh, a bheil fuachd ort fhèin agus air Sìne an sin?" "Chan aithnich mise thu a-nis. Tha thu nad choigreach nad shaoghal fhèin."

Chan eil, a Mhurchaidh, chan eil. Mise bha còmhla riut an Dùn Eideann. Na cleòcaichean. Na litrichean. Na cèilidhean nuair thàinig thu dhachaigh."

Choimheadadh e ris a' ghealaich, agus thàinig an smuain a-steach air gu robh i a' fanaid air. Cha chumadh e a smuaintean aige fhèin na b'fhaide. Bha e mar dhuine nach robh gu tur ciallach. Cha robh fhios aige fhèin an e farmad a bha aige ri Murchadh, ach carson a bhitheadh farmad aige ri duine marbh? Bhitheadh esan marbh cuideachd, agus cha bhitheadh beatha air a chùlaibh mar beatha Mhurchaidh.

B'ann gu èigheachd a chaidh e dhà. Cha robh fhios carson. "A bheil thu fuar? Carson a tha thu gam choimhead an sin, agus tu a' soillseadh anns a' ghealaich? Fhuair thu air adhart agus fhuair mise air adhart, ach chaidh thusa na b'fhaide. 'Se daoine eile a rinn dhut e; cha b'e thu-fhèin. B'fheudar dhòmhsa mi-fhìn a thoirt air adhart, ach cuiridh iad suas carragh-cuimhne air do shon-sa. Carson a tha a leithid de uaill ort? Agus Sìne. Dh'fheumadh iad Sìne chur ri do thaobh. Dh'ullaich thusa e; dh'ullaich ise e."

Cha robh a ghuth a-nis cho àrd.

"Nach cuimhnich thu air Dùn Eideann, air cailleach Burns. Freagair mi. Am bi thu a' faicinn a' choinein? Bu tric a bha sinn còmhla, ach dh'fhalbh thu. Bhitheadh tu a' sgrìobhadh. Nach cuimhnich thu."

Cha dubhairt e facal eile an oidhche ud. Chan fhaigheadh e freagairt bhuapasan a bha air a bheulaibh. Bha a' chlach fuar, sàmhach ach airson an sgrìobhaidh nach innseadh mòran dhà, agus airson an deilbh nach innseadh dad dhà.

Thàinig a' mhadainn, agus chaidh am facal air feadh Thorgaboist. Cha robh fhios cò bha air na clachan a thilgeadh, agus a lot an dithis ud. Bha am maor-sìthe trang agus e a' feuchainn ach am faigheadh e

teisteanas mun chùis. Bha facal eile air beul an t-sluaigh cuideachd.
Fhuairear Iain Dòmhnallach tràth sa' mhadainn, cop ri bheul agus e na
shìneadh pìos bhon charragh-cuimhne. Saoil an robh an dà ghnothaich
co-cheangailte? B'ann san taigh mhòr a dhùisg Iain, gun fhios no gun
bhrath ciamar a chaidh e ann.

Bho chionn mìos no dhà, bha mi a' tighinn bho chèilidh. Mus do
ràinig mi an gàrradh mhothaich mi do reul na gealaiche a' deàlradh air
rudeigin 's ga shoillseachadh. Dh'fhosgail mi an geata, agus chaidh mi
steach. Stad mi a' coimhead nam facal:

"Iain Dòmhnallach a dh'eug air an treas latha den Ghearran. . . "

Cha dèanainn a' bhliadhna a-mach. Mun cuairt bha iomadh clach
eile ann an sàmhchair na h-oidhche.

Choisich mi dhachaigh air mo shocair, agus mi a' smaoineachadh.
Cha b'fhada gus an robh a' ghrian geal. Grian na h-inntinne. Grian na
cuimhne. Geal, mar charragh-cuimhne.

Dòmhnall Iain MacIomhair

Bha 'n corp na shîneadh air a dhruim-dîreach, aodann fuar neo-dhreachmhor ris na speuran agus rèim bàn de liath-reothadh air fheusaig. Sin mar fhuair iad e, 's adhbhar a bhàis soilleir an clàr aodainn — làrach crudha eich a chuir an eanchainn às.

'Se 'n geamair a lorg e measg an rainich, mu dhà mhîle on taigh-mhòr, 's thachair dhomh fhèin 's do Dhiarmad an t-àite ruigheachd beagan mhionaidean mun tàinig am poilis. Cha robh sinn ach a' gabhail cuairt-fheasgair nuair mhothaich sinn don chòmhlan dhaoine mun cuairt air a' chorp. Chaidh sinn a-null far an robh iad, 's dh'fhan sinn nan cuideachd gus an tàinig na maoir-sìthe còmhla ri dithis de ghillean na h-oighreachd, 's iad a' giùlain seòrsa de chrò-leab airson an corp a thoirt dhachaigh.

"Tha e soilleir dè thachair," arsa Tòmas Ruadh, bàilidh na h-oighreachd, "thilg an t-each e, 's fhuair e sgailc on chrudha an clàr na bathais — mharbhadh e gun sgeamhadh." A-rèir coltais bha 'm poileas den bheachd cheudna, ged nach dubhairt iad mòran.

Bha sùil gheur aig Diarmad orra, 's iad a' rùileach pòcaidean a' chuirp, a' leantainn a' chleachdaidh àbhaistich. Sgaoil iad a-mach na lorg iad air pìos pàipeir: sporan làn notaichean, grunnan litrichean sa' phòcaid achlais, sgian-phòcaid, gad iuchraichean, dhà na thrì bhuinn airgid, spliuchan tombaca, cnapan siùcair (airson an eich, math dh'fhaodte), bucal beag a bhuineadh do àirneis eich agus lasadan beag òir.

Chruinnich iad na bh'air a shiubhal gu faiceallach am pocan, chuireadh an corp air a' chrò-leab 's thog a' chuideachd orra air ais don taigh-mhòr — bha Fearchar Dubh Mac a' Chlèirich a' dèanamh an turais mu dheireadh dhachaigh air ghiùlain aig càch.

Ach dh'fhuirich Diarmad far an robh e, na shuidhe air cnap cloiche, a smig na làimh 's pìob tombaca gun lasadh eadar fhiaclan. Bha mar gum biodh rudeigin air inntinn, ach bha mise ro eòlach air, airson faighneachd dè bha cur dragh air. Shuidh mi ri thaobh, 's thug mi-fhèin a-mach a' phìob — bha mi leagte gu leòr feitheamh gus am biodh e deònach gluasad. Agus cha robh mi ach gann air lasadh a chur ris a' phìob, nuair dh'èirich e na sheasamh. Thug e sùil gheur mòr-chuairt air, 's air a shocair fhèin theann e ri coiseachd dìreach gu craobh mhòr dharaich a bha mu cheud slat air falbh. Chùm mise ceum ris, ach cha robh smid às a bheul.

Nuair ràinig sinn a' chraobh bhruidhinn e. "Thoir sùil fhaiceallach mun cuairt, a Sheòrais, feuch a faic thu dad air feadh an fheòir an seo." Thòisich sinn a' lorg, mise gun fhios agam dè bha mi coimhead air a shon, ach a dh'aindeoin sin a' cumail sùil gheur air gach bad feòir is luachrach mu thimcheall na craoibhe. Bha esan a cheart cho trang a' siubhal mun cuairt den chraoibh.

'S mu dheireadh lorg mi e — no i, a bh'ann; pìob thombaca an comhair a cinn am badan feòir dìreach fon chraoibh.

" 'N e seo a bha thu lorg," thuirt mi, 's mi ga sìneadh dhà. Rug e air a' phìob, 's rinn e tearraideachadh oirre — pìob shnasail mhearsam, le bann airgid mun chois.

"Dìreach sin," ars esan mu dheireadh, "pìob Fhearchair — san dearbh àite bha mi 'n dùil a bhitheadh i. Seo far an do mharbhadh e, 's chan ann far an d'fhuaradh a chorp.

Thug mi sùil air; "Tha mi tuigsinn a-nis," arsa mi-fhèin, "ghlacadh a chas sa' stiorrap, shlaod an t-each e mu cheud slat mun do chaill a chas grèim, 's air an rathad fhuair e sgailc on chrudha an clàr na bathais." Rinn Diarmad gàire beag, ach chrath e cheann. "Dh'fhaodadh e bhith, dh'fhaodadh e bhith, ach an robh 'n corp coltach ri rud a shlaodadh each às a dhèidh ceud slat?"

B'fheudar dhomh aideachadh nach robh. Cha robh aodach air a shracadh, 's cha robh milleadh air aodann, cas, no làmh, a bharrachd air an aon lot sa' bhathais. Ach cha b'urrainn dhomh thuigsinn dè air thalamh a bha ruith an ceann mo chompanaich. Bha esan a-nis a' dìreadh dhan chraoibh, 's ann an tiota cha robh sealladh agam air a-measg nan duilleagan. Chrom e ann a dhà no trì mhionaidean 's rinn e sgrùdadh geur air calpa na craoibhe 's air an fheur mòr-chuairt oirre.

Bha mi-fhèin a' sìor-amharc air, a' coimhead cho glic, eòlach 's a b'urrainn mi, 's a' faireachadh aig an aon àm mar dhuine air chall ann an ceò. Ach mu dheireadh thall, nuair bha m'fhoighidinn gu ruith a-mach, thionndaidh e rium, 's thuirt e, " 'Se mhort a chaidh a dhèanamh air Fearchar Dubh; chan eil an teagamh as lugha agam ann a sin, ach 'se rud eile th'ann a lorg cò rinn an gnìomh."

"Chan eil teagamh fon ghrèin ann — tha na comharran soilleir gu leòr don t-sùil a leughas," ars esan, "ach tiugainn an-dràsda; chluinn sinn a-màireach dè rinn am poileas dheth." Thill sinn dhachaigh, 's an còrr cha chanadh mo chompanach mun ghnothaich.

Chumadh a' chùirt-rannsachaidh san taigh-mhòr làrna-mhàireach, 's corp an uachdarain fhathast gun chur fon talamh. An dèidh mòran ceasnachaidh air ais 's air adhart, ràinig iad an co-dhùnadh a bha dùil ris — gun thuit e às an dìollaid 's gun bhuail an t-each, beathach coirbte, a chrudha air sa' bhathais, a' cur crìoch obann air a bheatha.

"Bheil thu sàsaichte a-nis? arsa mi-fhèin ri Diarmad 's sinn a' fàgail an taighe còmhla ri càch."

"Fada bhuaithe," fhreagair esan, 's e crathadh a ghuaillean, "bu mhath leam facal no dhà ri cuid de luchd-oibreach na h-oighreachd."

Cha robh eòlas mòr againn san àite — cha robh ach gann seachdain on thàinig sinn a dh'fhuireach dhan taigh-òsda airson an iasgaich. Ach bha sinn air an loch trì no ceithir a dh'uairean còmhla ris a' gheamair, duine socair, gasda, foighidneach — rud nach robh droch fheum aig air aig amannan.

Thug sinn ceum sìos don taigh aigesan — bothan beag sgiobalta ann a sreath leth-dusan taigh, far an robh a' mhòr chuid de sheirbhisich na h-oighreachd a' fuireach. Chuir Murchadh Bàn an geamair fàilte chridheil oirnn, 's cha b'fhada gu robh na pìoban 's an còmhradh a' dol. Gu nàdarra thionndaidh a' bhruidheann air bàs an uachdarain.

"Duine cruaidh, mì-chneasda gun eagal ro Dhia no ro dhuine," arsa Murchadh, "cha chuireadh e iongnadh orm ged b'e breitheanas a thàinig air."

Faodaidh gu robh nàimhdean aige?" arsa Diarmad.

"Nàimhdean" ars am bodach, "Cha robh duine riamh aig an robh dèiligeadh ri Fearchar Dubh nach lùigeadh a bheatha thoirt dheth — ged 'se an t-ainmhidh balbh a chuir às dhà mu dheireadh."

"Dìreach sin," arsa Diarmad "An robh e marcachd tric?"

"A' marcachd? Cha robh feasgar den bhliadhna nach robh e gabhail na cuairt cheudna air an each. Tron choille bheithe, tarsainn na pàirce, a-mach gualainn a' chnuic, a-nuas tron gheàrraidh 's mar sin dhachaigh. 'S iomadh rabhadh a fhuair e mun bheathach eich ud, ach cò chomhairle ris an gabhadh esan." Chrath Murchadh a cheann. "Ach ann an seagh cha robh e-fhèin dad na b'fheàrr na bhrùid. Deoch, boireannaich, geamadh, agus iomadh olc eile — chan eil fhios againn ach air beagan dheth."

Dh'èirich Diarmad gu falbh 's lean mise e. Thàinig an geamair chun an dorais còmhla ruinn. San dealachadh thuirt Diarmad, "Tha mi smaoineachadh gu robh fras throm ann a-raoir dìreach mun àm a bhiodh e tilleadh far a chuairt."

"Bha sin ann, eadar naoi 's deich — dìreach mar bhiodh e a' teannadh ris an taigh. Co-dhiù tha 'n dotair ag ràdh gur ann mun àm sin a mharbhadh e. 'S chunna mi dealanach no dhà. Co aige bheil fhios nach e sin a chuir eagal air an each?"

Dhealaich sinn ri Murchadh, 's ghabh sinn air adhart gu socair sìos an rathad. 'Se taigh a' ghobha 's a' cheàrdach a bh'aig ceann shìos na sreatha, 's bha gliong an ùird sa' cheàrdaich a' cur an cèill gu robh an gobha na dhrip, bàs ann no às. Thachair sinn air Calum Mòr uair no dhà mu thimcheall taigh a' gheamair, 's bhris Diarmad far an rathaid 's ghabh e 'n ceum suas gu doras na ceàrdaich. Sheas sinn san doras 's chuir sinn fàilte air Calum, 's e trang a' cur faobhair air coltair cruinn air an innean.

Leig e sìos an t-òrd, shàth e 'n coltair dhan teine 's thàinig e nall far an robh sinn.

" 'S ciamar tha na h-iasgairean a-nochd," ars esan. " 'S iongantach nach eile sibh a-mach air feasgar cho gealltanach."

"Tha sinn gu gasda," fhreagair Diarmad. " 'S iongantach leam sibhse bhith 'g obair 's am bàs cho dlùth dhuibh." Shin e òrdag rathad an taighe-mhòir.

Rinn Calum snodha ghàire. " 'S esan am fear nach sguireadh airson duine eile, marbh no beò e. Seo an treas bàs san taigh-mhòr o chionn bliadhna, 's an t-aon fhear a chuir clos air a' bhèisd."

"Chuala mi sin," arsa Diarmad. Thug an gobha sùil air. " 'S tha mi creidsinn gun cuala tu cuideachd gur i 'n nighean agamsa a' chiad bàs a bh'ann — bha i aig seirbhis ann."

"Chuala," fhreagair mo chompanach. " 'S tha mi duilich mar thachair."

Rinn Calum osna. "M' aon duine teaghlaich — 's thàinig i ri beatha fhèin — aig Sealbh Mòr tha fhios carson."

Thog Diarmad aon de na cruidhean-each a bh'air bocsa ri thaobh, 's theann e ri tionndadh na làmhan airson greiseag. An sin sheall e air Calum dìreach eadar an dà shùil. "Tha fhios agad glè mhath carson, 's chan eil mise idir ga do choireachadh airson an rud a rinn thu. Faodaidh gun dèanainn fhèin e san t-suidheachadh cheudna." "Dè tha thu ciallachadh?" ars an gobha — 's colg na feirge air. Chrath Diarmad a cheann. "Chan eil san àite ach aon duine ghiùlaineadh closach an uachdarain còrr is ceud slat — tha mi deimhinn gu robh suas ri ochd clacha deug ann." "Dè tha thu feuchainn ri dhèanamh a-mach?" arsa Calum. "Tha fhios

"Chan eil," fhreagair Diarmad, "Ach tha fhios agamsa 's agadsa. Bha thu ga fheitheamh fon chraoibh airson greis; dhìrich thu sin dha na geugan, 's nuair stad e ghabhail fasgadh on fhrois, fhuair thu'n cothrom a bha thu feitheamh o chionn greis. Thug e mach a phìob ach cha d'fhuair e ùine a lasadh. Bha lasadan na phòcaid. Aon nì nach eil mi cinnteach às — an ann le do làimh a bhuail thu a' chrudha air, no robh i air bàrr maide agad."

Sgaoil Calum a-mach a làmhan. "Ceart gu leòr," ars esan. "Tha mi tuigsinn nach eil feum a bhith cleith dad tuilleadh. Sin dìreach mar thachair e. Cheangail mi an crudha air cromag a' bhata agam, 's thug mi dhà mun mhalaidh i nuair choimhead e suas dhan chraoibh."

Stad e, 's thilg e smugaid air an innean.

"Mac an Droch-fhir, bha e dh'fheitheamh air o chionn fhada. Tha mise 'n dòchas gum bi chlosach a' ròstadh an iutharn fad na sìorraidheachd. Chan i mo nighean-sa na h-aonar a thruaill an ceàrd — m'aon nighean ghràidh . . . " Theann na deòir a' ruith sìos ri ghruaidh.

Ach thog e cheann, 's cha robh eagal no aithreachas na shùil.

"Dhèanainn a-rithist e," ars esan, " 's chan eil a' chroich a' cur eagal sam bith orm. Dè th'agamsa san t-saoghal tuilleadh airson gun iarrainn fuireach ann."

Chuir Diarmad a làmh air a ghualainn. "Tha seo eadar an triùir againn," ars esan, "agus cò mise airson breith a thoirt san t-suidheachadh?"

Sheall Calum air, "Tha thu ciallachadh. . . .?"

"Ni 's motha tha mise toirt breith ort," arsa mo chompanach, 's e cleachdadh briathran na Fìrinn. "Biodh an lagh a' lorg air an son fhèin, ma tha toil aca. Ann an làthair Dhè agus lagh as àirde na lagh duine, tha mo chogais saor."

Thug e sùil ormsa. Chrath mise mo cheann. "Tha mo bhilean-sa balbh cuideachd," thubhairt mi, "cò mise nas fheàrr na thu-fhèin, a Dhiarmaid?"

Dh'fhàg sinn Calum an glacaibh a bhròin 's a chogais. Ach cha do chuir a h-aon againn slat air loch no abhainn fad nan trì latha eile dh'fhan sinn san àite. Air an trèana gu deas, theann mi faighneachd dha mo chompanach ciamar a bhuail e thuige gur e mhort a rinneadh air Fearchar Dubh, an t-uachdaran.

Ars esan, " 'Se chiad nì a ghlac m'aire, an lot a bh'air a bhathais — bha e cho soilleir gur e crudha eich a rinn e. Ann an seagh bha làrach car snasail, seachd àraidh a chionn gu robh maoile cholach air. Ach 'se rud bu neònaiche — far an robh còir làrach nan tàirnean a bhith, 'sann a bha'n craiceann gun bhriseadh. Each le cruidhean gun tàirnean! — bha sin car neònach."

Chuir sin an eanchainn agam air ghluasad. " 'Se 'n dàra nì a chuir iongnadh orm, ged bha spliuchan tombaca agus lasadan na phòca, nach robh pìob idir air a shiubhal. Sgrùd am poileas mun cuairt don chorp gu math faiceallach — ach cha do lorg iad rud ach na bh'air a shiubhal. Bha mi deimhinn gu robh phìob na bheul nuair mharbhadh e, ach càite na thuit i? Chuimhnich mi gu robh fras throm uisg' ann mun àm, agus bhuail e thugam gu faod gun ghabh e fasgadh an àiteigin. Ma tha duine ri fasgadh a' feitheamh ris an uisge dhol às, tha e nàdarra dhà lasadh a chur ris a' phìob. Sheall mi mun cuairt 's chunnaic mi a' chraobh dharaich. Tha fhios agad fhèin air a' chòrr."

"Ach dè mar bhuail thu air a' ghobha?" dh'fhaighnich mi.

Rinn e gàire beag. "Aon uair 's gun ràinig mi an co-dhunadh gur e mhort a rinneadh air, cha robh air ach ruith thairis air cò aig an robh an cothrom 's an t-adhbhar airson a leithid a dhèanamh. Bha iomadh duine aig an robh adhbhar, a-rèir gach sgeulachd. Ach cò smaoinicheadh air crudha eich mar inneal marbhaidh? Cò bu choltaiche na fear a bha

làimhseachadh a leithid a h-uile latha dha bheatha, cha mhòr. 'S an t-
adhbhar? Chuala tu-fhèin cho math riumsa carson a thàinig nighean
Chaluim ri beatha fhèin. Faodaidh gur e rud a bh'ann nach gabhadh
dearbhadh am feasd an cùirt lagha, a-rèir fianais, ach cha robh 'n
teagamh bu lugha agamsa sa' chùis, eadhon mun do dh'aidich e-fhèin
ris."

"Bheil thu 'n dùil gun dèan an lagh an còrr rannsachaidh?"
dh'fhaighnich mi.

"Chan eil," ars esan. "Thàinig iad chun a' cho-dhunaidh gur e 'n t-
each a mharbh e, 's chan eil adhbhar sam bith carson a dh'atharraicheadh
iad am beachd. Ann an seagh bha chùirt rannsachaidh ceart co-
dhùnadh gur e crudha eich a mharbh e —ach 'se rud nach do thuig iad,
seo, nach robh an crudha idir air an each aig an àm."

Cailein T. MacCoinnich

Dh'fhosgail an duine dubh a' mhàileid mhòr air an làr. Bha a' chailleach na suidhe air a' chathair a' coimhead am broinn na màileide.

"Jumpers," ars an duine dubh. 'S bha iad brèagha cuideachd, feadhainn dearg mar fhìon, feadhainn glas mar mhuir, feadhainn uaine mar thalamh, feadhainn buidhe mar ghealaich. Cha dubhairt i smid. Bha leabhar aig an duine dhubh a dh'fhàg e ri thaobh air an làr. Cha dèanadh i mach facal dheth. 'Sann bha an sgrìobhadh coltach ri algebra no ri rionnagan geamhraidh. Dh'fheumadh tu a leughadh bhon deireadh chun an toisich. Shuidh a' chailleach air a' chathair, 's i aosd, a ceann mar chlogaid sneachda.

"Gowns," ars an duine dubh. Bha iad a' dòrtadh às a lamhan mar bhùrn no bogha-frois. Cia mheud làmh chèin a bha air a bhith 'g obair air na gùintean ud? Smaoinich i air a' chiad dannsa aig an robh i, trì fichead bliadhna air ais, 's thug i sùil air an duine dhubh. Am biodh esan a' dol gu dannsan? Bha aodann tana, geal mar rathad cèin. Sheall i air falbh. Dhòirt na gùintean às a làmhan. Co-dhiù chuireadh e seachad beagan den tìde dhi a bhith gan coimhead. Chuir e na gùintean nan laighe air muin a chèile.

"Stockings," ars esan, 's e toirt a-mach stocainnean naidhlean. Cha do chaill a casan an aois a' coimhead riutha. Cha do dh'fhosgail aon doras. Laigh a làmhan le coibhneas air na stocainnean. Smaoinich i air a h-athair a' slìobadh an eich a bh'aca uair. Chaidh i dh'iarraidh deoch bhùrn don duine dhubh oir bha an latha blàth: dh'òl e e mar a dh'òlas lit bainne.

Airgead? Co aige bha airgead? Cha robh ann ach an aonaranachd, a h-aonaranachd-se 's aonaranachd an duine dhuibh. Co às a thàinig e? Dà shaoghal a' coinneachadh a chèile anns an dorchadas. Thug e sùil timcheall an t-sèomair, an sgàthan mòr maol, am Bìoball air oir na h-uinneig, cùirtearan air an tarraing bho chèile. Chuir e na stocainnean còmhla ris a' chòrr.

"Silk underwear," ars esan. Thog i a sùilean air falbh mar gum biodh e air rudeigin uabhasach a ràdh. Bha solas a' dòrtadh tron uinneig a' fighe a h-aodainn. Sia bliadhna — 's math dh'fhaoidte — 's bhiodh e air ais na rioghachd fhèin. Cha b'e seo a rioghachd-san. Ach dh'fheumadh e airgead a dhèanamh. Bha an sìoda a' lasadh fo a làmhan. Thug i sùil air ais chun an t-sìoda mar gum b'e bratach a bha i a' coimhead. "Eighteen shilling," ars esan. Bha làmhan na caillich nan laighe gu sàmhach air a' chathair.

"Eighteen shilling," ars esan a-rithist. Rinn i gàire. Bha a gàire mar earrach fon chlogaid shneachd. Dh'fhairich e sgìths na dhruim. Cha robh e furasd' a bhith slaodadh màileid throm tro na sràidean. "Seventeen shilling," ars esan. Rinn i gàire eile. Cha robh e tuigsinn co air a bha i a' smaoineachadh. Air aon bhalla bha dealbh balaich ann an deise seòladair.

Cha robh càil tuilleadh anns a' mhàileid. Chrom e a cheann 's e dol a chur an aodaich air ais don mhàileid.

"Silk underwear," ars esan a-rithist, ris fhèin, 's e dol ga thogail. Stad i e.

Chaidh i chun an dreasair 's thug i mach sporan. Chunnt i mach ochd tasdain deug dhà. Cha robh mòran tuilleadh air fhàgail anns an sporan. Rinn i gàire nuair thug i dhà an t-airgead. Rinn esan gàire cuideachd leis an toileachas. Thug e dhi an t-aodach.

"A hà," ars esan ris fhèin, "chan eil làithean do dhannsaidh seachad fhathast."

Chuir e gach nì air ais don mhàileid, aodach flùranach fuar sìoda ann an teas an t-samhraidh.

Dhùin e a' mhàileid 's dh'èirich e.

Ghlais i an doras air a chùlaibh.

Nuair bha e a' coiseachd sìos an rathad thog i a làmh ris mar dhuilleag foghair. Lean a sùilean e gus na dh'fhalbh e dhachaigh. Bha na busaichean mòra a' dol seachad air an t-sràid. Bha ise na coigreach cuideachd.

Thog i an t-aodach sìoda 's leig i leis ruith tro a làmhan mar airgead. An dèidh sin, chuir i don dreasair e, 's shuidh i rithist aig an uinneig, a' coimhead na sràid.

Iain Mac a' Ghobhainn

Bha foinne mhòr dhubh air an t-sròin aice. Ged dh'fheuchadh e ri aire a chumail bhuaipe dh'fhairicheadh e a shùilean a' laighe air an fhoinne a-rithist. Bha i mar chloich-tharraing ann an teis-meadhon an aodainn bhàin. Bha e a' cur seòrsa de nàire air cho mì-mhodhail 's a bha e. Cha leigeadh e leas. Dh'fhaodadh na sùilean mòra ciùine innse dhà nach robh dragh aice. Bha bòidheachas den t-seòrsa sin seachad. Cha robh ionndrain aice air, nas motha na bha ionndrain aig a' chat stùthach air earball. Ach cha robh fhios aigesan air sin.

Cha robh ann ach mar gun canadh tu bothan. Bha dà cheann cloiche air gun teagamh, agus 'se iarann-lurcach a bh'air na taobhan 's air a' mhullach. Bha e blàth as t-samhradh is fuar, fuar sa' gheamhradh. Nuair bhuaileadh fras air dhùisgeadh am fuaim às do chadal thu, agus cha chluinneadh tu do chòmhradh fhèin nuair bha na clachan-meallain ann. Cha robh e a leth cho seasgair ris an taigh-dhubh, ach bha iad a' smaoineachadh gu robh e tòrr na b'fheàrr.

'Se dà rùm a bh'ann. Aig an teine bha dreasair is bòrd beag is sèithir fiodha is dà stòl. Nam biodh barrachd air triùir a-staigh dh'fheumadh cuideigin seasamh. Bha Bìoball Gàidhlig anns an uinneig, is paidhir de speuclairean saora ri thaobh. Bha peile bùirn ri taobh an dreasair, is ceann fiodha ann. Sement a bh'anns an làr, is bha e corrach, làn thuill, 's e dubh le smùr na mònach. Bhathas ga sguabadh corra uair, 's ga nighe na b'ainneimhe na sin. Chuireadh Murdag dhith na bòtannan-beaga nuair thigeadh i steach, is chuireadh i oirre na bonnagan.

'S e an geamhradh a bh'ann. Thug an aimsir rapach geamhradh eile gu cuimhne Chaitrìona "Siud a' bhliadhna," ars ise, "a bha mo mhàthair fon a' bhàs. Bha gaiseadh anns a' bhuntàta, agus bha a' mhin a' teirigeachdainn. B'fheudar dhuinn maorach a thoirt às an tràigh a h-uile latha, is b'e sin an obair fhuar. Cha robh sinne ach beag, agus bha m'athair air bàsachadh dà bhliadhna roimhe sin."

Beag. Og. Thug e sùil air an fhoinne a-rithist. Bha i mòr, tiugh, trom na corp, còta-drògaid oirre, striop an dèidh striop de na h-ioma dathan, glas is gorm is buidhe-ruadh is dubh — aon, dhà, trì, ceithir, còig, striop ghorm eile — chan fhaigheadh e air an cunntadh — is polca den t-seann seòrsa os a chionn, le gorm is dearg ann, is plèada ma ceann, cha b'e currac, cha robh currac an uairsin ach air corra chaillich; 'si bhiodh air a sheanmhair mar bu chuimhne leis i.

"Bhiodh sinn dìreach air ar lathadh, 's gun oirnn ach na piullagan codhiù."

"Dè a fios a th'aig a' bhalach," thuirt Murdag, 's i toirt sùil air a piuthair.

"Nach eil mi 'g innse dhà ach am bi fios aige," ars an t-seann tè, 's cha robh na sùilean cho buileach ciùin 's a bha iad.

Bha sradag innte. Dhìricheadh i a ceann air a guaillean uaireannan mar sin, is chreideadh tu 'n uairsin gu robh i òg uaireigin. Bha falt tiugh oirre fhathast, ged a b'fhada bho liath i, 's e air a tharraing teann air gach taobh de a ceann, 's air a chur suas ann an ciutha. Bha maoil mhòr gheal oirre gun a bhith preasach idir, is sgraob os cionn na sùla, is laigh a shùil air an sgraob a-nis. Cha robh i cho dubh no cho faicsinneach ris an fhoinne, ach thuirt e ris fhèin: "Carson a tha i fàgail siud oirre?"

"Seo a ghràidh far an deach bior tromham, 's mi fighe geansaidh dhìse. Cha dèanadh ise fighe a b'fhiach bruidhinn air, an luidsear grànda." Thug i an t-sùil mhì-thruacanta sin air a piuthair. "Ach nuair a bha mise falbh nam puirt cha robh bheag ann a dhèanadh fighe cho grinn rium."

"Cha robh gu dearbh, a Chaitrìona," ars an t'èile, agus cha b'e brosgal a bh'aice.

" 'S cha b'e a h-uile gille gheibheadh geansaidh snàth bhuam."

Bha sin ann cuideachd! Gillean, is dibhearsain, is briodal is dòcha. Air chùl an aodainn bhàin. Mus do dh'fhàs an fhoinne. Mun deach am bior an sàs.

"Bheil cuimhne agad air a' gheansaidh a rinn thu do Chalum Dhonnchaidh?" thuirt Murdag, 's i crathadh a cinn.

"Tha, glè mhath," ars a piuthar. "Cuir thusa an coire air an teine, is cus còmhraidh a' ruith ort."

Bha Murdag an còmhnaidh a' tarraing feirge oirre fhèin mar sin. Bha iad cus ann an cuideachd a chèile is dòcha.

"Dè seòrsa dhaoine tha sin agaibh anns a' chàmpa?" ars ise ris a' bhalach.

"Sasannaich," ars esan.

"A, nach iad tha grànda grobhail," ars ise. "Dè tha na coin odhar sin ag iarraidh an seo?"

"Chan eil iadsan ag iarraidh a bhith seo idir," ars esan, "ach gu feum iad a bhith ann."

"Cò tha gan cur ann?"

"Tha an Rìgh 's a' Phàrlamaid."

"An Rìgh! B'e siud am buidhean beag eile! 'S a' Phàrlamaid! Dè am feum a tha iad a' dèanamh an seo?"

"Tha iad gar dìon, gun fhios nach tig an nàmhaid oirnn."

"O chuilein ort."

Bha i na tosd. Cha b'fhiach leatha bruidhinn na b'fhaide air na rudan grànda sin.

"O chait bhochd! Cha chreid mi gun dh'ith thu càil an-diugh. A Mhurdag, an tug thu iasg dhan chat?"

"Thug, an trusdair."

"Thoir rudeigin dhà, ma tha. Tha 'n t-acras air."

"Tud, an rud grànda. Chan eil e sgur a dh'ith." Ach thilg i bloigh scona thuige is chuir an cat a bhus air.

Bha 'n coire mòr dubh a-nis a' goil, is sgol i a' phoit-tea is chuir i 'n tea innte. Dh'fhàg i a' phoit na suidhe ris a' ghrìosaich, is chaidh i mach air cheann-gnothaich.

Shuidh iad, a' coimhead an teine, gun smid a ràdh. Bha ise le a meuran a' cnagadh a sliasaidean, an còta-drògaid a' ruighinn nan adhbrannan, is brògan àrda oirre, 's iad fosgailte. Bha stocainnean glas' oirre, de shnàth nam bobanan — feadhainn chlaiseach. Bha fàd mònach fo gach cois; 's iad bu bhlàithe na an làr sement.

"Nuair dh'fhalbhas seo," ars ise, "cha bhi sibh ach mar a tha càch."

"Seo?" ars esan. "Tha mi duilich — chan eil mi a' tuigsinn dè tha sibh ag ràdh."

"Seadh, seo," ars ise. "A h-uile càil a tha gar ceangal ris an àite seo, is ris na daoine bhon tàinig sinn. 'Se galair gabhailteach a th'anns an adhartas. Nuair thàinig sinne dhan taigh tha seo, cò bh'ann ach sinn. Cha b'fhiach an taigh-dubh 's cha b'fhiach an t-slabhraidh. Cha b'fhiach an t-aran-eòrna 's cha b'fhiach a' chòcaireachd a bh'againn. Ach cha robh clann againn a chumadh an t-adhartas a' dol is dh'fhàs sinn coma dheth. Ach far a bheil teaghlaichean tha an t-adhartas a'

cumail roimhe. Tha làr fiodha a' dol an àite an làir sement, is stòbh a'
dol an àite na cagailt, is rud nas fheàrr na sin a' dol an àite na
stòbha."

"Chan eil mise smaoineachadh," ars esan, "gu bheil an teine-dealain
dad nas fheàrr na an teine agaibhse."

"Tha thu air do mhealladh ma tha, a ghràidh," ars ise. "Tha, fada nas
fheàrr. Chan e gu bheil mise ga iarraidh. Bha mi ro chleachdte ris an rud
eile. Ach tha mi 'n dòchas nach fhàs sibh ro choltach ris na
Sasannaich."

"Tha bith uabhasach agaibh dha na Sasannaich," ars esan.

"Chan eil," ars ise. "Tha iad mar a chruthaicheadh iad, 's chan eil
cothrom aca air, 's tha math is dona nam measg, mar a tha nar measg
fhìn. Ach cha bhiodh e nàdarrach dhuinne bhith coltach riutha.
Bithidh e a' cur cais orm nuair chì mi gu bheil sinn a' feuchainn ris, is
cha mhotha orm an uairsin iad na na coin."

"Thug mi 'n aire dhan a sin," ars esan.

"Ach is dòcha," ars ise, "gu bheil dòigh ann air sinn fhìn a chumail
beò ged gheibheadh sinn taighean geala is teineachan is biadh mar a
th'aig na Sasannaich. Feuch thusa am faigh thu mach dè an dòigh tha
sin."

Thug e sùil a-mach air an uinneig. Bha a' mhòinteach man
coinneimh, 's i fliuch riabhach, le feur beag goirid an rèisg a' fàs oirre, 's
na caoraich ga chriomadh lom. Laigh a shùil air a' Bhìoball san
uinneig, is shaoil e gu robh e cho dubh ris an fhoinne air a sròin.

Chunnaic i far na laigh a shùil. "Ath-ghineamhainn tha dhìth oirnn,"
ars ise, "chan e teaghlaichean idir ach ath-ghineamhainn."

Bha e ro anmoch dhìse.

Leig e beannachd leatha 's chaidh e mach gun a thea a ghabhail.

Ruaraidh MacThòmais

Còig bliadhna fichead! Na inntinn fhèin chaidh Seumas a-rithist thairis air an àireamh. Cò shaoileadh gu robh sin ann o chuir e chùl ri Gleann Iorais; ach sin mar tha bliadhnaichean beatha an fhir-allabain. Chaidh Nollaig is Nollaig seachad; uairean chuimhnicheadh Seumas gur e àm Nollaig a bh'ann — mar bu trice cha chuimhnicheadh. Bha sin a-rèir an àite 's na cuideachd san robh e aig an àm, agus chunnaic Seumas iomadh àite 's cuideachd neònach na shiubhal.

Sgrìob litreach cha do chuir e dhachaigh san ùine sin, agus ni mò fhuair e sgeul air a chuideachd on latha sheòl e à Cluaidh. Cha b'fhios da phàrantan am bu bheò no marbh dhà. Gun teagamh bhiodh ceistean gam faighneachd nuair thachradh seòladair air chuairt an Gleann Iorais, ach cha b'urrainn eadhon a' chuid dhiubh a sheòl na seachd cuantan sgeul mhath no olc a thoirt air Seumas — tha an saoghal farsaing 's cha do thachair a h-aon dhiubh air nan cuairt. Dhealaich e-fhèin 's a phàrantan an gruaim 's ged thigeadh iad fo chomhair sùil inntinn tric gu leòr, cho tric sin ghrad mhùchadh e chuimhne 's a chogais. Bu mhiann leis a bhith ga mhealladh fhèin gu bhith creidsinn gu robh an dealachadh gun chomas leasachaidh.

Ach mar theann an Nollaig seo bha an dachaigh 's na dh'fhàg e a' briseadh a-steach air saorsa inntinn na bu trice na riamh roimhe. A dh'aindeoin a dhìchill gu bhith fuadach nan smuain anshocrach, cha mhaireadh an fhois mheallta seo ach tamall. Bha am bàta am port-mara Bhalencia an ceann a deas na Spàinne. Bha 'n Nollaig mu dheich latha air falbh 's cha robh coltas gu seòladh iad gu dèidh na Bliadhn' Uire.

Cha robh talla dannsa no taigh-òsda, cha robh àite san lorgte fearas-chuideachd, nach do thadhail Seumas 's e sìor theicheadh o ghuth cruaidh an-iochdmhor na cogais. Ach cha robh teicheadh ann dhà.

'Se feasgar na Sàbaid a bh'ann. Bha Seumas an dèidh oidhche mhì-rianail a chur seachad an talla dhuanaidh air aon de chùl-shràidean a' bhaile, 's bha e nis a' stiùireadh a cheuman mar b'fhèarr a dh'fhaodadh e chun a' chidhe ... nuair bhuail air a chluasan fonn laoidh a sheinn e gu tric na bhalach san sgoil Shàbaid. Stad e. Rinn e sin gu tàrsainn às mar gum biodh an ceòl ga dhìteadh. Stad e a-rithist. Dha aindeoin bha

fonn na laoidh ga tharraing, agus mean air mhean thionndaidh a
cheuman a dh'ionnsaigh an àite às an robh an t-seinn a' tighinn. Cha
robh sheasamh cho greimeil no chasan cho cinnteach 's a dh'fhaodadh
iad, ach ràinig e, agus shuidh e san fhosgalan. Cha robh an talla
adhraidh ach beag. Cha robh stiopall no clag air an togalach a
bheireadh dhà ainm eaglais, ach cha tug sin dad air falbh o bhinneas a'
chiùil a bha taomadh a-mach tron doras fhosgailte. Bha briathran na
Laoidh Nollaig a' snìomh cridhe 's cogais an fhir-allabain.

"Eisd ri guth nan ainglean naomh
Seirm a chliù le caithream binn;
Sìth air thalamh, 's tròcair chaomh —
Urram 's Glòir am feasd don Rìgh."

Bha an laoidh cho ùr 's cho drùiteach 's a bha i a' chiad latha a sheinn
e i an cuideachd a cho-aoisean san eaglais aig an dachaigh.
Chuimhnich e cho moiteil 's a bha mhàthair nuair chaidh a thaghadh
gu seinn anns a' chòisir aig seirbhis mhaidne Latha Nollaig. Chunnaic
e clachan beag fo fhasgadh nan àrd-bheann 's iad fon culaidh
shneachda; a' ghrian gu lainnireach ag òradh slios nam beann; lorg-
chas an luchd adhraidh a' treòrachadh o gach dachaigh an Gleann
Iorais a dh'ionnsaigh an aon cheann-uidhe — an eaglais.
An cluais dhìomhair na cuimhne chual e rithist fàilte chridheil na
Nollaig o shean 's o òg mar choinnich iad aig doras Teampall Dhè.
Chrom e cheann 's shruth na deòir o shùilean. Lìon mulad a chridhe
is tùirse throm na cionta inntinn. Mar gum biodh an aisling chuala e an
guth ... "Thig a-steach a mhic, thig a-steach maille ri càch." Guth ciùin,
sèimh, làn co-fhaireachaidh is gràidh. Thog e shùilean 's chunnaic e am
fear-teagaisg a' cromadh os a chionn. Bha a làmh air gualainn an t-
seòladair — làmh làidir, gidheadh càirdeil. Gu bog balbh dh'èirich
Seumas agus lean e an searmonaiche steach don taigh-adhraidh —
steach do Thaigh Dhè airson a' chiad uair an còrr is fichead bliadhna.
Fhuaras àite dhà ged a bha seòmar beag 's e cur thairis mar tha le luchd-
adhraidh. Thog e ghuth maille ri càch 's bha cliù is moladh Dhè cho
milis air a bhilean 's a bha e a' chiad latha sheas e sa' chòisir an eaglais
Ghlinn Iorais.
An dèidh na seirbhis chaidh e còmhla ris a' chuideachd do sheòmar

eile far an robh biadh air a shuidheachadh. An gnùis gach aon lorgadh e an t-aoibhneas 's an t-saorsa a dh'fhailich air fhèin a lorg na bheatha tro na bliadhnaichean. Bha iad uile deònach còmhradh a dhèanamh ris ach ged bha bhilean gam freagairt bha inntinn fad air falbh, 's e tionndadh na smuaintean iomadh ceist nach freagradh neach eile dhà. Gu dè stiùir a cheuman don àite seo — faodaidh an aon àit-adhraidh sa' bhaile far an robhar a' cleachdadh cànan a thuigeadh e? Carson a bha fear-teagaisg a' labhairt mar gum b'ann ris-san na aonar?

Cha b'urrainn e na briathran ud fhuadach às a chridhe... "Eiridh mi agus thèid mi dh'ionnsaigh m'athar agus their mi ris, 'Athair, pheacaich mi an aghaidh flaitheanais agus ad làthair-sa' ". Airson a' chiad uair, faodaidh na bheatha, bha Seumas aghaidh ri aghaidh ris fhèin agus làn mhothachadh aige air a' ghnè duine bh'ann dheth.

Thill e thun a' bhàta mar neach a bh'air ciall is brìgh air choreigin a lorg na bheatha. Cha chreideadh a chompanaich air bòrd gur e a bh'ann — bha iad cho cleachdte ri fhaicinn a' snàgail air bòrd fo dhalladh na daoraich. Cha robh mòran cadail ann dhà an oidhch' ud. Tràth sa' mhadainn bha e far an robh an sgiobair, ag iarraidh cead saor-làithean gu toiseach na Bliadhn' Uire. Fhuair e siud, thog e na bha air a dhol ma seach dhà de phàigheadh, 's le phoca seòladair air a ghualainn thog e air.

Thàinig an geamhradh tràth an Gleann Iorais. Mu thrì seachdainean ron Nollaig theann i ri sileadh an t-sneachda 's cha do thog i airson iomadh latha. Madainn latha Nollaig bha an gleann fo bhrat throm gheal. Bha e cho domhainn dlùth 's gum bu chunnart do dhuine no ainmhidh dhol fada thar ceum an rathaid. Chan fhacas a leithid o chionn fhada.

Sheall Donnchadh a-mach air na bha ris de leòsan na h-uinneige 's chrath e cheann. Bha e-fhèin 's Màiri deas airson na h-eaglaise o chionn còrr is leth-uair ach cha robh iad cinnteach mun oidhirp a dhèanamh. Aig ceithir fichead chan eil an corp cho fulangach no chas cho aigeannach 's a bha iad, 's cha b'aimsir i nach meataicheadh càraid bu chalma na Donnchadh is Màiri.

"Cha robh ar n-àite riamh falamh, a Dhonnchaidh, 's cha bhi fhads a bhios an cothrom againn Taigh Dhè a ruigheachd," arsa Màiri a' baganachadh na beannaig mun cuairt a h-aide. "Glè mhath, a bhean," ars an seann duine, "ach ma thèid thu 'm bogadh eadar seo is Cnoc na h-Eaglais, cò bheir às thu?" An achlaisean a chèile thog iad orra; uair no dhà chaidh Màiri fodha gu ruig na cruachain ach le còmhnadh a fir thàrr i às.

"Chan fhaca mi leithid a shìde on bhliadhna ... " Stad Donnchadh car clisg, agus ged chrìochnaich e ... "on bhliadhna chailleadh Calum Posta air mòinteach Anasdail," thuig Màiri nach e seo idir a bha e dol a ràdh ach — "on bhliadhna dh'fhalbh Seumas." Bha bhliadhna sin anabarrach dona le sneachda. Rinn i osna, 's an còrr cha dubhairt a h-aon aca gun do ràinig iad an Eaglais.

Chuireadh an fhàilt' àbhaisteach air na càirdean uile — bha iad ann às gach ceàrn den ghleann a dh'aindeoin sneachda, o chlann na sgoile gu seann daoine chunnaic còrr is ceithir fichead geamhradh. Chaidh iad a-steach don Eaglais, gach aon a' bualadh an t-sneachda far am brògan ri ursainn an dorais. Chaidh an t-seirbhis air adhart le seinn, ùrnaigh, leughadh is searmonachadh 's bha am ministear air an laoidh chrìochnachaidh a thoirt a-mach nuair a dh'fhosgail an doras 's a choisich an coigreach a-steach. Air fosgladh an dorais is fuachd na h-oiteig reòta thàinig na chois, thionndaidh gach ceann. Stad an coigreach car tiota, 's an sin le ceum socair cinnteach ghabh e suas an trannsa agus sheas e maille ri càch sa' chòisir a bha nis air am bonn airson an laoidh mu dheireadh a sheinn. Cha d'aithnich neach an làthair e ach nuair thog e ghuth maille ri càch sa' chòisir chlisg Donnchadh agus stad a bhriathran am meadhon an fhuinn. Thàinig briseadh an guth ciùin Màiri 's i mar gum biodh a' sìneadh fradharc nan seann shùil o cheann shìos na h-Eaglais gu grèim a dhèanamh air a' choigreach.

Chrìochnaich an t-seirbhis. Thaom an sluagh a-mach ach sheas Donnchadh is Màiri an dara taobh. Thàinig an coigreach dìreach far an robh iad. Sheas e gan amharc 's iadsan ag amharc air, 's an sin bha ghàirdeanan mun cuairt orra le chèile. "Athair ... " ars esan. "A mhic .." arsa Donnchadh. Ach bha Màiri balbh, a ceann air uchd a mic 's na deòir a' ruith sìos air a gruaidhean. An sin bha làmhan a' mhinisteir air an guaillean, aoibhneas na ghnùis 's e tuigsinn gu robh am feitheamh seachad, gu robh am Mac Stròigheil air tilleadh. "Rachaibh dhachaigh le ur Tiodhlac Nollaig, agus beannachd an Tì a thug an Tiodhlac maille ruibh," ars esan.

Cha robh an t-slighe buan na doirbh leis an t-seann chàraid 's iad an taic gàirdeanan calma am mic, a bh'air tilleadh gu bhith leotha na chòmhnadh nan seann aois. Bu bhinn an guth, 's bu bhlàth taingeil an cridhe mar thog iad an salm aig adhradh an fheasgair:

"Is anns gach tìr san robh iad siud
Do chruinnicheadh iad leis,
On àird an ear 's on àird an iar
On ard a tuath is deas."

Bha copan an sòlais làn, an Tiodhlac Nollaig thar luach.

Cailein T. MacCoinnich

Tha mi toilichte gun tàinig thu. Chan e mo choire-sa nach robh thu seo roimhe, ach leis an fhìrinn innse 'se Tormod fhèin bu choireach ...

Pian? Bha e cho geal aig an deireadh. Sia bliadhna deug cuideachd. (Sin an aois a bha e. An e bliadhna th'aig' ort fhèin?) Ach tha sinn ann an làimh Dhè. Nach eil cuimhn' agam an latha a ghoid sibh an silidh air a' chaillich, 's a ruith sibh? 'S an oidhch' a chroch sibh an radan bhon ròpa am meadhon an taighe? Tha cuimhn' agam air. Cha robh Tormod airson a chluinntinn idir aig an deireadh. Ach bha am ministear a-staigh gun sgur. O cha robh e furasd. Bhiodh e na laighe an siud, cho geal, 's am ministear a' feuchainn ri innse dhà cho dona 's a bha e. Cha chreideadh e e an toiseach. No cha do smaoinich e air. Ach dh'innis sinn dhà e. Dia! Dh'fheumadh e smaoineachadh air. Dia is teine ifrinn.

Ministear math cuideachd, chan e ur ministearan maide. Cha robh càil air aire Thormoid an toiseach ach gàireachdainn. Cha robh e tuigsinn cho faisg 's a bha e air a' bhàs. 'S dh'innseadh e gach nì a rinn e, 's e na shuidhe anns an leabaidh — an oidhche a bha sibh a' gnogadh air na dorsan 's an oidhche a leig sibh each Mhurchaidh saor 's e a' ruith 's a' ruith: 's mu dheidhinn na sgoile cuideachd. Am prìne 's an luch! Bha e cur eagal orm, na nithean sin. Ach esan, cha robh ann ach fealla-dhà dhàsan.

Ach bha am ministear dìleas. Uaireannan chanadh e riumsa: "Chan urrainn sinn càil a dhèanamh. Togaidh e am Bìoball ach leagaidh e e an ath-mhionaid 's e a' sealltainn rium. 'Sann a shaoileadh duine gur e nàmhaid a th'annam dhà, an àite .."

Ach 'se ministear math a bh'ann. Latha an dèidh latha thigeadh e.

Tha cuimhn' agam aon oidhche. Chuala mi Tormod a' sgriachail 's chaidh mi steach. Bha aodann na bu ghile na b'àbhaist. Dh'èigh e orm 's ruith mi null far an robh e. Chuir e a cheann air mo bhroilleach, is fhalt fliuch le fallas. Bha am ministear na shuidhe air a' chathair 's a bhata na làimh.

"Dè tha ceàrr?" thubhairt mi ri Tormod. "Dè tha ceàrr?"

"Tha e ag ràdh," chuala mi e a' rànail, "tha e ag ràdh gu bheil mi
..."

"Seadh, a ghràidh?"

"Gu bheil mi ... " Cha mhòr gu faigheadh e air bruidhinn.

"Gu bheil mi ... "

... dol a ...

bhàsachadh!"

"Tha sinn uile dol a bhàsachadh," ars am ministear. Cha dubhairt mi
smid. Dè b'urrainn dhomh a ràdh, 's mo làmh a' ruith tro fhalt. Dè
b'urrainn dhomh a ràdh? Nach e 'n fhìrinn a bh'aig a' mhinistear? Ach
air mo shon-sa ...

"Bu chòir dhuinn ùrnaigh a dhèanamh," ars am ministear, 's lùb sinn
ar glùinean.

Bhon oidhche sin — taing do Dhia — thòisich e a' leughadh a'
Bhìobaill mar gum biodh e air eagal a ghabhail. Ach aig amannan
bhiodh e a' sealltainn riumsa mar nach robh e a' tuigsinn rudeigin.
Dh'èigheadh e orm ach aig a' cheart àm...

Agus, a thaobh a' mhinisteir, bhiodh Tormod ga iarraidh-san
cuideachd na bu trice na bha e gam iarraidh fhìn mar gum biodh fhios
aig a' mhinistear air rùn-dìomhair ... Is sguir e dh'innse nan
sgeulachdan ud. Cha robh e a' gàireachdainn a-nis idir. Bha e na bu
shàmhaiche na chleachd e. O bha e an làimh Dhè, bha sin soilleir gu
leòr. Chuir am ministear fhèin umhail air.

"Tha e cho math," bha e 'g ràdh, "cho ciùin, tha a bheatha a' fosgladh
dhà." Airson uairean de thìde air cheann bhiodh e sealltainn suas ri
mullach an taighe gun ghluasad.

An oidhche bhàsaich e bha e cho sàmhach. Cha mhòr gu robh e
bruidhinn idir a-nis ach ga mo leantainn le a shùilean air feadh an
taighe mar gum biodh e 'g iarraidh rudeigin. Dh'fhaighnich sinn dhà
aon latha an robh e airson gin de a chompanaich fhaicinn ach cha
robh. Co-dhiù cha do fhreagair e sin. Aig amannan nuair a bhiodh a'
ghrian ann chuireadh e a làmh air a' bhalla anns a' bhlàths.

Bha e a' leughadh a' Bhìobaill dìreach mus do bhàsaich e. 'Se am
Bìoball an aon leabhar a bha mi toirt dhà. Thuit am Bìoball às a
làmhan chun an làir. Chaidh mi null gu thogail a' smaoineachadh gur
ann air tuiteam na chadal a bha e ach cha b'ann, 'sann bha e marbh. B'e

latha teth a bh'ann 's tharraing mi na cùirtearan.
Tha cuimhne agam gu robh an làr fon Bhìoball blàth leis a' ghrèin.
Ach bha am Bìoball fhèin fuar nuair thog mi e, cho fuar 's gun chuir e
gairisinn orm, mar gu suathadh duine ann an iarann a tha trom le
deigh.

Iain Mac a' Ghobhainn

Tha air aithris air Alasdair Dubh MacArtair nach robh priosan aig MacLeòid Dhun Bheagain a chumadh e na b'fhaide na seachdain. Nuair chàireadh e mu dheireadh san toll dhubh fo bhunait a' chaisteil thubhairt daoine mu thimcheall gun tug e 'n ceum mu dheireadh a bheireadh e an solas na grèine; gun grodadh a chnàmhan anns an t-sluichd dhorcha fhuaraidh ud a bh'air a cur air leth son an luchd droch-bheart bu mhiosa air oighreachd MhicLeòid.

Ach 's beag a chuir a shuidheachadh air Alasdair còir; mar bha iad ga leagadh don toll air ceann buill, ars esan ri MacLeòid, "Mo cheann mar gheall gum bi mi às ro dheireadh a' mhìos."

Rinn an Ceann-feadhna lasgan gàire; "Ma bhitheas 's tu a' chiad fhear a charaid. Gheibh mo chuid fhiadh-sa fois airson latha agus bliadhna." Ach bha Alasdair cho math ri fhacal. Còig latha an dèidh a chur san toll dhubh chunnaic fear-gleidhidh a' phriosain e na laighe an riochd mairbh air ùrlar na sluichde 's thug e 'm brath gu MacLeòid gu robh am priosanach marbh.

"Alasdair bochd," arsa Triath Chlann Leòid, "cha mhath leam sin idir, toillteanach 's ga robh e air priosan; ghlèidh e fhacal 's tha a spiorad fa sgaoil ged tha chorp fo ghlais. Faic thusa gnothaichean air dòigh thaobh an duslaich adhlacadh." Ach cha robh Alasdair marbh idir; gun teagamh bha e an droch staid nuair chaidh seirbhisich MhicLeòid sìos a thogail a chuirp, mar a shaoil leo; cha thogadh e biadh no deoch gu bhilean gun chuideachadh, 's nuair dh'innseadh don Cheann-fheadhna mu shuidheachadh bha e cho toilichte e bhith beò 's cho duilich mu staid 's gun tug e òrdugh a chur an leabaidh an seòmar den chaisteal. Chaidh seo a dhèanamh, ach cha robh Alasdair trì oidhche air àrainn Caisteal Dhun Bheagain. Ma bha fhios aig seirbhisich MhicLeòid ciamar chaidh aige air teiche gu cinnteach cha robh aig MacLeòid.

Chan fhacas mòran de Alasdair airson iomadh seachdain 's ma bha cuid ann a b'urrainn a ràdh càite an robh e am falach bha MacLeòid air cùl a sheanchais. Ach ma bha e-fèin am falach cha robh a ghnìomharan. 'S gann seachdain eadar Samhain is Callainn nach robh brath ùr a' ruigheachd a' Chaisteil mu sgrios obann am-measg dhamh is aighean am frìith na h-oighreachd. Cha robh teagamh ann mun choireach; bha e tuilleadh is soilleir gu robh MacArtair aig a sheann chleasan. Dh'fhàs e cho dàna, 's cho cinnteach às a sheòltachd fèin 's gun togadh e mach don bheinn-sheilge eadhon ged bhiodh seirbhisich MhicLeòid san fhrìith iad-fhèin. Is sleamhain a' chlach tha 'n doras an taighe mhòir, agus is minic a thig stràic gu tubaist; aon uair eile sheas Alasdair Dubh an làthair a' Chinn-fheadhna 's chuala e a dhò-bheartan air an àireamh. "A laochain," arsa MacLeòid, "ràinig thu ceann do theadhair. Bhris thu mach às gach prìosan san do chuir mi thu agus mur b'e gur feardàimh fad às dhòmhsa thu chuirinn dealachadh eadar do cheann 's do chlosnaich gun an tuilleadh deasbaid. Ach cuiridh mise thu far nach tig thu às mur gabh thu 'n iteag." Stad e, agus sheall Alasdair air feuch dè bha tighinn. Lean MacLeòid air, "Tha bàta seòladh a dh' Eilean Hiort moch madainn a-màireach agus nuair thogas i mach o laimrig Dhun Bheagain, bidh tusa air bòrd. Mach à seo e!"

Bha Eilean Hiort na sheòrsa de phrìosan aig MacLeòid aig an àm seo agus cha robh nì a dhìth air an eilean mar phrìosan a thaobh tèarainteachd; gun bhàta tadhal ann ach dà uair sa' bhliadhna, gun long no sgoth de sheòrsa sam bith air an eilean fhèin agus e còrr is trì fichead mìle on fhearann a b'fhaisge dhà — cladaichean Na Hearadh is Uibhist a Tuath. Chan iongnadh e ged thuiteadh cridhe an fhir a dh'fhògradh MacLeòid don àite iomallach seo, 's ged bu duine làidir, misneachail, dalma Alasdair chuir a' bhinn ud stad ann.

Mun do bhlais an t-eun an t-uisge madainn a-màireach sheòl a' bhirlinn, 's ma bha MacArtair a' guidhe gu siabadh gaoth is doinnein i gu port air choreigin seach Eilean Hiort cha d'fhuair ùrnaighean freagairt. Lean soirbheas laghach i 's an ùine nach robh fada chuir i steach gu fearann an Loch Roghadail sna Hearadh. Ghabhadh aig na maraichean an sin gu fialaidh ach cha d'fhuair am prìosanach a chas a chur air tìr. Cha do cheileadh nì air a thaobh bìdh no dibhe ach chan fhaodadh e bhonn a chur air fearann tioram. Chuireadh seachad an oidhche air acair astar math o thìr, oir ged bha deagh gheàrd air Alasdair cha robh earbsa sam bith à dè dh'fhaodadh e dhèanamh tron oidhche. Sa' chamhanaich chuireadh sròn na birlinn ris an Taobh an Iar agus a-rithist bha am freasdal fàbharach; shèid gaoth chruaidh,

chruaidh, chothromach, chòmhnard on Ear 's an Earradheas, 's shìn an long i-fèin thar nan stuagh mar earb ri slios beinne 's an fhaghaid air a tòir. Mun do chrom a' ghrian faisg air fàire san Iar thàinig birlinn MhicLeòid gu acair am Bàgh a' Bhaile an Eilean Hiort. Chaidh a' chuideachd air tìr, 's thug Alasdair sùil thairis air a phrìosan sàile. Sreath de thaighean ìosal an taic an aonaich, iomairean caola barra a' fiaradh a-nuas chun a' bhàigh 's air an cùl mòinteach àrd chreagach am feadh a faicte breacadh de chrodh 's de chaoraich ag ionaltradh. Agus mun cuairt — an cuan. Luasganach, neo-chàirdeil, sìorraidh, ga dhùnadh a-staigh na bu chinntiche na balla prìosain sam bith. Chan e ballachan cloiche no croinn iarainn nan aonar a nì prìosan. "Seo e matà," ars esan ris fèin, "am prìosan sàile."

Bha seachd teaghlaichean deug air an Eilean, mòran dhiubh air an suidheachadh ann an aghaidh an toileach 's mar pheanas airson an drochbheart; bu duine cruaidh MacLeòid Dhun Bheagain ach bu duine ceart e cuideachd. Tha e fìor mu thimcheall nach tugadh e mach binn na bu mhiosa na 'm prìosan far an tugadh Cinn-fheadhna eile mach binn bàis. Ach a dh'aindeoin sin bha iomadh fear is tè air Eilean Hiort nach robh ro chinnteach cò b'fheàrr a bhith marbh na bhith air am punndadh sa' phrìosan sàile. Air an làimh eile, bha grunnan ann len làn toil fèin; feadhainn a roghnaich an t-sìth 's an t-sàmhchair a bha an uaigneas an eilein air thoiseach air iorghall is ùpraid an t-saoghail mhòir. Ach cha robh an àireamh lìonmhor.

Chuireadh Alasdair air aoigheachd maille ri seann duine 's ri bhean a bha gun sliochd, gun chàirdean air an eilean. Cha robh air ach gu feumadh e teannadh ri bheòshlaint' a chosnadh mar b'fheàrr a dh'fhaodadh maille ris na h-eileanaich eile. An ath là chaidh luchd de chlò, de chlòimh, itean agus deannan mholt air bòrd a' bhàta — toradh an eilein — agus sheòl i mach às a' bhàgh. "Soraidh slàn leis an t-saoghal," smuainich Alasdair 's a shùil a' leantainn siùil na birlinn gus an deach iad à sealladh air fàire.

Ge bith dè na coireachan a bh'air siubhal MhicArtair cha b'e leisge aon diubh. Cha b'fhada gun do dhearbh e do na h-eileanaich gum bu duine smiorail, tuigseach, gnìomhach e, 's cha robh e nan cuideachd a-mach air a' mhìos nuair bha gach neach san àite, sean is òg, ag amharc ris airson seòlaidh is comhairle an gnothaichean an eilein. Ghearradh e mhòine, lomadh e chaora, làimhsicheadh e chas-chrom is dhìreadh e chreag le sùrd is snas a thug barradh air càch uile.

Ach bha chridhe an Eilean a' Cheò is inntinn daonnan an sàs san aon cheist: ciamar rachadh aige briseadh a-mach às a' phrìosan sàile. Airson a' chiad uair na bheatha bha e aghaidh ri aghaidh ri deuchainn a bha, a-rèir coltais, tuilleadh is cruaidh airson eadhon eagnaidheachd gheur a mhac-meanmna. Chaidh latha agus latha seachad; gach feasgar an dèidh obair an latha a chrìochnachadh, shuidheadh Alasdair air a' mheall a b'àirde an Eilean Hiort, a shùil air uchd farsaing a' chuain 's inntinn trang a' dealbh dòigh is dòigh air faotainn fa sgaoil — a h-uile dòigh ùr air an smuainicheadh e na bu mhì-choltaiche na an tè mu dheireadh.

Air feasgar soilleir chitheadh e sgeirean Haisgeir san Earradheas, meall dubh Ghaisgeir san Ear-thuath agus beannaibh ceòthach na Hearadh is Uibhist a Tuath a' seòladh gu fann air fàire; uairean dlùth gu leòr ach an dèidh sin uile cho fad às 's ged nach robh iad idir an lèirsinn na sùla. Chaidh an geamhradh seachad gun mòran fuachd no gailleann, ach thug an t-earrach a-steach sìde gheur sgaiteach. Dh'fhàs an t-seann bhean maille ris an robh Alasdair a' fuireach tinn agus am beagan làithean chaochail i. Chuidich Alasdair an saor, Tòmas Stiùbhard, a' dèanamh na ciste agus chaidh duslach a' bhoireannaich a chur sìos an ùir Hiort fada o chladh a daoine an Steinn. Cha robh pearsa eaglais air an eilean ach chuairtich aon de na seann daoine an t-adhradh aig an taigh agus anns a' chladh. Dh'fhàg e Alasdair mì-fhoiseil a bhith smuaineachadh air a' chorp ud a bhith ga adhlacadh an ùir choimhich, cian o dhàimhean 's o chàirdean.

Air an rathad dhachaigh bha Alasdair 's am bodach a' coiseachd cuideachd, an seann duine labhairt gu brònach mu làithean òige san Eilean Sgitheanach. "Còrr is fichead bliadhna o thàinig sinn an seo, a charaid, 's ged dh'fhaodadh sinn a bhith na bu mhiosa dheth, chan urrainn do dhuine àite a bhreith is àraich a dhìochuimhneachadh. 'Se mo ghuidhe fèin gun glac an t-eug mi nuair bhios bàta aig an eilean, 's gu faigh mo chnàmhan fois an ùir dùthaich mo dhaoine." Smuain is iarrtas cumanta gu leòr, agus is cinnteach nach e chiad uair a chuala Alasdair e; ach dhùisg e smuain eile na inntinn, smuain cho neònach 's gu robh i air oillt a chur air a chompanach nan robh i air a cur am

briathran. Fad na làithean a lean bha briathran an t-seann duine a'
toinneamh na inntinn, 's ged nach robh mòran coltais gun tigeadh
mòran às na h-innleachdan a bha e dealbh, chunnaic MacArtair reult
bheag dòchais airson a' chiad uair o thàinig e don eilean.

Thàinig a' chiad bhàta an toiseach an t-samhraidh; thugadh air tìr na
goireasan nach robh rin cosnadh air an eilean fhèin, 's chaidh an luchd
àbhaisteach air bòrd. Cha bhiodh dùil ris an ath bhàta gu deireadh an
fhoghair, 's na dhèidh sin geamhradh fada, dorcha, aonaranach gun
cho-chomann sam bith ris an t-saoghal mhòr mach air crìochan
cumhang an eilein. Mar chaidh am bàta à sealladh air fàire aon uair eile
mhionnaich Alasdair na chridhe gun tigeadh an latha sam biodh esan
air a bòrd a' fàgail cladach Hiort. Thriall an samhradh, 's chuir meur an
fhoghair dreach na meirge air duilleig 's air blàth. Chruinnicheadh am
bàrr, thughadh na taighean, 's theannadh ri ullachadh luchd fo
chomhair teachd a' bhàta. Agus, iongantas nan iongantas, dh'fhàs am
bodach aig Alasdair tinn.

Laigh e ri leabaidh. "Alasdair, a charaid," ars esan aon latha is e
anabarrach ìosal, "on thàinig thu maille ruinne an toiseach bha thu
dhuinn mar mhac agus gach nì as leamsa aig mo bhàs 'se do chuid-sa e;
ach aon nì tha mi 'g earbsa riut agus 'se sin mo chorp fhaicinn air bòrd a'
bhàta nuair thig i. Bu mhath leam a dhol an ùir mo dhaoine ann an
Steinn."

"A dhuine chòir," ars Alasdair, "chan eagal duibh; gheibh sibh thairis
air seo 's na cluinneam an còrr mu bhàsachadh. Co-dhiù 'se tuairmeas
anabarrach a bhiodh ann gu faigheadh sibhse bàs aig an dearbh àm a
bhiodh am bàta aig an eilean." "Chan e idir," ars an duine tinn, "ach fìor
fhreagairt dom ùrnaighean." "Glè mhath," fhreagair Alasdair, "mì-
choltach 's ga bheil a tha mise toirt dhuibh mo gheallaidh ma thachras a
leithid gu faic mise a' chiste agaibh air bòrd."

Mar thubhairt an seann duine b'fhìor. Chaochail e air oidhche Luain
agus bha am bàta san loch madainn Dimàirt. A-rèir coltais bha iarrtas
gu bhith air a choimhlionadh. Ach bha 'n t-seann smuain a' ruith an
ceann MhicArtair 's nuair thachair an nì a bha esan ag ùrnaigh air a
shon cha mhòr gum b'urrainn e fuireach gu dol air adhart le
innleachdan.

Cha bu luaithe bha am bàta am port na ràinig e an saor 's a dh'

fhosgail e a chridhe ris. A-nis 'se duine cruaidh neo-fhaireachdail a
bh'ann an Tòmas Stiùbhard, fear, mar chanadh an seanfhacal, a
reiceadh a sheanmhair air leth-chrun; ach nuair chual e rud a bha an
rùn Alasdair thàinig stad ann. "Tha fhiosam gur fhada on gheall mi
dhut do chuideachadh gu teicheadh à Hiort, Alasdair," ars esan, "ach
na bu lugha na sgiathan a dhèanamh dhut cha b'urrainn dhòmhsa
fhaicinn ciamar rachadh agad air mo chumail rim ghealladh. Ach tha
nì seo mì-nàdarra buileach."

"Eisd rium," ars am fear eile, "tha deich puinnd Shasannach agam an
seo; is leatsa iad agus deich eile cho luath 's a chuireas mise cas air tìr
san Eilean Sgitheanach — co-dhiù cho luath 's thig an ath bhàta chun
an eilein — ma nì thu rud tha mi 'g iarraidh ort."

"Ach smuainich air a' chunnart tha thu ruith; mùchar thu — dè ma
bhios tu lathaichean gun bhiadh — dè ma dh'adhlaicear beò thu?" Cha
robh saor idir deònach air pàirt a bhith aige sa'ghnothaich, ach bhrath
teanga agus airgead Alasdair air agus theann na seòid ri dèanamh na
cisteadh.

Rinneadh mòr is farsaing i, chaidh tuill is geòbaidhean fhàgail innte
an àite na dhà a bha folaichte on t-sùil agus ghiùlaineadh i gu taigh a'
bhodaich. An làthair nan coimhearsnach chaidh an corp a chàradh sa'
chistidh agus a dùnadh gu tèarainte leis an t-saor. Dheònaich Alasdair
caithris an oidhche sin agus dh'iarr e gu follaiseach air Tòmas agus air
seann charaid dhà fhèin, a bha air fear de sgiobadh a' bhàta, fuireach
san taigh maille ris.

Nuair chaidh am baile mu thàmh, chaidh a' chùis a chur fo chomhair
caraid Alasdair 's ma bha saor aindeonach air a làmh a chur sa'
ghnìomh bha Seòras buileach na aghaidh. Ach a-rithist choisinn
teanga Alasdair an latha 's co-dhiù mar thubhairt e-fhèin, nach bu
nàdarra don t-seann duine bhith air a chàradh ri taobh a mhnatha,
"Gheall mi dhà gu faicinn a' chiste aige air bòrd, ach cha do gheall gum
biodh a chorp innte!"

Cha do chleachd Alasdair còir riamh barrachd bhriathran 's a
b'èiginn! Chaidh corp a' bhodaich adhlac an cladh Hiort aig marbhan
a' mheadhon oidhche, 's mun do shoilleirich an latha bha closach bheò
sa' chistidh maille ri biadh is deoch airson an turais!

Cha tug duine fa-near nach robh Alasdair mun cuairt nuair chaidh a' chiste air bòrd ach mar b'fhaide dh'fhanadh e uapa aig àm seòlaidh 'se b'fheàrr leis an sgiobadh; bha chlesan ainmeil's cha robh cinnt aca dè 'n dòigh a bheireadh e aghaidh air faotainn air bòrd.

Ràinig am bàta laimrig Dhun Bheagain agus chuireadh air tìr a' chiste maille ris a' chòrr den luchd. Ghabh Seòras os làimh cùram na ciste agus am feasgar sin chuir e brath cabhagach gu càirdean an t-seann duine an Steinn. Tràth an ath mhadainn thàinig còmhlan fhear le each is cairt a dh'iarraidh an duslaich, agus 'se fìor dhuslach a bh'ann — clachan is ùir bhàrr cruit Sheòrais. Chaidh a' chiste adhlacadh le làn-urram 's gun beò ach triùir aig an robh fhios dè bha na broinn.

Chaidh còrr is trì mìosan seachad mun cuala duine san Eilean Sgitheanach gu robh Alasdair Dubh MacArtair fa sgaoil a-rithist. Ach mu dheireadh thall thàinig e gu solas nach robh e na b'fhaide air Eilean Hiort. Nuair chuala MacLeòid an naidheachd cha d'rinn e fiù farraid ciamar a fhuair e às an eilean. Cha b'urrainn a' cheist a fhreagairt ach triùir, 's bha barrachd meas aca air an saorsa 's gum fosgladh iad am beul mun ghnothach.

Arsa MacLeòid, "Leigibh leis; tha mi air tighinn chun a cho-dhùnaidh nach eil priosan ann a ghleidheas Alasdair ach aon agus 'se sin am fear a ghlacas sinn uile luath no mall — an uaigh."

'S beag a bha fhios aige cho faisge 's a bha bhriathran air an fhìrinn a thaobh teicheadh Alasdair Dhuibh MhicArtair à Eilean Hiort!

Cailein T. MacCoinnich

Nochd an sanas anns a' phàipear Di-luain, "Wanted — skilled tradesmen to make repairs to a broken heart. Box No . . ." Nuair chunnaic Dòmhnall an sanas, theab e sgrìobhadh. Ach carson a bha e dol a sgrìobhadh thuige fhèin? 'S leugh e 'n sanas ceud turas. 'S dh'fhairich e 'n cridhe brist a' leum na chorp. Saoil am biodh fhios aca cò bh'ann, cò chuir an sanas don phàipear? 'S shaoil e ged bha 'n cridhe . . . làrach na sgine 's nam briathran. Saoil cò sgrìobhadh thuige? An sgrìobhadh Màiri thuige?

"Ciamar tha thu 'n-diugh?" ars Eilidh Mhòr. "A bheil thu faireachdainn do chridhe?" Ciamar a bha fhios aice? Ach, seach gur e Eilidh Mhòr a bh'ann an Eilidh Mhòr, b'iongantach mur robh i ag ràdh siud ris a h-uile duine, seadh bho leugh i 'n sanas. Dh'fhairich e dath dearg a' tighinn na ghruaidhean, 's an dearg gan dèanamh soilleir. "Ciamar . . . ?" ars esan. Stad e. Agus, an uairsin, "Mo chridhe?" ars esan.

"Chunna tu'm pàipear," ars ise.

"Chunnaic," ars esan.

"Smaoinich," ars ise, "air fir a' bhaile seo. A' sireadh luchd-ceàirde a chàireas an cridheachan. Bha mo chridhe-sa brist uaireigin. Agus shlànaich e. Cha bu tusa . . . ?"

"Ciamar," arsa Dòmhnall, "a tha fhios agad gur e fear a chuir an sanas don phàipear? Dè mu mhnathan a' bhaile? Nach dòcha gur e boireannach a chuir an sanas ann. Eilidh . . . cha bu tusa . . . ?"

Thionndaidh i air falbh, 's chan fhac e Eilidh Mhòr a-riamh a' siubhal cho luath. Chòrd sin ris. Rinn e math, shaoil e. Cha do dh'innis e dad dhi, ge air bith dè leugh i na aodann.

Shuidh e anns a' chathair, 's bha e a' smaoineachadh. A' smaoineachadh air sanas 's air cridhe. Cha tigeadh fios gu Diciadain co-dhiù, nan tigeadh fios idir. An tigeadh fios bho Mhàiri?

Thog e 'n taigh 's thuirt e rithe gu robh e deiseil. Bha e fon chnoc far na dh'iarr i. 'S thug i taing dhà seach gun thog e 'n taigh. Bha 'n taigh math. Bha e goireasach. Thug e sùil air, 's bha e goireasach fhathast. Ach dè ged bha? Cha robh sin na urras air càil. Thàinig na ceistean 's thàinig na teagamhan.

Saoil am fac i 'n sanas? Bha i ann an saoghal glaiste, saoghal gun dhorsan, 's chan fhaigheadh e a-steach. Bhiodh e a' bruidhinn rithe tro na h-uinneagan, 's an ceann ùine bha anail gan ceòthadh 's a' goid an t-seallaidh air. 'S bha bhriathran a' reothadh air na gloinneachan, 's an deigh gan snaidheadh air clàr a chuimhne. Bha e mar speuradair a' cur charan air a' chruinne, ag amharc air saoghal air nach fhaigheadh e grèim, anns an fhuachd ag eudach ris a' bhlàths. Chunnaic e iomadh saoghal a' gabhail seachad 's cha robh beatha ach ann an aon dhiubh. Bha na h-iuchraichean ro mheata, agus bu tric a thuirt e ris fhèin nach robh iuchraichean ann. Bha flùr a' fàs air eilean, eilean ann an cuan neo-dhreachmhor. 'S cha do dh'ionnsaich Dòmhnall a-riamh ciamar a dhèanadh e snàmh.

Cridhe brist . . . cridhe brist . . .

Chunnaic e 'm post a' gabhail seachad, agus chuimhnich e gur e Diciadain a bh'ann. Cha do fhreagair iad. Cha do fhreagair Màiri. 'S dòcha gu robh iad ag ullachadh na h-uidheim. Dh'fheumadh iad tighinn thuige le òrd an t-slànachaidh a thoirt cumadh air a chridhe air innean an dòchais. Sgeilb cuideachd a shnaidheadh air falbh bioran a' bhrisidh. Bheireadh e dhaibh an t-slat-thomhais a bhuilich an cràdh air, agus locair. Locair leis an lìomhadh iad an inntinn gus nach biodh an cridhe goirt. 'S cha b'aithne dhà ach aon neach, aon neach-ceàirde, aig an robh an uidheam sin gu lèir. Ach dè 'm math a bha sin? Chaidh am post seachad às aonais sanas an t-slànachaidh.

Agus smaoinich Dòmhnall air carson nach deach e gu dotair. Thàinig e a-steach air gun tug an dotair a-mach a cheàrd ris a' chorp, agus nach b'ann den chorp a bha 'n cridhe, ach den spiorad. Agus co-dhiù cha thuigeadh e. Cha thuigeadh e idir. Dh'fheumadh e neach-ceàirde a bha air leth ealanta. Ach cò? Dè mu Mhàiri? Nach fheumadh tu cridhe a bhriseadh mus b'aithne dhut a chàradh?

Diardaoin, stad am posta. 'S chuir e luchd chèisean a-steach tro dhoras Dhòmhnaill. Cunntas an dealain, bileag a chuir e dh'iarraidh mu fhlùraichean, sanas bhon chlub leabhraichean, *Gairm* an earraich, agus . . . agus trì litrichean. Dè bh'annta? Dh'fhairich e crith na mheuran. Chan fheumadh e càch fhosgladh, oir bha fhios aige dè bha nam broinn. Sheall e ri na trì litrichean airson greis. Bha seòrsa de eagal air am fosgladh. 'S chan innseadh an sgrìobhadh a bh'air na cèisean càil dhà, oir b'e fear bhon phàipear-naidheachd a sgrìobh na cèisean. Dh'fhosgail e a' chiad tè. Freagairt don t-sanas! 'Se gun teagamh. Ach bho cuideigin le cridhe cruaidh, nach robh briste mar a chridhe-san, ri fealla-dhà, a' tarraing a dhà choise. A' tarraing a dhà choise gus an robh iad an impis falbh dheth. 'S an trusdair, cha do chuir e fiù ainm rithe. Cha robh eadhon co-fhaireachdainn a' nochdadh eadar na briathran mallaichte. Bha fearg air Dòmhnall 's bha barrachd crith na mheuran a-nise. 'S an dara litir. Bha i seo goirid. Ach cha robh mòran cobhair innte. Cuideigin a' toirt man airidh gum bu chòir dha comann a chur air chois airson dhaoine le cridheachan briste. Agus smaoinich e. Ach nan dèanadh e sin, bhiodh fhios aca uile cò chuir an sanas don phàipear. Comann nan Cridheachan Briste: Ceann-suidhe, Dòmhnall MacDhòmhnaill. Bhiodh e snasail air bàrr pàipear litreach. Ach dè 'm math a bha sin? Nach robh gu leòr, is cus, de chomainn ann a bha a' stri ri cridheachan briste, 's a' bristeadh cridheachan a chèile?

Agus an treas litir. Cha robh e ga chreidsinn! "Ge air bith cò thu, tha fhios agam cò thu. Slànaichidh mise do chridhe, mas fear thu. Cha do phòs mi riamh, oir cha d'fhuair mi 'n cothrom. Sgrìobh thugam no thig gam fhaicinn . . . agus slànaichidh mise do chridhe, Eilidh."

Eilidh Mhòr! Feumaidh gun tug e a car aisde. Ach a-nise, nan canadh i facal ris, bha aige an dubh 's an geal na dh'fhaodadh e thilgeadh oirre. Bha amharas aige gun cuireadh e feum fhathast air an litir ud.

"An d'fhuair thu guth?" ars Eilidh, 's gàire càm air a h-aodann.

Chuir e a làmh gu a phòcaid 's e dol a thoirt na litreach a-mach. Ach stad e. No stad rudeigin e. Nan sealladh e 'n litir dhi, nan tilgeadh e briathran na litreach oirre, bhiodh fhios aice gur e chuir an sanas a-steach don phàipear. 'S an uairsin bhiodh fhios aig a' bhaile air. 'S an uairsin bhiodh fhios aig an t-saoghal air.

"An d'fhuair mi guth?" arsa Dòmhnall. Bha e ga coimhead gu mionaideach. "Dè tha thu a' ciallachadh?"

"An sanas sa' phàipear," ars ise. "An d'fhuair thu guth?"

Chan aithne dhomh gu robh mise a' reic dad anns a' phàipear," ars esan, "Eilidh, an d'fhuair thu fhèin. . . ?"

" 'S cinnteach nach eil thu a' smaoineachadh sin fhathast," ars

Eilidh. 'S thug i a casan leatha. Bha e taingeil nach do leig e air. Cha do dh'innis e 'n fhìrinn dhi, 's cha do dh'innis e breug dhi. 'S rinn e gàire air cùl fhiaclan.

Dihaoine cha robh aig a' phost ach aon litir. 'S dh'èirich dòchas is crith an inntinn Dhòmhnaill nuair chunnaic e gur e sgrìobhadh Dhiardaoin a bh'oirre. Cha robh diofar airson sin. Dè bha na broinn?

Chuir e air a' bhòrd i. Shuidh e anns a' chathair 's dhùin e a shùilean. 'S bha 'n saoghal dorch. Dh'fhosgail e a shùilean 's bha 'n saoghal soilleir. Bha e ro shoilleir. Bha dealbh Màiri os cionn an teine. Cha robh an ìomhaigh a bha san dealbh a' fàs aosd; bha 'n camara air tìm a stad 's air tiotan a ghleidheadh fad shìorraidheachd. Bha chridhe fhèin slàn an uair sin, 's ann an sgàthan na cuimhne dh'fhairich e chridhe a' briseadh a' chiad uair. Bha e goirt, dòrainneach. 'S chunnaic 'n fhuil air ràmhan Màiri, 's air an sgithinn. Dh'iarr e oirre a leigheas, ach cha do dh'èisd i ris. 'S cha robh solas aig ceann na trannsa.

Dh'fhosgail e 'n litir. Ciamar a bha fhios aice? Chunnaic e saoghal air a ghànrachadh le cridheachan briste, mar eileanan ann an cuantan fala.

Bha e-fhèin a' còmhnaidh air gach eilean. 'S bha bàta gun fhalmadair a' seòladh eadar na h-eileanan.

"Thig mi gad fhaicinn," ars an litir.

Phaisg Dòmhnall an litir 's chuir e air ais don chèis i. Chunnaic e leabhar gun sgrìobhadh a' fosgladh air a bheulaibh. Chunnaic e ifrinn agus nèamh anns an leabhar. Cha b'fhada gus an tigeadh i.

Chaidh e chun na h-uinneige. Bha i a-nuas an staran, 's i a' coimhead cho neochiontach anns a' ghrèin. Dh'aithnich e carson a thàinig i nuair chaidh a dhalladh le solas geal na grèine a' deàrrsadh ann an lann na biodaige.

Dòmhnall Iain MacIomhair

Bha e na sheasamh aig a' chloich-chuimhne airson an fheadhainn a chailleadh anns a' chiad chogadh mhòr. B'e duine aosd a bh'ann, timcheall air trì fichead 's a deich. Bha a bhonaid na làimh dheis, a dhà chois ri chèile, 's a dhruim dìreach. Bha fhalt a' gluasad gu socair anns a' bheagan gaoithe. Dh'aithnicheadh duine gu robh e 'n ìre mhath beartach oir bha a dheise ghlas a' coimhead daor, a bhrògan a' deàrrsadh mar ghloinne, a lèine de shìoda gheal, is aodann coltach ri aodann duine a bha air a shaoghal a chosnadh. Ach a-mhàin na sùilean . . . Anntasan, bha doimhneachd aognaidh.

Chual e duine ri thaobh ag ràdh: "Feumaidh e bhith gu robh e-fhèin anns a' chogadh." 'S dh'fhairich e dithis no triùir a' sealltainn ris. Theab e seasamh na bu dìriche ach cha do rinn e sin. Os a chionn bha an t-adhar sìmplidh gorm 's rinn e gàire beag leis fhèin. Chual e glagan na h-eaglaise a' bualadh 's bha e smaoineachadh gum biodh iad reòite mar chlogaidean mòra Gearmailteach. Tharraing e chòta timcheall air. Cha robh am fuachd a' tighinn ris.

Anns an dà mhionaid de thàmh stad na carbaidean air feadh an t-saoghail 's bha e a' smaoineachadh; " 'Se dealbhadair ainmeil a th' annam." Thubhairt e ris fhèin a-rithist: " 'Se dealbhadair ainmeil a th'annam," mar gum biodh e airson a dhearbhadh gu cinnteach. Chual e am ministear a' bruidhinn: "Bhàsaich iad a chum gum biodh sinne beò." 'Se duine beag dubh a bh'anns a' mhinistear. Dè bha e ciallachadh le "beò?" Smaoinich e air na bliadhnachan a chaith e a' dèanamh dhealbhan, latha 'n dèidh latha, oidhch' an dèidh oidhch', a' cumail na h-aodainn air falbh, a-muigh anns an dorchadas a bha a' goil leotha. A làmh a' dealbhadh gun sgur, gus nach brùchdadh an dorchadas air inntinn. Dh'fhaighnicheadh daoine carson nach robh dearg air bith anns na dealbhan aige ach bha fhios aige fhèin. 'S iomadh smuain a thug an luchd-sgrùdaidh às an inntinnean airson sin a mhìneachadh don t-sluagh (ma bha dragh air bith acasan) ach cha robh aon aca ceart. Rinn e gàire beag eile.

Cha robh fhios aige carson a bha e an siud ach bha e ann gach bliadhna. Bha rudeigin ga stiùireadh chun a' chàirn ud. Dh'fhosgail e shùilean 's chunnaic e na sìtheanan dearga a-rithist — ròsan searbha na

Frainge — air na broillichean mar fhuil. Dhùin e shùilean, ach thill an smuain.

Chunnaic e Frank na laighe air an talamh reòite. Bha aodann ris an adhar, a bha sìmplidh gorm. Chual e na gunnachan a' bùrail 's a' losgadh. Cha robh Frank marbh fhathast, oir chunnaic e e a' gluasad, mar gum b'ann na chadal. Chaidh an dithis aca a thogail còmhla, dìreach às an taigh-fhoghlaim. Bha iad toilicht' an latha dh'fhàg iad, ach cha robh iad toilicht' a-nis. Bha bùrail do-ainmicht' timcheall air mar ifrinn. Dh'fheumadh e Frank a thogail 's a thoirt air ais. Bha e-fhèin na laighe air an talamh. Dh'fheumadh e èirigh is ruith is Frank a thogail is ruith a-rithist.

Rinn e airson èirigh ('sann a bha e mar gum b'ann ceangailt' ris an talamh) 's aig a' cheart àm chunnaic e 'n Gearmailteach a' leum mu choinneamh leis a' bhiodaig. Dh'èirich e-fhèin is ruith e: bha Frank fad air falbh. Bha a' bhiodag air a chùlaibh 's e a' ruith. Chual e peilear 's thuit an Gearmailteach. Cha robh fhios cia às a thàinig am peilear. Cha do stad e-fhèin: ach lean e air chun nan trainnsichean. An ceann ùine stad e, 's chaidh e air ais far an robh an Gearmailteach, 's sheas e os a chionn a' sealltainn ris. Cha robh gunna ri chluinntinn. Bha an t-adhar sàmhach.

Siud far an d'fhuair iad e, na sheasamh mar gum b'ann am bruadar a' sealltainn sìos ris a' Ghearmailteach. Bha fuil air broilleach a' Ghearmailtich far na bhuail am peilear e. Bha a dhà shùil fosgailte is cop timcheall a bheòil.

Chaidh iad timcheal air 's bhuail fear aca an Gearmailteach le bhròig. Chaidh e-fhèin air chrith mar gum b'ann a' bualadh Frank a bha iad. Bha a' bhiodag fhathast ann an làimh a' Ghearmailtich 's a bheul fosgailte, a' sealltainn nam fiaclan. B'e duine òg a bh'ann, a shùilean gorm 's a phluicean dearg. Sheas e a' sealltainn sìos ris airson ùine mhòir. Thòisich e a' sgriachail nuair a shlaod iad air falbh e.

Goirid an dèidh sin chuir iad dhachaigh e.

Chual e na carbaidean mar pheilearan a' tòiseachadh a-rithist. Bha e na sheasamh mar chloich, 's a ghàirdeanan ri a chliathaich. Chunnaic e boireannach reamhar a' gul, 's neapaigin mòr gorm aice. Chual e am ministear ag ràdh:

"They shall grow not old, as we that are left grow old," 's rinn e gàire

beag eile ris fhèin.
Nuair thionndaidh e air falbh theich dithis no thriùir às a rathad, 's iad a' toirt urram dhà.
Choisich e gu grad air falbh. Cha robh a dhruim a-nis cho dìreach. Ghabh ifrinn na sràide seachad air. Smaoinich e air an dealbh air an robh e 'g obair, 's thubhairt e ris fhèin: "Tha thìd agam, tha thìd agam an dearg a chur annta, mus bàsaich mi."
Chunnaic e aodann Frank air gach sràid, a' sealltainn suas ris. Bhuail e ann an dithis no thriùir ach lean e air gun tionndadh. Cha robh an t-aodann ud a' fàs aosd.
Mu dheireadh ràinig e 'n taigh, air ghoil le smaointean.
Chuir e dheth a chòta 's thòisich e air dealbh ùr. Cha robh càil anns an dealbh ach ròs mòr dearg, mar chridhe duine, 's os a chionn bha adhar sìmplidh gorm.

Iain Mac a' Ghobhainn

Bha e a' miannachadh gun tàradh a' chaora às, agus gun dèanadh i airsan, na sheasamh eadar tòin an taighe agus an gàrradh. Ach bha an cù math, bha athair eòlach is a' chaora a' fàs sgìth. Sheasadh i, chuireadh i aghaidh air a' chù, agus shaoileadh am balach gu robh i a' cur eagail air, ach cha tigeadh stad an ceum Rex agus b'fheudar dhi a casan a thoirt leatha.

B'e latha soilleir geamhraidh a bh'ann, is beanntan an iar-dheas martha a' cnàmhadh na grèine. Cha robh gaoth ann ach uspagan nach teicheadh facal no fuaim às an rathad. Ged bha athair ceud slat air falbh chluinneadh e cho goirid 's a bha anail; chluinneadh e faram casan a' choin, is glugadaich na caora a' ruith.

Cha thrèigeadh a' chaora an aon slighe. Fad a' ghàrraidh, timcheall taigh-nan-cearc agus air ais chun a ghàrraidh.

Bha athair mar a b'àbhaist, na sheasamh la chasan sgèabte, a cheann roimhe agus a dhà ghàirdean làidir mar gheugan bho a chliathaich, mar gum biodh e a' dèanamh oidhirp gun dìreadh air gluasad.

"Te-ADD a mhadaidh! Laigh-anna-sin! Sin thu, back there now. Mach à sin!"

Bha e iongantach, shaoil am balach, cho cruaidh 's a bha athair air Rex a-muigh, is cho rèidh 's a bha iad a-staigh ris an teine.

Cha mhòr nach robh i air a mhuin mun do dh'fhidir e. Leum e thuice, agus ghreimich e ri a sliasaid. Bha an cù fliuch ri thaobh, agus am beathach ga dhraghadh.

"Faigh grèim oirre! Thig a seo, a choin! Sin thu, bhalaich."

Chual e lachanaich athar nuair thuit e. Ach cha do leig e ise às. Bha e-fhèin is a' chaora a' sprùillich air an talamh, agus i ro neartmhor dhà, 's na casan caola cruaidhe a' buiceil, ga bhualadh. Bhuail esan aon uair i le dhòrn. Chaidh gath fuath troimhe. Lùig e a marbhadh le fhiaclan. Lùig e na sùilean a spìonadh aisde . . .

Cha robh aige na ghrèim ach sop cloimhe. Dh'fhosgail e a shùilean agus chunnaic e casan fada athar agus a nàmhaid glacte mu chùl a h-amhaich le aon làmh mhòr chomasach. Sheall e suas, is chunnaic e an t-aodann le gàire agus na sùilean gorma blàtha.

"Sin thu, bhalaich, èirich. 'S math gu robh thu ann."

Dh'èirich e agus chuir athair a làmh air a ghualainn.

"Cuiridh sinn suas i. A, a bhalgair, cha shàraich thusa duine tuilleadh, mura bi d'fheòil righinn!"

Rinn an dithis gàire, ach bha fuath aige fhathast nuair shealladh e rithe. 'Se bhiodh toilichte ga faicinn a' strì agus a' breabail nuair a bhiodh an sgian ri tighinn! Cha toireadh i buaidh air athair-san, tà, nas motha na bheireadh gin air fhèin nuair dh'fhàsadh e mòr treun mar athair.

Air do athair am bann a cheangal mu chasan na caora, shuidh e sìos agus rinn e cigarette de thombaca a bh'aige ann am bucas faileasach. Shuidh esan air a bhuinn mu choinneamh.

"Bheil a h-uile càil againn? Mias, sgian, òrd — cà 'il an t-òrd? Ruith suas air a thòir, Alasdair, a 'ràidh."

"Na marbh i gus an till mi, ma-thà." Agus ruith e suas dhachaigh. Cha do shaoil athair gu robh e ach air falbh nuair thill e, an t-òrd aige, agus a shùil a' sireadh na caora.

"O, tha i mar a dh'fhàg thu i," ars athair le fiamh-gàire. "Well, ma-thà."

Thog athair a' chaora agus chuir e na sìneadh air a' bhòrd i.

"Cumaidh mise stòld i!" dh'èigh am balach, ach cha robh sin iomchaidh. Laigh a' chaora sàmhach, gun ghluasad, a sùilean balgach, cruinn gan coimhead.

Thilg athair a sheacaid agus lom e a ghàirdeanan gu uilinnean. Thug e an draghadh mu dheireadh às an cigarette agus chuir e car dhith fo bhròig. Thog e an t-òrd. Thàinig e a-null chun a' bhùird.

Bha am balach a' coimhead na caora agus ag ràdh rithe — Gheibh thu a-nis e, gu-tà, is 's math an airidh. Ach cha do dh'atharraich an t-sùil chruinn, aineolach, a bha ga leantainn, agus cha do charaich cas no ceann ach na sìneadh mar chlosaich ged a bha a h-anail ga dubhadh sìos is suas. B'fheàrr leis gun gluaiseadh i, gun dèanadh i strì sam bith, gus an leumadh e oirre is gun tachdadh e i.

"Tog, an-dràsd. As a' rathad, a 'ràidh."

Sheas athair ri a taobh, rug e air adhairc oirre, agus thog e a ceann gu a cùl. Bha esan na sheasamh mu coinneamh, geur, a' sireadh faileas an eagail anns na sùilean. Ach cha do lorg.

"Well. Seall, dìreach an seo" — agus bha corrag athar, leis na h-uilt chnapach, eadar dà shùil a' bheathaich – "sin 'm bad am buail sinn i, agus cha bhi fios aic' air càil."

Chuir e dhà làmh na phòcaidean, agus chaidh iad nan dùirn bheaga gheala. Sheall e air a' chaora a-rithist. Sheall a' chaora air ais gu sèimh. Thog athair an t-òrd. Thrèig an gamhlas na fèithean, agus chaidh fhuil na uisge anns na cuislean — cha robh eagal air a' chaora idir. Cha robh i a' breabail no a' feuchainn tabhairt às. Gu grad bha an truas ga thachdadh, agus dh'fhosgail e a bheul.

Cha do leig an t-òrd brag idir, ach fuaim mar uinneig a' sgàineadh air cùl aodaich. Cha bu dùraig dhà sealltainn ri athair, ach cha do dh'fhàg a shùil ceann na caora. Bha na sùilean bòcach maothghlas fhathast ga choimhead seachad air gàirdean dubh athar. Cha do ghluais e.

Chuir athair sìos an t-òrd, sgioblaich e mias air an ùrlar, agus thagh e àite an amhach na caora. Chunnaic am balach na crògan mòra neartmhor ag obair anns a' chloimh, agus an làmh dheas a' togail na sgine. Cha robh inntinn aige ach na sùilean 's na cluasan. Bha athair ri dèanamh cagair fheadalaich gun fhonn ris fhèin, agus na làmhan eòlach a' gluasad. Chaidh faobhar na sgine a-steach am-measg na clòimhe.

"Bheil i marbh?"

"Tha gu dearbh," ars athair, agus an sgian a-nis a' gearradh glan.

Thuit a' chiad sruthan de bhoinneagan dearga le faram luath, agus thog athair a cheann.

" 'S i tha. Robh dùil agad nach robh?" agus rinn e gàire.

Chunnaic esan a' ghàire, is rinn e-fhèin fiamh lag. Chunnaic e aig an aon àm an sgoltadh dearg às an robh fuil a-nis a' sruthadh.

Cha do charaich e gus an robh athair deiseil airson falbh, nuair a bha a' chlosach gun cheann, gun chloimh, gun chas is gun mhionach, crochte bho na sailean. Chuir athair uime a sheacaid, agus rinn e cigarette eile, breac-dhearg.

Thug am balach aon dhearcadh gu oisean far an robh an ceann air an làr. Bha sgàile sgleòthach air na sùilean, ach bha iad maoth, socair.

"Thugainn, a 'ràidh. Siud siud seachad."

Chuir e a làmh mu ghualainn a mhic. Thug am balach sùil air an làimh. Agus choisich iad a-mach don fheasgar, a-nis a' fàs fuar.

Iain Moireach

Cha robh nì ri fhaicinn ach aon taigh air a' mhòintich. "Dìreach mar . . ." Chaisg e an smuain. Cha robh e idir dìreach mar chleachd e bhith, b'fhada bha e uaithe. Chan eil nì air an talamh nach atharraich co-dhiù an inntinn an fhir-choimhead, agus shaoil e gu robh an taigh na bu lugha na 'n dealbh a ghiùlain e na inntinn agus, an dòigh àraidh, na b'fhaide air falbh, mar gum biodh e ann an adhar leis fhèin. Air dhà tighinn na bu dlùithe, chunnaic e cuideachd gu robh post no dhà nan laighe air an talamh, agus smaoinich e: "A' ghaoth." Bha an lios bheag air a leigeil bàs, 's dh'aithnicheadh duine nach deach an doras a pheantadh o chionn iomadh bliadhna. B'e dath grànda donn a bh'air, 's e air briseadh an siud 's an seo. Cha robh fiù aon chearc ri faicinn: airson caora, cha bhiodh sùil ri sin (oir cha robh caoraich aca). Bha am feur timcheall an taighe fann agus tioram. Chanadh tu gu robh tinneas air choreigin air tuiteam air an àit 's a' losgadh air falbh gach nì beò a bha faisg air. Bha an talamh a' deoghal an t-solais mu dheireadh às an adhar. Dh'fhairich e fallas air a làmhan 's leig e sìos am bocsa a bha na làimh dheis. Mhothaich e airson a' chiad uair mar bha anail a' tighinn 's a' falbh 's cho tioram 's a bha a theanga. Anns a' mhionaid sin theab e tilleadh 's an saoghal farsaing a thoirt air. Cha robh e ga fhaighinn fhèin aig an taigh. Cha robh an talamh ceart, dàimheil fo chasan. Bha cuimhn' aige air an latha a ruitheadh e steach don taigh ud gun smaoineachadh, ach a' toirt sùil air a-nis, 'sann bha e mar am bocsa a bha e giùlain. Mu dheireadh, ghnog e air an doras.

"Nach iongantach nach do sgrìobh i," ars esan ris fhèin. Chuimhnich e rithist nach robh e air facal fhaighinn uaipe o chionn dà bhliadhna. Stad a smuain gu grad! "Dè bu choireach gun ghnog mi?" ars esan ris fhèin, "mar gum b'ann a' tadhal choigreach a bhithinn?"

Ach dìreach air dhà a bhith dol a dh'fhosgladh an dorais, chual e ceum slaodach a' tighinn thuige. Rinn am fiodh dìosgail 's chunnaic e, mu choinneamh, seana chailleach timcheall air trì fichead 's a deich.

"Cò sibh?" ars ise.

Nach i bha aosd! Bha 'n aonaranachd air a h-aodann a chruadhachadh mar nach gabhadh na cnàmhan gluasad. Bha seana bheannag dhubh air a ceann, 's bha stocainnean a' tuiteam ma casan. Fhad 's a bha i a' còmhradh ris, bha i sealltainn tarsainn air a ghualainn mar gum biodh i a' toirt an aire do rudeigin eile.

" 'S mise . . . Ruairidh," ars esan. (Eil fhios carson a dh'innis e a' bhreug?)

"Ruairidh?" ars ise 's thàinig a sùilean suas gu aghaidh.

"Ruairidh," ars esan. "Ruairidh. . . " (ciamar a chanadh e e?) "Ruairidh Stiùbhart."

Cha robh i a' tuigsinn dè bha e ag ràdh. Dh'aithnicheadh tu gu robh i smaoineachadh : "Am bu chòir fios a bhith agam cò tha seo?" Cha bhiodh mòran ga tadhal, bha sin soilleir. Nach e e-fhèin a dh'atharraich nuair nach aithnicheadh i e. (Ach carson a dh'innis e a' bhreug?)

"Gabhaibh mo leth-sgeul," ars ise, "ach . . . "

"Tha mi air a thighinn à Canada," ars esan " 's dh'aithnichinn ur mac. Thàinig mi a shealltainn oirbh airson . . . " (Bho bhreug gu breug. An e ciont a bh'air?) "Tha mi às an ath-bhaile. Dh'aithnicheadh mo mhàthair sibh." Bha i a' feuchainn ri cothachadh ri seo.

"Ruairidh Stiùbhart?" ars ise. "Thigibh a-steach, thigibh a-steach," 's dh'fhosgail i an doras.

Lean e i a-steach. Bha an taigh glè dhorch. Cha mhòr nach do thuit e air ciste bha làimh ris an doras, ach mhothaich e nach robh an dorchadas a' cur maille sam bith oirrese.

"Chan eil i air tuiteam uaithe cho mòr 's a bha dùil agam." Anns an dorchadas, las i làmpa. Dh'èirich an seòmar à dorchadas. Cha robh nì air atharrachadh. Bha leabaidh anns an oisean mar a b'àbhaist 's bha sgàthan mòr farsaing air a' bhalla. Chunnaic e nach robh fiù prìne no cìr faisg air an sgàthan 's chuir seo iongantas air. Bha am preas ann cuideachd le soithichean a' sreap gu mullach an taighe. Cha robh an teine air a chur thuige.

"Nì mi balgam tea dhuibh," ars ise. "Tha mi duilich nach eil teine air. Tha mi creidsinn gu bheil an taigh bun os cionn." Dh'fhàg i an seòmar ag ràdh:

"Tha mi dol a dh'iarraidh dhà na trì fhàdan." Bu mhath a dh'aithnicheadh e an dearbh sheòmar. An ceann greis thàinig i a-steach le ultach fhàdan. "Lasaidh mi-fhìn an teine dhuibh," ars esan.

"Nam biodh sibh cho math," fhreagair ise. Thug e an t-ultach uaipe.

"Chan urrainn dhomh a bhith a' cur teine air," ars ise, "ach glè ainneamh. Chan àbhaist teine a bhith agam tron t-samhradh idir ach feumaidh mi e tron gheamhradh. Chan eil fhios agam an tug sibh an aire, ach tha mi dall." Thuit dhà no trì fhàdan às a làmhan. "Dall?" "Seadh," ars ise. "Tha e glè dhuilich aig amannan. Tha mi a' creidsinn gum bi Alasdair den làn bheachd gun chaill mi cuimhne air seach nach robh mi a' sgrìobhadh. Dh'fhàg sibh gu math e?" "Dh'fhàg," ars esan, "glè mhath." "Eil dùil aige tilleadh idir?" ars ise. Chunnaic e a h-òrdagan a' bualadh air a' chathair aon an dèidh aoin. "Ach ma tha e toilichte, sin a h-uile nì. Na innsibh dhà mu mo dheidhinn-sa idir." "Eil maidean agaibh airson an teine?" "Tha iad anns a' bhocsa sin. An d'fhuair sibh iad?" Bhris e maide le cruaidh-bhriseadh.

"Chan eil fhios aige gu bheil mi dall idir. Chan eil ach dà bhliadhna o chaidh mi mar seo ach bithidh e a' cur airgid thugam a h-uile mìos." Esan nach do chuir sgillinn thuice airson còig bliadhna!

"Tha còig bliadhna deug o dh'fhalbh e," ars ise. "Bha athair beò aig an àm sin ach bhàsaich e o chionn trì bliadhna deug. Cha robh againn ach Alasdair. Dh'fhalbh e oirnn ann an soitheach nuair a bha e seachd bliadhna deug. Càite na choinnich sibhse ris?"

"Bha sinn aig an aon obair." Fear a bha dìomhain o chionn cha mhòr dà bhliadhna!

"Chan eil dìth air?"

"Chan eil." Cha dubhairt i 'n còrr airson greiseig.

"Am bi feadhainn a' tighinn a shealltainn oirbh?"

"Bithidh," ars ise, "bithidh. Bidh Catriona . . . 's bean Iain is . . . bithidh," ars ise, "gu leòr."

Bhris e maide eile.

"Tha cuimhn' agam fhathast," ars ise, "an oidhche thàinig iad a dh'innse dhuinn gu robh Alasdair air falbh. Theab mi dhol às mo thoinisg. Bha mi air mo leabaidh airson trì seachdainean. Cha do thuig mi ceart gun dh'fhalbh e gu fada 'n dèidh sin."

"Dè thug air falbh e?"

"O co aig tha fios? Bha mi smaoineachadh gur e . . . Ach co aig tha fios? Tha iomadh smuain an inntinn balaich. B'e seòladair a bha na athair fad a bheatha 's thubhairt e nach fhosgladh e 'n doras dhà fhad 's a bhiodh e beò. Bha sin àraid, nach robh? Ach 's math dh'fhaoidte gu feumadh e falbh. Eil obair ghlan aige an sin?"

"Tha," fhreagair e.

"Cha robh dùil agam gu soirbhicheadh leis cho math," ars ise. " 'S iomadh uair a bha eagal orm air a shon. Bha e cho luaisgeanach. Tha cuimhn' agam," ars ise, " 's mi anns a' bhaile mhòr-aon uair. Chunnaic e each fiodha ann an uinneig bùtha 's thòisich e ga iarraidh. Rànail! Cha chuala tu leithid. 'S a' breabail a chasan air an rathad! Ach fhuair e e mu dheireadh, cha b'ann uamsa na bu mhotha ach bho fhear a bha dol seachad air an t-sràid. Cheannaich e dhà e. Smaoinich thusa. O, bha e droch-nàdarrach! Ach uairean eile cha leaghadh an t-ìm na bheul. Bidh mi cuimhneachadh air na nithean sin glè thric. Bu chaomh leam gu sgrìobhadh e. Dh'fhaodainn a ràdh gun ghoirtich mi m'òrdag 's gur e sin bu choireach nach robh mi a' sgrìobhadh. Ach dh'fheumadh cuideigin eile an litir a leughadh dhomh."

Bha an teine nis a' gabhail.

"Ma dh'innseas sibh càit a bheil an coire nì mi-fhìn an tea," ars esan.

"Nach sibh a tha coibhneil. Tha e air cùl a' bhalla. Cha do leig mi dhaibh an solas ùr a chur a-steach 's feumaidh sibh an aire a thoirt oirbh fhèin. Tha mise ro aosd tuilleadh airson a bhith ag ionnsachadh mu sholas ùr 's na gnothaichean sin . . . Chleachd Alasdair a bhith deanamh tea cuideachd. Ach tha mi a' creidsinn nach bi agaibh ach cofaidh ann an Canada."

Fhuair e na cupanan (an aon fheadhainn) geal is srianag ghorm timcheall orra. Chuir e dà chupan air a' bhòrd ri taobh na làmpa. Thog e aon aca 's chuir e faisg oirre e ach thug e air ais e a-rithist nuair a chuimhnich e nach fhaiceadh i e. Lìon e an coire 's chuir e na chrochadh air an t-slabhraidh e. Bha an teine deàrrsadh a-nis 's dh'fhairich e e-fhèin aig an taigh. Bha mhàthair na suidhe air cathair àird ris a' bhòrd 's a làmhan na h-uchd. Smaoinich e mar a bha i gun fhasgadh a' falbh a-measg fhaileasan. Dh'fhàg e-fhèin 's thill e gun nì airson a thurais. Luaisgeanach! O abair gu robh e luaisgeanach! Ach carson a dh'fhalbh e? Cha mhòr gu robh cuimhn' aige air an adhbhar.

An e gu robh a chompanaich a' falbh? An e nach robh aige mu a phàrantan? Smaoinich e mar bhiodh athair a' sadail smugaid cha mhòr ceithir slat uaithe 's e na sheasamh aig an doras leis a' phìob ghoirid dhuibh na bheul. Smaoinich e mar a theireadh a mhàthair: "Cuimhnich a-nis, na bi fada," — 's a' chais a bhiodh am facal a' cur air. Chuimhnich e mar dh'èigh i ris aon oidhche ('s e air a thighinn bho dhanns, 's an saoghal a' cur car-a'-mhuiltein tro na speuran) gum bu chòir dha nàire bhith air a' tighinn dhachaigh mun tìd' ud a dh' oidhche. Carson a bha i gun sgur ga shlaodadh sìos às an adhar àrd ud?

"Tha 'n coire goil," ars ise. Cha robh e air a chluinntinn. Chuir e trì làin na spàine don phoit, 's dhòirt e 'm bùrn innte.

"Tha cuimhn' agam," ars ise, "aon oidhche, timcheall air seachdain mus do dh'fhàg e 'n taigh. Bha e air a thighinn bho dhannsa. Tha mi cinnteach gur e sin bu choireach gun dh'fhalbh e. Mus do rinn e ach an doras fhosgladh thòisich mi 'g èigheach ris nach robh gnothach aige bhith muigh gun tìd ud den oidhch'. Bha mi cho sgìth. Bha 'n dotair air a bhith staigh 's air innse dha athair nach biodh e fada beò. Bha deagh fhios aig athair air a sin e-fhèin ach latha-na-mhàireach 's beag a dh'aithnicheadh duine sin air. Bha dòighean mìorbhaileach ann. Chaitheadh e feasgar foghair a' dèanamh fàinneachan-toit às a' phìob do chlann a' bhaile."

Chuir e siùcar is bainne do na cupanan.

"Tha mi 'n dòchas nach e sin a chuir air falbh e," ars ise. Dhòirt e 'n tea anns na cupanan. Chuir e mun cuairt an tea le spàin a fhuair e anns a' phreas. Chuir e an cupan na làimh 's thug i deoch às.

" 'Se cupan math tea tha seo," ars ise.

"Dhèanadh Alasdair cupan math tea cuideachd."

"Stiùbhart?" ars ise. " 'S thubhairt thu gun aithnichinn do mhàthair? Tha i beò fhathast? Nach iongantach nach eil cuimhn' agam oirre. Ach an dùil càit an aithnichinn i. Thàinig Alasdair a-steach aon latha le balach òg 's thubhairt e rium : "Seo," ars esan, "Coinneach MacChoinnich. Dh'aithnicheadh athair sibh. Bha e aig an iasgach còmhla ribh". 'S cha robh leithid a dh'fhear ann. 'Sann a bha e a' tarraing asam. 'Se tea mhath tha seo. Bidh mi 'n còmhnaidh a' gabhail trì làin na spàine de shiùcar 's tha i dìreach milis gu leòr. 'S tha sibh ag ràdh gu bheil

Alasdair a' soirbheachadh gu math? Dè 's coireach nach eil e a'
sgrìobhadh? Ach chan eil diofar ann. Chan e soirbheachadh a h-uile nì.
Chan e gu dearbh. Tha mise fàs aosda tuilleadh 's bhiodh e cho math
aig an taigh." Air dhà an tea òl, dh'èirich i:

"Glas an doras mus tèid thu gu do leabaidh, Alasdair, gun fhios nach
fhaodadh coigreach eile a thighinn." 'Sann an uairsin a smaoinich e
nach do dh'fhaighnich e dhi càit an robh siùcar no spàin no bainne
nuair a bha e a' dèanamh na tea.

"Tha 'n tea," ars ise, "cho làidir 's a bha i riamh."

Iain Mac a' Ghobhainn

Cha robh an uinneag mòr, ach nuair chuireadh tu do shùil, no do shròn, ris an leòsan, chitheadh tu, cha mhòr, am baile gu lèir. Bha sròn Màiri Bhig ris an leòsan, air a bruthadh a-mach às a cumadh, is i a' coimhead an t-saoghail, is a' coimhead a' bhaile. Bha i ceithir bliadhna dh'aois.

Is iomadh rud a chitheadh i a-mach air an uinneig ud. Crodh air teadhair, is iad a' fàgail buaile de fheur lom mun bhacan. Cù a' gabhail cuairt na aonar fo oir an rathaid. Bha searrach beag dubh a' criomadh an fheòir am bonn na lota. Is bha duine an siud 's an seo a' priogadh bhuntàta. Chitheadh i taighean sgapte air feadh nan lotaichean, air sliosan nan cnoc a bha a' cearclachadh a' bhaile. Bha am Mansa, na chnap mòr dubh, làn shimeilearan, air leth bho na taighean eile, agus os cionn chàich.

Agus bha iomadach nì ann nach fhaiceadh i, no eadhon nach luthaigte gum faiceadh i. 'Se sin a bha an inntinn a màthar nuair stad i a' coimhead cùl a' chinn aice, is a sròn brùthte ris an uinneig.

Bithidh iad a' bruidhinn fhathast anns na taighean cèilidh air nuair thàinig Maighstir Iain don sgìre an toiseach leis a' mhnaoi òig. Bhiodh i gu math na b' òige na bha esan. Cha robh ise ach ochd bliadhna deug — co-dhiù cha robh i buileach air na naoi-deug a dhùnadh. Bhiodh esan mu chòig bliadhna deug ar fhichead, is e na dhuine dèanta eireachdail. Mar bu trice 's ann a' marcachd air muin eich a chìte e a' dol tron bhaile; cha robh là nan càraichean air a thighinn an uair sin, no fada às a dhèidh.

Cha do chuir muinntir a' bhaile, anns a' chumantas, mòran eòlais air bean a' mhinisteir. Cha b'e idir gu robh i cho socharach, no cho diùid, ach a chionn 's nach robh iad ga tuigsinn. Bha i eagalach gu beathaichean, is gu h-àraidh gu coin. Bha cù beag aice fhèin, is bha deilbh chon aice anns gach seòmar anns a' Mhansa.

An corr uair a thigeadh i air chuairt a-mach air geata a' Mhansa, chitheadh iad i a' stad ri coimhead a' chruidh, no na suidhe ri taobh an rathaid a' taghadh shìtheanan, is bhiodh i a' còmhradh ris a' chuilean, is iad an dara uair a' ruith a chèile a-null an rathad, nì a bha na chùis iongnaidh ann am bean ministeir. Ach cha duirt duine riamh dad na h-

aghaidh. Bha tàladh air choreigin na nàdar a bha a' tarraing a h-uile
duine thuice.

Nuair ghabhadh iad cuairt nan dithis, bhiodh ise air ghàirdean
aigesan, is bha sin na annas cuideachd anns a' bhaile. Is bhiodh i an
aon dòigh an uair sin — a' stad a choimhead bheathaichean, is a thional
fhlùraichean, is cha robh nì a dhèanadh i nach stadadh esan ga
coimhead, gun chabhag sam bith a chur oirre.

Dh'fhàgadh iomadach facal mun deidhinn anns a' bhaile, ach cha
robh facal ceàrr no mì-choibhneil ann.

Bha searrach aig a' mhinistear a bha e a' togail — nàdar peata — is
bhithte ga fhaicinn-san gu math tric a' dol a dh'iarraidh an t-searraich is
ga thoirt gu beulaibh an taighe. Mar bu trice, 's ann gu tè de na h-
uinneagan a thigeadh e, is bhiodh ise a' feitheamh an sin gus cnapan
siùcair a thoirt don t-searrach. Shuathadh i a meuran ri sròn a'
bheathaich an uair sin, ga dhiogladh, is dh'fhalbhadh am ministear leis
an ceann mionaid no dhà. Chluinnte uaireannan a' gàireachdainn i —
gàir òg, aighearach, gàir nighinn.

Bhiodh iad a' bruidhinn air a' chiad bhliadhna a bha am ministear
anns a' bhaile, nuair chaidh iad a bhuain na mònach dhà. Chaidh an
sgiobadh gu am biadh anns a' Mhansa, is abair gun d'fhuair iad
biadh.

Ach cha b'e sin idir e, ach mus do thòisich iad, chaidh ise chun a'
mhinisteir, is e na shuidhe aig ceann a' bhùird, is chuir i a làmh ma
amhaich is thuirt i ris, ann am Beurla, e ghabhail an t-altachadh. Rinn e
sin, is dh'fhuirich ise far an robh i, is a làmh air a ghualainn gus an robh
e ullamh.

Ghlèidh iad an còmhnaidh nan cuimhne cho dèidheil 's a bha i air
coin is air cuileanan. Bhiodh e nàdarrach gun cumadh iad cuimhne air
sin, oir ged a bha muinntir a' bhaile coibhneil gu leòr ris na coin aca
fhèin, cha dèanadh iad a' bheag de chòmhradh riutha mura biodh feum
air, is mura biodh leanabh ann, chan fhaicte duine a' tatadh cuilein, no
a' dèanamh peata dheth. Ach an là-sa a bha muinntir a' bhaile a-staigh
aice, rinn bean a' mhinisteir barrachd bruidhinn ris a' chuilean na rinn
i riuthasan, is bhiodh iad a-riamh a' còmhradh mu dheidhinn sin.

Bliadhna no mar sin an dèidh dhaibh tighinn don bhaile, fhuair ise
leanabh, leanabh nighinn, is abair thusa gàirdeachas anns a' Mhansa,

is air a' mhinistear. Cha robh fhios cò bu mhotha bha lìonadh a shùla, Màiri a bhean, no Shirley a nighean. B'e siud a' chiad turas a chualas an t-ainm Shirley anns an sgìre, agus chan eil teagamh nach ann às dèidh tè de na daoine aicese a chaidh a h-ainmeachadh.

Chaidh Iseabail Chaluim Mhurchaidh don Mhansa air mhuinntireas goirid mun do rugadh Shirley, is dh'fhuirich i còmhla riutha. A-rèir is mar a bhiodh Iseabail ag ràdh, 's ann na bu neònaiche a bha bean a' mhinisteir a' fàs an deidh dhi an leanabh fhaighinn. Mus robh Shirley bheag dad ach mìos de dh'aois, chuireadh a màthair an cuilean na shuidhe air cathair ma choinneimh an leanaibh, is nam faiceadh i Shirley a' gluasad no a' carachadh dh'èigheadh i ann am Beurla ris a' mhinistear gu robh i a' toirt an aire don chuilean. Is chanadh am ministear gu robh, is ghàireadh iad nan dithis.

Ach thàinig Iseabail air a' mhinistear, là eile, is e na sheasamh os cionn leabaidh Shirley, is na deòir na shùilean. Dh'fhaighnich i dheth an robh dad ceàrr, is thuirt esan nach robh: gur ann a bha e smuaineachadh gur e rud uabhasach a bhiodh ann pàisde beag den t-seòrsa sin a bhith air a fàgail gun duine shealladh rithe. Cha dubhairt Iseabail an còrr, ach shaoil i gur e rud neònach a thuirt e.

Bha an ùine a' dol seachad mar sin, is an ceann greise, sguir muinntir a' bhaile a bhruidhinn air bean a' mhinisteir. Cha bhiodh iad ga faicinn ach ainneamh co-dhiù, bhon bha an leanabh ga cumail glaiste. Bhiodh iad a' gabhail naidheachd a' Mhansa nuair chitheadh iad Iseabail, ach mar a bha an tìde dol air adhart bha na bu lugha aicese r'a ràdh is cha bhiodh i-fhèin a' tighinn cho tric am-measg nan daoine.

Chaidh còrr ìs dà bhliadhna seachad mar sin, is thàinig samhradh brèagh, tioram. 'S ann a bha e ro thioram, oir b'e siud an samhradh a thraogh tobraichean a' bhaile, is b'fheudar a dhol gu ruig Loch an Ois a dh'iarraidh uisge. Thòisich bean a' Mhinisteir a' tighinn a-mach às a' Mhansa na bu trice, is bhiodh i-fhèin is e-fhèin a' gabhail chuairtean. Glè thric 's ann taobh na mara a rachadh iad, an àite thighinn tron bhaile. Bha na creagan an ìre mhath àrd, is bha lianag de ghlasaich aig am bàrr, is dh'fhaodadh tu uair a thìde a chur seachad glè dhòigheil nad laighe an sin, a' coimhead an adhair, is a' coimhead na mara, is na h-eòin mhara a' seòladh a-mach 's a-steach às d'fhianais.

Shuidh iad an là-sa os cionn na mara, gam blianadh fhèin, is an

cuilean cuide riutha. Bha an cuilean mar a bhios cuilean sam bith ma
gheibh e leis e — glè dhèidheil air a bhith a' ruith chlachan, no rud sam
bith a gheibh e na bheul, is bha bean a' mhinisteir a' crathadh a
neapaigear ris, is an cuilean a' feuchainn am faigheadh e grèim air.
Fhuair e sin mu dheireadh, is ruith e air falbh leis.

Leum am ministear
an àirde gus breith air, is leis cho crìon tioram 's a bha a' ghlasach,
dh'fhalbh a chasan bhuaithe, is mus fhaigheadh e grèim air dad bha e
sìos na lianaig agus leis a' chreig. Ruith an cuilean às a dhèidh, is a-
mach leis thar oir na creige.

Bha de chiall aig bean a' mhinisteir cumail air falbh bhon chreig. 'Se
rubha a bh'ann, gun a' chreag a bhith ro àrd, is bha e furasda bràigh a
thoirt air, is rathad fhaighinn sìos chun a' chladaich. Rinn i sìos cho
luath 's a b'urrainn di, a' gal 's a' caoineadh mar a bha i a' ruith, is nuair
ràinig i nuas, bha am ministear na laighe air a' ghainmhich aig beul na
mara, is sruth às gach stiall aodaich a bha air, is an fhuil a' tighinn à
gearradh domhainn ann an cùl a chinn. Thog i mar a b'fheàrr a
b'urrainn dhi e, is thug i air falbh bho bheul na mara e. Shrac i striob
den leine ghil a bha oirre fhèin is chuir i ma cheann e, gus stad a chur air
an fhuil, is dh'fhalbh i a dh'iarraidh cobhair.

Bha e fortanach. Feumaidh gun bhuail a cheann ann an oisein den
chreig nuair bha e a' tuiteam, ach thuit e don mhuir is mar gum
beothaicheadh an sàl fuar a-rithist e, fhuair e chun a' ghainmhich aig
ceann a-bhos an rubha, is chaidh e na shiananaich an sin.

Cha robh ise fada gun tilleadh, is dithis leth-ghillean còmhla rithe is
thog iad am ministear dhachaigh leotha gu ruige a' Mhansa.

Nuair bha iad a' falbh bhàrr a' chladaich thug ise sùil a-null chun an
rubha, is chunnaic i an cuilean bochd na laighe marbh air na creagan
aig a' bhonn. As bith ciamar a thuit e, sheachainn e a' mhuir, is bha e air
a phronnadh air na creagan ri beul an làin.

Cha robh an gearradh ann an ceann a' mhinisteir fada a' slànachadh,
is bha e air ais anns a' chùbaid an ceann seachdain no dhà. Ged bha
sluagh a' bhaile glè fhritheilteach air an eaglais aig a h-uile àm, bha i na
bu làine an là sin na 'n àbhaist. Bha an naidheachd air a dhol tron sgìre,
is bha an òigridh gu h-àraidh airson faicinn am ministear a chaidh leis
a' chreig. Is iongantach gur e an t-searmoin a bha dùil aca ris a fhuair
iad. Tha e coltach gun thòisich e ann an dòigh a bha dòigheil gu leòr,

ach an ceann ùine ghoirid 's ann a shìn e air bruidhinn air a mhnaoi fhèin, agus dh'innis e cho leanabail 's a bha i na dòighean, mar a bha i a' gabhail tlachd ann an nithean meirbh agus brèagh agus diombuain, mar a bha flùraichean; is mar nach fhuilingeadh i ainmhidh a ghoirteachadh.

Agus thuirt e an sin gun stad an eanchainn aice a' fàs nuair bha i ceithir-bliadhna deug a dh'aois, agus nach robh comas aice air nithean a thuigsinn a bha a' glacadh aire dhaoine a bha air tighinn gu inbhe nan inntinnean. Is thuirt e gum bu mhòr am beud nach robh a h-uile duine mar sin — nach biodh sgeul an uair sin air a' chuid bu mhotha den olc is den t-strì 's den ghamhlas a bha a' roinn sluagh an t-saoghail, is gun tigeadh rìoghachd Dhè air an talamh mar a bha i air nèamh. Agus air dhà sin a ràdh, dhùin e am Bìoball, is leag e a cheann air a làmhan, is thòisich e ri gal anns a' chùbaid.

Chaidh dithis de na h-èildearan suas chun na cùbaid, ach cha b'urrainn daibh toirt air sgur. Ach mu dheireadh thug iad air a thighinn a-nuas agus chaidh an dara fear dhiubh an ceann na seirbhis is cho-dhùin e cho luath 's a b'urrainn dà.

Cha deach Maighstir Iain a-riamh am broinn cùbaid às dèidh an latha sin. Cha robh e fada sam bith aig an taigh nuair chaidh cùisean na bu mhiosa, is b'fheudar a thoirt air falbh.

Bha sin an toiseach an fhoghair. An ceann mìos no mar sin, thòisich bean a' mhinisteir air tighinn a-mach às a' Mhansa a-rithist, is ghabhadh i cuairt a-null an rathad mar bhiodh i a' dèanamh o chionn dà bhliadhna no trì, a' taghadh shìtheanan is a' bruidhinn ris a' chrodh a bha ag ionaltradh ann am bonn nan lotaichean, is ma bha each no searrach a bha cho stòlda is gu fuireadh e rithe, bheireadh i cnapan siùcair às a pòcaid is bheireadh i dhaibh iad, a' còmhradh riutha fad an t-siubhail, is a' gàireachdainn uaireannan. Nan coinnicheadh duine rithe, chanadh i ris, anns a' Bheurla, gu robh là math ann, ach cha chanadh i mòran sam bith ach sin. Is bha Iseabail anns a' Mhansa còmhla rithe fad an t-siubhail a' toirt an aire air Shirley.

Ach cha do lean sin glè fhada. Mus robh gealach bhuidhe an abachaidh slàn, thàinig Iseabail aon oidhche na ruith a-mach às a' Mhansa, is Shirley bheag aice na gàirdeanan is rinn i air an taigh a b'fhaisge, a dh'innse dhaibh gu robh bean a' mhinisteir às a rian, is chaidh na nàbaidhean a-null leatha air ais a dh'fheuchainn dè a b'urrainn dhaibh a dhèanamh. Cha robh nì ann a dhèanadh iad, is dh'fhalbhadh leatha air là-arna-mhàireach.

Ma bha daoine aca — aig a' mhinistear no aig Bean a' Mhinisteir — cha chuala muinntir a' bhaile iomradh a-riamh orra, is cha tàinig duine a bhuineadh dhaibh a dh'fhaighneachd airson an leanaibh. Thug Iseabail Chaluim Mhurchaidh dhachaigh i don taigh aca fhèin, is chaidh a togail an sin mar gum buineadh i dhaibh fhèin.

Ach bhiodh e dualtach gun cluinneadh "Shirley a' Mhinisteir" mar a theirte rithe fada an dèidh sin, beag no mòr den t-seanchas agus is iongantach mur do dh'innis Iseabail beagan air choreigin dhi co-dhiù, ged nach innseadh i an t-iomlan. Dh'fhàs i suas na nighean bhrèagh, is phòs i fear a mhuinntir an àite, is fhuair i-fhèin leanabh. Bha beachd aice air ainm a màthar fhèin co-dhiù, oir 'se Màiri an t-ainm a thug i air a' phàisde.

Bha na ràithean is na bliadhnachan a' dol seachad. Bha gu leòr anns a' bhaile aig an robh deagh chuimhne air bean a' mhinisteir, agus is tric a bheireadh Màiri bheag nan cuimhne i, is gu h-àraidh Iseabail Chaluim Mhurchaidh. Cha robh uair a chitheadh i an nighean bheag a-muigh a' tional fhlùraichean is a' bruidhinn ris na coin is ris a' chrodh nach smuainicheadh i air a' bhoireannach shìmplidh bhlàth-chridheach bu sheanmhair dhi, is thigeadh faileas de iomagain tarsainn air a sùilean, oir bha i a' creidsinn mar a bha muinntir a' bhaile gu lèir, gun deidheadh dualchas an aghaidh nan creag is gun tigeadh an nì a bha 'n dàn là no là-eigin.

Chan eil Màiri bheag fhathast ach òg. Co aig tha fios ciamar a thèid dhi. Is iongantach gu bheil am ministear no a bhean beò an-diugh, agus is iongantach gun cluinn an tè bheag dad mun deidhinn. Chan eil mi ro-chinnteach an tuigeadh i e, ged a chluinneadh. Dh'fhaodadh nach ann air nithean mar sin a bhios a h-aire.

Ruaraidh MacThòmais

Chan eil e idir na mhòr iongnadh ged thug daoine cluas fhurachar da theachdaireachd. Bha e somharraichte na phearsa 's na mhodh labhairt, 's ma chleachd e "Am Fàidh" mar ainm dhà fhèin chan eil teagamh ann nach robh e coltach gu leòr ri aon de fhàidhean an t-Seann Tiomnaidh — co-dhiù a-rèir nan dealbh a bhios daoine a' dèanamh dhiubh.

Còrr is sia troighean a dh'àirde, leathann sna guaillean agus seang 'mu leasraidh; feusag throm dhubh an crochadh ri uchd gu ruig a chrios agus gruag fhada den dath cheudna a' tuiteam sìos ri shlinneanan; sùilean geura a' lasadh mar èibhlean theine na cheann — cò nach mealladh e na choslas. A bhàrr air sin, bha a ghuth fonnmhor drùiteach, aig uairean ìosal ciùin, aig uairean àrd caithreamach mar dhoinnein na stoirme, a-rèir nam pong a bha theachdaireachd a' bualadh.

Co às a thàinig e, dè a b'ainm dhà, no carson a thagh e Baile Labhainn mar cheanna-bhaile a theagaisg, cha b'fhiosrach le neach; co-dhiù bha ceistean na bu chudthromaiche ri inntinn dhaoine oir b'i suim a theagaisg gu robh crìoch an t-saoghail am fagas 's nach robh aig luchd àiteachaidh na talmhainn ach beagan is trì seachdainean gu bhith deasachadh fo chomhair latha mòr na cunntais.

A-nis tha sinn uile a' creidsinn an dòigh air choreigin gun tig crìoch air an t-saoghal uaireigin — tha ùghdarras na Fìrinne againn airson sin. Ach cuin no ciamar, chan fhiosrach dhuinn, no chan eil sinn deònach a dhol ro dhomhainn anns a' chùis. Mar chrìoch ar beatha fhèin tha sinn dualach a bhith cur an droch latha cho fada uainn an tìm 's an smuain 's a ghabhas dèanamh.

Ach thàinig an teachdaireachd seo dlùth air muinntir Bhaile Labhainn le buaidh is dùrachd nach robh dùil aca ris. Luaisgeadh inntinn an t-sluaigh fo chumhachd searmonachaidh an "Fhàidh", bha chomas labhairt, a phearsa, 's giorrad na h-ùine bha e cur a mach dhaibh ag oibreachadh, mar gum biodh, còmhla ann a bhith toirt buil is èifeachd da theagasg. Chuala agus leugh iad mu a leithid, bha fhios aca gu robh 's gu bheil Buidhnean Creideimh ann a bhios o àm gu àm a' comharrachadh ceann-latha agus uair airson teachd deireadh an t-saoghail, ach seo a' chiad uair a thàinig iad aghaidh ri aghaidh ri leithid seo shuidheachadh.

Cha chual iad riamh ministear no searmonaiche cho comasach no cho simplidh ris an fhear seo. A bhàrr air tarraing a phearsa, bha e daonnan a' dearbhadh 's a' sgeulachadh a theagasg le briathran na Fìrinne — air an tarraing mar bu trice on chuibhreann as dìomhaire de Leabhar an Taisbeanaidh no 'n earrainn as do-thuigsiche de fhàidheadaireachd Dhàniel. Ach bha dòigh aigesan air na briathran bu dìomhaire a shnìomh air chor 's gun tuigeadh an neach bu shìmplidh mac-meanmna iad. Am beachd na mòr-chuid b'e seo am facal mu dheireadh ann am fàisneachd.

Aig an toiseach cha do ghabh ministearan a' bhaile mòran suim den ghnothach. Ach mar chaidh na làithean seachad, bha e soilleir gu robh chùis na bu chudthromaiche na bha iad an dùil. Cha robh teagamh ann nach tugadh a' ghnè teachdaireachd seo a-mach a toradh fhèin ann an slàinte cuirp is inntinn dhaoine. Agus theann a buaidh ri sgaoileadh. Chruinnich feadhainn à bailtean eile — faodaidh airson spòrs dhaibh fhèin — agus ghlacadh a' mhòr chuid dhiubh ann an lìon an "Fhàidh." Coltach ris an luchd-fanaid anns an dàn aig Oliver Goldsmith bha seo fìor mun deidhinn —

"A' chuid a thàinig gu bhith fanaid
Dh'fhan iad gu bhith 'g ùrnaigh."

Air neo thill iad dhachaigh an cabhaig gu bhith cur an càirdean nam faireachadh iad a dheasachadh fo chomhair coimhlionadh na fàidheadaireachd. Bha roinn mhath den sgìreachd a-nis fo dhragh 's fo iomagan. Cha robh buaidh aig searmon, achmhasan no argamaid o mhinistear air a' chuid a lean am "Fàidh."

Theann oibrichean air dhol ma làimh; carson bhiodh daoine cosnadh no saoithreachadh 's deireadh an t-saoghail am fagas.

'S bha am "Fàidh" a' sìor bheothachadh an teas cainnte 's an dùrachd teagaisg mar bha latha mòr an uaibhais a' teannadh dlùth. Cha robh dad a dhìth air a thaobh aoigheachd; bha e na onair le luchd-leanmhainn e oidhche a chur seachad fon cabair. Eadar airgead, aodach 's gach gnè thiodhlac bha e air a chuartachadh le fialaidheachd o gach taobh. A-rèir coltais cha do stad neach gu bhith ceasnachadh gu

dè feum a bh'anns na nithean seo dhàsan seach neach eile, ma bha
crìoch nan uile nithean an làthair. Faodaidh gu robh daoine thar an
reusain le eagal. Thàinig e don bhaile mu thoiseach a' mhìos Mhàirt; rinn e soilleir gu
robh an saoghal a' tighinn gu crìch air an latha mu dheireadh den
mhìos. Tha e iongantach an t-atharrachadh a nì seachdain no dhà am
beatha 's an creideamh dhaoine. Cha robh muinntir Bhaile Labhainn
dad na b'fheàrr na na bu mhiosa na sluagh àite sam bith eile; bha cuid
dhiubh nan luchd-eaglais, 's cuid dhiubh nach robh, ach thug briathran
an "Fhàidh" buaidh orra uile an dòigh air choreigin. Thionndaidh a'
chuid a bha nan creidmhich gu cràbhadh anabarrach; a' chuid a bha
fuasgailte nan dòigh chaidh iadsan gu mì-rian buileach, 's a' chuid a
bha leisg, leig iad an saoghal tur mun ceann. Cha robh nì ann a
b'urrainn lagh no maor lagha a dhèanamh. Cha do bhrosnaich am
"Fàidh" neach gu mì-rian, cha do dh'iarr e air neach sgur a dh'obair no
call a chur air a mhaighstir.

Bha gnìomharan gach duine air a chogais fhèin, 's cha robh nì ùr san
t-searmonachadh a bharrachd air an dùrachd, a' chinnt 's an t-
ùghdarras leis an robh e air a liubhairt agus — seo os cionn gach nì —an
latha dearbhta bh'air a shuidheachadh airson deireadh an t-saoghail.

'S iongantach an grèim a ghabhas sgeul sam bith air inntinn sluaigh
ma tha i co-cheangailte ri eagal no ri creideamh. Nuair chunnaic
muinntir Ìle a' chiad bhuilgean-adhair anns na speuran chaidh an
sgeul mun cuairt gu robh deireadh nan aimsirean ann 's gu robh an
Droch Aon ag itealaich on àird-a-deas gu bhith sgrìobadh leis luchd na
dò-bheairt. Mar thubhairt am bàrd:

"Shaoil na peacaich iarghalta bhliadhn' ud gu robh iad leis
'S ghuidh iad air an Trianaid na diadhairean a bhith deas."

Bha faireachadh ceudna am Baile Labhainn, ged nach robh nì mì-
àbhaisteach sna speuran os cionn a' bhaile. Ceart gu leòr, bha cuid ann
a chum an cinn, 's a chleachd an reusan. Theireadh iad sin gun thagh
am "Fàidh" an ùine chuir e ro dhaoine gu gleusda; fada gu leòr airson a
sporan fhèin a lìonadh, ach gun a bhith ro fhada airson a luchd-
leanmhainn fàs sgìth dheth — mar tha dualach a thaobh a h-uile nì ùr
agus annasach.

"Cainnt thoibheumach, an-diadhaidh," theireadh na h-às-creidmhich.
"Chan fhada — agus sin gu ur cosgais," fhreagradh càch le crathadh cheann.

'S bha latha às dèidh latha a' toirt deireadh na mìosa na b'fhaisge. Thàinig an deicheamh latha ar fhichead den mhìos Mhàirt. Chruinnich an sluagh a dh'èisdeachd ris an "Fhàidh" airson an uair mu dheireadh, creidmhich maille ri ana-creidmhich. Aig sia uairean san fheasgar theann e ri labhairt ann am pàirc mhòr a' bhaile — cha tug e riamh cothrom do na maoir làmh a chur air le bhith searmonachadh air sràidean a' bhaile. Thog e ghuth le foirm agus dhian-bhrosnaich e daoine gu bhith buileachadh na h-ùine bh'aca ro mheadhon-oidhche an ùrnaigh, gheall 's gu lorgadh iad tròcair eadhon aig an aon uair deug.

Nuair chrìochnaich e, sgaoil an sluagh gu bog balbh. B'iongantach na deifir àitean a roghnaich pearsachan air leth airson feitheamh ri deireadh an t-saoghail. Dheònaich cuid suidhe aig an taigh maille ri an teaghlaichean; dhìrich cuid eile gu mullach beinne dlùth don bhaile gu sealladh farsaing fhaighinn air crìoch an t-saoghail — no gu bhith rudeigin na b'fhaisge air nèamh; thog cuid orra do na taighean-òsda a' lorg misnich no comhfhurtachd sa' mhisg, nuair nach robh mòran dùil ri còmhnadh à ceàrn eile. Cuid a' cuimhneachadh na chaidh seachad dem beatha, cuid a' dèanamh oidhirp a bhith dìochuimhneachadh.

Mar theann uair na meadhon-oidhche theann iomagain dhaoine dhol am meud. Bha eadhon a' mhuinntir nach tug creideas sam bith don "Fhàidh" a' fàs rudeigin an-fhoiseil 's mì-shaoirsneil, 's nuair bhris an stoirm air buille na meadhon-oidhche cha nàir a ràdh gu robh iad fo thrioblaid cho mòr ri càch.

Chriothnaich an talamh ri tartar nan speur, fhreagair na beanntan guth oillteil nan tàirneanach, shrac solas lasrach' nan dealanach cùirtear dorcha nan neul. Dhòirt na nèamhan a-nuas tuiltean uisge nach fhacas riamh an leithid san tir. An cuimhne duine cha robh cunntas air a leithid a stoirm. "Chan urrainn gu robh i dad na bu mhiosa mun cuairt Shinai an latha fhuair Maois na h-Ainteanan," arsa seann duine còir aig teas na stoirme.

'S am meadhon an uabhais bha am "Fàidh" trang a' tional thuige a chuid fhèin — 's cuid dhaoine eile maille ris. Cha robh e duilich dhà briseadh a-steach do bhùth thall 's a-bhos 's na cistean airgid a spùilleadh. Cha robh tèarainteachd saidhbhreis shaoghalta cur mòran uallaich air a' mhòr-chuid o chionn greis mhath, ged bha èiginn 's feuman nàdarra dhaoine a' cumail uimhir de mhalairt a' dol. Bha Teachdaire nan Làithean Deireannach gu dripeil a' deasachadh, chan ann airson deireadh an t-saoghail, ach gu bhith crathadh duslach a' bhaile o bhonn a chasan 's gu bhith togail air gu dùthaich na fadachd às, far am mealadh e toradh na h-eucorachd an sìth. Ach gu fortanach bha maoir a' bhaile air ghluasad. Co-dhiù bha iad a' creidsinn caismeachd an "Fhàidh" 's go nach robh, bha iad a' creidsinn ann bhith 'n ceann an dleasdanais gu na mionaid mu dheireadh.

Cheapadh am "Fàidh" a' tighinn a-mach tro uinneag bùtha 's tional co-la-deug a dh'airgead aige am pocan. Na robh e air a bhith sàsaichte le na thug daoine dhà len saor thoil fhein, faodaidh gu robh e air tàrsainn às gun fhàth gun fhaireachadh, ach ghlacadh e ann an lìon a shannt fhèin.

Le mòr ghliocas thug na maoir leotha e an oidhche sin fhèin gu prangas an ath bhaile; bha iad cinnteach nach biodh a bheatha sàbhailte an àite sam bith anns an ruigeadh fearg an t-sluaigh air. Cha robh iad eadhon cinnteach às prìosan Baile Labhainn.

Chaidh an stoirm, olc 's ga robh i, seachad agus bhris grian na maidne air saoghal a bha gun atharrachadh. Leagadh bothag chearc, spealg an dealanach craobh dharaich mhòr sa' phàirc (an dearbh chraobh fon do libhrig am "Fàidh" a shearmon deireannach), chaidh drochaid bheag no dhà a sguabadh air falbh leis an tuil, ach a-mach air sin bha an saoghal cho daingeann air a bhunait 's a bha e an latha dhealbhadh e; aon uair eile thàinig caismeachd nam fàidhean brèige gu neoni.

Mar thubhairt aon de sheann daoine glice a' bhaile, mun "Fhàidh" seo: "Tha dhìol tìde aige nis sa' phrìosan gu bhith feitheamh ri deireadh an t-saoghail. Thig sin aig an àm 's anns an dòigh a chì an Tì a chruthaich e iomchaidh."

Cailein T. MacCoinnich

Bha seisear ac' ann nan còtaichean dearga 's an comanndair. Nuair a dh'fhosgail i 'n doras, bha iad mu coinneamh, len claidhnean fada. Thàinig iad a-steach, aon an dèidh aoin. Cha mhòr gu robh an seòmar mòr gu leòr air an son. Bha a triùir mhac nan suidhe aig a' bhòrd ag ithe buntàta is sgadan. Stad iad mar aon duine nuair chunnaic iad na saighdearan — ach a-mhàin Ruaraidh, am fear a b'òige: bha a chùlaibh ris an doras 's chan fhac e iad an toiseach. Shuidh an comanndair air an aon chathair a bh'ann 's thubhairt e ris na saighdearan a dhol a-mach is feitheamh. Bha còigear a-nis anns an rùm — i-fhèin (Màiri), 's a trì mic, Tormod, Iain is Ruaraidh, is an comanndair.

"Ithibh," ars an comanndair.

Theab Ruaraidh bruidhinn ach stad e 's thòisich iad ag ithe.

"An gabh sibh fhèin blasad bìdh?" arsa Màiri.

Rinn an comanndair gàire ach cha dubhairt e smid.

Smaoinich e, a' sealltainn riutha, gur ann a bha iad mar na beathaichean ag ithe.

Sheall e timcheall an t-seòmair ach cha robh biodag no daga ri fhaicinn. Chuir e aon chas tarsainn air an tè'ile 's thug e sùil air Màiri. Bha i na seasamh aig a' bhòrd a' sealltainn ris. Bha aparan geal timcheall oirre. Cha robh duine nis ag ithe: bha iad ga choimhead.

"Tha e iongantach nach bi mi sgìth uair sam bith," bha e smaoineachadh. Bha e toilicht' gu robh iad a' feitheamh ris.

"Tha am blàr seachad," thòisich Màiri, " 's cinnteach nach … " Bha e seachad ceart gu leòr — am blàr. Cuil-lodair. Bha am blàr seachad.

Dh'fheuch Tormod ri èirigh bhon bhòrd. 'Se fear goirid tapaidh a bh'ann.

"Fuirich far a bheil thu," thubhairt an comanndair ri Tormod. "Bha mi dol a nighe mo làmhan," thubhairt Tormod. Rinn an comanndair gàire. Shuidh Tormod sìos a-rithist.

Thòisich an comanndair a' bruidhinn.

"Chaidh mo bhràthair a mharbhadh aig Cuil-lodair," thubhairt e.

"Chunna mi an claidheamh a' dol tro aodann."

"O," arsa Màiri, "chaidh mo chèile a mharbhadh cuideachd." Anns an t-sàmhachd, thubhairt Iain:

"Cha robh duin' againn aig Cuil-lodair." Bha e timcheall air ochd bliadhna deug, Tormod timcheall air fichead, is Ruaraidh timcheall air còig deug. Chunnaic e tron uinneig sneachd air na beanntan.

"Tha thu na do shuidhe air cathair mo mhàthar," arsa Ruaraidh. Cha do fhreagair an comanndair e. Dh'èirich Ruaraidh 's thug e chathair do a mhàthair, a' sealltainn ris a' chomanndair fad na tìde. Shuidh i sìos. Theab Iain bruidhinn ach cha dubhairt e smid. Sheas Ruaraidh ris an teine a' sealltainn sìos ris a' chomanndair, a dhà chois sgèapte, a shùilean a' deàrrsadh. Bha brèid air a bhriogais ghorm.

"Dè a tha thu dol a dhèanamh?" arsa Tormod mu dheireadh, a dhà làimh mhòr dhearg air a' bhòrd.

"Innsidh mi dhuibh," ars an comanndair mu dheireadh. Bu chòir dhomh an triùir agaibh a mharbhadh, ach . . ." (rinn e gàire) "chan eil mi dol a mharbhadh, ach a h-aon."

Bha làmhan Màiri na h-uchd, 's i a' sealltainn ris.

"Chan eil fhios agam fhathast dè 'm fear agaibh a bhios ann." Stad e.

"Ach taghaidh ur màthair e."

Nuair smaoinich e air an siud an toiseach, bha e toilicht. Uimhir gam marbhadh leis a' bhiodaig is leis an daga? Ach am marbhadh leis an inntinn, bha sin eadar-dhealaichte.

Cha dubhairt Màiri smid: bha i mar nach robh i air a chluinntinn.

Sheas Tormod: "Chan urrainn dhut sin a dhèanamh. Chan eil e ceart."

Theab e-fhèin èigheachd: "Carson nach urrainn? Mharbh sibh mo bhràthair. Chunna mi an claidheamh a' dol tro aodann."

Ach cha dubhairt e càil.

"B'fhèarr dhut a h-uile duine againn a mharbhadh," dh'èigh Tormod.

"Ist," ars a mhàthair, 's i a' sealltainn ri Iain. Bha a làmhan geal air a' bhòrd.

"Ist, chan eil fhios agad dè tha thu ag ràdh."

Thionndaidh i ris a' chomanndair:

"An e sin a tha thu dol a dhèanamh?"

" 'Se," ars esan.

"Marbh mise a-rèisd," dh'èigh Ruaraidh, "marbh mise. Chan eil dragh agam dhìot. Siuthad? Marbh mise."

Bha Màiri a' smaoineachadh.

Smaoinich i 'n toiseach air Tormod: "Tha e fichead bliadhna. 'Se am
fear as treise aca. Chan fhaca mi e ag òl a-riamh. Bha e aig Cuil-lodair, 's
mharbh e daoine. Tha cuimhn' agam an latha a dh'fhalbh e. Chuir e a
chlaidheamh air, mar sgoilear a' cur peann na làimh. Chan eil mòran
còmhraidh aige. An latha thill e bho Chuil-lodair thug e dheth a
chlaidheamh 's dh'fhalbh e mach 's thiodhlaic e e. Thug e an t-aodach
airm leis 's thiodhlaic e sin cuideachd. Nuair thàinig e air ais shuidh e
aig ceann a' bhùird."

Smaoinich i 'n uairsin air Iain: "Tha eagal air. Sin as coireach nach
eil e a' bruidhinn. Tha farmad aige ri Tormod, 's bha riamh. Chan
fhuiling e pian. Ach an latha thàinig Tormod air ais bho Chuil-lodair
ghlac mi e leis a' chlaidheamh na làimh. Thàinig deàrrsadh na aodann
nuair chunnaic e mi."

Smaoinich i mu dheireadh air Ruaraidh: "Chan eil eagal aige ro
dhuine no ro ainmhidh. Tha cuimhn' agam an latha a dhìrich e a'
chreag àrd, 's an oidhche a choisich e tron dealanaich 's an
tàirneanaich. Cha robh e ach seachd bliadhna dh'aois."

"Chaidh breug innse dhut," arsa Tormod ris a' chomanndair. "Bha
aon duine seo aig Cuil-lodair, mise."

Sheall an comanndair ris.

"Thèid mi dh'iarraidh a' chlaidheimh ma tha thu ga iarraidh.
Thiodhlaic mi e."

"Bha mis' aig Cuil-lodair cuideachd," dh'èigh Ruaraidh. "An e 'n
fhìrinn a th'aca?" thubhairt e ri Iain."

" 'Se," ars Iain, "'se 'n fhìrinn a th'aig Tormod."

"Eil fhios agad càit a bheil an claidheamh?"

"Tha."

"Thalla ga iarraidh matà."

Thug Iain sùil air, 's dh'èirich e, 's chaidh e mach air an doras. Chaidh
a stad, 's chual iad còmhradh. Mu dheireadh, thàinig fear de na
saighdearan a-steach a bhruidhinn ris a' chomanndair. Ann an ùine
ghoirid chaidh e mach a-rithist.

"Chan eil càil a dh'fhios nach e mise mharbh do bhràthair," arsa
Tormod ris a' chomanndair.

"Chan eil."

Shaoileadh duine gu robh Màiri na cadal anns a' chathair.

" 'Se a bh'ann ceart gu leòr," ars an comanndair ris fhèin.

"Tha mi smaoineachadh gur e mise . . . " thòisich Ruaraidh a-rithist.

"Ist," arsa Tormod ris, 's dh'ist e.

Bha Màiri a' smaoineachadh:

" 'Se Tormod as fheàrr aca. Nuair a bha mi tinn 'se dh'altramaich mi. Bha cus pèin air inntinn Iain, 's cha chaomh le Ruaraidh tinneas. Coinnichidh an saoghal ris fhathast."

Is stad i mar gum biodh i air i-fhèin a losgadh.

"Bu chòir dhuinn trì sràbhan fhaighinn," arsa Tormod, "chan eil e ceart an taghadh a dhèanamh air dòigh air bith eile."

Sheall i ris, is àrdan na guth : "Ni mise an taghadh," ars ise. Aig a' mhionaid sin thàinig Iain a-steach leis a' chlaidheamh mheirgeach. Chuir e sìos air an làr e mu choinneamh a' chomanndair.

"Dè feum a th'ann a-nis?" dh'èigh e. "Tha am blàr seachad." Anns an t-sàmhachd chaidh e air ais gu a chathair.

Bha Màiri a' smaoineachadh : "Dè thachras an dèidh dhomh an taghadh a dhèanamh — an dithis a bhios beò. Dè thachras?"

Sheall i. Bha Tormod a' bruidhinn gu cùramach is gu socair ri Iain, a làmh timcheall air.

Smaoinich i : "Nam beirinn air a' chlaidheamh, dh'fhaodainn mi-fhìn a mharbhadh." Ach bha an claidheamh meirgeach. Chunnaic i sùilean Ruaraidh air a' chlaidheamh cuideachd 's thionndaidh i air falbh.

Ach cuideachd chuir e nàire oirre gun smaoinich i air i-fhèin a mharbhadh.

Sheall i null ris a' Bhìoball a bh'aig an uinneig 's rinn i gàire. Sheall i 'n uairsin ri Iain. Bha aodann cho geal. Cha dèanadh esan feum ann an cogadh. Chuir e truas oirre cho mòr 's gun theab a broilleach bristeadh le gaol.

Sheas i.

"Tha mi air mo thaghadh a dhèanamh," ars ise. Bha i sealltainn dìreach ris a' chomanndair.

"Mhàthair," dh'èigh Tormod.

Cha do thionndaidh i ris.
"Cò th'ann?" ars an comanndair.
Cha dubhairt i smid ach sheall i Iain dhà.
Bha i airson suidhe anns a' chathair ach cha do rinn i sin.
Nuair thàinig Iain far an robh i 's e dol a-mach an doras thug i pòg
dhà.
Nuair dhùin an doras shuidh i anns a' chathair a-rithist.

Iain Mac a' Ghobhainn

" 'S iomadh rud a chì am fear a bhios fada beò," tha an seanfhacal ag
ràdh, ach 'si mo bheachd fhèin nach leig duine leas a bhith cho fada sin
beò gu iomadh rud neònach fhaicinn. Chan e gun urrainn mise a ràdh
gun thachair ormsa dad cho iongantach, na cho anabarrach neònach ri
nithean a thachair air mòran as aithne dhomh, ach an cuairt mo
bheatha chunnaic is chuala mi rud no dhà nach dèan lagh, rian no
reuson a shoilleireachadh dhomh. Chan eil mòran creideis agam ann
an taibhsean, manaidhean, bòchdain, an dara-sealladh 's a leithid sin,
ach feumaidh mi aideachadh maille ri Shakespeare gu bheil barrachd
an nèamh 's air thalamh na 's urrainn eòlas is feallsanachd a
mhìneachadh dhuinn.

Ach gu fàth mo sgeòil. O m'òige bha mi riamh gealltanach air
iasgach; loch, abhainn no cuan, bu choingeis leam, 's cha tug na
bliadhnaichean mòran atharrachaidh orm a thaobh sin. Mas math mo
chuimhne 'sann am foghar 1937 a thachair seo, 's mi cur seachad mìos
de shaor-làithean aig an dachaigh. Cha robh an aimsir idir freagarrach
airson iasgach bhreac ged bha i air leth math airson na mara. Lean
foghar ciùin blàth, samhradh geal grianach, 's latha às dèidh latha bha
grian dheàlrach theth a' deàrrsadh air gach loch is abhainn, 's iad mar
sgàthan a' dealbh air am broilleach gach cnoc is craobh mun cuairt.

Ach a' mhadainn seo ar leam gu robh atharrachadh san aimsir. Bhris
an latha dorcha, gruamach le frionas de ghaoith bhlàth on iar-dheas —
sàr latha airson nam breac ruadha, arsa mise rium fhèin. Cha do chaill
mi mòran ùine deasachadh shlat is uidheam, cuileagan gallda,
boiteagan, bric-pheadair a cheap mi san linne o chionn seachdain,
agus, mar thuirt am Bàrd "h-uile ullachas dhìth culaidh bhios a' ruith
an èisg ac'." Chàraich mi sgonn no dhà de aran coirce is càise, maille ri
botal bainne, nam phocan-iasgaich agus chuir mi m'aghaidh air a'
mhòintich. Thug uair a thìde de dhian choiseachd thar chnoc is
ghleann gu Loch an Dùin mi, agus, gun dàil eadhon airson m'anail a
leigeil, bheartaich mi 'n t-slat 's chuir mi chuileag air an uisge.

Cha robh rubha no òb air an loch nach b'aithne dhomh; bha mi
mion-eòlach air gach àite sam biodh na bric mhòra nan laighe ri oir
nam badan cuilce, 's an ceann dà uair a thìde (sin mar ruitheas tìm don

iasgair) bha còrr is dusan breac sgoinneil agam sa' phoca. Ach buailidh an t-acras eadhon an t-iasgair as dealasaiche 's shaoil leam gum bu thaitneach an t-àite airson grèim a ghabhail, an seann dùn am meadhon an loch. Deagh àit' iasgaich cuideachd, agus chuir mi romham teannadh ann cho luath 's a leiginn m'anail. Chaidh mi tarsainn air an t-seann stairsnich chlach chun an eilein — gu fàth faiceallach, oir bha mòran de na leacan fon uisge agus a' chuid a bha an uachdar còmhdaichte le còinnich shleamhainn uaine. Air gach taobh, bha loch domhainn dorcha, 's cha robh iarrtas sam bith agam tomadh a ghabhail am meadhon deagh latha iasgaich. Fhuair mu null gun tubaist. Shìn mi mi-fhèin air an fheur ghorm ri fasgadh na bha an èis de bhalla an t-seann dùin. An dèidh grèim bidh a ghabhail, chuir mi lasadh ris a' phìob agus ghabh mi mo shaorsa — co-dhiù airson greiseig.

Cha robh an t-saorsa fada. Chaochail an oiteag gaoithe, bhris a' ghrian a-mach na làn theas, agus thionndaidh uchd an locha na sgàthan le mìle cearcall a' briseadh a' chiùineis. Theann na cuileagan ri laighe air an uisge 's theann na bric rin dìnneir a ghabhail air uachdar an locha. Tha fhios aig gach iasgair dè tha sin a' ciallachadh — gu bheil cho math dhà dèanamh air an taigh, co-dhiù mur eil coltas gun atharraich an t-sìde. Ach 'se fear ainneamh a chailleas misneachd cho luath — tha foighidinn anabarrach aig an t-seòrsa againne.

Thug mi mach leabhran beag às mo phoca, tha mi smaoineachadh gur e *Clàrsach an Doire* a bh'ann, lìon mi phìob le tombaca, agus chuir mi romham feitheamh gheall 's gu leasaicheadh an latha. Bheirinn greis air leughadh, greis air beachdachadh air cleas nam breac a' ceapadh nan cuileag san loch, 's greis eile 'g amharc maise nam beann fom chomhair 's iad sgeadaichte len culaidh fhraoich. Dè cho fad 's a mhair sin, chan urrainn mi ràdh, ach thug mi clisgeadh asam ri tartar faramach on stairsnich chun an eilein.

Cha robh teagamh sam bith agam às an fhuaim a chuala mi. Am meadhon na stairsnich tha leac mhòr chòmhnard air a càradh an leithid a dhòigh 's nach eil e comasach do dhuine tighinn a dh'ionnsaigh an eilein gun seasamh oirre. 'S cho luath 's a sheasar oirre tha 'n dara taobh dhith ag èirigh. Cho luath 's a bheirear ceum eile air adhart tha i tuiteam air ais le tartar faramach a chluinnear astar math air falbh. Theirte Leac na Caismeachd rithe, 's tha seann eachdraidh ag innse gu robh i 'n sin airson rabhadh a thoirt do luchd-còmhnaidh an Dùin gu robh nàimhdean a' teannadh orra.

A-nis bha mise den bheachd nach robh duine beò na b'fhaisge orm na 'n clachan — mu thrì mìle no còrr air falbh. Airson a' chiad uair nam bheatha bha mi mothachail air fàsalachd is aonaranachd a' mhonaidh far am b'àbhaist an t-sìth 's an t-sàmhchair a bhith nan saorsa dhomh. Bhuail eagal obann mi. Thug mi sùil air an stairsnich, chrath mi mo cheann, phriob mi mo shùilean agus choimhead mi rithist. Letheach slighe eadar Leac na Caismeachd is cladach an eilein bha duine. Co-dhiù co-dhùin mi gur duine a bh'ann an dèidh an dara sùil a thoirt air. Ach b'e sin an duine. Goirid am pearsa, gann còig troighean air àirde, leathainn sna guaillean, bha e car crotach an cumadh le gàirdeanan tiugh fèitheach. Bha aodann leathainn, a ghruag a' fàs a-nuas air a mhalaidh, cha mhòr gu ruig a shùilean, ach 'se am bian a bha ga chòmhdach o ghuaillean gu ruig a shlèisnean a ghlac m'aire an toiseach, 's a dh'fhàg mi an teagamh a' chiad sùil a thug mi air, an e duine no beathach a bh'ann. Na làimh bha cuaille de mhaide agus sgolb de chloich bhioraich air a cheangal ris le iall de sheice. Crochte thar a ghuaille bha closach beathaich a bha anabarrach coltach ri gobhar. Stad e car tiotan, thog e shròn mar gum biodh e mothachail air fàileadh coimheach sa' ghaoith, agus bhuail e thugam gur e fàile na pìoba a bha e faireachadh. Ach cha leigeadh an t-eagal leam eadhon mo làmh a thogail chun na pìoba air eagal gun glacadh a shùil bhiorach an gluasad bu lugha. Gun teagamh bha e an solas boillsgeach na grèine agus mise fo dhubhar balla an dùin, ach cha robh mo shuidheachadh ach corrach.

Co-dhiù cha robh aire fada air an dùn. Thug e sùil aithghearr thar a ghuaille agus lean mo shùil-sa an t-seòl cheudna. Bha triùir no cheathrar de leithid fhèin a' dèanamh air ceann eile na stairsnich, 's iad a' ruith nan trotan mar gum biodh mìol-choin a' leantainn fàile. Rinn esan a bh'air an stairsnich roid gu cladach an eilein agus thilg e chlosach bhàrr a ghuailne. Thog e cheann agus thug e aon èigh às nach tuiginn-sa, bha e na bu choltaiche ri ràn no sgalaich beathaich na ri guth nàdarra duine. Le aon sùil air doras an t-seann dùin ruith e air ais a-mach air an stairsnich, òrdagan rùisgte a' greimeachadh air na clachan, agus choinnich e luchd-tòir aig Leac na Caismeachd. Cha robh dh'armachd aig càch a bharrachd na bh'aige fhèin 's bha stairsneach cho cumhang 's nach rachadh aca tighinn air ach fear ma seach. Bha mise an siud, ragaicht reòta le eagal is uabhas, gun nì a' gluasad dem bhodhaig ach mo shùilean, ag amharc cath cho brùideil fuileachdach 's a chunnaic sùil riamh. Ciamar a bha iad a' gleidheadh an cas air na clachan corrach sleamhainn cha b'urrainn mi thuigsinn, ach bha an seasamh cho daingeann cinnteach 's ged bhiodh iad air an rèidhlean chòmhnard. Chaidh buille 's buille a thoirt, bha sradagan a' leum o na tuaghan cloiche, bha 'n dithis a bha ri uchd tuasaid fliuch le fuil is fallas, ach mu dheireadh sguab esan a bha gleidheadh na stairsnich a nàmhaid an comhair a chinn don loch. Cha robh an dithis eile cho tapaidh no mheataich calmachd fear an dùin iad; thug iad na buinn dhi gun fheitheamh gu faicinn am bu bheò no marbh dhàsan a chaidh don loch. Cha robh esan ri fhaicinn co-dhiù.

Dh'fhan am fear thug buaidh gus an deach càch às an t-sealladh 's an sin thill e dh'ionnsaigh an dùin. Chuir e iongnadh orm nach tàinig neach ga chuideachadh às an dùn, ach cha robh mise gearain air sin idir. Bha aon dhiubh gu leòr leamsa 's mo chàradh gu math mì-chinnteach mar a bha. Thog e a' chlosach air chasan deiridh agus rinn e air doras an dùin a' slaodadh na seilge às a dhèidh. Nuair shaoil leam a bha e dol às an t-sealladh an dubhar an dùin, 's a bha mi gam dheasachadh fèin gu èaladh gu fàth, fiata, tarsainn na stairsnich, stad e mar gun glacadh a shùil nì-eigin an-àbhaisteach mun àite. Leig e às a' chlosach, ghreimich e air an tuagh chloiche, agus choisich e sìos far an robh an t-slat iasgaich 's an lìon èisg agamsa, far na leig mi às iad an cois a' chladaich. Chaidh e mun cuairt orra uair no dhà, shìn e làmh mar gum biodh e dol a bheantainn riutha 's an sin ghrad tharraing e air ais. Bha e furasda fhaicinn nach robh e tuigsinn a' ghnothaich. Thug e sùil mun cuairt, ach bha mise cho balbh neo-ghluasadach ri clachan an dùin. Mu dheireadh chuir e làmh a-mach a-rithist agus tharraing e aon de na bric às an lìon, a' beantainn ris an lìon fhèin cho beag 's a ghabhadh dèanamh. Chàirich e ceann an èisg na bheul 's leag e fhiaclan làidir geala air. Am prioba na sùla chagainn e am breac eadar iasg, mhionach, is chnàmhan, amh 's mar bha e, 's an leth na h-ùine a thug mise air aon dhiubh ghlacadh, dh'ith e iasgach an latha.

Shuath e làmhan ri bhrù agus, brùideil 's ga robh aghaidh, shaoil leam gu robh fiamh shàsaichte na shùil. Cha do bhean e ri slait no lìon ach thill e gu doras an dùin agus, a' togail leis na closaich, chaidh e às mo shealladh. Chan fhios dhomh dè cho fada 's a dh'fhan mise an siud, ach bho dheirèadh thug mi smuaisleadh asam agus dh'èirich mi. 'Se chiad nì a bhuail gu m'inntinn gum b'fheàrr dhomh dèanamh às; ach thubhairt mi rium fhèin nach robh, a-rèir coltais, ann ach an aon fhear, 's ma bha eagal aige ron t-slait 's ro lìon gu faodadh am barrachd eagail a bhith aige romhamsa.

Chaidh mi steach don dùn, sheall is shiubhail mi anns gach cùileig, ach anam beò cha robh air an eilean ach mi-fhèin. Cha robh fuaim ri chluinntean ach plubraich nam breac, meaghal caorach far a' mhonaidh, agus glaodh cian guilbnich o thaobh thall an loch.

Nàdarra gu leòr, 'se chiad nì o thubhairt mi rium fhèin, "Cha robh ann ach aisling. Tha latha blàth ciùin, 's thuit thu nad chadal a' leughadh." Agus sin an dearbh cho-dhunadh gun tig thusa cuideachd. Ach tha barrachd is sin co-cheangailte ris a' chùis. Nuair thill mi a thogail na slaite 's na lìn, bha an lìon falamh. Chan e aisling a bh'ann an dusan breac idir. Thug mise dà uair a thìde gan iasgach agus iomadh ceum sgìth mun do ghlac mi iad. Agus a-nis cha robh fear agam dhiubh!

Feumaidh mi aideachadh gu faca mi uair is uair radain anns an dùn agus nach fhaod gur e na mèirlich sin a ghoid an t-iasg ma thuit mi nam chadal — 'se sin ma thuit mi nam chadal. "Bheil teagamh agad fhathast nach e aisling a bh'ann?" their thu rium. A dh'innse na fìrinn, tha, agus chan ann a-mhàin a thaobh nam breac ach a thaobh na pìoba. Chan ann tric riamh a thuit mi am chadal agus pìob nam bheul agus an corra uair a thachair e, thuit i às mo bheul. Ach an turas seo nuair dhùisg mi — mas e dùsgadh a rinn mi — bha a' phìob gu greimeil eadar m'fhiaclan 's i dol cho milis 's a bha i nuair chuir mi teine rithe. Aon rud beag eile, chan fhaca mi radan riamh a' toirt nì à lìon gun milleadh a dhèanamh le fhiaclan; cha rachadh e gu dragh beul na lìn fhosgladh nuair bha e cho farasda dhà an t-sreang a ghearradh. Cha robh dual no mogal san lìon air a ghearradh.

Tha fhios agam gum bi do bheachd fhèin agadsa. Nach creid thu gu bheil e comasach do dhuine dol air ais no air adhart an tìm. 'S chan eil mi cho cinnteach nach eil mi 'g aontachadh leat. Ach a dh'aindeoin sin chan eil lagh ciall no reuson, mar thubhairt mi, idir gam shàsachadh nach robh anns na chunnaic mi air Eilean Loch an Dùin ach aisling. Aon ni tha mi cinnteach às agus 'se seo e, "Gur ann mar siud a thachair dhòmhsa."

Cailein T. MacCoinnich

Ged chaidh Pòl don leabaidh na bu tràithe na b'àbhaist feasgar
Diardaoin, gu math na bu tràithe na b'àbhaist, cha do cheasnaich e e-
fhèin ach carson a bha e a' dol innte aig an àm ud. Cha robh e ach ochd
uairean, no beagan às a dhèidh, agus bha am feasgar sìnte roimhe mar
bhiothbhuantachd. Bha e rudeigin sgìth gun teagamh. Cha b'e gu robh
e air a bhith ag obair ro thrang, ach co-dhiù bha e sgìth. Bha e mar
neach a bha air tighinn gu ceann cladhain agus nach b'urrainn sabaid
na b'fhaide an aghaidh an dorchadais.

Cha robh Pòl ach dhà no thrì mhionaidean fon anart, agus blàths na
leapa a' tòiseachadh ga iadhadh, nuair chuala e fuaim. Bha dùil aige an
toiseach gur e an cù a bha ann, ach chuimhnich e gun dh'fhalbh an cù
bho chionn bliadhna is còrr, agus nach do thill e. Cha b'e, cha b'e 'n cù a
bha ann idir.

'Sann bha am fuaim aig doras a rùm-cadail. Bualadh slaodach trom,
coltach ri druma, 's a buillean a' cur ri marbhrann a bha inneal-ciùil a'
cluiche fad às. Bha Pòl cinnteach gu robh e air an doras mòr a ghlasadh
a chum meàrlaich na h-oidhche a chumail a-muigh. Thòisich e a'
faireachdainn pian na bhroilleach.

"Cò tha siud?" ars esan.

Cha tàinig lideadh bho thaobh eile an dorais. Cha tàinig càil bho
thaobh eile an dorais ach bualadh tiamhaidh, mall. Cha robh
atharrachadh anns an fhuaim, buille a' breith air buille agus ga
bualadh.

Agus bha Pòl a' faireachdainn pian na bhroilleach. Cha robh e a' dol
a dh'èirigh an-dràsda chun an dorais. Mu dheireadh stad am fuaim.
Agus chunnaic Pòl làmh an dorais a' gluasad, agus an uairsin an doras
a' fosgladh. Tron doras thàinig duine a bha rudeigin coltach ri duine,
agus e sgeadaichte ann an dubh bho mhullach gu bhonn. 'S ged bha e
mar dhuine, le ceann is casan air, theireadh Pòl nach robh aodann idir
air. Ma bha, bha a ghnùis falaichte fon dubh. Agus bha rola pàipeir aige
na làimh agus seula dhearg air an rola.

Ghabh Pòl eagal, agus dhìochuimhnich e car greiseig am pian a bha
na bhroilleach. Bha an duine, mas e duine a bha ann, na sheasamh an
siud gun ghluasad agus bha na sùilean nach robh ann a' coimhead ri

Pòl.

Agus a-mach às an eagal fhuair Pòl cuidhte 's na facail: "Cò thu?"
Cha duirt am fear eile càil airson mionaid. An ceann na mionaide
bhris e an t-seula a bha air an rola. Thuit an t-seula chun an làir 's i cho
dearg ri fuil. Thuit i na criomagan chun an làir. Thuit i 'na boinneagan
chun an làir. Dh'fhosgail e an rola agus thug e sùil oirre. 'S bha Pòl san
leabaidh air chrith leis an eagal.

"Is mise," ars esan, "am bàs. Agus tha mi air tighinn gad iarraidh."
Bha e mar gum biodh e a' leughadh nam briathran, agus eagal air gun
deidheadh e ceàrr. Cha robh teagamh aig Pòl nach robh e gan leughadh
bhon rola. Agus an uairsin, "Feumaidh tu tighinn còmhla rium."

"Cho tràth?" arsa Pòl. "Cho luath? Cha robh dùil agam riut. Cha robh
dùil agam fhathast riut."

"Tha cabhag orm," ars am bàs. "Tha mòran ann air am feum mi
tadhal mus bi an oidhche a-mach. Tha cabhag orm."

"Carson mise?" arsa Pòl. "Chan eil mi ach òg. Co-dhiù chan eil mi
sean. Carson mise?"

Sheall am bàs ris le sùilean biorach dubha, agus ars esan,
"Cuimhnich, a charaid, chan eil d' anail agad ach air iasad. Is leamsa i
agus tha mi a-nise ga h-iarraidh."

Smaoinich Pòl ach am bu chòir dhà cogadh an aghaidh na
teachdaireachd seo. Eadhon ged dheidheadh e chogadh na h-aghaidh,
an robh dòchas sam bith gum buannaicheadh e? An robh claidheamhan
an t-saoghail a' dol a chur casg oirre?

Agus bha am bàs, 's e mar gum biodh e a' leughadh inntinn Phòil, a'
crathadh a chinn. 'S bha Pòl a' cur charan anns a' chrathadh, ann an
tuainealaich a' bhàis.

"Na Bìobaill," arsa Pòl. "Na Bìobaill nach do leugh mi. Tha mi ag
iarraidh an leughadh. Thuirt mo sheanair rium a bhith a' leughadh a'
Bhìobaill, ach cha do leugh mi a-riamh e. Agus na Bìobaill eile. Cha do
leugh mi iadsan na bu mhotha."

Ach bha am bàs fhathast a' crathadh a chinn. 'S bha an rola eagalach
ud na làimh. Sgrìobhte oirre bha binn na cùirte airson rud air nach robh
cothram aige. Cha do dh'iarr e air a' bhàs a thighinn. Eadhon nuair bha
e a' bualadh druma an dàin air taobh muigh a dhorais cha do dh'iarr e
air a thighinn a-steach. Cha b'esan bu choireach gu robh peacadh anns

an t-saoghal. Cha do dh'iarr e eadhon a thighinn don t-saoghal, agus cha do dh'iarr e air a' bhàs a thighinn a chum a thoirt air falbh. Gun teagamh bha fhios aige gun tigeadh e uaireigin. Ach an-diugh! Cho tràth! Cho uabhasach tràth! Carson nach robh e a' faighinn an tuilleadh cothraim agus uimhir aige ri dhèanamh? Bha, bha uimhir aige ri dhèanamh. Ach bha an leisg agus dìth smaoineachaidh air a bhith an làthair gun fhios dhà, mar ghadaichean an àird a' mheadhain-latha, agus air gach cothram a fhuair e a ghoid bhuaidhe.

Cha do leugh. Cha do leugh e na Bìobaill idir. Nach robh iad cho fada agus cho tioram, agus co-dhiù nach robh tìde gu leòr ann? Agus cha do sgrìobh e a' bhàrdachd, a' bhàrdachd sin a bha a' dol a dhùsgadh teagaimh ach an robh bunaidean an t-saoghail nam bunaidean idir. Thòisich e oirre, ach bha sin fhèin na obair latha gu leòr dha. Agus, anns an tòiseachadh, cha do labhair e aon mhìr-fhacal de na bha e an dùil. 'S an-diugh, air leabaidh a bhàis, bha ìomhaigh dhubh agus rola ag innse dhà gu robh foighidinn an t-saoghail air ruith a-mach. An saoghal a bha a-nise a' sireadh a dhioghaltais ann an sgàthan de bhriseadh dùil.

Rugadh Pòl Mac an t-Saoir nuair bha e fhathast na leanabh. Agus ged thàinig fad agus meud ann, cha do dh'fhàs e suas a-riamh. Bha e sa' chogadh a' cluiche air a bhith na shaighdear, agus bu tric a smaoinich e cho cunnartach 's a bha e do ghillean beaga a bhith a' cluiche le rudan air nach robh eòlas aca. Mharbh e Gearmailteach aon uair. Agus cha tug a chogais a-riamh maitheanas dhà. Ach nach ann mu dheidhinn sin a bha an saoghal co-dhiù? Mu chogadh agus mu mharbhadh. Cha b'esan bu choireach gun mharbh e an Gearmailteach. Bha an Gearmailteach san rathad air a' pheilear aige. Agus ged bhuannaich e-fhèin agus càch a' chluiche, chaill iad i cuideachd. Bhuannaich iad . . . agus chaill iad. Agus an uairsin b'fheudar dhaibh sgur de chluiche agus a bhith nan saighdearan cearta ach an dèanadh iad cogadh an aghaidh na beatha. Agus bha Pòl an siud. Bha e a' fàs fuar. Bha e a' cogadh an aghaidh a' bhàis. Agus fhuair e bonn agus ribean a chuireadh e na bhroilleach. Rudeigin a chuimhnicheadh an cogadh dhà, na geamachan ud a bha iad a' cluiche ann am fealla-dhà na h-aimhreit. 'S bha an t-adhar cho dorch leis an duslaich. Agus bha am bàs a' siubhal raointean a' chogaidh. 'S bha na drumachan a' bualadh. Bha am bàs a' coiseachd ri taobh Phòil ged nach do choinnich iad a chèile.

Chunnaic e Màiri aig an dannsa. Bha i ag itealaich air feadh an t-seann ùrlair nuair mhothaich e dhi an toiseach. A' chiad uair a chaidh e a bhruidhinn rithe bha a beul glaiste agus a sùilean dùinte. Ach mu dheireadh dh'fhosgail e a' ghlas a bha air a bilean le iuchair na foighidinn, agus thuirt i ris gun deidheadh i dhannsa còmhla ris. Agus nuair bha an dannsa seachad chaidh i à sealladh anns an dorchadas. Cha d'fhuair e aon norradh cadail an oidhche sin, ga chaithris fhèin a-measg bàrdachd 's a-measg smuaintean. Phòs Màiri fear eile, giobal de choigreach aig an robh liut na h-aithris gu ìre na bu mhotha na bha aig Pòl a-riamh. Agus an uairsin chaochail Pòl, ged nach do bhàsaich e, coltach ri circ mionaidean an dèidh an ceann a sgaradh dhith. Agus chuimhnich e air Uilleam Ros ann an talla nam bàrd nach bu mhaireann, agus smaoinich e cho beò 's a bha Uilleam Ros ged bha e marbh. Cha b'urrainn dhàsan dèanamh mar a rinn Ros, oir cha robh liut nam briathran air a bhuileachadh air, 's bha cumha a leannain 's a chùmha fhèin glaiste na bhroilleach. A' bhàrdachd nach do sgrìobh e agus na Bìobaill nach do leugh e. Bha iad a-nis ag èigheachd ris 's a' fanaid air a chuid aithreachais. Agus mhionnaich e don bhàrdachd 's do na Bìobaill. 'S bha seòrsa de eagal air romhpa.

Thug e sùil air a' bhàs, agus bha boinneagan, mar bhoinneagan fala, a' dòrtadh bhon rola. 'S bha criomagan na seula a' leaghadh air an làr. Bha am bàs an sin na sheasamh, mar bhodach-ròcais a' fuadach na beatha. Bha eagal a' bheatha air ron bhodach-ròcais, eagal a bheatha air a' bheatha. Cha robh am bàs a' gluasad, agus smaoinich Pòl gum b'e siud a' chiad uair a-riamh a bha am bàs na thàmh. No 's dòcha gu robh luchd-cuideachaidh aige a bhiodh a' falbh air feadh an t-saoghail agus a' sàthadh biodag dheireannach na sìorraidheachd tro chridheachan dhaoine. Is cinnteach gu robh luchd-cuideachaidh aige. Ciamar eile a bhàsaicheadh dithis aig an aon àm? 'S dè bha gu bhith roimhe nuair dh'fhalbhadh am bàs leis? Chuimhnich Pòl a-rithist nach do leugh e na Bìobaill, 's nach tug a' choimhearsnachd dha ticead a bheireadh gu nèamh e. Fhuair feadhainn eile ticead bhuapa, ach cha d'fhuair esan. Cha robh e math gu leòr. Co-dhiù, cha robh e cho math riuthasan. Nach e sin a thuirt iad ris. "Nuair chì thu sinne anns an sgàthan," ars iadsan, "bidh tu searaint'." Agus chan fhaca e iadsan anns an sgàthan a-riamh.

'S bu trice a bha e toilichte nach fhaca. Saoil an robh an dorchadas na
bu shoilleire dhaibhsan na bha e dhà fhèin?
B'iomadh rud nach do rinn e. Agus b'iomadh achmhasan a fhuair e.
Ach cha d'fhuair e achmhasan a-riamh a leithid an fhir seo. Cha duirt
neach a-riamh ris gu robh e airidh air a chrochadh, no air a cheusadh,
no air a mharbhadh. Cha dubhairt lem beòil co-dhiù. Ach bha uilc na
beatha air an càrnadh suas na aghaidh, agus bha a' chàin gu bhith
daor.
  "Feumaidh tu dhol don sgoil," ars a mhàthair. "Feumaidh tu dhol
innte."
  "Cha tèid," arsa Pòl. "Tha mo stamag goirt."
  A' bhreug. Bha fhios aige nan deidheadh e don sgoil gum biodh an
uinneag a bhris e ag èigheachd ris, 's e air a dhol às àicheadh gun bhris e
a-riamh i. Agus ged bha an t-amharas air, bha esan air amharas a chur
air càch. Carson a bha e a' cleith na fìrinne? Carson a bhris e an uinneag
bho thùs? Carson nach do dh'fhàg e slàn i? Carson nach robh dubh geal
agus geal dubh? Agus bha e ag innse na brèige da mhàthair, 's bha i a'
creidsinn na brèige. Nach bu mhinig a bha a' bhreug co-dhiù na bu
bhlasda na 'n fhìrinn? Nach robh ubhal na bu bhlasda na neochiontas?
'S mur b'e an t-ubhal, cha bhiodh esan, Pòl, na laighe an siud fa
chomhair dubh a' bhàis. Agus smaoinich e cho eagalach 's a bha e a
bhith cur coire air aon ubhal a-mhàin. Nach b'iomadh ubhal a sgàin e-
fhèin le fhiaclan; cha b'e ùbhlan craoibhe idir ach ùbhlan na beatha. 'S
bha iad cho coltach ri chèile — craobh agus beatha. 'S ged bha am blas
gu tric milis, bha an slugadh uaireannan searbh agus duilich. Ach cha
robh sin ga bhacadh bho bhith a' blasad, no eadhon bho bhith a'
slugadh, mar leanabh a bha dèidheil air siùcairean agus fhios aige nan
itheadh e cus dhiubh gu fàsadh a stamag goirt.
  Ann an tiotadh chunnaic e gach nì a rinn e a-riamh, cuid dhiubh a
chòrd ris, agus cuid dhiubh nach robh ro thaitneach idir. Chunnaic e
sgoil agus eaglais, bàs agus baisteadh agus briseadh-cridhe. Ach chan
fhaca e mòran de shòlas idir, agus smaoinich e ged chitheadh gur
iongantach fiù gun aithnicheadh iad a chèile. Agus ged bha e a' faicinn
aithreachais, bha an saoghal air dhol ro fhada airson sin. Bha an
ìomhaigh mì-fhoighidinneach, agus chunnaic Pòl gu robh e a' pasgadh
na rola. Bha am pian a bha am broilleach Phòil a fàs na bu

mhiosa.

"Tha mi air tighinn gad iarraidh," ars esan. Bha barrachd cabhaig anns a' ghuth. 'S cha robh Pòl a' faicinn càil ach dorchadas. 'S anns an dorchadas bha tuilleadh dorchadais. Dorchadas gun chrìoch. Thionndaidh am bàs a chùlaibh, agus rug e air làmh an dorais. Chunnaic Pòl boillsgeadh de dhòchas anns an dorchadas. Agus chunnaic e tuilleadh dòchais nuair choisich am bàs a-mach às an rum. Agus bha sìth ag èirigh na bhroilleach. Cha robh càil timcheall air ach dorchadas agus sìth. Dhùin am bàs an doras air a chùlaibh. Smaoinich Pòl gu leughadh e a-nise na Bìobaill agus gu sgrùdadh e na briathran a bh'annta.

Chuir e a làmh a-mach bhuaidhe agus rug e air a' Bhìoball a bha air a' bhòrd bheag ri taobh na leapa. Bha e an siud bho bha athair beò. Ach leum e às a làmhan 's thuit e chun an làir. Dh'aithnich e gu robh e ro fhadalach.

Bha e mì-chomhfhurtail air an starsaich. Cha robh e a-staigh 's cha robh e a-muigh. Bha e ga shamhlachadh fhèin ri ugh na shuidhe air gàrradh. B'fhada bho chuala e mun ugh. Bho àm gu àm bha osag bheag gaoithe ga bhualadh 's ag iarraidh air a ghrèim a chall.

Anns an t-samhla, thuit an t-ugh bhon ghàrradh 's bhris e na mhìle criomaig. 'S cha ghabhadh e càradh.

Dòmhnall Iain MacIomhair

Stad Iain 's an Gearmailteach 's iad a' coimhead a chèile. Bha 'n
gunna aig Iain dìreach air an targaid — broilleach a' Ghearmailtich.
Cha dubhairt duine aca smid, mar dhithis ann an dealbh, ach
dh'fhairich Iain fallas air a làmhan 's cha robh an gunna cho dìreach 's
bu mhath leis. Bha aodann a' Ghearmailtich geal le eagal is sgìths, mar
gum biodh e air a chòmhdachadh le flùr. Mhothaich Iain gu robh a
bhonaid air ceàrr agus chuimhnich e air fear às a' bhaile aige fhèin a
bhiodh a' caitheamh a bhonaid anns an dearbh dhòigh. Bha 'n
Gearmailteach timcheall air deich bliadhna fichead a dh'aois; bha Iain
dhà ar fhichead. Mun cuairt orra nan dithis bha bùrach a' chogaidh:
salchair na talmhainn làn bùirn 's a' gluasad mar nì beò. Bha gunna na
laighe fichead slat bhuapa, agus mu thrì fichead slat air falbh bha
aodach saighdeir. An robh duine na bhroinn? An robh duine air a bhith
uair na bhroinn? Canastairean an siud 's an seo: clach no dhà air an
seasadh duine. Fon t-salchair ud bha iomadh duine na laighe a'
caitheamh air falbh anns a' phuinnsean. Chuimhnich Iain mar
dh'fhaodadh tu dhol fodha anns an talamh ud làn bùirn is crèadhadh
mar shoitheach mara a' dol fodha. Bha 'n gunna air chrith na làimh:
bha a làmhan salach. Mìle mìle air falbh chunnaic e taigh beag
Frangach mar leug earraich ann an rìoghachd leis fhèin 's ceò ag èirigh
às a shimileirean. B'e 'n t-earrach a bh' ann ach càit an robh na
sìtheanan? Bha an Gearmailteach air chrith cuideachd. Mhothaich
Iain anns a' mhionaid ud mar a bha aodach a' Ghearmailtich an ìre
mhath grinn taca ri aodach fhèin. Bha beagan deàlraidh a' tighinn às a
bhonaid. Mhothaich e gu robh seòrsa de neapraigear a' priobadh a-
mach air oir pòcaid a sheacaid mar ghob isein. Bha na làmhan aige air
chrith 's a shùilean, 's e a' sealtainn ri Iain. Cha do dh'fhosgail e a bheul
mar gum biodh eagal air gun dùisgeadh e Iain à smuain, 's gum
buaileadh òrdag air a' . . . Thug Iain sùil eile air mar nach robh e a'
tuigsinn dè ghnothaich a bh'aige ris a' ghunna. Bha 'n Gearmailteach a'
seilltainn ris mar chù ri a mhaighstir.

Shuath Iain a làmh cheàrr ri bhriogais 's dh'fhairich e a' phacaid
thoitean na phòcaid. Chual e isean a' seinn dlùth ris. Bha 'n cogadh seo
làn de iseanan, le guthan mar bhùirn, is air cùlaibh gach nì, casd thinn

nan gunnachan. Bha a chasan a-nis air chrith. Smaoinich e nach robh e
air mòran cadail fhaighinn airson dà latha is dà oidhche, agus
smaoinich e gum biodh an Gearmailteach anns an aon dòigh. Chuir e
sìos an gunna. Dh'fhalbh sgàil bho aodann a' Ghearmailtich. Shuidh
Iain air cloich ann am meadhon an fhàsaich: shuidh an Gearmailteach
air cloich mu a choinneamh. Shaoileadh tu gu robh sreang eatorra.
Chaidh làmh a' Ghearmailtich gu pòcaid a bhroillich. Lean Iain a làmh
le a shùilean. Bha an làmh salach air a cùlaibh: bha fàinne air aon de na
meuran. Bha Iain gu tuiteam na chadal. Thàinig an làmh a-mach le
pacaid bheag. Dh'fhosgail an Gearmailteach a' phacaid, 's na broinn
bha pìos càis. Chuimhnich Iain air na radain 's air na luchainn a' falbh
air feadh nan trainnsichean. Thàinig làmh a' Ghearmailtich na
b'fhaisge. Chaidh a làmh fhèin a-mach mar bheathach 's dh'aithnich e
gu robh an t-acras air a chorp. Dh'ith e 'n càis 's bha e math. Thug e
mach na toiteanan 's shad e aon chun a' Ghearmailtich. Thug e mach
maids 's las e 'n toitean aige fhèin. Chunnaic e 'n Gearmailteach a' toirt
sùil air, 's shad e 'm bocsa thuige. Cha mhòr gu faigheadh e air a
shùilean a chumail fosgailte. Bha a' chlach mar bhàta ann am muir
trom. Smaoinich e — chrath e cheann mar chù a' tighinn a-mach à burn
's sheall e rithist ris a' Ghearmailteach. Bha 'n Gearmailteach ga
choimhead gun stad. Shaoil e gu robh a shùilean air a' ghunna 's chuir e
na sheasamh air an talamh e 's a ghàirdeanan timcheall air. B'e latha
ciùin a bh'ann. An-dràsda 's a-rithist chluinneadh tu brag 's
dh'aithnicheadh tu guth a' ghunna.

　　Lean a shùilean ceò an toitein a' dìreadh. Trì bliadhna, trì bliadhna
de a spiorad anns a' chogadh seo. Thàinig deàrrsadh air aodann. Thug
an Gearmailteach sùil air, 's dh'èirich an t-eagal na shùilean mar iasg
ann an loch. Chuir e a làmh gu a cheann 's thug e dheth a bhonaid. Cha
robh fhios aig Iain carson a rinn e seo. An ann ro theth a bha e? Bha
gach nì mar bhruadar. Cha mhòr nach robh an Gearmailteach maol
mar a' chlach air an robh e na shuidhe. Chuir seo iongnadh is seòrsa de
thruas air Iain. Nam biodh cànan aca! Nam b'urrainn dhaibh
bruidhinn ri chèile! Bha e a' creidsinn gun tàinig an aon smuain chun a'
Ghearmailtich. An truaghan bochd! 'S math dh'fhaoidte gu robh bean
is teaghlach aige. Dh'fheumadh esan a thighinn don chogadh
cuideachd. An robh e fìor gum biodh iad a' murt 's a' mharbhadh

phrìosanach? Dè 'n latha bh'ann co-dhiù? Smaoinich e gu dian, 's mu
dheireadh thàinig e chun a' cho-dhùnaidh gur e Dihaoine bh'ann. Bha
a' ghrian làidir 's bha 'm pathadh air.
"Dihaoine," ars esan.
"Englander," ars an Gearmailteach.
"Englander," ars an Gearmailteach a-rithist mar chù air beulaibh a
mhaighstir 's e sealltainn cho ealanta 's a tha e.
"Englander!" ars Iain ris fhèin. Dè bha e dèanamh anns an fhàsach
ud co-dhiù, a-measg nan corp a' lobhadh timcheall air? Smaoinich e air
Màiri, 's bha a corp a' lobhadh air a bheulaibh gus nach faiceadh e ach
na cnàmhan a shadadh tu gu cù. Chaidh a chorp air chrith a-rithist.
"Englander!" ars an Gearmailteach.
"Ach, dùin do . . . " ars Iain, is stad e. Chaidh a theanga timcheall a
bhilean leis a' phathadh. Nach robh cho math dhà fuireach far an robh
e? Bha 'n cogadh-sa gun chrìch gun chàil ach marbhadh. Cò chuireadh
crìoch air? Dè chuireadh crìoch air? Daoine gan sadail mar pheilearan
an aghaidh a chèile. Bùrach de fheòil: 's aig an taigh 's air cùl nan
trainnsichean na comanndairean am meadhon phàipearan le criosan
deàlrach timcheall orra 's rionnagan air am broillichean. Agus bùrn :
bùrn : bùrn glan. Chaidh a theanga timcheall air a bhilean gun fhios
dhà. Bha sùilean a' Ghearmailtich ga leantainn mar luch a' leantainn
cait. Ghluais Iain air a' chloich. Bha a' ghrian air cùl amhaich ga
ghearradh mar mhìle sgian. Thàinig òrain às an adhar. "Dè 'n cànan a
th'aig na h-eòin?" smaoinich e, 's bhruadraich e "co air a tha iad a'
smaoineachadh?" Chuala e fuaim itealain anns an adhar. Aig
amannan chitheadh tu na fir-stiùiridh cho brèagha ri càil. Cha robh nì
aige nan aghaidh-san. 'Sann a bha iad a' cur iongnadh air mar gu
faiceadh tu seòrsa de ainglean anns an adhar. Chuir an Gearmailteach
às an toitean, a' gleidheil a' phìos a bh'air fhàgail.
"Taigh na galla!" ars Iain, 's rinn e gàire.
Ha! Ha! Ha! ars an gàire.
Sheall an Gearmailteach ris airson tiotadh, 's thòisich e-fhèin a'
gàireachdainn, an toiseach mar dhuine a' dèanamh a dhleasdanais ach
a-rithist mar fhear a' cur fàilt air a' bheatha.
Choisich an dà ghàire còmhla tarsainn air an talamh aosda ud, ach
stad iad mu dheireadh an coinneamh a chèile nan suidhe air na

clachan.

"Co air a tha e smaoineachadh?" ars Iain ris fhèin. Chuir e a làmhan gu a shùilean 's thubhairt e:

"Tha 'n cadal orm."

Chual' e an Gearmailteach a' feuchainn ri: "Tha 'n cadal orm" a ràdh.

Chuir seo truas air Iain, gu feumadh duine e-fhèin a chumail beò anns an dòigh ud. Smaoinich e ciamar a bhiodh e-fhèin nam biodh e ann an àite a' Ghearmailtich. Theab e an gunna a thoirt dhà gu faiceadh e dè thachradh. Am biodh esan cuideachd mar chù air beulaibh a mhaighstir? Smaoinich e air a' chù a bh'aca aig an taigh, na laighe anns a' bhlàths. Bha caoraich a-muigh air a' mhòintich ach bha 'n aois a' tighinn air a-nis, 's cha dèanadh e càil ach laighe, a' bàsachadh anns a' ghrèin. Chaidh a theanga thairis air a bhilean a-rithist. Smaoinich e air an t-sruth a bha làimh ris an taigh, 's chunnaic e na boireannaich a' stàmpadh nam plaidichean as t-earrach 's a' ghaoth a' dol thairis orra. Bha sgìths a' dòrtadh tro a chnàmhan. Chuir e roimhe an dachaigh a thoirt air ann an còig mionaidean. An dachaigh!

"Dihaoine," ars esan.

"Englander," ars an Gearmailteach.

Bha làmhan a' Ghearmailtich nan laighe air a ghlùinean mar làmhan boireannaich. Bha a bhrògan a' dìosgail an-dràsda 's a-rithist anns a' bhùrn.

Englander!

Dè ghnothaich a bh'aigesan ri Englander?

Carson a bha e a' cogadh?

Cha robh càil ann a-nis ach cluiche chairtean gun sgur, gun sgur, anns na rumannan beag ìosal ud mar bhocsaichean, gun fhios cuin a bhuaileadh am peilear.

Chuimhnich e mar bhuail peilear balla, 's mar chaidh e tro Ruairidh mar chèise-ball. Smaoinich e air a' chloinn a' sadail cèise-ball mar bhogha-froise ri balla.

Chaidh e theanga tarsainn air a bhilean a-rithist. Bha 'n cadal a' tighinn trom air. Chunnaic e mar gum b'ann am bruadar làmh a' Ghearmailtich a' gluasad gu pòcaid-cùil a bhriogais, agus ann am bruadar dh'aithnich e gu robh rudeigin anns a' phòcaid, rudeigin an ìre mhath mòr, mar ghunna, seòrsa de dhaga. Bha 'n Gearmailteach mar gum biodh e a' gàireachdainn mar gu faiceadh tu fear-bùtha a' feuchainn ri rud a reic riut, 's fhios agadsa is aigesan nach biodh a' bhùth ann ann an seachdain eile.

Bha làmh a' Ghearmailtich a' gluasad timcheall gun stad mar gum biodh a làmh ann an saoghal leatha fhèin, gun eanchainn ga spròtadh. Chaidh a làmh sìos don phòcaid 's thàinig i nall an coinneamh brag a' ghunna. Dh'èirich e bhon chloich 's chaidh e null. Bha toll dìreach am meadhon broilleach a' Ghearmailtich os cionn putain. Chaidh a làmh fhèin sios chun na talmhainn gus na ràinig i air an nì a bha an Gearmailteach a' toirt às a phòcaid. B'e botal airson bùrn a bha na làmhan. Bha an ceann air a thighinn às a' bhotal 's bha am bùrn a' dòrtadh air falbh. Chuir e a ghunna na laighe air an talamh 's a shùilean air a' bhùrn a' sruthadh gun sgur, beagan is beagan. An-dràsda 's a-rithist chaidh a theanga tarsainn air a bhilean ach cha do dh'òl e drùdhag dheth.

Iain Mac a' Ghobhainn

Anns an trom-laighe, thòisich anail a' bhalaich ri plosgail agus a chorp meanbh, blàth ri crithneachadh anns an leabaidh. Thàinig dìosg ann an connlaich na liteir, agus thòisich a mheuran a' teannachadh air oisean a' chinn-adhairt. Na chadal, bha e a' sreap ri aghaidh creige, an dùil gun amaiseadh e air uighean gorma, luachmhor a bha e a' faicinn ann an nead. Bha e an dùil gu robh athair còmhla ris nuair thòisich e dìreadh na creige, agus gu robh athair fhathast air a chùlaibh, na chùltaic dhà nan cailleadh òrdagan an grèim air sgeilpean biorach, luaireanach na creige. Ach an t-sùil gan tug e air ais, cha robh lorg air ìomhaigh athar; bha e air searg air falbh bhuaithe, agus an àite guirme nan uighean ri a làimh, bha e a' faicinn guirme nan tonn gu sìorraidh fad às fodha — na tuinn 's iad a' sabaid 's ag ithe a chèile leis a' chòmhstri a bh'orra ag iarraidh fuil agus feòil a chuirp.

Thàinig boil is ùpraid na cheann; chaill e a ghrèim air balla na creige, agus nuair dh'fhuasgail e a bhilean airson èigh a leigeil, thachdadh e le spògan làidir an trom-laighe, agus thòisich e tuiteam 's a'.cur charan, 's a' feitheamh air sgal deireannach an aoig… 's a' tuiteam 's a' cur charan …

'Sann nuair dhùisg e, 's mun do sgioblaich e a smuaintean, a leig e an ràn. 'S cha robh a shùilean ceart air plaosgadh nuair chuala e a mhàthair ag èigheach ris bho a leabaidh fhèin an uachdar an taighe.

"A Raghnaill, a ghràidh, gu dè tha ceàrr?"

"Chan eil càil," fhreagair e gu h-aithghearr.

"An e eagal a th'ort a bhith cadal leat fhèin shìos aig an teine?" ars ise.

"Chan e," ars am balach; "chan eil eagal idir orm. 'S caomh leam leabaidh an teine."

"Siuthad, ma tha, a ghaoil," ars a mhàthair; "caidil thusa." Chuala am balach a' chonnlach a' dìosgail nuair chuir a mhàthair car anns an leabaidh. Agus chuala e an srann domhainn, gearaineach aig athair, ag innse nach do chuir an ràn aige fhèin gu buileach stad air an t-suain aige.

Cha robh Raghnall òg ach deich. Nuair chuala e guth a mhàthar a' bruidhinn ris anns an dorchadas, agus an dèidh dhi sgur a bhruidhinn, bha e na chridhe maoth (ged nach robh a chridhe fhathast air cromadh a-nuas às a bheul!) a' toirt taing do Dhia gu robh e beò, 's nach robh e air a phronnadh marbh, gun diog, air sgeirean a' chuain, agus nach robh na steàrnagan fiadhaich a sàs na fhalt ruadh, agus ga fhighe am-measg treallaich eile airson loinn a chur air an cuid nead. Bu mhath nach robh a chorp aig iasg na fairge.

Bha e a-nise na làn-dhùisg, le a chluasan 's a shròin 's a shùilean agus craiceann a chuirp a' mothachadh; gach cuspair aig a dhreuchd fhèin, a' toirt fa-near dhà monmhar is fealla-dhà nan tonn air a' ghainmhich, fàileadh na deathaich air feadh an t-seòmair, lasair a dh'èireadh air uairibh mar bhratach geal os cionn closaich an teine mhònadh taisgte air a' chagailt, agus blàths na plangaid leth ri a chasan 's ri a shliasaidean.

Le muinichill a lèine, thiormaich e boinne no dhà fallais a dh'fhàg an trom-laighe air a ghruaidh. Cha robh rian nach b'e leabaidh-an-teine a b'fheàrr dhàsan, is e a-nis a' fàs suas na dhuine, le làn-bheachd gun dèanadh e leasachadh a dh'aithghearr air crannchar bochd an teaghlaich. Cò a dhèanadh e mur a dèanadh e-fhèin, "an aon sùil a bh'ann," mar a theireadh balaich mhòra na sràide ris aig amannan, nuair bhiodh iad a' tarraing às 's a' magadh air airson a bhith cho èasgaidh 's cho saoghalta. Co-dhiù, cha robh eagal aige ro dhuine aca na b'fhaide. Aon uair 's gun chum e dol air an t-snàmh na b'fhaide na triùir de na burraidhean a bha còig bliadhna na bu shine na e, thòisich iad ri toirt modh an rathaid mhòir dhà. Agus an uairsin, thòisich esan ri dèanamh spàrn airson leabaidh an teine fhaighinn dhà fhèin — rud air nach do dh'amais fhathast balach eile de chumhais anns a' bhaile. Agus bha barrachd farmaid aig a chumhaisean ris a thaobh seo na bh'aca ris a thaobh eisimpleir sam bith a nochdadh e dhaibh aig snàmh, no aig ruith, no aig bric a chròdhadh a-steach do chabhail air feadh uillt na mòintich air madainnean fuara.

Agus a-nise 's gu robh athair air tilleadh bho iasgach Shasainn le na phàigheadh na fiachan a bha an t-uachdaran a' tagairt orra (ged nach robh sgillinn a bharrachd ann, leis an iasgach a bhith cho bochd), bha rian gum biodh togail-cinn aig an teaghlach anns an sgìre air fad. Bha am maor a' tighinn air an ath là a thogail an airgid, agus bhiodh grèim dian, gun iomnaidh, aca a-rithist air an tulaich a dh'fhàg na seann daoine aca.

Ach mar a bha e a' tarraing muinchill a lèine tarsainn air a ghruaidh airson fallas na breislich a sguabadh às, bhuail e air nach b'fheàirrde e an ràn leis an do dhùisg e a mhàthair. Nan co-dhùineadh ise gur e èigh an eagail a bh'ann, 's nach robh e a' tighinn air a bhith cadal na aonar aig an teine, phaisgeadh i a-rithist suas a dh'uachdar an taighe e, agus chuireadh i leid dhà, ri an taobh fhèin. 'S nam faigheadh na balaich mhòra sin a-mach, bhiodh e air a mhaslachadh. Agus cha bhiodh rian aige na b'fhaide air moch-eirigh a dhèanamh agus ceum sàmhach a thoirt a-mach às an taigh le a chabhail.

Cha robh air ach gu feumadh e leigheas fhaighinn air an trom-laighe, agus gu h-àraidh air a bhith sreap chreagan na chadal. Dh'fhaodadh gum biodh dòigh-leighis aig an t-seann bhan-cheaird Uibhistich air taobh shuas a' bhaile — nam faigheadh e facal-falaich oirre.

Agus nuair shin inntinn Raghnaill air beachdachadh air gu dè an duais a thairgseadh e air a' bhana-cheaird, thòisich Dòmhnall Sàmhach a-rithist a' bruidhinn gu dà-bheulach na chluais agus ri tarraing aigne air falbh bho ìomhaigh na bana-cheaird gu seallaidhean neo-chruthaichte tìr a' chadail. Ach ann am priobadh na sùla, anns an aon tiotadh a bha eadar e 's a' bhuaidh, chaidh car goirt a chur an adhairc Dhòmhnaill Shàmhaich. Chrath an teine bàsmhor a-mach bratach geal eile bho mhullach a thaighe, phriob sùilean a' bhalaich, agus aig a' cheart àm ghlac a dhà chluais fuaim cheumannan ìosal air taobh muigh an taighe a chuir cnead na chorp. Bha cuideigin a' tighinn le fathann a dh'ionnsaigh an dorais!

Mun do bhrùchd am fallas a-rithist tro thuill a chraicinn, dh'fhàs buill a chuirp fuar, agus thòisich a chridhe a' bualadh air asnaichean mar shlacain bean mhuinntiris a' nighe aodaich na cabhaig aig bruaich aibhne. Cha b'e nàbaidh no duine eòlach a bha tighinn a-nis; nan robh iadsan a' sireadh cobhair air feadh na h-oidhche, cha tigeadh iad air an corra-chnàmh. Chluinnist an cuid stàrnaich fad às, a' cur rabhadh romhpa. Cha robh a' tighinn a-nis ach fear de shluagh an aimlisg, fear a dh'èirich a-mach à sloc na h-oidhche, uidheamaichte airson mort no creach.

Nuair chuala e sneic an dorais ga togail, thòisich am balach a'

greimeachadh le làmhan teatha, tais air a' phlaide a bha fodha.
Bhòidich e nach dèanadh e ràn, 's nach èigheadh e le eagal ged rachadh
sgian no biodag a chur tro a chorp, a-steach tro asnaichean gu chridhe.
Shealladh e d'a mhàthair nach e gealtaire a bha cadal an leabaidh an
teine. Laigh e gu sàmhach air a dhruim, agus rinn e oidhirp air anail, 's
air plosgail a chridhe a cheannsachadh.
Air a shocair, thàinig am fear-fòirnidh air adhart. Sheas e car tiotadh
air starsaich an t-seòmair, is e ri tomhas gu grad le dhà shùil gach beart a
bha fo na cabair. Le rasgan a shùilean leth-fhuasgailt, dh'aithnich am
balach gu robh amharas ceart. Cha bhuineadh am fear seo don bhaile.
Cha bhuineadh e eadhon do sholas an latha ann am baile sam bith.
Treun 's mar a bha am pàisde na leabaidh, thòisich a chorp 's a ghnè a'
guidhe ris ràn a leigeil agus e-fhèin a ghleidheil bhon tubaist. Ach bha e
a-nise ro anmoch . . . bha an duine air ceum a thoirt, agus bha neart
Raghnaill air crìonadh às mar gum biodh a chorp air tuiteam fon
speal.
Thug an duine trì ceumanan a dh'ionnsaigh na ciste a bha ris an
tallan, thog e a mullach gu sàmhach socair agus rannsaich e anns an t-
seotal. Spìon e a-mach, agus chuir e na phòcaid, an t-airgead pàipeir a
bha paisgte an oisean an t-seotail; dhùin e a' chiste agus gun dàil sam
bith rinn e air an doras. Cha robh de chabhaig air nach do dhùin e an
doras gu cùramach às a dhèidh, ach cho luath 's a thuit sneic an dorais
a-rithist na clais, leum am balach an àirde mar gum biodh e ga
chrathadh fhèin a-rithist bhon bhreislich, agus gun taing dhà leig e na
ràin a b'oillteill. Mun robh athair 's a mhàthair air an leabaidh aige a
bhuannachd, bha e-fhèin air a bhriogais a tharraing uime agus bha e
muigh air lorg a' mheàrlaich. Ach cha robh a-muigh ach an dorchadas,
cha do dh'fhidir e cas-cheum air uile chabhsairean na sgìre, agus
thòisich an dorchadas ga thachdadh mar a dhèanadh brù na fairge nam
biodh e air tuiteam innte.
Nuair a fhreagair a mhàthair air, 's a thàrr i a-steach an taigh e, bha
athair air an làmp a chur thuige, agus bha an clobha na làimh airson an
teine a thogail. Ach nuair dh'èigh Raghnall aig àird a chlagainn, "Tha
sinn air ar creachadh, thug e leis airgead a' mhàil," thuit an clobha à
meuran athar, chrùb e sìos air an stòl ri tac na cagailte, agus thòisich e a'
cochlaich mar dhuine ri uchd a' bhàis. Bha Raghnall fhèin air mullach

na ciste a shadail fuasgailt mun do ràinig a mhàthair i, agus an dèidh do a mhàthair rannsachadh a dhèanamh bho mhullach gu bonn air a' chiste, thuirt esan, "Cha b'ann na mo chadal a chunnaic mi e." Thug ceann an teaghlaich sùil dhrùidhteach air a bhean, agus dh'fhaighnich am balach, "Cia mheud pàipear a bh'anns a' phasg, athair?"

"Leth-cheud punnd Sasannach, ille; leth-cheud punnd Sasannach."

"Chan eil a-rèist sgillin ann mu choinneimh a' mhaoir, a bheil?" ars am balach.

"Chan eil sgillinn," ars athair, 's e a' togail a' chlobha a-rithist airson an teine a chàradh; "chan eil sgillinn ann as aithne dhòmhsa."

Thòisich e ri bruthadh cnàmhan fòid an tasgaidh ri chèile gus na ghabh iad gu lag, fann. Shìn esan an uairsin ri spleucadh air an lasair.

" 'S chan eil thu dol a thoirt ceum an dèidh a' mheàrlaich?" ars a bhean ris. Cha do fhreagair e i.

" 'N do dhearc thu air an aghaidh aige, a Raghnaill?" ars esan ri mhac.

"Dhearc," ars am balach; "airson tiotadh. Bha falt dubh a' tighinn a-nuas air a chluais fo bhonn a bhonaid; bha lot dearg na ghruaidh, lot mòr fada."

Chuir athair an clobha na sheasamh ris an tallan, agus dh'èirich e air a shocair a-mach às 'an taigh le dath na talmhainn air aghaidh.

Air an ath là, thàinig am maor na bu tràithe na bha dùil ris, agus bha an troimhe-chèile 's an trod gu bhith seachad nuair nochd Raghnall às an tràigh le ciosan beag a bha e air a lìonadh le maoraich 's le fiasgain. Bha bileag no dhà duileisg aige na làimh. Nuair ràinig e màs an taighe stad e sna làraich nuair chuala e guth feargach a' mhaoir a' glaodhaich a-staigh an taigh a' reubadh leisgeul athar: "Chan eil agad ach a' bhreug," bha am maor ag ràdh; "an dubh bhreug. Tha thu-fhèin ag aideachadh nach tug thu ceum an dèidh a' mheàrlaich, 's e air sgrios a dhèanamh air do chuid. Cha tug; cha robh meàrlach ann . . . Tha an t-uachdaran air a bhith tagairt riut airson fiachan de leth-cheud not bho chionn fhada. Gheall thu nach biodh mionaid dàil ann nuair thilleadh tu bhon iasgach. 'S tha bhathais ort gu bheil thu ag ràdh riumsa a-nis nach eil sgillinn fo na cabair. Bi mach. Fàg an tulaich seo ro cheann trì latha. Thoir mòinteach no cuan ort; thoir creag no cladach ort. No taigh an diabhail. Sin òrdugh an uachdarain. 'S bidh mise an seo ron treasoidhche airson a chur an gnìomh. Là math leat." Agus mar bha am maor a' fàgail an taighe, chuala Raghnall a mhàthair ag èigheach, "Chunnaic an gille againn am fear a ghoid an t-airgead." Rinn am maor gàire-fanaid a chuir dlùth chrith air cnàmhan Raghnaill. "Ma chunnaic," ars esan, 's e a' toirt ceum às, " 's ann na chadal." Shad am balach an ciosan agus thòisich e ruith air falbh bhon taigh. Nuair bha e gus an cnoc a bhuannachd, stad e, làn uabhais, a dh'amharc air a' mhaor a' marcach na dheann-ruith tron bhaile agus daoine anns gach doras ri fàthadaireachd air mar gum biodh iad le eagal gu stadadh e le rabhadh thuca fhèin. Thàinig cnead às ùr ann an corp a' bhalaich. "Cha chreid duine mi a-nis," ars esan ris fhèin. "Cha chreid duine nach ann nam chadal a chunnaic mi e. Their iad gur e mi-fhèin am meàrlach. Bidh magadh agus fanaid agus tàmailt ann. 'S thèid ar cur a-mach às an taigh an ceann trì latha." Chum e air an uairsin ri ruith gu cruaidh, 's e a' cagair ris fhèin. "Carson nach eil m'athair a' dèanamh oidhirp air choreigin? Carson nach eil e a' bruidhinn? Cha duirt e smid fad an latha . . . "

Thuit e mu dheireadh leis an sgìths, air oir feannaig eòrna a bha aig deireadh abachaidh. Thilg e e-fhèin a-steach am-measg an arbhair mar gum biodh e gabhail fasgaidh bho thaibhsichean a bha ga leantainn, agus tro gach aimhreit mhosach a bha na inntinn bha e a' dearcadh gu mùgach air ìomhaigh meàrlach na h-oidhche raoir — am falt dubh agus an lot dearg. Chaidh e mu dheireadh na leth-chadal 's cha tàinig e thuige fhèin gus an do dh'fhairich e fionnarachd an fheasgair air a ghlùinean 's air a chasan rùisgte. A' chiad sùil a thug e thairis air diasan an eòrna, chunnaic e cùl duine 's e na chabhaig a' dol taobh nan creagan. Ghabh am balach iongantas cò bhiodh ann. Bha anail na uchd a-rithist nuair ràinig e teintean an taighe aca fhèin. "Càit, a bhròinean, an robh thu?" ars a mhàthair; "cha mhòr nach robh mi a' dol a dh'iarraidh air muinntir na sràide lanntairean a dhèanamh deiseil 's a dhol air do lorg." "Tha thu nad aonar," ars esan gun a cheist a fhreagairt "càit a bheil m'athair?" "Tha e air a dhol a bhruidhinn ris an uachdaran na thaigh fhèin," ars ise. "Dh'fhalbh e na chois — taobh na tràghad."

"Tha taigh an uachdarain fad às," ars am balach.

"Deich mìle fichead," ars a mhàthair; "bheir an t-slighe fad na h-oidhche bhuaithe. Ach bha cabhaig air nuair ghluais e air falbh. 'S fheàrr dhutsa, Raghnaill, cadal còmhla rium fhèin an uachdar an taighe mun tig an t-eagal ort a-rithist."

"B'fheàrr leam cadal nam aonar a-bhos an seo," arsa Raghnall; "le do chead, a mhàthair."

Cha dcach a mhàthair na aghaidh. Ach thàinig crith na chnàmhan nuair chuir e às an làmp; 's cha robh bìog no leus ann an tasgadh an teine a chumadh cuideachd ris. Bha e fada gun chadal, agus is gann gu robh a shùilean air dùnadh nuair thill an trom-laighe air an robh e eòlach. Bha e a' sreap ri aghaidh creige, a' dèanamh air uighean gorma a bh'ann an nead. Bha a chasan gu trom, critheanach, 's iad air an droch ghearradh le faobhar nan sgeirean. Bha adhbrannan dearg leis an fhuil; na bu deirge na bha iad a-riamh le breacan-an-teine. Bha athair a' sreap air a chùl, ach bha e air sgur a bhruidhinn ris, no a thoirt misneachd dhà anns an t-sreap. Thòisich na steàrnagan a' sgriachail na chluais, 's a' dèanamh air le goban dearga, fuasgailt . . . 's nuair thionndaidh e cha robh lorg air athair, 's bha e-fhèin a-rithist a' tuiteam 's a' cur charan . . . 's a' tuiteam 's a' cur charan . . .

Air an ath là, fhuair iad corp athar aig bonn nan creagan, 's chaidh an sgeul air feadh na sgìre gu robh e air e-fhèin a bhàthadh. Ach bha a-nis corp agus inntinn a' bhalaich air fàs cho rag leis na thachair ris air feadh an dà là 's nach robh e buailteach do eagal de ghnè sam bith na b'fhaide. Bha e mar gum biodh e air uile bheanntan is chreagan an domhain fhaicinn a' tuiteam air a mhuin, ga phronnadh 's ga ghearradh, 's bha an anail fhathast beò ann. 'S a thaobh sin bha e a' tighinn a-steach air, agus bha an smuain ga neartachadh, nach aithnichist eagal a chaoidh air, air muir no mòintich.

Bha soitheach a chuirp làn; bha a chuid fèithean-mothachaidh sàsaichte. B'e sin a bheachd-san, ach bha e air a thighinn car tràth gu a chodhunaidh. Nuair bha an taigh-fhaire làn de dhaoine aig meadhon-oidhche, 's a bha esan na shuidhe ris an teine le leth an t-saoghail de smaointean a' cogadh ris an leth eile dhiubh na inntinn, chuala e ceumannan chuideigin air an staran a-muigh, agus thog e a cheann mar thog a h-uile duine a bha san t-seòmar a dh'amharc cò bha tighinn, ged nach robh annas air an oidhche ud de luchd-tadhail. Agus nuair chunnaic e, na sheasamh dìreach san doras a-staigh, fear le muillean de fhalt dubh a' tighinn a-nuas air a shùil, agus lot dearg na ghruaidh, reoth a chuid fala car greiseig, agus thàinig laigead an cnàimh a dhroma; ach mun do mhothaich duine a bha làthair gu dè bha tachairt dhà (bhon bha sùilean gach duine air a' choigreach) rinn a neart aththilleadh thuige, agus bha a theanga na amhaich air taisealachadh air dhòigh 's gu robh còmhradh na chomas.

"Sin thu," ars am balach, 's e ag èirigh gu chasan, "an ann a ghoid a' chuirp a thàinig thu a-nochd, is tu air ionmhas a spùilleadh bhuaithe an-raoir?"

Agus fhad 's a bha gach fear agus tè a bha làthair cho reòta le uabhas ris a' chorp a bha sìnte an ceann shuas an taighe, thug an coigreach às a phòcaid pasg notaichean agus chuir e an làmhan a' bhalaich iad. "Tha an cunntas pàighte," ars esan. "Tha e pàighte ann an dòigh nach robh na mo rùn: 'se naidheachd sin a thug orm tilleadh don taigh agaibh . . . 'Se meàrlach, a bhalaich, a bha nad athair. Cha do chuir e sgillinn mu seach aig iasgach na bliadhna-sa. Ach ghoid e bhuamsa mo chosnadh fhèin, agus dh'fhàg e leth-mharbh mi air ùrlar clobhsa ann an Sasainn."

"Co às a tha thu, a dhuine?" ars am balach. Cha robh duine eile an làthair a' deanamh oidhirp air bruidhinn.

"Tha mi à sgìre eile. Is math a b'aithne dha d'athair mi, ach leig sin às do chuimhne. Pàigh thusa an t-uachdaran, 's na biodh eagal sam bith ort."

"Cha phàigh," arsa Raghnall; "cha phàigh, cha phàigh, cha phàigh. Tha mi a' faicinn gur e an fhìrinn a th'agad; ach chan eil eagal sam bith ormsa a-nis."

Anns na briathran, shad e am pasg notaichean a mhullach an teine, far an deach iad gu luath nan smàl.

Eachann MacIomhair

Ghabh e dhan ulbhaig leis an òrd-mhòr, an t-òrd a' buiceil agus pian a' ruith na ghàirdeanan. Cha do shaoil an t-seana chlach dad dheth. Cha do dh'fhalbh ach crotal is pùdar mar cheò, rud beag leis gach buille. Cha do shaoil an t-seana chlach dad de nì sam bith. Dh' fhàs maoil an duine dearg, is fliuch, is bha cuislean ri bòcadh le cabhaig fala. Dh'fhosgladh a bheul is anns an tiotadh a bhuaileadh an t-iarann a' chlach, thuiteadh a ghèillean is thigeadh anail a-mach na h-aon chnap.

An ceann greis, dhrùidh am fallas air an duine. Bha eanchainn a' slacadaich na chlaigeann mar gum biodh làmhan làidir caillich ga fuine. Leig e roimhe. Thuit an t-òrd, agus thàinig crith na ghàirdeanan sìos bho na h-uilnean gu bàrr nam meuran. Shuidh e air a' chloich, agus shuath e fras fallais o a mhaoil. Chumadh anail griosach ceàrdaich a' dol; bha a chridhe a' turailich mu asnaichean. Bha corra ablach smuain mar riabagan de sheann bhrataich a' sèideadh tro inntinn; taigh . . . gàrradh . . . teine . . . bean . . . sgìth . . . taigh . . . clach — facail agus dealbhan am-measg a chèile.

Clach air na chruinnich deigh o chionn linntean, mus deach bonn a chur ri làr an siud. Clach air na fhras uisge is clachan-meallain, agus ùird, agus mionnan. Clach air an deach iomadach teine a chur. Trì troighean pailt de dh'fhad, is dhà de dh'àirde às an talamh. Clach dhòigheil, shèimh, nach do rinn cron a-riamh.

Taigh ùr, suiment, le ceithir seòmraichean, cidsin le uinneag mhòr a' cumail sùil air a' Chuan Siar. Tapaichean faileasach, fàileadh fiodh geal, is fiach trì ceud na bhroinn.

Chuir e uilinn air gach glùin, is sheall e, 's e sgrùdadh an àite anns na dh'fhàg a bhrògan làrach de fheur briste. Bha e a-nis a' tarraing anail an àite bhith ga sèideadh, is bha a chridhe a' plubadaich ri taobh a sgamhanan mar bhreac air bòrd locha.

Cha leigeadh e a leas sealltainn ris an taigh — bha dealbh an taighe sgrìobhte le sgeilb na chuimhne. Thòisich an taigh aon oidhche ann an cathair cruaidh an cois an teine ann am fàrdach Iain Fhionnlaigh. Ruith a chuimhne mar fhear air a bharran a-steach staran fliuch, shlìog e tro thallan le peileachan uaine is geal, agus suas do sheòmar a bha mar an leth-cheud seòmar eile anns a' bhaile; le dreasair, being is bòrd nan seasamh gu cugallach air ùrlar a bha dìreach cho rèidh 's a dh'fhàg na casan e. Agus sheall e ri taobh an teine anns a' ghèibhil, agus bha ise an sin ga fheitheamh. Catrìona. E, 'si bha bòidheach na latha, le aodach glan soilleir (mas do bhàsaich a màthair). Dhèanadh i gàire cho socair, cho bàidheil, 's gu saoileadh e nach do rinn i gàire a-riamh mas fhaca esan i. Rinn e-fhèin gàire, na shuidhe air a' chloich. Bha esan air ùr thàrsainn às a' Chogadh, slàn sàbhailte, le sgeadachadh de fhasanan suirghe a dh'ionnsaich e anns a' Nèibhi, agus bu mhath gu robh sin aige. Cha robh Catrìona air còmhradh gaoil de a shamhail a chluinntinn, agus gheall i a phòsadh. Thogadh iad taigh ùr, taigh le làr rèidh is ballachan còmhnard, is staidhre na mheadhon, dhaibh fèin, thubhairt ise. Thogadh gu deimhinne, caisteal, nan dèanadh i gàire eile. Thogadh. Ach eadar a h-uile càil a bh'ann, cha robh e furasd dhà tòiseachadh air, agus b' ann air an t-samhradh-a-chaidh a chuir e crìoch air. Dà bhliadhna dheug.

Dh'fhidir e daolag a' sreap bil feòir. Cha dèan thu càil dheth, a charaid. Chan fhuiling sin do chudthrom, a sheòid. Sin thu . . . O . . . theab thu . . . gabh grèim . . . daingead, cha mhòr nach — h-ì . . . òirleach eile 's bidh — a, siud thu, dh'fhalbh thu. Thog e a chas os a cionn agus chuir e cnuidh a bhròig air a muin. Ghluais e bho taobh gu taobh e gus an robh am feur air a phronnadh, dorch. Amadan creutair, carson a bha i a' sreap an siud co-dhiù?

Sheall e ris an òrd-mhòr anns an fheur. Bha buaileag gheal air an aghaidh-bhualaidh, is an oir air a droch chaobadh. B'iomadach clab a thug e leis, òrd a bha ùr o chionn dà bhliadhna. Shlìob e a ghàirdean deas, na fèithean cruaidh, is thog e a shùil ris an taigh.

Dà bhliadhna dheug, cha robh guth aig duine air a' Chogadh an-diugh; cha robh beachd aca mar a shàraicheadh cogadh duine. Cha robh cuimhne aig Catrìona air suirghe fhasanta. Co-dhiù, cha robh na facail freagarrach tuilleadh. Thàinig feadhainn de na rudan a thubhairt e rithe gu a theanga. Chrath e a cheann agus dh'fhalbh iad. Mànran . . . cùbhraidh . . . maoth . . . gaol . . . — thuit iad air an talamh cho marbh ris an daolaig.

Thainig beul Chatrìona na chuimhne a-rithist. Na fiaclan geala, na bilean cruinn, bòg, blàth, òg. Ach dh'fhalbh am blàths, dh'fhalbh na fiaclan, theirig an òige, is sheac na bilean. Le dìth taighe. Agus dh'fhàs am beul cumhang, le preasan beaga a' ruith a-steach thuige, mar gum b'ann a-steach a-mhàin a bhiodh anail a' dol troimhe. Facail uile 's a thigeadh a-mach. Gu sealladh ort, a dhuine, dè as coireach gun thog Teàrlach is Aonghas is Tormod taighean, ma tha e cho doirbh 's sin? Huile tè de m'aois ann an taigh ceart, is mise fhathast gun bhùrn, gun sholas an seo? "Togaidh mise taigh dhuit," ars esan. Seadh, Seadh. Cha togadh tu do thòin far a' bheing, nam faigheadh tu às leis. Teich, a dhuine, na strùc annams tuilleadh . . . Bheil thu dol a shuidhe an sin fad an latha? Bha an guth aice cruaidh, cumhang mar na liopan, is chluinneadh e e na cheann cho math 's ged a bhiodh i a' bruidhinn.

Bha i a' bruidhinn. Na seasamh anns an doras, ag èigheachd . . . fad a' latha?

"Chan eil, tha mi a' leigeil m'anail."

Chuala e i a' snotaraich mar each aig ceann sgrìob ghoirid. Bha i cho deamhnaidh ris a' chlach fhèin. A' chlach na croich, an teis meadhon na lios, dìreach ann an rathad an starain. Staran còmhnard, leathainn a bha ise ag iarraidh. Nam biodh slabaid dynamite aige, chuireadh e — a' chlach na mìle pìos. Sheall e ri bhoisean. Ta, cha robh dynamite ann. Bha e cho math oidhirp eile a dhèanamh. Ach! Thilg e smugaid na bhois, is dh'èirich e, gu rag.

Ghabh e grèim eòlach air an òrd. Thog e e gus an robh uile neart air a chùl, agus tharraing e air a' chlach buille cho cruaidh is gun leum an t-òrd troigh an àirde. Leig a' chlach às uspag liath. Chum esan air, màlach bho mhàlach, gus an robh an fhuil a' bragail air cùl a' shùilean, is a lèirsinn a' fàs sgleòthach. Chum e air gus an do theirig fhoighidean, gus an do fhras na buillean fada fada ro luath.

Thionndaidh e a cheann anns an togail airson smugaid theth a shadadh, agus mhothaich e do aodann Chatrìona air an uinneig.

Bha an ath bhuille na bu treasa. Agus an ath thè. Thòisich fuaim a' dìosgadh tro a sgòrnan . . . uu-ha! uu-ha! . . . nas àirde 's nas àirde. Cha mhòr nach robh a chasan ag èirigh on talamh le sgeing an ùird air a' chloich. Bha faram an ùird na chluasan a' cumail caismeachd ri chridhe na cheann. Shaoileadh tu ga choimhead gum b'ann a danns' 's a' mire a bha e. Bheireadh e gàire ort. Cha mhòr nach tug e gàire air

Catrìona, 's i air an uinneig ga choimhead. Ach cha bu lèir dhi a shùilean, a bha ag èirigh na aodann mar bhuilgeanan air uachdar loch dhearg, sùilean a bha a' faicinn fuil anns a' chloich. Cuiridh an duine às dhà fhèin. Dh'èigh i ris bhon doras, ach 's ann a chaidh e fo chaoich gu buileach. A ghàirdeanan suas is sìos mar mhaide-bualaidh, a' bhonaid air tuiteam dheth, a lèine a' tighinn às a bhriogais. Cha mhòr gun aithnicheadh i e. Thàinig i a-null ri thaobh is dh'èigh i. Dh'èigh i a-rithist na b' àirde. Dh'èigh i cho cruaidh 's a b'urrainn dhi. Ghabh i grèim air a ghàirdean leis an dà làmh. Dh'èirich na casan aice bhon talamh, is thàinig iad sìos. Bha i na h-èiginn.

Suas, sìos, 's an t-òrd a' deann-bhualadh, sgal air muin sgal. Ghlac uabhas i. Ach bha esan a' dèanamh sgàird de Ghearmailteach, de fhacail, de chloich, de liopan, de chloich, de chloich —

Gu h-obann, thug e seòrsa de bhreab às, an t-òrd os a chionn, mar gum biodh an fhorc air snaim a tharraing na dhruim. Thuit an t-òrd. Thuit Catrìona, ach dh'èirich i gu sgiobalta. Sheas esan rag mar chraoibh greiseag, agus thug e ceum, coltach ris a' chiad cheum a rinn e na bheatha, agus thuit e air a bheul fodha air fad na cloiche. Gu slaodach, trom, shleamhnaich e air a cheann-dìreach, gus na bhuail a shròn an talamh aig ceann eile na cloiche, far an robh am feur brùidhte, dorch.

Iain Moireach

Ràinig am prìosanach an taobh thall mu thrì uairean feasgar. B'
àbhaist dhà bhith a' gabhail cupan tì mun àm seo, cupan tì agus
briosgaid. Bha e air turas ach cha ghabhadh an turas cur dheth.
Aon mhionaid bha e a' coimhead an uaireadair 's ga mhallachadh, agus an
ath mhionaid bha e air an taobh thall. Agus bha dà mhìle bliadhna no
eadhon biothbhuantachd, eadar an dà mhionaid.
Goirid an dèidh dhà dùsgadh chunnaic e abhainn a' ruith tro
ghleann, agus ri taobh na h-aibhne bha ainglean a' sabaid. 'Sann a bha
iad coltach ri fithich a' sìor dheasbad mu sheann chlosaich. Gu
dearbha, nach e sin a bha na h-ainglean a' dèanamh — a' còmhstri mu
sheann chlosaich?
Bha am prìosanach fhathast a' faireachdainn pian anns an làrach a
dh'fhàg an ròpa mu amhaich. Cha robh e a' dol a dh'fhuireach an siud
mionaid na b'fhaide na dh'fheumadh e. Agus chroch e e-fhèin nuair
thionndaidh iad an cùlaibh ris. 'S bha e marbh eadhon mus do
bhàsaich e.
Bha cuimhne aige glè mhath air an oidhche a mharbh e Màiri.
Gheàrr e suas na pìosan i agus chuir e pìos air muin pìos ann an tuba le
salainn garbh. 'S thug e chreidsinn air na poilis gur e tuba de fheòil
caorach a bha aige, beathach a mharbh e le làmhan fhèin 's leis an
sgithinn. Rinn e gàire anns a' chùirt. Cha robh breitheamh air thalamh
a' dol a chreidsinn siud. Ach bha mealladh anns a' mhealladh agus
chreid am breitheamh iad. An t-amadan! Nuair chreid am breitheamh
an sgeulachd mun fheòil anns an tuba fhliuch esan e-fhèin a'
gàireachdainn. Bha e cho èibhinn. Agus thug am breitheamh dhà ceud
bliadhna de phrìosan. Airson Màiri cha robh sgeul oirre. Cha tàinig i a-
riamh a-mach às na h-òrain. 'S cha robh là fhad 's a bha e beò nach tug i
bàs dhà. Bhitheadh i a' seinn laoidhean agus ag adhradh, 's gach là
dheidheadh an t-soitheach fodha. 'S dheidheadh a' ghrian fodha
còmhla ris an t-soithich. Cha do mharbh e idir i. Cha robh tuba ann. 'S
mus tug iad a-steach e, dh'ith e Màiri gu dhiathad, 's bha i blasda
còmhla ris a' bhuntàta. Agus chreid iad. Agus chuir e ròpa mu amhaich
agus chroch e e-fhèin.
Nuair ràinig e an taobh thall thuirt iad ris gu feumadh e an fhìrinn

innse, gun cuala iadsan mun tuba feòla agus mu na h-òrain. Thòisich e a' mionnan mus deach e air a mhionnan. Fhuair e achmhasan airson a bhith a' mionnan 's thuirt e riutha gu robh e duilich. Agus gheall e dhaibh gun innseadh e an fhìrinn, co-dhiù b'fhiach an fhìrinn a creidsinn no nach b'fhiach.

"Carson," ars iadsan, "a mharbh thu Màiri?" Sheall e riu airson mionaid, no airson dà mhionaid. Saoil an robh iad a' dol ga thuigsinn? Cha do thuig na poileis e 's cha do thuig am breitheamh e. Nach tug e dhà ceud bliadhna de phrìosan! An cumadh e ri ghealladh 's an innseadh e 'n fhìrinn? Chunnaic e Màiri anns an òran 's bha 'n t-òran coltach ri laoidh. Bha e a' smaoineachadh nach tuigeadh iad a' bhàrdachd ged dh'fheuchadh e ri a mìneachadh dhaibh. Na briathran, agus na smuaintean a bha fillte annta. Na smuaintean a bha air falach annta. Co-dhiù, dh'fheumadh e am freagairt. Bhitheadh e modhail am freagairt.

"Mharbh mi Màiri aig meadhon-oidhche. Carson a mharbh mi i? Mharbh mi i seach nach robh i ann. Chan fhaca mi a-riamh i agus cha chuala mi a-riamh a guth. Cha chuala mi a-riamh a guth ged bhruidhinn i rium tric gu leòr. 'S nuair chunnaic mi nach robh i ann dh'aithnich mi gu robh biodag aice. Thàinig a' bhiodag a-mach às an oidhche, a-mach às an dorchadas. 'S nuair mharbh mi Màiri cha robh mi ach gam dhìon fhìn. Agus chunnaic mi tuba. 'S bha 'n tuba làn de fheòil aig teachd an là. Feòil caorach. Chaill a' chaileag na caoraich 's cha tigeadh iad dhachaigh len earbaill rim bus. Mharbh mi na caoraich agus dh'ith mi iad. An uairsin mharbh mi Màiri . . . Anns an toiseach bha an solas 's chaidh an solas na dhorchadas. Chiùinich an fhairge agus thiormaich i. Agus chuir an dorchadas ròpa mu m'amhaich aig crìoch mo là. 'S an dèidh gach nì tha sin, tha sibhse ag iarraidh orm an fhìrinn innse. Dè th'anns an fhìrinn ach fianais air cogais? 'S tha sibh ag iarraidh orm an fhìrinn innse. Innsidh mi an fhìrinn seach nach eil breugan agam. Agus . . . "

Chuir iad stad air. Sheall iad ri chèile mar nach fhac iad a chèile riamh. An robh e a' feuchainn rin car a thoirt asda? Sheall iad ri chèile a-rithist ach cha tuirt iad facal.

"Agus," ars esan, "thàinig luchd a' mhìoruin. Bha cabhag orra. Bha iad casruisgt. Duslach a' suathadh duslaich anns an duslaich. 'S thuirt

iad rium gur e beatha bha sin. Agus mharbh mi a' chaora. Agus mharbh
mi Màiri. Rinn mi òran dhi. No cumha. No laoidh. No rudeigin."
Bha iad fhathast a' coimhead a chèile agus rinn iad gàire. Chunnaic e
ìomhaigh fhèin anns a' ghàire.
"Bha mi aig an taigh," ars esan. " 'S cha deach an taigh a-riamh na
dhachaigh. Bha mi air mo riasladh ann an cuan coltach ri seann
shearmoin ann an inntinn caillich. Feumaidh mi leisgeul a dhèanamh.
Leisgeul airson nan òran, airson na bàrdachd. Bha an saoghal a' falbh
air chuibhleachan . . . sìos agus suas . . . a-null 's a-nall. Chunnaic mi a'
chailleach anns an dorchadas 's i mire 's a' fealla-dhà. Bha dùil aice ri
beatha ùr, thuirt i. A' chailleach . . . bha dùil aice ri beatha ùr. 'S dh'èirich
mi às mo shuain 's chunnaic mi saoghal eile eadar mo shealladh 's mo
lèirsinn, saoghal a bha làn de chlèibh, 's daoine anns na clèibh mar
ghiomaich. 'S bha na làmhan aca ceangailte le glas-làimh, ceangailt
mar inean ghiomach. Cha b'urrainn dhaibh gluasad às na clèibh. Bha
iad fliuch le sàl na beatha gan iadhadh. 'S bha a' chailleach a' danns
anns an dorchadas. 'S bha an ròpa cho teann, cho goirt . . . 's ma bha sibh
ag iarraidh fìrinne sin agaibh an fhìrinn. Chan eil fhios, agus cha bhi, a
bheil i nas fheàrr na bhreug."
Chaidh an oidhche na là, agus chaidh an dorchadas na dhorchadas.
Chuala e fuaim a' chogaidh fad às, mar ainglean a' sabaid ann an
dorchadas. Chuir iad na cuirp don aon uaigh agus dhùin iad an uaigh le
eu-dòchas. Agus chunnaic e bean-bainnse ag èirigh às an uaigh, agus
còmhla rithe bha fear nuadh-pòsda a bha uabhasach coltach ris fhèin.
Dhòirt buinn airgid às an adhar agus leagh iad air an talamh rin taobh.
Thàinig na madaidhean 's thog iad an t-òr leaghte 's rinn iad adhradh
follaiseach dhà. Chaidh mìle grian 's mìle gealach seachad os an cionn,
's bha bogha-froise briste ag èirigh às a' chuan, briste mar gach gealladh
a sgrìobh e anns na h-òrain, mar gach gealladh a thug e dhà fhèin.
"Pòsaidh," ars ise.
"Bheir mi dhut fàinne òir," ars esan. "Cuiridh mi fàinne òir mu d'
mheur. Bann daingeann coltach ris an ròpa a bhios air m' amhaich.
Bidh làrach na fàinne air do mheur gu bràth, agus cha chaith an
fhàinne gus an tèid an às-eirigh seachad. 'S ma tha sonas ann bidh sinn
sona. Mar rìghean. No mar thràillean. 'S nuair thig an là mòr bidh an
crodh a' breith uighean 's bidh bainne aig na cearcan. 'S bidh

ainmhidhean an t-saoghail a' snàmh ann an geallaidhean briste.
Togaidh sinn lùchairt air a' ghainmhich thall ri oir na mara agus
siùbhlaidh sinn air sgiathan tìme gu Tìr a' Gheallaidh. Eisdidh sinn ri
ceòl nam fitheach anns na craobhan nuair bhios teudan na clàrsaich
briste. Nì sinn bàrdachd mhòr a dh'iadhas bunaidean a' chruthachaidh.
'S bidh gach nì mar fhàinne, mar ròpa, a' tachdadh 's a' tachdadh gun
sgur."
    Air là na bainnse bha aodach dubh agus ad oirre seach gun
pheacaich i, seach gun pheacaich esan. Chuir e an fhàinne mu meur
agus ghoirtich an fhàinne a meur. Chunnaic e iomadh cuan ga
bàthadh, iomadh ainmhidh ga slugadh. 'S nuair sheall e ris a' chraoibh
am meadhan cuain, cha robh geugan no duilleagan oirre, càil ach
ùbhlan. Bha na duilleagan air tuiteam gu làr. Bha e coltach ri gu robh
foghar ann am meadhon earraich. Thog e na duilleagan 's crith na
chnàmhan, 's rinn e còta le na duilleagan. Chuir e uime an còta is
dh'fhairich e blàths is dìth nàire. Shnaidh am ministear na h-àithntean
air clachan a chuimhne 's thug e dhà ròpa leis an crochadh e e-fhèin.
Cheangail e 'n ròpa ri chridhe gus nach deidheadh e air chall.
    Chuala e ceòl fad air falbh, ceòl mar thàirneanaich, ceòl mar chuan a'
nuallan am buaile na cruinne. 'S bha pìobaire air cùl a' chiùil, 's na
meuran aige làn de fhàinneachan. Cha robh fèileadh idir air a'
phìobaire, ach briogais theann a' gròbadh a' chraicinn 's na beatha. Bha
lèine de shìoda bhuidhe air, sìoda chaidh fhighe le beart dealain. 'S bha
e na sheasamh, na sheasamh 's a' pìobaireachd. Marbhrann aighearach
a bha làn de bhròn.
    Bha e fhathast a' cluinntinn na pìoba nuair ràinig e an eaglais, an
dearbh eaglais anns na phòs e Màiri, anns na phòs am ministear e-fhèin
agus Màiri, anns na phòs an coimhthional am ministear. Chuimhnich e
air an ròpa, 's chaidh e steach. Cha robh duine anns an eaglais ach e-
fhèin 's am ministear. Bha a' chùbaid a' ruighinn nan sparran gu h-àrd
's am ministear mar eun a' feuchainn ri chasan a ghleidheadh air na
sparran. Thòisich an t-seirbhis, seinn is còmhradh is pìobaireachd.
Fhuair e dhonas airson a bhith cho peacach. Peacach a' dìteadh
peacaich ann an taigh Dhè. Agus smaoinich e air na clachairean a thog
an taigh do Dhia, ach am biodh peacaich a' labhairt ri chèile mu
pheacadh. 'S cha robh e a' faicinn uisge a' tighinn tron lobht a sgiùrsadh

am peacadh air falbh. 'S co-dhiù, cha robh e a' faicinn a' pheacaidh.
Bha am peacadh glaiste ann an ubhal mile mile 's mile linn air
falbh.

Carson a bha uimhir de chloinn dhiolain san t-saoghal? Bha e-fhèin
diolain. Bha cuimhn' aige. Oidhche Mhàirt a bh'ann. 'S bha e mionnan
am broinn a mhàthar mar dhuine leis an deoch nach fhàigheadh deoch
gu leòr. Cha do phòs iad mar a phòs esan. Cha tug iad athair dhà 's cha
tug iad màthair dhà. Chunnaic e an sgian a' cromadh ach stad i. 'S nuair
mharbh e a' chaora thug e Isaac mar ainm air fhèin. 'S nuair chuir e don
tuba i 's a mharbh e Màiri dh'atharraich e ainm a-rithist. Bha cuimhn'
aige. 'S bha seòrsa de bhith aige dhaibh 's gun dh'fhàg iad e air cùram an
dàin. 'S nuair bha e air drochaid eadar dà shaoghal cha robh duine ann
a stiùireadh e. Shìos fodha bha cuan a' goil, os cionn ifrinn, crochte air
slabhraidh a mhac-meanmna. Carson a bha uimhir de chloinn
dhiolain air chall anns an t-saoghal? Cha robh fhios aige. Bha 'n
amhaichean a'... lìonadh ròpan 's am meuran a' lìonadh fhàinneachan.
'S bha 'n anail a' falbh asda. Chuir e cais air gu robh 'n anail a' falbh
asda.

Fad na h-ùine cha robh facal ga ràdh. Bha iad a' coimhead a chèile 's
esan gan coimhead-san. Bha fhios aca dè bha ruith tro inntinn, 's bha
iad ga sgrìobhadh ann an leabhar.

"Carson a mharbh thu Màiri?" arsa fear dhiubh.

Dhùisg e gu h-obann às an dùsgadh. Chuala e a' cheist mile uair mus
do fhreagair e i.

"Cha do mharbh mi Màiri," ars esan. "Mharbh Màiri i-fhèin. Thug
beatha bàs dhi. Mharbh mise mi-fhìn oir thug beatha bàs dhomh. 'S tha
làrach dearg a' mharbhaidh air m' amhaich. Cha do mharbh mise
Màiri. Màiri? Cò i? Càit an robh i? Càit a bheil i? Chuir iad ann am
prìosan mi oir cha do dh'aithnich iad duine bho bheathach. Cha do
dh'aithnich iad duine bho chaora. Bha fhios aca uaireigin gu robh
diofar eadar duine is caora. Bhiodh iad a' sgiùrsadh nan daoine airson
àite dhèanamh do na caoraich.

"Bha iad ag iarraidh nan taighean is an fhearainn, 's bha iad a' cur
nan daoine a-mach. 'S bha Màiri gan cur a-mach is cuip aice, cuip mòr
deamhnaidh. Bha an sneachd a' tuiteam 's e leaghadh anns an teine,
mar gu robh dàimh aige ri na daoine. Bha an eachdraidh air a giùlain le

na lasraichean suas gu starsach nèimh. Ach cha do ràinig iad nèamh a-
riamh. Cha deach caoraich a ròstadh san teine, cha deach càil ach
daoine, daoine agus sinnsireachd. Cha robh sin ceart, an robh? Cuip
mòr deamhnaidh, 's i gan cur a-mach 's a' cur teine ri mo dhachaigh.
Bha athair is màthair aicese; chan fhac ise sgian a' cromadh 's chan fhac
i sgian ag èirigh."
Stad e airson greis. Bha e a' smaoineachadh 's cha do chuir iad dragh
air. B'fhada bho nach do dh'èisdear ris roimhe.
Bha Màiri gu math dhà. B'iomadh rud a thug i dhà. Bha e a'
smaoineachadh oirre fhad 's a bha e a' feuchainn ri uaireadair an t-
saoghail a chur air ais. Chuimhnich e air an là a thog i 'n truinnsear
bhon sgeilp 's a chaidh e na spealgan mu cheann. 'S bha 'n fhuil a' ruith
mar eas. Thuirt i gu robh i duilich. Bha fhios aige gu robh i duilich oir
bha meas mòr aice air an truinnsear ud. 'S bhiodh i cur meas air.
Bhiodh i ga lionadh làn de ùbhlan 's ga chur air a' bhòrd ri thaobh. Bha
na h-ùbhlan cho dearg 's cho faileasach, bha leithid de thàladh annta.
Bha, bha Màiri gu math dhà.
Bhiodh i a' leughadh nan òran nuair bhiodh esan gan seinn. Anns an
t-seinn bhiodh e a' faicinn cloinne a' danns air na tulaichean 's
sidhichean ag itealaich os an cionn. Dheidheadh iad às an t-sealladh
ach thigeadh iad a-rithist a thogail na sèisde. 'S nuair shiolaidh an t-
eilean sios don chuan dh'fhalbh a' chlann 's na sidhichean. 'S bha Màiri
an siud a' coiseachd air uachdar nan uisgeachan, a casan beaga glana a'
truailleadh nan cuantan. Bha i cho neochiontach anns an olc, 's na h-
ùbhlan a' deàrrsadh timcheall oirre. Ubhlan a bha fàs, ach nach robh a'
fàs air craobhan idir. 'S rinn e marbhrann don eilean a chaidh fodha.
Chuir e fodha na inntinn fhèin e.
Chunnaic e fear dhiubh ga phiobrachadh fhèin. Bha iad a' fàs mi-
chomhfhurtail, 's iad ag èisdeachd 's ag èisdeachd. Ag èisdeachd is esan
a' sireadh firinne. Màiri. Feòil caorach. Dè 'n ceangal a bh'eatorra? 'S
ciamar a gheibheadh e air an ceangal a bhriseadh?
"Bha mi aig an sgàthan," ars esan, " 's cha do dh'aithnich mi am fear a
chunnaic mi san sgàthan. Bha uair a bha mi eòlach air, ach cha do
dh'aithnich mi an turas seo idir e. Chunnaic mi an inntinn aige 's i briste
a'r feadh a ghnùise. Dh'fheuch mi gu critheanach le mo mheuran ris an
inntinn a chàradh ach an leughainn dè bha sgrìobht' oirre, ach bha i

gach uair a' briseadh às ùr. Agus an sin chuir mi air an solas agus dhlùthaich i ri chèile car greiseag, mar gu robh eagal oirre ron t-solas. 'S bha 'n inntinn air a h-iadhadh le fichead bonn airgid, a' maoidheadh 's a' magadh oirre ... Thrèig thu mi, a Mhàiri, seach nach robh am fearann torrach, seach nach robh an aitreabh mòr, seach nach tigeadh còta de bhian saor dhut. Fhuair thu fichead bonn airgid agus thug thu ort. Fhuair thu cumhachd agus fhuair thu beartas. Ach saoil, a Mhàiri, an d'fhuair thu ceartas? Sin mar dh'innis an inntinn dhomh, 's aig crìoch na h-òraid, chaidh i gu h-obann na spealgan a-rithist. Bha a turas crìochnaichte. A bheil sibh a' tuigsinn? Bha a turas crìochnaichte. 'S ma mharbh mi Màiri, sin mar mharbh mi i, cha b'ann le gunna no le sgithinn ach le criomagan den dòchas a bhris i na mìle criomaig. 'S ma tha sin an aghaidh lagh Dhè, chan ann le Dia an lagh. Cha do pheacaich mise bho pheacaich mi. 'S ged chaidh mi shireadh ionmhais aig ceann a' bhogha-froise cha robh ionmhas ann. Bha mi cladhach 's a' cladhach ach cha robh ionmhas ann. 'S chuir iad às mo leth gun mharbh mi Màiri. Faicibh agus chì sibh. Dà mhìle Màiri crochte air sreangan às na nèamhan, fàidhean brèige a' tarraing nan sreang 's a' cur murt às mo leth ... Bha cuip mòr deamhnaidh aice. 'S bha i a' seinn òrain do na caoraich. Thug i steach don teampall iad 's chuir i mach ceann-teagaisg air soisgeul ùr. 'S ged a bha 'n soisgeul ùr cha robh e ùr idir; bha i bruidhinn air teine, air ifrinn anns na glinn 's ri taobh nan aibhneachan. 'S nuair chaidh an taigh na theine dh'fhalbh an tughadh 's am fasgadh, 's thàinig na caoraich a-steach. Thainig feòil caorach don tuba. Mharbh mi Màiri le biodaig na h-inntinne, anns an eanchainn 's anns na h-òrain. 'S tha sibh a' faighneachd carson a mharbh mi i. Feòil caorach ann an tuba gu dearbh! 'S cinnteach gu bheil sibh a' tuigsinn ... gu bheil sibh a' tuigsinn ... gu bheil sibh ... "

Sheas iad, agus chunnaic iad an dearg a' deàrrsadh air amhaich. Bha an gnothach caillte. Choisich iad air falbh gun fhacal eile a ràdh. Chunnaic e na gùintean a' leaghadh anns an teine. Cha robh ifrinn ann, 's cha robh breug ann.

Rinn e òran gaoil, òran fada gaoil. An uairsin chrom e sìos ... sìos ... sìos ... tron dorchadas.

Dòmhnall Iain MacIomhair

Ghabh mi 'n t-aithreachas; bha mi fhathast suas ri ceithir mìle o Dhrochaid an Daimh 's a' ghrian a' sìor theannadh ri fàire. Beul a' chomha-thràth 's an anmoich, mi air rathad nach b'eòlach 's an leabhar beag iùil agam ag ràdh nach robh caisteal, bothag no àirigh ri cois na slighe eadar Drochaid an Daimh agus Orradhail — am baile beag dùthchadh anns an do thadhail mi mu dheireadh. Bha mi eadar fuireach is falbh an Orradhail; bha taigh-òsda an sin a' tairgse gach comhfhurtachd do fhear-siubhail an rathaid ach bha deòin agam gach mìle a b'urrainn mi a chur am dhèidh fhad 's a mhaireadh solas an latha, agus shaoil leam nach b'euchd mhòr coiseachd e an ath bhaile a bhuannachadh mun tuiteadh an oidhche.

Cha deach gnothaichean leam mar bha dùil; bhris an dà iall a bha glasadh na màileide mòire air mo dhruim, agus chaill mi còrr is leth-uair gan càradh — an seòrsa càraidh a bh'ann. Cha do sguir mo thrioblaidean le sin. 'S gann a chuir mi mìle air mo chùl na thòisich tarang air tighinn tro bhonn mo bhròige dìreach fon òrdaig-mhòir 's cha robh air ach stad a-rithist 's làmh a thoirt air greusachd. Thug mi còrr math is leth-uair eile mun d'fhuair mi às an tarang, 's mi gun òrd, gun cheap, gun inneal-tarraing de sheòrsa sam bith.

Chuir mi m'aghaidh air an rathad. Ach cha robh an t-astar a-nis idir cho luath na cho aigeannach; bha chas tron deach an tarang a' cur dragh orm 's na h-èill air an d'rinn mi'n droch chàradh a' rùsgadh gu h-olc air mo ghuailnean. Eatorra chaidh moille an loinn mo cheuma 's rug an dorchadas orm 's mi fhathast astar math o bhaile.

Bha mi crònan seann òrain leam fèin 's a' toirt sùla an-dràsda 's a-rithist air mo chùlaibh feuch am beireadh còmhdhail orm nuair mhothaich mi air mo làimh dheis, pìos bhàrr an rathaid, solas a bha anabarrach coltach ri deàlradh lòchrain tro uinneig taighe. Chuir e iongnadh orm on bha mi làn-chinnteach nach robh àite-còmhnaidh idir air an astar seo — co-dhiù a-rèir stiùireadh an leabhrain bhig, 's cha d'fhuair mi riamh ceàrr e. Ach rinn mi air an t-solas agus thug beagan mhionaidean coiseachd mi chun an dorais.

Bha i car dorcha airson beachd dòigheil a ghabhail air an taigh, ach dhèanainn a-mach gur e togail de mheudachd choltach a bh'ann, 's nuair rinn mi mo shùilean ris an t-solas a bha deàrrsadh a-mach tron uinneig a b'fhaisge air an doras, chithinn gu robh clàr mòr crochte os cionn an àrd-dorais. Taigh-òsda, arsa mi-fèin 's mi 'g èirigh air mo chorra-biod feuch an robh dealbh no sgrìobhadh air a' bhòrd. Bha na siantan air an dath a thoirt dheth am badan, ach rinn mi mach bho dheireadh cruthachd eòin a ghabh rium mar ghèadh gu taca mi sgrìobhte fodha an t-ainm, 'An Eala'. Làn-chinnteach gur taigh-òsda bh'ann bhuail mi 'n doras gu faramach le mo dhòrn, is sheas mi air ais ceum; ach cha d'fhuair freagairt. Bhuail mi an dara turas le barrachd spuirt 's dh'fheith mi greiseag, ach cha d'fhosgail doras 's cha d'ghluais duine staigh. Bha m' fhoighidinn a' ruith a-mach, 's bha mi dol a theannadh air crògaireachd mun cuairt feuch am faighinn cnap cloiche bheireadh cnagadh ceart air an doras nuair thuit mo shùil air seann ghlag meirgeach an crochadh ri taobh na h-ursainne. Thug mi crathadh math air 's chuir e suas stàirn chruaidh neo-cheòlmhor. Dh'fhosgladh an doras cho luath 's gur ann a thug mi clisgeadh asam; sheas fireannach àrd dorcha mum choinneimh 's dh'amhairc e orm gun ghuth às a cheann mar gum biodh e eadar-a-chor co-dhiù a dh'iarradh e steach mi na dhùineadh e 'n doras nam aodann.

Ma dheireadh, "Dè tha thu 'g iarraidh?"

Bha mise cho aithghearr ris fèin nam fhreagairt:

"Leabaidh ma tha i ann, 's mur eil, àite-sìnidh air an ùrlar gu là."

Rinn e osnadh, stad e car tiotain, 's an sin — "Thig a-steach; tha e glè anmoch 's tha na searbhantan uile air a dhol a laighe ach chì mi dè nì mi riut." Sheas e 'n dàrna taobh 's ghabh mise steach. "An rathad seo," ars esan, a' dol air thoiseach orm sìos trannsa chaol dhorcha anns nach robh de sholas ach na bha tighinn on lòchran mhùgach a bha e giùlain na làimh. Dh'fhosgail e doras aig ceann na trannsa 's chaidh sinn a-steach do sheòmar beag anns an robh bun de theine fhathast beò air an teallaich. Tharraing e cathair ìosal na bu dlùithe air an teinntean 's dh'iarr e orm suidhe. Chuir mi dhìom a' mhàileid, shuidh mi, shìn mi uam mo chasan, taingeil an cothrom fhaotainn beagan den sgìths a leigeil dhìom. Dh'fhàg esan an seòmar gun fhacal 's ghabh mi 'n cothrom barrall mo bhrògan fhuasgladh oir bha mo chasan anabarrach goirt, teth. 'S gann a bha mi air seo a dhèanamh nuair thill e a' giùlain air mèis mhòir aran is càise, beagan de fheòil fhuair agus stòp math leanna. Chàirich e 'm biadh air mo bheulaibh, "Dèan do shuipear dheth mar as fheàrr a dh'fhaodas tu," ars esan agus smid eile cha tàinig thar a bhilean fhad 's a bha mi ag ithe. Chan e nach robh mi coma co-dhiù 's an t-acras gam tholladh. Bha e na shuidhe air taobh eile an teine, uileann air a ghlùin, a smigeid an taic a làimhe agus a shùilean a' sìor amharc a chridhe na grìosaich a bha nise teannadh ri fàs bàn, airsneulach air an teallaich. Cha robh a choltas idir tlachdmhor, 's chan e mhàin dubhachas a bha ri lorg na ìomhaigh; bha faireachadh agam gu robh nì air choreigin eile ann nach b'urrainn domh briathran a chur air.

Chuir mi crìoch air an t-suipeir stuama seo 's dh'èirich mi am sheasamh a' sìneadh uam mo làmhan, a' cur an cèill gun fhacal a ràdh gu robh mi deas son na leapa. Thog e coinnleir o thaobh an teine 's chuir e solas ris a' bhun coinnle a bh'ann. "Mar seo," ars esan, a' fàgail an t-seòmair 's a' tionndadh suas staidhir chais mu thrian na slighe sìos an trannsa. Lean mi gun fhacal agus threòraich e mi, tha mi 'm beachd, gu fìor mhullach an taighe. Dh'fhosgladh doras ìosal, sheas e air ais gu mise a leigeil a-steach; chuir e 'n coinnleir am làimh, ag ràdh, "Seo do sheòmar; tha eagal orm nach eil e ach fuaraidh o nach robh teine ann o chionn greise, ach dh'fhaodadh e bhith na bu mhiosa; oidhche mhath leat!" Mun d'fhuair mi freagairt thionndaidh e air falbh 's ghabh e sìos an staidhir.

Chrom mi mo cheann 's chaidh mi steach. Cha robh solas na coinnle ach fann, ach rinn mi mach gur ann air fìor mhullach an taighe bha an seòmar, dìreach fo na cabair. Bha coltas na h-aoise air gach nì a bh'ann, o na ballaichean duanaidh, còmhdaichte le pàipearan bh'air an dath a chall gu brat-ùrlar riobach, crìon a bha uaireigin air dhath uaine. Ach bha an leabaidh 'g amharc glan comhfhurtail, anart geal air na cluasagan 's na plaidichean air am filleadh sìos gu snasail. Bòrd beag ri taobh na leapa, cathair mhòr làimh ris an àite-teine, agus seòrsa de chiste àird dharaich fon uinneig, 's iad uile feumach air làimh ghlanaidh a thoirt orra. Sin àirneis an t-seòmair gu h-iomlan, ach sgàthan mòr a bha 'n crochadh os cionn an t-simileir. A-nis ged rinn mi iomradh air gach ball eile san t-seòmar air thoseach air an sgàthan na bi smuaineachadh gur e an nì mu dheireadh don tug mi 'n aire. 'Se 'n fhìrinn gur e 'n sgàthan a' chiad rud a ghlac mo shùil nuair chaidh mi steach air an doras.

Faodaidh gur e ni a tharraing m'aire dha ionnsaigh cho luath a' mheud a bh'ann; chanainn gu robh e co-dhiù mu thrì troighean air leud agus còrr is dà throigh air àirde — sgàthan anabarrach mòr airson seòmair cho beag, ìosal. Bha cèis eireachdail de dhaiach llòmhte mu thimcheall na gloinne, obair làimhe an fhìor fhir-cèirde, 's ma bha an còrr den àirneis fo bhrat duslaich cha robh smùirnean air a' bhall seo. Mas e meud an sgàthain a ghlac m'aire an toiseach, 'se dath iongantach na gloinne a chum mi am sheasamh a' geur amharc air fada an dèidh dhomh beachd a ghabhail air gach nì eile bh'air àrainn an t-seòmair.

Nam biodh e comasach dhomh a dhìochuimhneachadh gur sgàthan a bh' ann 's toirt a chreidsinn orm fèin gur ann tro uinneig a bha mi coimhead, chanainn gur ann air aghaidh a' chuain a bha mi sealltainn. Bha dath na gloinne mar throm ghorm na mara agus 'se bha toirt an tuilleadh nàdarrachd da dreach gu robh long fo làn-sheòl air a tarraing gu h-ealanta, snasail air a' ghloinne. Cha mhòr nach saoilinn, mar a b'fhaide bha mo shùil air an sgàthan, gu robh am bàta a' tulgadh gu socair 's a siùil a' bòchdadh ris an t-soirbheas.

Ach bha mi sgìth; ar leam gum b'amaideach an cosnadh dhomh bhith am sheasamh ann an seòmar fuar, aognaidh am marbhan na h-oidhche a' coimhead air seann sgàthan. Bha choinneal a' cnàmh, 's is gann gu robh de sholas innte na cheadaich dhomh m'aodach a chur dhìom 's mi-fhèin a shìneadh san leabaidh mun deach i às.'S gann bha mo cheann air a' chluasaig nuair bha mi am shuain.

Dhùisg mi cho luath sin; dè 'n ùine a bha mi am chadal chan fhios dhomh, ach nuair dh'fhosgail mi mo shùilean bha an seòmar dubh dorcha. " 'S èiginn gu bheil e fada on latha fhathast," arsa mise rium fèin 's mi sìneadh a-mach mo làimhe air tòir an uaireadair a chuir mi air a' bhòrd ri taobh na leapa. Sin dìreach nuair thuit mo shùil air an sgàthan. Dhìochuimhnich mi mun uaireadair.

Bha an sgàthan a' toirt leis balla an t-seòmair uile — co-dhiù cha robh nì ri fhaicinn ach e-fhèin. Chan e mhàin a-nis gu robh fiamh na mara na bu chomharraichte air ach bha aghaidh a' tarraing 's a' sìneadh le gluasad tonnan a' chuain. "Droch aisling," arsa mise 'g èirigh air m'uileann. 'S an sin dh'fhairich mi a' chiad ghluasad; thòisich an leabaidh a' tulgadh, sìos is suas, suas is sìos an co-chòrdadh ri gluasad a' bhàta a bha nis a' laighe 's ag èirigh ri sèideadh gaoithe 's ri luasgan thonn. Thug mi crathadh orm fèin, 's mi 'n dùil gur bruaillean trom-laighe bh'ann; ach bha mi am sheallt' dùisg, cha robh teagamh sa' ghnothach. Dhùin mi mo shùilean gu teann 's dh'fhosgail mi rithist iad feuch am falbhadh an tannasg mì-nàdarra, ach atharrachadh cha robh ann. Co-dhiù shaoil leam nach robh an toiseach gus an do shìn mi mach mo làmh gu grèim a ghabhail air nì-eigin 's mi air mo chrathadh gu h-olc o thaobh gu taobh. Gur e ròp fliuch air an d'amais mo ghrèim agus aig a' cheart mhionaid shoilleirich i. Ach b'e sin an soilleireachadh! Leabaidh no seòmar cha robh rim faicinn, 's bha mise air bòrd bàta 's grèim bàis agam air àradh ròpa bha sìneadh gu bàrr a' chroinn. Chan urrainn domh a ràdh gu robh eagal orm roimhe seo, cho mì-nàdarra 's gu robh na thachair dhomh; ach mur robh, bha a-nis! Bha 'm bàta an cunnart a bhith dhìth mur toirte h-aodach uaipe gun dàil, agus thuig mi 'n suidheachadh am prioba na sùla; cha robh dh'eòlas marachd agamsa na cheangladh ceann air sgoth bhig aon siùil ach sa' ghàbhadh seo bha mi mach air an t-slait còmhla ri càch. Gach uair a laigheadh an long an amar fairge, 's anail na stoirme a' fiaradh a cuid chrann cha mhòr nach robh bàrr na slaite a' tomadh sa' mhuir.

Bha dithis sheòladairean na b'fhaide muigh air an t-slait na mise 's iad le chèile trang a' tarraing 's a' snaimeadh mar bha mi-fèin. Dh'innse na fìrinne bha mi cho dian an sàs 's nach robh ùine agam coimhead orra gus na ghlaodh fear dhiubh mar gum biodh e na èiginn. Thog mi mo shùil 's chunna mi am fear a bh'air fìor bhàrr na slaite a' togail a dhà làimhe 's a' tuiteam an comhair a chùil don fhairge. A-nis cha chuireadh càil den t-seòrsa, truagh 's gu robh e, iongnadh orm san t-suidheachadh chunnartach a bh'ann, ach chlisg mi nuair thug mi fa-near gu robh am fear a b'fhaisge air e-fhèin sìnte mach gu ceann na slaite, aon làmh an grèim agus sgian fhosgailte san t'èile.

Thug esan sùil aithghearr thar a ghuailne, 's cha dìochuimhnich mi feasd cruthachd aodainn nuair mhothaich e gu faca mise dè thachair. Mar an cat thionndaidh e air an t-slait agus rinn e orm, an sgian na làimh agus am bàs na shùil 's ged bha ìomhaigh air a sniomh le feirg 's le

fuath dh'aithnich mi e san uair sin. 'S e fear an taigh-òsda a bha
teannadh orm, 's cha robh an teagamh bu lugha agam nach e cur às
dhomh a bha na rùn. Cha do ràinig a bhuille mise riamh; stad e
letheach slighe, thuit an sgian às a làimh agus chòmhdaich e shùilean le
làmhan. Ged a b'àrd toirm na gaoithe 's nan tonn shaoil leam gun cuala
mi an osnadh a rinn e.

Leis an fhaochadh a fhuair mi 's ann thàinig mar gum biodh neul
orm 's nuair chaidh sin seachad, dh'fhosgail mise mo shùilean 's mi
nam shìneadh an leabaidh an taigh-òsda, grian na maidne a' deàlradh
a-steach air uinneig mo sheòmair 's an sgàthan mòr crochte air a' bhalla
mu mo choinneimh. Eadhon an solas an latha bha dath a' chuain air a'
ghloinne ach bha 'n long socair gun ghluasad air aghaidh mar a dh'fhàg
làmh an fhir-tharraing i.

"Aisling cho olc 's a bh'agam riamh," arsa mise a' truiseadh mo
mheuran tro mo ghruaig, cleachdadh tha agam daonnan an dèidh
dùsgaidh. Thàinig stad orm. Bha m'fhalt 's m' aodann bog fliuch, bha
fàile cobhar na mara nam chuinneanan 's blas a' mhearail saillte air mo
bhilean. Dh'èirich mi 's thòsich mi ri cur orm an cabhaig, a'
bòideachadh nach blaisinn biadh 's nach dèanainn an tuilleadh moille
fo chabair na fàrdaich seo. A dh'aindeoin m'oidhirp air mo shùil a
chumail air falbh on sgàthan bha nì-eigin a' tarraing m'aire thuige, 's
fhad 's a bhiodh mo shùil dheth cha mhòr nach tugainn mo mhionnan
gun cluinninn dìosgan nam ball 's crathadh nan seòl air a' bhàta
mhallaichte ud. Chan ann aon uair a thàinig e fodham am brod-
greusaich a thogail agus spealgan a dhèanamh dheth; ach bhac mi an
togradh, cho làidir 's gu robh e strì nam inntinn.

Dh'fhàg mi an taigh gu sàmhach fiata agus thug mi druim an rathaid
orm, taingeil a bhith a-mach às.

Lìon am bodach a phìob 's las e i gu faiceallach.

"An tà, a charaid," ars esan, "chan eil na taighean-òsda cho pailt 's a
bha iad. Ma tha d'aghaidh an ear chan eil taigh-òsda nas fhaisge ort na
Orradhail." Bha sinn nar suidhe air beulaibh "An Iasgair" an Drochaid
an Daimh 's bha mi gu seòlta a' ceasnachadh a' bhodaich mun

choimhearsnachd. " 'S gu dè mun Eala?" arsa mise a' toirt sùla air gu neo-chiontach.

"An Eala," ars esan, ag amharc orm gu geur; "chan eil annad ach coigreach sa' cheàrna seo?" "Cha robh mi riamh roimhe an rathad," fhreagair mi, "ach shaoil leam gun leugh mi mun taigh-òsda sin uaireigin."

"Tha còrr is leth-cheud bliadhna on chaidh 'An Eala' na theine — 's bha e cho math, math dh'fhaoidte. Bha e dol sìos an leathad, co-dhiù 's cha robh sin mar iongnadh; nuair dh'fhalbh Màili sguir daoine ga thadhal. Cha robh anns an òsdair fhèin ach duine fuar neo-gheanail, 's chaidh e uaithe buileach an dèidh a bhean a chall. Gnothaich neònach cuideachd, bàs a' bhoireannaich sin."

"Dè bha cho neònach mun ghnothach?" arsa mi-fèin, a' smèideadh ris an òsdair stòp leanna chur air beulaibh a' bhodaich.

"An tà," ars esan, " 'se th'ann ach naidheachd fhada, 's chan eil mòran mun cuairt seo aig a bheil cuimhne air a' chùis ach mi-fèin. Bheil thu faicinn nuair chaochail athair is màthair Màili, thuit an taigh-òsda 's cuid a h-athar uile oirre. Chum i an t-àite dol gu ciatach, 's mar bha dual bhiodh mòran de dhaoin' òga às gach ceàrna mun cuairt a' tadhal oirre — bha Màili bòidheach 's bha i beartach.

"A-rèir gach coltais bha dithis àraidh ann don robh toil aice thar chàich — seòladairean a bh'annta le chèile, ach b'e beachd an àite uile gur e am fear a b'òige dhiubh a roghnaicheadh i air a' cheann mu dheireadh. Bha 'n dithis air an aon bhàta 's bha iad nan deagh chompanaich a dh' aindeoin Màili. Ach mar bha san dàn, chailleadh rogha Màili ann an stoirm aig muir, 's nuair a thill am fear eile ghabh i e — an t-seann sgeulachd!

"Chan eil teagamh nach robh iad a' còrdadh math gu leòr, 's gu dearbha cha b'urrainn i ràdh nach robh e math dhi. Cha robh nì a b'annasaiche na chèile a ghabhadh lorg thall na bhos nach toirte dhachaigh thuice nuair dh'fhalbhadh e air chuairt. Ach turas dhe na tursan thug e dhachaigh thuice às an Eadailt sgàthan, 's cha robh Màili an nì ceudna riamh tuilleadh." Stad am bodach, 's chaidh crith fhuar tromham.

"Chunna mise an sgàthan," ars esan, " 's cha robh dhìth air a bhith brèagha; gloinne ann air dhath a' chuain agus long fo sheòl air a dealbh oirre, cho nàdarra 's gun canadh tu gum bu chòir dhi gluasad. On latha thàinig an sgàthan a-steach air doras an taigh-òsda dh'atharraich Màili; chuir na h-uile umhail oirre. Beag air bheag chlaon i air falbh o fear 's bho dheireadh, mar bha fhios aig an àite uile, bha i cur seachad a' chuid bu mhotha de h-ùine ann an seòmar beag shuas fo na cabair — i-fhèin 's an sgàthan. Sin far an d'fhuaras marbh i aon mhadainn."

"Marbh," arsa mise, "De thàinig ceàrr?"

Sheall am bodach orm mar nach robh e uile gu lèir cinnteach an canadh e an còrr. Ach chum e roimhe. "Sin an rud a b'iongantaiche mun chùis, 's ged tha mise dol ga innse dhut chan eil mi cinnteach gun creid thu smid dheth; bha Màili na laighe air an ùrlar, a làmhan mun cuairt an sgàthan, bàite."

"Bàite," arsa mi-fèin fom anail, agus ris a' bhodach, "bheil thu cinnteach às a sin?" "Cho cinnteach 's gu faca mi-fèin an corp, an t-aodach 's a' ghruag bog fliuch le sàl na mara. A bhàrr air sin thubhairt an dotair gur ann bàite bha i. Mar dh'fhaodas tu thuigsinn bha cùirt lagha ann, cuid a' cumail a-mach gun deach a corp a thoirt dhachaigh on chladach an dèidh dhi bhith air a bàthadh. Ach thog triùir de na searbhantan fianais gu fac iadsan i dol don t-seòmar mu leth-uair mun d'fhuaras i agus às eugmhais tuilleadh dearbhaidh chaidh an gnothach bàs."

"Dè mun sgàthan?" dh'fhoighnich mi.

"Tha cuid ag ràdh gun thiodhlaic an t-òsdair e ann an seileir an taighe, ach ge bith dè dh'èirich dhà chan fhaca duine riamh tuilleadh e. Chaidh an taigh-òsda na theine mu bhliadhna na dhà an dèidh sin, 's loisgeadh e-fhèin gu bàs anns an dearbh sheòmar san d'fhuaradh a bhean. Gnothach bochd, ach 's fhada o chaidh e air dhìochuimhn — mar thèid sinn uile."

Dh'èirich am bodach, thug e taing dhomh, 's dh'fhàg e latha math agam.

Chaith mi 'n latha 'n-dè uile siubhal na dùthcha eadar Orradhail agus Drochaid an Daimh ach taigh no àite còmhnaidh de ghnè sam bith cha d' fhuair mi air an astar. Tha an leabhar beag agam ceart, agus tha h-uile coltas gu robh barrachd fìrinn' an sgeul a' bhodaich na bha fhios aige fhèin air. 'Se mo bheachd nach tuig sinn gu bràth dìomhaireachd tìm; tha crìochan air comas-breithneachaidh mhic an duine, ach tha amharas math agamsa dè bha Màili a' faicinn san sgàthan.

Cailein T. MacCoinnich

45. AN ROGHAINN

'Sann an toiseach an fhoghair a bh'ann, agus ged bha am feasgar brèagh blàth, agus fir a' bhaile ag obair san raon, bha Niall na shuidhe ga gharadh fhèin aig taobh an teine agus a làmh fo cheann. Air bòrd aig a làimh dheis bha botal uisge-beatha air òl gu lcth. Cha robh e ag ràdh guth ach thigeadh cnead bhuaithe an-dràsda 's a-rithist. Cha b'annas seo idir do mhnaoi bho chionn iomadh latha. Bha e cur dragh oirre, ach gu dè b'urrainn dhi a dhèanamh. O chaochail athair agus a fhuair Niall an t-airgead cha robh e aige fhèin idir. Eadhon an dèidh dhà cur às don airgead uile cha robh e tric sòbarra. "Cha bu tu Aonghas," ars ise na cridhe fhèin. "Choimheadadh esan às dèidh a thaigh 's a ghnothaich."

Air dhith bhith smuaineachadh mar seo sheall i air an uinneig, agus cò bha dol seachad ach Aonghas. Bhiodh e falbh don raon a dh'obair air an fheur. Mach an doras bha i às a dhèidh. Chuir i a làmh air a ghualainn. Fhuair i neart is misneachd na làthair. Gun sochair sam bith sheall i air le sùil ghràdhach sgìth. "Gu dè bu toigh leat a ràdh?" dh'fheòraich Aonghas. "Feuch an dèan thu rudeigin ris an fhear ud," fhreagair i. "Cha dèan e car a-muigh no staigh. Nuair tha daoin' eile a' bhaile air ceann an cuid ghnothaich tha esan na shuidhe staigh ri taobh an teine, a' leigeil an t-saoghail ma chluasan. Aonghais, feuch an toir thu mach e."

Bha cridhe Aonghais trom brònach oir dh'aiseag cruth a h-aodainn a mhac-meanmna air ais feadh nam bliadhnaichean. Chuimhnich e nach robh cleamhnas sam bith eadar e-fhèin is Niall ach bha iad nam balaich còmhla; is iomadh strì a' gleachd a bh'aca. Bha iad tric le chèile, agus is minig a bha Mòrag nan cuideachd. Bha na làithean ud sona. Dh'fhàs iad le chèile dìreach fallain mar an giuthas. Bha gach fear na làn-dhuine gun ghath na bhodhaig. Fhuair iad toileachas an cuideachd a chèile gus an tàinig gràdh Mòraig eatorra. 'Se bh'inntese caileag bhanail, bhòidheach, lurach, is chan eil teagamh nach robh gràdh mòr aig an dithis dhi. Cha robh fhios co-dhiù bhiodh i aig Niall no aig Aonghas. Ach b'fheudar dha Aonghas an saoghal a thoirt fo cheann, agus air dhà bhith iomadh bliadhna bhon dachaigh, chaochail athair Nèill agus dh'fhàg e deagh thaigh is mòran airgid aige. Phòs Mòrag e goirid an dèidh sin.

Chan eil fhios gu dè an tuilleadh smuaintean a thigeadh ri inntinn Aonghais, ach rug Mòrag air làimh air agus thàinig e thuige fhèin. "Chan eil càil idir agam don obair seo," ars esan. "Ach air do shon-sa dhèanainn rud sam bith. Ceart gu leòr, bruidhnidh mi ris."

Lean e Mòrag a-steach is rinn e dìreach air Niall aig taobh an teine. Cha do thog Niall a cheann, ach thilg e smugaid don teine. "Gu dè mu dheidhinn an sgadan fheuchainn a-nochd?" dh'fheòraich Aonghas. Thog Niall a cheann is dh'amhairc e air Aonghas le sùilean troma dearga. "Gu dè 'n donas a thug an seo thu?" fhreagair e gu liotach gugach. "An e ise thug a-steach thu? Tha a' chùis air tighinn gu h-àirde mur fhaod duine suidhe na thaigh fhèin. Sgadan gu dearbh! Bu cho math leam am puinnsean. Ach ma tha sibh airson mo chur às an rathad, tha mise coma càit an tèid mi. 'S tu bhiodh toilichte na robh sia troighean de thalamh orm. Ach . . ." 'S chuir e smugaid eile san teine.

"Bi aig a' chladach aig leth-uair an dèidh seachd agus ma bhios an oidhche coltach thèid sinn a-mach," fhreagair Aonghas, a' dèanamh air an doras.

'Se Aonghas a bh'aig a' chladach an toiseach. Shuidh e air creig ri taobh a' mhuir lìonaidh. Ghabh e beachd air cloich bhig a bha an ìre dhol fodha. Nach b'iongantach mar bha cùisean ag oibreachadh. Lìon beag is beag thàinig am muir seachad oirre. An siud 's an seo thàinig partan a-mach bho chlaich, agus thòisich iad ri spògail am-measg na feamann. Bha na faochagan 's na gillichean fionn toilichte gun thill am muir. Dhèanadh iad seòrsa de ghluasad nuair bha uisge saillte na mara dol thairis ora. Thigeadh cudaige beag cho dàna air a' chreig 's a dh'fhaodadh e, 's nuair shaoileadh neach gu robh e dol a bhualadh na creige, chuireadh e car sgiobalta na earball 's rachadh e às an t-sealladh. Thug Aonghas sùil thar a ghualainn agus chunnaic e Niall am bràighe a' chladaich. Chuir iad a-mach a' gheòla is shìn iad na lìn gu bog sàmhach. Ghabh iad ràmh am fear, Aonghas air an tobhta thoisich. Dh'iomair iad an t-eathar seachad taobh an fhearainn, ach cha robh iomradh ach buille ma seach. Cha b'ann air a bha inntinn fear den dithis. Cha bu mhotha na sin a bha sùilean aca airson a' bhòidhchead bha timcheall orra.

Measg nan creagan bha feur goirid cruaidh a' fàs. Ged bha am monadh mòr fosgailte aca 'sann am beul nan creagan ud a bha cuid dhe na caoraich ag ithe. Cha robh fada bho chaidh an rùsgadh. 'Se sin a b'adhbhar cho caol, fad-chasach 's a bha an dreach. Dhèanadh tè dhiubh mèile an-dràsda 's a-rithist ag èigheachd air an uan a bha gluasad car fada air falbh.

Dh'fhàg iad am fearann agus stiùir iad air grùnnd an iasgaich. Bha am
feasgar brèagh ciùin 's cha robh nì ri chluinntinn a-nis ach buille nan ràmh.
Ach èisd mionaid. An e ceòl na pìoba a bha tighinn thuca thar na mara?
Stad iad a dh'iomradh le chèile. 'Se cridhe glè throm nach gluaiseadh srann
na pìoba, agus gu h-àraid bhith ga chluinntinn air a' mhuir. 'Se Dòmhnall
Mòr a bhiodh ann. Bha e mar fhasan aige port a thoirt às a' phìob a h-uile
feasgar. Chuimhnich Aonghas air làithean an òige nuair bha e-fhèin,
Mòrag is Niall aotrom aighearach. 'Se Dòmhnall Mòr a bhiodh a' cluich
dhaibh aig na dannsaichean agus bu mhath a b'aithne dhà sin a
dhèanamh.

Stad an ceòl is dh'iomair iad air falbh.

Ged a bha 'm feasgar iongantach ciùin, bha 'n t-adhar culmach, dorcha.
Bha mullach nam beann air an suaineadh ann an ceò. Bha sìth air feadh an
t-saoghail mun cuairt orra. Ach cha robh fois aig inntinn fear den dithis.
Bha smuaintean Nèill trom, dorcha, mì-rianail. Dh'aidicheadh e uairean gu
robh e-fhèin faoin, ach bha e a' cur a' choire airson a staid air an t-saoghal
gu lèir, agus gu h-àraidh air a mhnaoi agus air Aonghas.

Aonghas — sin agad e, spealg de Shàtan agus athair an dorchadais.

Na shuidhe air an tobhta thoisich cha robh inntinn Aonghais air na
nithean a bha làthair idir. Chitheadh e ìomhaigh Mòraig ann am buille nan
ràmh, agus nuair thogadh e a shùilean air druim an fhir eile rachadh
saighead na fheòil. Cha robh eadar e is Mòrag ach esan. Cha bhiodh e
duilich cur às dhà, ach cha dèanadh sin cùisean mòran na b'fheàrr.
Dhìteadh a chogais e gu latha a bhàis. 'S cha bhiodh a bheatha ach searbh
mì-bhlasda, eadhon ged nach dìteadh Mòrag e.

Ràinig iad grùnnd an iasgaich am beul na h-oidhche. Chaidh Niall air a
dhà ràmh agus rinn e polaraich iomraidh fhad 's a bha Aonghas a' cur nan
lìon. Cha robh mòran coltais sgadain ann. Gun teagamh bha corra thè dhe
na faoileagan mòra na laighe air a' mhuir agus chaidh sùlaire seachad ach
cha do bhuail e faisg orrasan. Cha robh air ach fuireach an ceann nan lìon
uair no dhà a thìde.

Shuidh Niall air an tobhta dheiridh agus cha b'fhada gus na chuir
tulgadh na geòla a chadal e. Air dha Aonghas a bhith ag amharc air na
phloc an siud air an tobhta thàinig Sàtan ga bhuaireadh ag ràdh, "Tilg a-
mach san t-sruth e. Cha bhi fhios aig duine sam bith dè thachair dhà. 'Sann
a their iad gun thuit e thar a chinn leis an deoch. Cha chuir iad coire ortsa.

Tha fhios aig a h-uile neach nach dèan e snàmh. Bidh Mòrag agad dhut fhèin."

Mar gun cuireadh smuaintean Aonghais crith air, dhùisg Niall agus air dhà coimhead an taobh a bha Aonghas rinn e duan mhionnan dhà. Cha dubhairt Aonghas guth. Bha 'n oidhche a-nis air fàs dorcha. Cha robh gealach ann, agus thuit an ceò a bha air mullach nam beann san fheasgar gu dùmhail gu uachdar na mara. Chan fhaiceadh duine a chorragan. Mun cuairt air an eathar bha am muir geal le sionnachan cho tric 's a bheireadh i sgailc air na tuinn bheaga bha ruith a chèile feadh a' chuain. Deas air an eathar thòisich canaichean ri seitrich an-dràsda 's a-rithist. 'S minig a bhiodh iadsan còmhla ris an sgadan.

Bha dorchadas na h-oidhche a' cur connaidh ris a' chonas a bha 'n inntinn Aonghais. Chan e mhàin gun mhill an t-amadan a bha san deireadh a bheatha fhèin ach a thuilleadh air seo cha robh Mòrag ach truagh còmhla ris. Eadhon ged bha Mòrag pòsda aig Niall bhiodh Aonghas sona gu leòr nan robh rian ceart oirrese. Gu dè bu chiall don ghnothaich idir? Càit an stadadh e?

Dh'fhaoidte gum biodh e na bu ghlice dhàsan an saoghal a thoirt ma cheann a-rithist agus a h-uile dad a bh'ann fhàgail às a dhèidh. Nan dèanadh e sin co aige bha fios nach d'rachadh cùisean na b'fheàrr rathad air choreigin.

Dh'fhairich e Niall a' snàgail san deireadh. Thuig Aonghas gu robh e na sheasamh gu aotromachadh. Thainig Sàtan gu bhuaireadh a-rithist. "Seo do chothrom a-nis air. Suidh air beul an eathair. Tha esan cho mi-chinnteach air a chasan 's gun tèid e an comhair a chinn sa' mhuir. Ma thèid gu dè choire th'agadsa ris? Cha dèan e snàmh. 'S cinnteach nach cuir e dragh gu bràth tuilleadh ort."

Rinn Aonghas gluasad beag ach thionndaidh Niall air sa' mhionaid. "A mhic an fhir ud," ars esan, "an ann a' feuchainn ri mo bhàthadh a tha thu. Tha mi creidsinn nan tachradh tubaist dhòmhsa nach biodh Mòrag na banntraich glè fhada." Cha tubhairt Aonghas guth. Bha fhios aige nach dèanadh bruidheann feum.

Dh'fhairich iad le chèile fuaim luinge teannadh orra — plosgartaich fhaoin mar gum biodh i air chall sa' cheò. Bhioraich iad an cluasan. Bha e gu math faisg orra. Chaidh am fuaim na thàmh. Leum Aonghas air ròp nan lìon, ach mun d'fhuair e fhuasgladh bhuail i iad calg dhìreach nam meadhon. An ath fhaireachdainn a bh'aig Aonghas bha e air an t-snàmh sa' mhuir. Ach ged bu mhath e air an obair bha gu leòr aige ri dhèanamh. Bha chuid aodaich cho trom ri luaidhe.

Thàinig an sgread a b'oillteile bho chompanach. Chuimhnich Aonghas nach dèanadh Niall snàmh. Choimhead e an taobh a thàinig an sgread. Bha am muir air ghleus le cop is sionnachan, is Niall a' breabadaich le chasan 's le làmhan.

Cha robh guth air eud no connspaid a-nis. Rinn e air Niall cho cruaidh 's a bh'aige. Bha Niall fhathast air uachdar na mara nuair ràinig e far an robh e. Rug e air dhosan air. Ach bha an t-aodach fliuch gan tromachadh le chèile agus mhothaich Aonghas nach cumadh e an dithis aca an uachdar gun a dhà làmh.

Mar sin rug e le fhiaclan air cùl amhaich a sheacaid. Ach bha e lagachadh. Mhothaich Aonghas nach robh a' chrìoch fada bho neach den dithis aca. Cha bu luaithe thàinig na smuaintean seo thairis air inntinn na bhris gath-sholais deàlrach mun cuairt orra. Chunnaic e botag cur a' sìneadh thuca. Rinn e grèim oirre le uile neart; ach aig a' cheart àm dh'fhairich e e-fhèin a' fannachadh. Bha sruth na mara ga shlugadh agus dorchadas iomlan dol thairis air.

Nuair thàinig Aonghas thuige fhèin bha e na shìneadh air ùrlar na luinge. Cha robh e cinnteach ach shaoil leis gum b'aithne dhà an guth bruidhne bha dol gun stad. B'aithne dhà cheana e. B'e Niall a bh'ann agus cha b'e chainnt a b'fheàrr a bh'aige a' mallachadh Thormaid is Eachainn MhicLeòid airson am mì-chùraim san tubaist.

Bha cheann air sgàineadh agus chuir droch chainnt Nèill, 's e, mar gum b'eadh, air ùr-aiseadh o bheul a' bhàis, crith air fheòil. Ach mu dheireadh cha robh ri chluinntinn ach slapraich na mara a' crònan mu fhliuch-bhòrd na luinge 's i dèanamh air tìr. Tharraing Aonghas an còta-iasaid a bha aige thairis air na bu dlùithe timcheall air, agus phill e rithist gu smuaintean fhèin.

Coinneach Fionnlasdan

Cho falachaidh 's a b' urrainn dhi, shocraich Seonag i-fhèin air an t-suidheachan. Cha robh an searmon ach air tòiseachadh, ach, a dh'aindeoin sin, bha i a' teannadh ri cruas an fhiodha fhaireachdainn tron chluasaig. Ciamar air an t-saoghal a bha 'n còrr den choimhthional aig nach robh cluasagan idir? Droch rud a bh' ann tòiseachadh air smaoineachadh air cruas an t-suidheachain cho tràth siud. Bha fhios aice mur faigheadh i às a h-inntinn e gu fairicheadh i an searmon eadhon na b' fhaide na b' àbhaist. Ach b'ann aice fhèin a bha fhios nach b' e siud an aon rud a bha a' cur dragh oirre. Cha robh i gu math. Bha 'n òrrais ud oirre a-rithist. Bha 'n là bruthainneach co-dhiù, agus fàilidhean na h-eaglaise ga tachdadh — an clò agus am fallas agus am camphor, agus an samh fuaraidh a bha bho na seann bhìobaill.

"... agus Sàbaid an dèidh Sàbaid thig sibh a thaigh an Tighearna 's ni sibh èisdeachd 's thèid sibh dhachaigh. 'S dè an uairsin? Dè bheir sibh leibh? An toir sibh leibh facal an Tighearna nur cridheachan? No an leig sibh dhibh e aig an doras ud a-muigh mar chuireas sibh dhibh na deiseachan Sàbaid nuair thèid sibh dhachaigh ... "

Chuala Seonag faclan a h-athar a' tighinn 's a' falbh. Earrann bheag an siud 's an seo. Uaireannan an guth às a' chùbaid. Uaireannan am mac-talla a' tighinn bho chùl na h-eaglaise.

Bu bheag oirre riamh suidheachan a' mhinisteir. Eadhon nuair bha a màthair beò 's a bhiodh iad nan suidhe còmhla, bhiodh Seonag mì-chòmhfhurtail, a' faireachdainn gu robh iad leotha fhèin air beulaibh an t-sluaigh, agus a' faireachdainn sùilean a' choimhthionail air cùl a h-amhach gus an tigeadh tachais ann. Ach bha i na b' aonranaiche buileach bho chaochail a màthair agus a bha i air a fàgail ann an suidheachan a' mhinisteir leatha fhèin. 'S bha gràin a beatha aice air an t-searmonachadh ùr ris an robh a h-athair riamh bho chaidh e gu coinneamhan an Amaireaganaich. Cha robh guth air na seann searmoin chiùine, chomhfhurtail a b' àbhaist cridheachan a bhlàthachadh; cha robh ann a-nise ach an t-iompachadh, an t-iompachadh. Agus an èigheachd.

"... an e nàire tha oirbh tighinn gu bòrd an Tighearna? An e? An e eagal a tha oirbh seasamh air beulaibh an t-sluaigh agus a ràdh 'Is tu mo

Dhia, agus is mise. do sheirbhiseach"? An ann a' feitheamh ris a-
màireach a tha thu? Chan eil a-màireach air a ghealltainn . . . "

Bha amharas aice nach robh a h-athair cho math air an t-seòrsa
teagaisg seo 's a bha an t-Amaireaganach, agus thàinig rudhadh na
busan nuair thàinig e steach oirre gur dòcha gum biodh feadhainn anns
a' choimhthional a' fanaid air Gum biodh iad ag ràdh ri chèile a-rithist,
"Tha 'n Granndach air a dhol bhuaidhe," no "E-fhèin 's a shearmon-
achadh Amaireaganach," no cha mhòr nach cluinneadh i bean Iain a'
Chnuic ag radh, "Huh! Cha chòir fìon ùr a chur ann an seann
chraiceann." Bha bean Iain a' Chnuic cho geur.

Saoil cò bha san èisdeachd co-dhiù? B' fheàrr leatha gum b' urrainn
dhi tionndadh feuch am faiceadh i, ach cha dèanadh math do nighean
a' mhinisteir a nochdadh nach robh i ag èisdeachd ris an t-searmon.
Saoil an robh Pàdraig Ruadh trì suidheachain air a cùlaibh? Saoil an
robh ròineagan air cùl a còta?

Aon uair 's gun chuimhnich i air Pàdraig Ruadh sguir i a
dh'èisdeachd buileach glan, agus cha do mhothaich i tuilleadh gu robh
an suidheachan cruaidh fòidhpe. Dà mhìos eile 's bhiodh Pàdraig
ullamh anns an oilthigh — a-mach na dhotair — agus cho luath 's a
bhiodh e ullamh phòsadh iad. Bha fios aig a h-uile duine anns a' bhaile
air sin, agus bha am baile toilichte. Cha robh ach corra dhuine a
theireadh gum bu chòir do Phàdraig beagan de na chosg athair air a
phàigheadh air ais mus pòsadh e. Cha chanadh athair Phàdraig fhèin
sin. Bha meas aige air Seonaig, 's bha e toilichte gun d' fhuair a mhac tè
cho snog.

Ma thug an Granndach sùil rathad Seonaig às a' chùbaid is ann a
dhèanadh e toileachadh gu robh a h-aire cho math air an t-searmon.
Bha a sùilean air aodann, agus cha chreideadh e, nan robh duine air a
ràdh ris, nach robh i eadhon ga fhaicinn no a' cluinntinn guth a bha e ag
ràdh.

Bha i a' cuimhneachadh air Sàbaid eile nuair choinnich i-fhèin agus
Pàdraig Ruadh an dèidh na seirbhis fheasgair.

Bha esan aig an taigh airson saor-làithean na Càisge, agus bha ise na
bu toilichte na bha i riamh fhaicinn, oir, bho dh'fhalbh e aig an Nollaig
bha i air a màthair a chall. As aonais a màthar, agus às aonais Phàdraig,
bha na trì mìosan ud trom oirre. Bha i leatha fhèin anns a' mhansa, là 'n

dèidh là gun aice ach am mulad a bha na cridhe. Bha a h-athair mar dhuine bhàrr a chèille, a' riasladh 's a' lorg adhbhair nach robh ri lorg airson na buille obann a thàinig air.

Uair an dèidh uair theireadh e ri Seonaig gu robh e dol a leigeil dheth na ministrealachd — gu robh rudeigin ceàrr ann fhèin nuair nach fhaigheadh e an sòlas a bu lugha anns an t-soisgeul a shearmonaich e fad a làithean. Ciamar a shùilicheadh e comhfhurtachd a thoirt do chàch nuair nach lorgadh e comhfhurtachd dhà fhèin? Agus, an uairsin, chaidh e air gnothaich eaglais a Ghlaschu agus thachair e ris an Amaireaganach. Thill e le lasadh ùr na shùilean, agus lasair ùr na chuid shearmoinean. Ach cha b' e an aon duine a bh' ann. Cha b' e an t-athair air an robh feum aig Seonaig, oir bha saoghal mòr eatorra.

Ach, air an fheasgar Shàbaid ud bho chionn còrr is dà mhìos, thaom blàths às ùr mu chridhe Seonaig nuair dh'fhàg i an eaglais agus a làmh gu socharach ann an làmh Phàdraig. Cho luath 's a fhuair iad à sealladh a' choimhthionail, chuir esan a ghàirdean mu a meadhon agus choisich iad air an socair sìos ri bruaich a' chladaich.

Bha gealach mhòr na Càisge a' lìomhadh na mara, agus ged bha gearradh anns a' ghaoith cha do mhothaich aon seach aon aca don fhuachd. Cha tuirt iad mòran ri chèile fhad 's a bha iad a' dèanamh na coiseachd. Cha robh esan cinnteach dè bu chòir dha a ràdh mu bhàs a màthar; cha robh ise ag iarraidh bruidhinn ann 's e ri taobh. Chaidh iad sìos tron mhuran, agus nuair ràinig iad beul a' chladaich, os cionn na Geodha Mòire, shuidh iad ann am fasgadh tuim.

Cha robh saoghal a' beantainn riutha ach an saoghal fhèin. Os an cionn, bha na rionnagan beaga a' priobadh ris na rionnagan mòra mar gum biodh fhios aca dè bha dol. An-dràsda 's a-rithist, bheireadh a' ghaoth earraich ochan às a' mhuran, ach gann gun cluinneadh eadhon feadhainn a bhiodh ag èisdeachd e os cionn dùrdail na mara anns a' Gheodhaidh.

Bha Pàdraig fhathast 's gun e cinnteach dè chanadh e, a' tilgeil bìdeagan shligean thar na bruaiche. Aon uair, 's e a' sìneadh a làimhe a-mach gu criomag eile a thogail, rug i air làimh air 's thuirt i, "A bheil dad ceàrr, a Phàdraig? Am b' fheàrr leat gun a bhith air mo choinneachadh an-nochd idir?"

"O nach isd thu, tha fhios agad glè mhath nach b' fheàrr."

"Carson nach eil thu ag ràdh guth, matà?"

"An innis mi dhut?"

"Innsidh."

Rug i air muilchinn a sheacaid 's tharraing i sìos ri taobh e. Chàirich i pòg bheag eadar a dhà shùil.

"Siuthad! Innis a-nise dhomh e!"

Dh'èirich e air uilinn agus shocraich e a ceann air a ghàirdean.

"A Sheonag. Bithidh mi ullamh anns an oilthigh ann an ceithir mìosan. Nuair bhios mi ullamh, feumaidh mi greis a thoirt ann an ospadal, far nach fhaigh mi mòran pàighidh, mus urrainn dhomh a dhol nam dhotair air mo shiuc fhèin, agus . . . uill . . . "

Stad e agus smuaislich i ri ghualainn.

"Seadh?"

"Uill, carson nach pòsamaid — tha mi ciallachadh, am pòs thu mi nuair bhios mi ullamh anns an oilthigh?"

Ghluais i na bu teinne ris gus an robh a bus ri a bhus.

"A Phàdraig, an leig thu leas faighneachd?"

"Aidh, ach 'se tha mi ciallachadh — am pòs thu mi nuair bhios mi ullamh anns an oilthigh, gun fhuireach gus am bi mi ullamh anns an ospadal idir? Cha bhi mòran pàighidh . . . "

"Tha mi coma ged nach biodh sgillinn ruadh agad. Pòsaidh mi thu a-màireach ma thogras tu."

Cha tuirt esan an còrr. Agus cha tuirt ise.

Nuair chrom e 's a phòg e a-rithist i, dh'fhairich i eallach nam mìosan ag èirigh dhith, agus, na àite, iarrtas ùr a bha cho sean ris an domhain fhèin. Nuair dh'fhairich i a làmh air a broilleach cha do rinn i fiù a putadh air falbh, agus ghèill i mar ghèill na ceudan roimhpe ann am bruaich murain fon ghealaich làin.

Le iarrtas sàsaichte, agus le gach uallach tràghte às a h-àm, dh'fhàg i i-fhèin sìnte na ghàirdean. Eadar dhà liunn, air bealach suain 's air bruaich dùsgaidh, bha a h-inntinn aig tàmh 's aig fois. Bha an cadal air buaidh a thoirt mur b' e gun rinn curracag sgread gu h-àrd os cionn na machrach. Agus ge b' e dè bha ann an guth na curracaig agus i a' dìon a h-àil, thàinig gu cluasan Seonaig an aon ghearain a rinn a màthair riamh tacan mus do dh'fhuasgail am bàs i bhon chràdh a lèir i. Chlisg Seonag ri gualainn Phàdraig, agus thuirt i gu robh an t-àm ann a dhol dhachaigh.

An là'rna-mhàireach, nuair thachair i ri Pàdraig ann am bùth Mòr Ruaidhe, dh'fhairich i a busan mar gum biodh iad ag at leis an fhuil Ach nuair chunnaic i am blàths anns na sùilean aige, agus a thug e fàsgadh beag air a làimh anns an dol seachad, thraogh an fhuil às na gruaidhean agus dh'aithnich i nach biodh nàire oirre roimhe gu bràth tuilleadh.

Ach cha robh sin a' ciallachadh nach robh i na dùisg iomadh oidhche le rud a bha leth ma leth eadar eagal agus aithreachas. Dè nan robh duine air tighinn an rathad? Dè nan robh dad air tachairt? Ise! Nighean a' mhinisteir! Ge-tà, nuair thòisich na litrichean a' tighinn bhuaidhe an dèidh dhà tilleadh don oilthigh, dh'fhalbh gach eagal agus aithreachas. Nach robh iad a' dol a phòsadh co-dhiù? Nach robh iad gu bhith còmhla fad a' chòrr dem beatha?

Agus, a-nise, bha còrr is dà mhìos seachad, agus bha e aig an taigh a-rithist. Cha robh aige ach trì làithean am meadhon na ràithe, agus an uairsin, air ais do Ghlaschu chun an oilthigh airson nan deuchainnean mòra a dhèanadh dotair dheth cho cinnteach 's a bha Maois na leanabh.

Dh'fhòn e an-raoir cho luath 's a ràinig e, 's thuirt e gu faiceadh e i an dèidh na seirbhis mhaidne airson mionaid bheag. Agus, ged nach leigeadh an t-eagal leatha tionndadh, bha fhios aice gu robh e a-nise na shuidhe air a cùlaibh. Bha i an dòchas nach robh ròineagan air cùl a còta.

Mallachd air suidheachan a' mhinisteir!

" . . . agus a-nise gu robh Dia nan gràs a' beannachadh dhuinn an rannsachaidh seo air a chuid fhacail. Amen."

Dh'fhairich i an coimhthional a' gluasad. Chuala i a' chasadaich bheag a' tòiseachadh, agus chrom i a ceann airson na h-ùrnaigh. Cha robh an ùrnaigh an dèidh an t-searmoin ach goirid an còmhnaidh, 's cha robh an uairsin ach an saim mu dheireadh 's am beannachadh. Cha bhiodh e fada tuilleadh. Sheall i suas air a h-athair nuair bha 'n ùrnaigh ullamh, agus, car tiotain, chunnaic i trì aodainn air. Dhùin i a sùilean mionaid agus dh'fhalbh iad. Saoil an e an teas anns an eaglais a bha a' toirt na h-òrrais seo oirre?

Rinn i dàil a' fàgail na h-eaglais an dèidh a' bheannachaidh. Bha i airson gum biodh na b' urrainn den choimhthional air falbh mus tachradh i ri Pàdraig aig an doras a-muigh.

Fhuair iad facal beag no dhà còmhla mun tàinig a h-athair timcheall às a' bhestridh. Dìreach facal a sheulaich gu robh a-nochd 's an-athoidhch aig Pàdraig aig an taigh 's gu feumadh e falbh madainn Dimàirt. Chitheadh e nochd i, agus an-athoidhch. Agus a h-uile mionaid eile a gheibheadh i air falbh às a' mhansa.

Rinn a h-athair gàirdeachas ri Pàdraig mar a b' àbhaist, agus sheas iad nan triùir a' gàireachdainn 's e a' tarraing asda.

"Uill," ars esan mu dheireadh, "tha mi cinnteach nach e mo leithid-sa a tha dhìth oirbh. Agus mar as luaithe a dh'fhàgas mi sibh 's ann as luaithe a thig Seonag dhachaigh gus mo dhìnnear a dhèanamh."

Thionndaidh e air a shàil.

"Tha coinneamh sheachdain ann an-athoidhch, a Phàdraig. Bithidh dùil agam d' fhaicinn san èisdeachd. Tha feadhainn a' tighinn chun a' mhansa feasgar airson tea, 's mar sin cha shùilich mi air Seonaig tighinn a-mach. Tha i sgìth de shearmonachadh a h-athar co-dhiù. Ach thig thu air ais an dèidh na coinneimh 's gabhaidh tu do shuipear còmhla ruinn."

Thug Pàdraig sùil air Seonaig. Ach dè a b' urrainn dhà a ràdh?

"O . . . uh . . . gun teagamh," ars esan. "Tapadh leibh."

Dh'fhalbh am bodach 's thionndaidh Seonag air Pàdraig.

"Gu dè air an t-saoghal tha thu ciallachadh? An aon oidhche bha gu bhith againn còmhla?"

"Hach, a Sheonag, dè a b' urrainn dhomh a ràdh? Tha fhios agad gu faod d' athair stad a chur air a h-uile càil a th' ann ma ghabhas e na cheann e. Tha fhios agad glè mhath gum b' fheàrr leam a bhith còmhla riut fhèin na aig coinneamh fheasgair. Ach . . . "

Bha e cho mì-thoilichte a' coimhead 's gun tug e gàire oirre.

"Ach coma leat, matà. Thig thu air ais gu do shuipear, agus bidh tìde againn a dhol cuairt ma thiormaicheas tu na soithichean còmhla rium. Tha a-nochd againn co-dhiù."

Bha sin aca. Chaidh iad cuairt còmhla, ach, ged nach tuirt aon seach aon guth, cha deach iad taobh na Geodha Mòire. Chaidh iad an rathad eile — an rathad sìos cùl a' bhaile — agus, an gàirdeanan a chèile, chuir iad rudan beaga air dòigh mu dheidhinn a' phòsaidh.

Chaidh Seonag dhachaigh na bu toilichte na bha i bho chionn fhada.

Ach, nuair dhùisg i anns a' mhadainn, gann a b' urrainn dhi a ceann a thogail bhon chluasaig.

A h-uile turas a dh'èireadh i na suidhe anns an leabaidh bha a' tòiseachadh oirre le tuainealaich 's le tinneas. Mu dheireadh thall, le riasladh, ràinig i an seòmar nighe, 's cho luath 's a ràinig, thionndaidh a stamag 's thàinig i a-mach ann am fuar fhallas. Ann am beagan mhionaidean bha i na b' fheàrr, agus rinn i air a' chidsin gus bracaist a h-athar a dheasachadh.

Bha i a' dol mun cuairt ag ullachadh rudan — a' dèanamh an lite 's a' cur air nan uighean — nuair thuit a sùil air a' mhìosachan bheag a bha crochte os cionn an dreasair.

Dh'fhairich i fuachd a' tighinn mu a cridhe, agus crith a' tighinn na làmhan. Chaidh i a-null chun a' mhìosachain mar gum biodh i ann an trannsa, ach bha fhios aice nach leigeadh i leas a dhol na b' fhaide gus cinnt fhaotainn gu robh a tinneas maidne a' dol air ais gu oidhche na Geodha Mòire.

Cha robh i riamh cho aonranach na beatha 's a bha i sna mionaidean ud. Bha a cridhe cho marbh 's nach tigeadh fiù deur gu a sùilean. Gun fhios aice dè bha i dèanamh, leig i i-fhèin sìos air a glùinean ri taobh na cathrach aig ceann a' bhùird, agus thòisich i air mablaich de ùrnaigh.

B' e ceum a h-athar shuas an staidhre a thug gu a casan i, agus ged dh'fhaighnich e dhi fichead uair an robh dad ceàrr cha do leig i dad oirre. Air an t-saoghal mhòr gu lèir, b' esan am fear mu dheireadh dom b' urrainn i an rud a bha ceàrr innse. Chan e gu robh duine eile ann. An aon tè a thuigeadh, 's dòcha, bha i marbh anns a' chladh.

Nuair dh'fhòn Pàdraig aig meadhon-latha bha i air tighinn thuice fhèin beagan 's cha do dh'aithnich e air a guth gu robh dad ceàrr. Thug a ghuth air a' fòn a neart air ais thuice. Agus nuair fhuair i cothrom suidhe agus a smuaintean a rèiteachadh, thug i chreidsinn oirre fhèin nach robh cùisean cho dona. Nach robh i-fhèin agus Pàdraig gu bhith pòsda ann an trì mìosan co-dhiù? Agus dè ged thuigeadh daoine an uairsin? Thuigeadh cailleachan a' bhaile gun teagamh, oir chunntadh iad gu naoi na bu luaithe na thogadh iad lùb air stocainn, ach bhiodh i-fhèin 's Pàdraig pòsda, agus, 's dòcha, a' fuireach ann an Glaschu.

Bha aon rud cinnteach. Cha leigeadh i aon fhacal fhèin oirre ri Pàdraig. Cha dèanadh math dragh a chur air 's deuchainnean mòra na dotaireachd roimhe. Cha dèanadh math rud air an t-saoghal tighinn eadar e 's sin. Mus tàinig Pàdraig gu a shuipear bha i aig a ciall fhèin. Ach sin rud nach robh esan. Bha rudeigin eadar e-fhèin 's a h-athair — dh'aithnicheadh i sin leis na sùilean a bhiodh iad a' toirt air a chèile. Agus bha i mionnaichte às nuair dh'èirich a h-athair bhon bhòrd shuipearach agus a thuirt e rithe gu robh e a' dol don leabaidh.

"Tha mi a' faireachdainn rud beag sgìth," ars esan, "is tha mi cinnteach nach bi feum aig an dithis agaibh air bodach mar tha mise ann. Fàg na soithichean gu madainn, a Sheonag."

Cho luath 's a dhùin an doras shuidh i ri taobh Phàdraig air an t-sòfa.

"Gu dè tha ceàrr, a Phàdraig? Gu dè tha eadar thu-fhèin is m' athair?" Bha an t-uallach anns a' ghuth aice.

Chrom e a cheann 's cha tuirt e guth airson mionaid.

Shìn i thuige agus chàraich i pòg air a bhus.

"Siuthad. Innis a-nise dhomh."

Mar rinn 's mar thubhairt i, chuimhnich i air oidhche na Geodha Mòire, nuair thuirt i na dearbh fhacail ris. Thionndaidh e rithe.

"Bha mi aig a' choinneimh an-nochd, a Sheonag. . . "

"Tha fhios am. Dè mu dheidhinn sin?"

"Searmonachadh d' athar," ars esan. "Cha chuala mi riamh a leithid. Dh'fhosgail e dorsan dhomh nach robh fiù fhios am gu robh iad ann. A Sheonag, tha fhios agam gun tuig thu seo, agus tha mi 'n dòchas gum bi thu toilichte. Chan urrainn dhomh a dhol air adhart leis an dotaireachd. Bha mi a' bruidhinn ri d' athair an-nochd, agus dh'innis mi a h-uile dad dhà. Tha mi dol a chur crìch air degree na dotaireachd gun teagamh, ach tha mi an uairsin a' dol a thilleadh don oilthigh 's a' dol a-steach airson na ministrealachd. Bithidh trì bliadhna mun urrainn dhuinn pòsadh. Fuirichidh tu rium, a luaidh, nach fhuirich?"

Bha beagan mhionaidean mus do shuidhich an rùm e-fhèin fa

chomhair a sùilean. Trì bliadhna. Bha trì miosan fhèin fada gu leòr
nam biodh fhios aige . . .

Dh'fhairich i a ghàirdean a' dol timcheall oirre, agus dh'fhairich i
e ga tarraing thuige gus a pògadh. Chual i fad às a ghuth ag
ràdh —

"A Sheonag, a bheil e cho goirt sin leat? Gu dè th' ann an trì
bliadhna? Cha bhi iad mionaid a' dol seachad. Agus, smaoinich
thusa, bithidh sinn cho toilichte ann am mansa snog dhuinn fhèin
am badeigin."

Phut i air falbh e agus dh'èirich i.

"Leig leam an-dràsda, a Phàdraig. Leig leam. Thàinig an
naidheachd cho aithghearr. Siuthad — 's fheàrr dhut a dhol
dhachaigh an-dràsda. Tha mi airson a bhith leam fhèin greiseag.
Fòn thugam anns a' mhadainn."

Rinn e oidhirp eile air a pògadh ach cha do leig i leis.

"Gabh mo leisgeul, a luaidh," thuirt e aig an doras. "Bu chòir
dhomh bhith air innse dhut air mo shocair, ach bha d' athair airson
gun innsinn dhut air ball. Na gabh gu dona e. Chan eil ann ach dàil
bheag. Tha gaol agam ort nas motha na bh' agam riamh."

Shuidh i aig a' ghrìosaich nuair dh'fhalbh e. Shuidh agus fhìor
shuidh. Cha chuala i an gleoc a' bualadh meadhon-oidhche, no uair
sa' mhadainn, no dà uair. Agus b' e am fuachd, 's an teine air a dhol
bàn, a thug thuice fhèin i.

Dh'èirich i air a socair agus chaidh i a-mach gun fiù a còta a chur
oirre.

Thionndaidh a h-eanchainn a casan chun na Geodha Mòire agus
ghabh i sìos tron mhuran agus seachad air an tom aig beul a'
chladaich. Ach, an turas seo, bha i leatha fhèin.

Chual i fuaim na mara a' tighinn thuice agus ga tarraing. Chual i
ann guth a h-athar a' faochnadh Phàdraig gu fianais a thogail, agus
bha aonadh diabhlaidh air choreigin eadar i-fhèin agus am muir
beucach a bha ga tarraing . . .

Bha a h-inntinn marbh agus a casan dall. Cha do dh'fhairich i a'
ghaoth shaillte air a bilean, no caise na bruaiche fo a bonnan. Ach,
anns an tiotadh mu dheireadh, rinn a' churracag bheag a sgread os
cionn a nid, mar rinn i air an oidhch ud eile.

Stad Seonag. Chuir guth na curracaig stad air guth an iompachaidh anns na tonnan, agus chuimhnich i air a màthair nach do roghnaich slighe na h-aithghearrachd às a cràdh fhèin.

Thionndaidh i air falbh bhon Gheodhaidh Mhòir agus chuir i a h-aghaidh air a' bhaile, agus air a h-athair, agus air na cailleachan. Agus sguir a' churracag nuair thuig i gu robh a ncad sàbhailte.

Fionnlagh I. MacDhòmhnaill

Bha Ludovic na chabhaig, agus aithreachas air. Bha e air fuireach thall ro fhada air chèilidh. Dh'aindeoin nan rabhaidhean a fhuair e, bu ghann a thàr e nall às an eilean 's an làn reothairt a' tighinn na dheann. Gu dearbha, b' ann air èiginn — a bhriogais dheth 's am baidhsagal air a dhruim — a fhuair e nall gu Gearraidh a' Bhota, dìreach mun do dhùin an fhadhail.

Thiormaich e e-fhèin mar a b' fheàrr a b' urrainn dhà le badan feòir agus dhìrich e chun an rathaid. Bha Eòghainn Mhurchaidh shuas air Cnoc 'IcPhàil aig caoraich. "Dhuine gun tùr," dh'èigh e nuas, " 'Sann ort a chaidh an sàbhaladh. Deich mionaidean eile 's bha thu bàite, cinnteach. Nach tu bha gun tonaisg, ge-tà." Ach cha robh ùine aig Ludovic fuireach ri còmhradh. Smèid e agus leum e air an dìollaid, 's e airson na b' urrainn dhà de astar a dhèanamh mun dorchnaicheadh i, 's gun làmpa no dad eile air a' ghliogaid baidhsagail a bh' aige an iasad.

Bha rathad na mòintich timcheall nam bàgh na chùis uabhais le tuill 's le claisean, 's bha e gu math doirbh dhà astar a dhèanamh. Bhiodh e na b' fheàrr dheth, ge-tà, nuair ruigeadh e Aird a' Chlachair. Bhiodh an rathad tearradh agus a' ghaoth na chùl aige an uairsin. Shaoil e gun dèanadh e an Tobhta dheth ann an trì chairteil na h-uarach mus biodh cus uallaich air Mairi Anna.

"Bidh mi air ais mun dorchnaich i," thuirt e mus do dh'fhàg e sa' mhadainn. Thàinig i nuas cuide ris gu ceann an rathaid.

"Ma bhitheas, 'se chiad uair dhut e," ars ise. " 'S neònach leamsa mur tèid thu shuirghe dh'àiteigin air do thilleadh, mur do dh'atharraich thu. Ach mur nochd thu ro mheadhon-oidhche, glasaidh mi 'n doras ort."

Rinn e gàire. 'Se dh'fhaodadh, is fhios aige nach dèanadh i dad de leithid. 'S iomadh uair, nuair bha e a' dol do sgoil an Rubha agus e loidseadh aice, a bhiodh e muigh gu uair sa' mhadainn; 's cha robh an doras glaiste riamh.

"Feuch a-neisd, 'ille, nach beir an làn ort. Ma chailleas tu an fhadhail, cuir fòn thugam à Post Office an eilein. Bi cinnteach, a-neisd, ma chailleas tu do shuim nach toir thu oidhirp air an fhadhail, mus bàthar

thu. B' fheàrr dhut cus fuireach thall gu madainn na thu-fhèin a chur an
cunnart a' greasad dhachaigh. Cuimhnich a-neisd."

Chòrd e ris mar thuirt i "dhachaigh" mar siud, ged bha a dhachaigh
an-diugh — nuair bha e air tìr co-dhiù — ann an Glaschu, cuide ri
mhàthair. Bha ise toilichte gun tàinig e an taobh ud am bliadhna, a
choimhead air na seann eòlaich a b' aithne dhà nuair bha e dol don
sgoil an seo. Cha robh a' bhuain buileach seachad nuair thàinig e agus
thug e cuideachadh math do Mhairi Anna a' chiad sheachdain an
dèidh dhà tighinn. Bha Oighrig Mhòr, a' chailleach, air fàs lapach 's cha
b' urrainn dhi ceangal no togail a dhèanamh; agus cha robh Eòghainn,
an gille, ach beagan is deich fhathast, ged bha e dìcheallach gu leòr. Cha
robh esan ach mu dhà bhliadhna nuair chailleadh athair. An dèidh a
liuthad sàbhaladh a chaidh air iomadach uair ri droch shìde, chaidh
Uilleam bochd a bhàthadh — e-fhèin is Lachlainn Sheumais — air
latha brèagha samhraidh, 's iad a' togail chliabh. Feadhainn a bha ag
ràdh gun deach iad ro fhaisg air na boghannan 's gun do rug am
bristeadh orra gun fhiosda. Co-dhiù, fhuair iad an t-eathar, 's i na
spealgan, air an Rubha Gharbh agus na cuirp shuas a Tuath air an
Tràigh Ghil, faisg air a' Chaolas Mhòr.

Sin a' bhliadhna thàinig e don sgoil an seo, agus cha robh Mairi Anna
ceart os a chionn, 's i cho sàmhach, fad-às na dòigh aig an àm a chaidh e
dh'fhuireach thuca an toiseach. Bha cuimhn' aige air Uilleam on bha e
'n Glaschu: duine mòr socair sàmhach. Cha tigeadh gàire ro thric air,
ach nuair thigeadh bhiodh aghaidh a' lasadh ann an dòigh a bha
iongantach, mar lasas aodann gill' òig.

B' ann nuair bha Uilleam is Mairi Anna pòsda ann an Glaschu a
chuireadh eòlas an toiseach orra. Ge b' e dè bu choireach, bha Uilleam
trom air an deoch aig an àm. B' ann nuair chaill e obair 's a dhachaigh, 's
gun sgillinn ruadh no gheal aca, a rinn a mhàthair-san an rud nach do
dhìochuimhnich Mairi Anna a-riamh. Thabhainn i fasgadh is
dachaigh dhaibh gus an d' fhuair Uilleam e-fhèin a chur air dòigh agus
cothrom tilleadh a dh'obrachadh croit athar. Cha robh cuimhne ro
mhath aig Ludovic air na bha tachairt sna bliadhnaichean a bha siud;
bha e òg 's a' ruith nan sràidean, gun for aige ach air a ghnothaichean
fhèin. Ach is iomadh uair on uairsin a bheachdaich e gur ann aig a
mhàthair a bha 'n cridhe 's a' mhisneachd, 's i-fhèin na banntraich le

sianar chloinne. Ach bhiodh moit air nuair bheireadh Mairi Anna
tarraing air, rud a dhèanadh i iomadach uair.

Bha e neisd a' tighinn am fianais na h-Airde agus chitheadh e solas
an taigh-sheinnse, ged nach robh biùg às na taighean eile fhathast. Ma
bha 'n rathad na uabhas roimhe, bha an truaighe buileach air a-neisd.
Bhiodh muinntir na h-Airde a' tarraing mhònadh air a' phìos seo dheth
agus bha a bhuil air. Nuair bhuail e sa' ghroban mhòr, thug am
baidhsagal leum às agus thàinig an roth-thoisich a-nuas air a' chloich le
droch sgailc eagalach. Rinn e na damanaidhean cumhachdach nuair
chual e fead na gaoithe a' tighinn aisde. Stad e is dh'fhàisg e le òrdaig i,
ach cha mhòr gu robh sad air fhàgail innte, 's i sìor fhalamhachadh.
Bha fhios aige gum biodh bùth Dhùghaill dùinte a-neisd, ach nan
ruigeadh e 'n taigh-seinnse na uair 's dòcha gum biodh cuideigin an sin
le baidhsagal a bheireadh rud dhà a chàireadh am bloigh inneil seo.
Thog e air, 's e cuibhleadh a' bhaidhsagail roimhe agus an dorchadas a'
tighinn. Ann an cairteal na h-uarach bha e aig an taigh-sheinnse agus
thug e 'n aire gu robh grunnan bhaidhsagal mun doras. Ach chunnaic e
na b' fheàrr na sin. Bha an làraidh mhòr aig Murchadh Alasdair thall
am-measg nan càraichean. Bha Murchadh às an Rubha, pìos a Tuath
air an Tobhtaidh, agus nam biodh e dol dhachaigh gheibheadh e suas
cuide ris. Chuir e 'm baidhsagal ris a' bhalla 's chaidh e staigh.

Nuair dh'fhosgail e doras a' bhàir theabadh a bhòdhradh leis a'
ghoileam 's an sgalartaich a bha roimhe an sin. Agus os cionn na
goileim, guth Flòraidh: "Time, Gentlemen, Time. If you pleeze .. z .. z,
now." Bha i caran Gallda an dèidh a bhith dà bhliadhna ag obair ann a
MacSorley's. Cha tug na daoin' uaisle mòran feairt oirre. Chunnaic
Ludovic gu leòr a b' aithne dhà. Chrath iad an làmh aige 's rug iad air
ghualainn air, agus bha feadhainn a dh'òrdaich drama dhà, ged bha e
trang gan diùltadh. Ach bha cus uallaich air Flòraidh mun phoileasman,
's cha chuireadh i nall an còrr do dhuin' aca. "Gruagach ghruamach na
galla," thuirt cuideigin air a chùlaibh. Dh'iarr Ludovic a leisgeul a
ghabhail 's chaidh e null far am fac e Murchadh a' bruidhinn ri dithis
eile.

Cha robh Murchadh ga aithneachadh an toiseach, ach an dèidh dhà
deagh shùil a thoirt air dh'èigh e, "O seadh . . . seadh . . . seadh. Gill'
Oighrig Chaluim. Chuala mi gu robh thu staigh cuairt. Thall aig Mairi

Anna na Tobhta, nach ann? A Dhia, cha do dh'aithnich mi grèim dhìot an toiseach. Tha thu air fàs cho mòr on bha thu san sgoil. A dhuine bhochd, nach tusa-sin a dh'fhàs mòr. *Puncture*, an tuirt thu? Aidh, siuthad matà, bhalaich. Sad an cùl na làraidh e 's bidh sinn a' falbh an ceartuair . . . O, 'se do bheatha, gu dearbha, ille. " Thill Ludovic a-mach air a dheagh dhòigh. Nuair fhuair e 'm baidhsagal a thogail a dheireadh na làraidh, shocraich e e-fhèin san toiseach a' feitheamh Mhurchaidh.

Ach bha greis mus do nochd esan. Nuair thàinig e mach mu dheireadh thall cuide ri fear às an Aird, cha tug iad sùil an taobh a bha e ach thionndaidh iad suas gu cùl an taigh-sheinnse. Mus deach iad à fianais bha fear na h-Airde a' toirt leth-bhotal às a phòcaid. Chan eil fhios dè cho fad 's a bha iad aig cùl an taigh-sheinnse — mu leth-uair co-dhiù, shaoil e. Ach nochd Murchadh mu dheireadh agus leum e staigh ri thaobh.

Bha sraon math aca falbh, na rothan a' bleith 's a' sgapadh a' mhoil air beulaibh an taigh-sheinnse agus, ann an tiotan, bha astar math aca suas a Tuath. Bha Murchadh air dheagh fhonn, a-rèir choltais. Uaireannan ghabhadh e òran, àird a chlaiginn, mar nach biodh duine beò ann ach e-fhèin, agus uaireannan thionndaidheadh e ri Ludovic 's dhèanadh e còmhradh.

" 'S ann à Sruighlea a bha d' athair, nach ann?"

" 'S ann."

"Bu truagh mar thachair don duine bhochd. Chan fhaca mi riamh e ged bha e staigh uair no dhà. Ach gu dearbha bha mi duilich nuair chuala mi. Sianar a tha san teaghlach, nach e?"

" 'Se, sianar."

"Agus 'se ainm do sheanar a th' ortsa, nach e?" Bha e riamh na fhasan aig Murchadh a bhith faighneachd air fhios.

" 'Se — ainm mo sheanar," arsa Ludovic, 's e tuigsinn cho beag 's a bha Murchadh a' saoilsinn den ainm luideach seo a bha na bhreitheanas air duin' aig an robh Gàidhlig.

Gun rabhadh, thog Murchadh a ghuth a-rithist.

Saoilidh balaich bhios air chèilidh,
'G èisdeachd ris na chluinn iad,
Nach eil ceàird as fheàrr na 'n Nèibhi,

Gus an tèid iad innte . . .

Chaidh e iomrall san fhonn uair no dhà, thug Ludovic an aire. Ach bha e mòr leis a chuideachadh — eagal 's nach e 'n deoch, uile-gu-lèir, bu choireach.

"Agus ciamar a tha mhuir a' còrdadh riut?"

"Fìor mhath. 'S math a bhith cosnadh."

"Aidh, 's math, tha mi cinnteach. Chan fhada gus am bi thu nad oifigeach, dè?"

"Dà bhliadhn' eile, ma bhios mi air mo chùmhnadh. 'Se sin ma thèid agam air an tiocaid."

"O, 's tusa nì sin, a bhodaich. Theid mise 'n urras! Cha bhi dìreach strì agad 's tu cho math air an sgoil, tha mi cluinntinn."

Bha gealach bhuidhe an fhoghair air èirigh os cionn na beinne, thall a Tuath orra, agus bha i deàrrsadh air lochain bheaga na mòintich a bha a' nochdadh riutha an-dràsda 's a-rithist eadar na cnuic. B' ann gu math lom, ònrachdanach a bha a' mhòinteach a' coimhead a-nochd. A-rèir a mhàthar, 's iomadh fiadh a thug a sheanair air a dhruim tarsainn na dearbh mhòintich an dèidh a bhith sealg sa' Bheinn Mhòir. A dh'aindeoin geamairean, cha robh èis air teaghlach a mhàthar fhad 's a bha an seann fhear beò. Ach bha a' mhòinteach an siud fhathast ged nach robh esan, no eadhon làrach a bhrògan oirre an-diugh.

Bha iad a-neisd a' teannadh a-null gu Dùn Uisdein, far an robh dà rathad a' coinneachadh. B' iad seo rathad na h-Airde, air an robh iad, agus an rathad a-mach gu Loch an Fhìdhleir, far am biodh am bàta a' tadhal.

Bha bùth is Post Office Eachainn Bhig an seo agus sia taighean eile air an togail ri bruaich na h-aibhne a bha ruith a-nuas on mhonadh. "Bha mi muigh an taobh sin feasgar," arsa Murchadh 's e gnogadh a chinn an taobh a bha rathad Loch an Fhìdhleir, "a' togail *stuff* a thàinig air a' bhàta. 'S fhad o dh'fhaodainn a bhith dhachaigh, ach bha min agam le Dùghall shìos san Aird."

Thug Ludovic an aire gu robh Murchadh a' coimhead a-null 's a-nall mar gu robh mòran air aire agus, an ceann treise, stad e 'n t-einnsean, is leig e leis an làraidh ruith leis an leathad. Nuair bha iad mu choinneamh ceann bùth Eachainn, tharraing e air a' chuibhill 's chuir e a toiseach a-null air an fheur ri ceann an taighe, agus stad iad an sin fhèin. Cha robh duine mun cuairt no air ghluasad. Ann an sàmhchair na h-oidhche, ann an saoghal fo ghealaich, shaoileadh tu nach robh anam a' tarraing anail ann an Dùn Uisdein ach iad-fhèin.

Bha guth Mhurchaidh ìosal, cagarach, 's e sreap sìos. "Gnothach beag agam a-staigh an seo, ille. Fuirich thusa seo. Cha bhi mi fada, bhalaich. Dìreach tiotan." Dhùin e 'n doras air a shocair, 's chaidh e timcheall chun an dorais chùil, a' dèanamh a dhìcheall ri coiseachd air a chorra-biod.

Chuir Ludovic seachad a' chiad chuid den ùine a' feadaireachd 's a' gabhail phort fo anail, agus e 'n dùil gu nochdadh am fear eile uair sam bith. Ach thug e 'n aire mu dheireadh gu robh a h-uile duine sna taighean mun cuairt air na solais a chur às agus air a dhol a chadal. Sheall e rithist air an uaireadair. Bha còrr is uair on stad iad. Dh'fhàs e an-fhoiseil agus gu math crosda a-neisd, 's e faireachdainn an fhuachd na chnàmhan.

Leum e sìos chun a' chnuic agus thòisich e air stampadh a chasan 's a' bualadh a làmhan. Ach sgeul no fathann cha robh air Murchadh. Esan 's a thiotan. Smaoinich e gun toireadh e sùil air a' bhaidhsagal agus chuir e cas air an roth-dheiridh is shreap e suas ris a' chliathaich.

Bha e trang a' suidheachadh a' bhaidhsagail na b' fheàrr an tacsa ri poca gràin, nuair dh'fhairich e gluasad air a chùlaibh. Gu h-ealamh, bha dhà làimh air taobh na làraidh agus a chalpannan a' teannachadh deiseil airson cruinn-leum a dhèanamh sìos chun a' chnuic. Ach dh'fhan e gun ghluasad agus a mhisneachd a' tilleadh thuige nuair chual e cnead beag socair, 's a thuig e dè bh' aige. Chaidh e suas, 's chaidh e na chrùbadan ri thaobh.

Bha an laogh òg na laighe air fhuaigheal ann am poca, 's gun ris dheth ach an ceann 's an amhach. Cha robh cothrom èirigh no sìnidh aige agus bha droch chrith air leis an fhuachd. Laogh òg, Hearach a bh' ann, 's gun e ach mu thrì no ceithir a sheachdainean, cuid den *stuff* a thog Murchadh aig a' bhàta ro mheadhon-latha. Thug e dhà a chròg is thòisich an laogh ri deoghal. Leis an làimh eile shuath e a dhruim 's an loch-bhlèin, gus na dh'fhairich e an t-seice, a bha cho aog 's cho fuar fon phoca, a' fàs na bu bhlàithe 's an fhuil a' ruith na b' fheàrr air fheadh. Ann am beagan ùine thàinig faochadh air a' chrith a bha am bodhaig a' bheathaich. Chuir e a làmh an uairsin a-staigh aig bonn a' phoca is thug e suathadh math air na glùinean beaga, cruaidhe. Thug e sùil mun cuairt agus laigh a shùil, a dh'aindeoin an dorchadais, air pìos math canabhais a bha san deireadh am-measg na trealaich eile. Dh'fhosgail e mach caob math dheth is sgaoil e air an ùrlar fhuar e. Thog e ceathramh-deiridh an laoigh air uachdar agus an uairsin na casantoisich, gus an robh am beathach na laighe gu dòigheil air. Phaisg e 'n còrr den chanabhas air uachdar, a' cumail na gaoithe bhuaidhe. Chrom e chun a' chnuic agus ghabh e timcheall chun an dorais chùil.

Cha do fhreagair duine an gnogadh cruaidh a thug e air an doras agus mu dheireadh dh'fhosgail e a' chòmhla agus chaidh e staigh dhan dorchadas. Cha robh fhios aige an toiseach càit air an t-saoghal an robh e, leis cho dorcha 's a bha 'n taigh; ach thug e 'n uairsin an aire, tron doras air a làimh dheis, gu robh biùg sholais air choreigin san rùm sin, agus dh'fhairich e fàileadh làidir a' pharabhain. Nuair nochd e staigh bha fear ann 's a chùlaibh ris, 's e feuchainn ri *funnel* a chur air làmpa a bh'air a' bhòrd mu choinneamh. Cha robh air ach a lèine 's a dhrathais, agus brògan tacaideach mu chasan 's na barr-eill fosgailte. Bha mhuilicheannan slaodte ris; 's bha chasan rùisgte, gun stocainn, ann am broinn nam brògan. Ged bha bliadhna no dhà bho nach fhac e e, cha robh e doirbh sam bith cumadh cruinn Eachainn Bhig aithneachadh. Cha robh e doirbh na bu mhò a thuigsinn carson nach robh dol aige air an làmpa a chur air dòigh. Chual e fead na h-analach aige agus chunnaic e mar bha e tulgadaich. A bharrachd air samh a' pharabhain, bha fàileadh eile san rùm — fàileadh na deoch a' tighinn làidir bho anail Eachainn. Rinn Ludovic casad beag agus thionndaidh Eachann 's rinn e amharc gheur air, ged bha shùilean gu dùnadh na cheann.

"Dad ort, dad ort, ille! Ahà! Tha thu agam a-neisd. Ludovic, nach e? Ludovic Oighrig Chaluim. Bha mi dìreach a' smaoineachadh gun cuala mi gnogadh. Co às a nochd thu?"

Thàinig Ludovic air adhart agus chuir Eachann am *funnel* gu cùramach air ais air a' bhòrd is rug e cho sòlamaichte air làimh air 's gu saoileadh tu gur e 'm ministear a bh' air tadhal.

"Dè do chor, a laochain, dè do chor?"

Bha deathach dhubh, ghrànda a' tighinn à siobhag na làmpa, air thuar an tacadh le droch fhàileadh.

" 'S dòcha gu bheil a' ghlainne ro theth," arsa Ludovic. "Am faod mi . . . ?"

"Aidh, siuthad, a bhalaich! Cha dèan mi-fhìin dìreach steam dheth gun na speuclairean. 'S chan eil fhiosam o na runn . . . o na runnag . . . runnagan ruadha, càit an deach na bugair rudan idir, idir!"

Fhad 's a bha Eachann a' strì ris an aileig, chuir Ludovic am *funnel* dòigheil air an làmpa agus chuir e sìos an t-siobhag mus sgàineadh a' ghlainne leis an teas. Sguir an ceò 's an samh mì-thlachdmhor agus sgaoil an solas boillsgeach do gach oisean den rùm. Bha Eachann air a dhòigh. "A! Mo bheannachd ort, ille! Chì sinn a-neisd dè tha sinn a' dèanamh. Siuthad, a laochain, fosgail am preasa sin thall, is thoir a-mach botal is glainneachan. Gabhaidh tu-fhèin a-neisd drama cuide rium. Cha mhisd' thu idir i, 's tu fuar."

Chaidh Ludovic a-null, ach ged bha glainneachan ann cha robh sgeul air botal am broinn a' phreasa.

"Ach a shìorraidh, càit idir an deach e?" ars Eachann nuair chual e seo. "Dad ort, ge-ta, dad ort, ille!" Thòisich e air sporghail air feadh an ruma 's air cnuasachd air feadh dhrathraichean is eile, agus e brunndail ris fhèin fad na h-ùine.

"Fuirichibh mionaid, Eachainn, fuirichibh! Tha laogh Hearach a-muigh an siud agus — "

"Laogh? Dè laogh? Eil e air an rathad?"

"Chan eil, chan eil. Laogh Hearach a th' ann. Tha e san làraidh."

"San làraidh? A dhuine, nach iad a tha diabhlaidh gu sreap!"

"Laogh a thàinig air a' bhàta a th' ann. An-diugh. A Loch an Fhìdhleir. Eil drùdhag bhainne a-staigh a gheibheadh e, 's e gun bhainne, tha mi creidsinn, on dh'fhàg e 'n Tairbeart?"

"O, seadh, seadh! Bainne? O, chan eil, a bhalaich . . . chan eil . . . chan eil a-staigh an seo . . . " Thàinig an aileag dona a-rithist air. "Chan eil an seo na fhliuchadh teanga na piseig. Bhò air an t-seasgach, eil fhios agad. Tha bho chionn . . . ùineachan is ùineachan." Sheas e greis a' tulgadaich, 's e feuchainn ri cuimhneachadh cuin a thug a' bhò bainne mu dheireadh.

"Ach, coma leat den laogh! Chan eagal dhà. Suidh thusa sìos an sin air do thòin agus gabh òran."

"Mun taca-sa? Dhia, chan eil math dhomh!"

"Cò tha ràdh sin? 'S ann agad a tha. Suidh thusa sìos agus dèan an rud a thathar ag iarraidh ort! Ma tha feadhainn nan cadal, taigh na galla dhaibh! Nach math an dùsgadh a gheibh iad. Siuthad a-neisd, gabh comhairle! Ma tha thu cho math 's a bha thu 's fhiach dhaibh d' èisdeachd."

Eachainn, tha e còrr is meadhon-oidhche — "

"Ma thogair eile!"

"Uill, feumaidh mi ghabhail air mo shocair."

"Carson, a Dhia? Dèan langan ma thogras tu, ille! Dìreach langan! Siuthad a-neisd, fear sam bith a thogras tu."

" 'N aithne dhuibh *'S trom an t-eallach an gaol?*"

"O shìorraidh, bheil e agad? Uineachan o nach cuala mi e. Gabh e, gabh e!" ars esan 's a shùilean a' lasadh.

Thòisich Ludovic air a shocair; e 'n toiseach coma ach an t-òran fhaighinn seachad air dhòigheigin. Ach mar chaidh e air adhart, cha robh dòigh air an fhonn bhrèagha 's air na seann fhaclan a ghabhail ach mar a b' fheàrr a b' aithne dhà. Bha Eachann na shuidhe 's a shùilean dùinte agus bha làn amharas aige gu robh e air tuiteam na chadal. Chum e air co-dhiù leis an òran, a dh'innis mun acain a thàinig uaireigin à cridhe leòinte. Nuair sguir e, dh'fhosgail Eachann a shùilean 's thug e fàsgadh air a làimh.

"O, dhuine, dhuine, dhuine! Nach bochd nach robh do chomas agam. Bha siud dìreach iongantach. Bha gu dearbha!" Cha mhòr nach robh e a' caoineadh.

"Neisd. Cuimhnich air fear eile. Chan eil do chas a' falbh às a seo gun cluinn mi fear eile." Dh'èirich e na sheasamh agus grèim aige air iomall a' bhùird mus tuiteadh e. "Tha cuimhn' agam a-neisd càit an do chuir mi 'm botal agus 's tusa a b' airidh air drama, ille. 'S tu gu dearbha! Dad thus' ort agus . . . mura bheil e far a bheil mi smaoineachadh, bidh drùdhag aig Murchadh Mòr fhèin, thèid mi 'n urras."

"Eachainn, ma tha Murchadh an seo, iarraibh air greasad 's mi airson falbh."

Thionndaidh Eachann 's chuir e chudthrom air a' bhòrd, taobh thall na làmpa. Bha fiamh seòlta na shùil. Bheachdaich Ludovic air a' chop a bha mun bheul aige 's air an fhalt nach fhaca cìr bho nach b' fhios cuin. Bha solas na làmpa a' dèanamh chlaisean dorcha anns na busan

rocach a bha dearg le rudhadh na deoch.
"Murchadh? . . . Ho ho! Esan . . . Thig esan nuair bhuaileas e na
cheann, a bhalaich. E trang a' suirghe, eil fhios agad. Air Màiread . . .
Uill, mar thuigeas tu-fhèin, cha chuir dad cabhag air suirghiche. Mura
cuir teine, no crith-thalmhainn, no gunna ri thòin. Cha chuir gu
dearbha."
Dhìrich e dhruim mar a b' fheàrr a b' urrainn dhà. Ach thug an
oidhirp cus às a chorp agus cha robh e a' gleidheadh a sheasamh-cas
ach air èiginn. Thòisich e air tulgadaich, 's a shùilean a' sìor dhùnadh.
Rinn Ludovic deiseil gu leum gu taobh thall a' bhùird 's a ghlacadh mus
tuiteadh e. Ach le oidhirp mhòr eile, chaidh aig Eachann air a shùilean
fhosgladh agus thuirt e, "Fuirich thus' ort, a Ludovic, an seo, is gheibh
mise drama dhut gun teagamh. Gheibh, gheibh, a bhalaich, na biodh
eagal ort. Ssh! Ssh! na can guth a-neisd!" Chuir e chorrag ri bheul 's bha
"Ssh! Ssh!" aige mach an doras agus sìos gu ceann shìos an taighe. Bha
bhrògan a' dèanamh turtar a dhùisgeadh na mairbh.
Bha an taigh mòr, caran ìosal air a thogail agus na h-uimhir de
rumannan ann. Ged bha an doras air dùnadh às a dhèidh, chuala
Ludovic fuaim nam bròg feadh nan rumannan a bha shìos. Ach ann an
tiotan chual e fuaimean eile. An toiseach an cnead a rinn Eachann mar
gum biodh e air bualadh ann am balla no ann an ursainn, agus an
uairsin fuaim mar gum biodh corp a' tuiteam air ùrlar. Rug Ludovic air
an làmpa agus leum e chun an dorais.
"Eachainn. Dè thachair? Eachainn?"
Ach cha tàinig freagairt no eile thuige às an dorchadas a bha shìos.
Sheas e greiseag ag èisdeachd agus an uairsin chual e . . . srann chruaidh
na daoraich. Ach bha e pìos bhuaidhe. Bha e mòr leis a dhol na b'
fhaide, 's e gun eòlas, gun fhiathachadh, far an robh e. Ge b' e càit an do
thuit Eachann, bha e air cadal far an robh e is bhiodh e ann gu
madainn, a-rèir coltais. Thill e 'n làmpa chun a' bhùird san rùm agus
chuir e biùg oirre, mus do thill e mach chun na làraidh.
Cha robh aige ach aon siogaireat air fhàgail agus las e i. Dh'fhairich e
'm fuachd a-rithist a' laighe air a chnàmhan, agus bha tuar a'
gheamhraidh sa' ghealaich nuair sheall e oirre. Droch àm dhen
bhliadhna, shaoil e, 's a shùil air luimead nan cnoc 's air farsaingeachd
ònrachdanach a' mhonaidh. Fuachd is dorchadas is droch shìde agus a

dh'aindeoin iodhlainnean làn, is gach ullachadh eile dhèanadh daoine, 's iomadh creutair a rachadh a dhìth mus tilleadh am blàths. Bha an geamhradh a' tighinn air Eachann cuideachd, shaoil e, oir bha e air a dhol bhuaidhe gu mòr on chunnaic e mu dheireadh e. Oidhcheigin, agus 's dòcha nach b' fhad thuige, thuiteadh e san dorchadas 's chan èireadh e tuilleadh. Bha an fhearg a dh'fhairich e roimhe air traoghadh, ach bha an t-eallach seo a bha a' bruthadh a spioraid na bu truime na dh'fhairich e riamh. Chuimhnich e air a' bheathach a bha sa' chùl. Cha robh cho fada on bha esan a' purradh 's a' bocadaich air croit sna Hearadh, a' ghrian ga bhlàthachadh is ùth a mhàthar ga chomhfhartachadh. Ach a-nochd bha e fuar, acrach, gealtach, 's gun e tuigsinn dè bh' air tachairt dhà. Ciamar a thuigeadh e aineolas dhaoine?

Leag e 'n uinneag airson am bun a shadail a-mach agus chual e coiseachd Mhurchaidh, 's e tighinn cabhagach. Dh'fhosgail esan an doras agus leum e staigh air an taobh thall.

"Uill, uill! An t-àm againn falbh, dè? Chaill mi mo shuim, direach! Ach, cha bhi sinn fada. Cha bhi sinn fada neisd, coma leat. Bidh sinn aig an Tobhtaidh ann am mionaid."

Cha tuirt Ludovic guth gus na ràinig iad ceann an rathaid mu choinneamh taigh Mairi Anna. "Dè th' agam ri thoirt dhut?" dh'fhaighnich e, cho magail 's a b' urrainn dhà, nuair stad iad.

"O . . . uill . . . fuirich a-neisd! Ach, nach can sinn not fhèin?"

Cha mhòr nach do rinn Ludovic lasgan, am mothar bu mhotha rinn e riamh, leis cho mì-choltach 's a bha 'n gnothach. Ach bha e air faicinn gu robh solas fhathast aig Mairi Anna, agus phàigh e Murchadh cho luath 's a b' urrainn dhà agus thog e 'm baidhsagal às an deireadh. Bha e air cromadh a-nuas nuair chuimhnich e air an laogh. Chuir e 'm baidhsagal sìos a dhìg an rathaid, agus rinn e gu coiseachd timcheall chun an toisich. Ach mus do ràinig e 'n doras b' fheudar dhà leum air ais, is Murchadh air falbh na chabhaig.

Bha Mairi Anna air fuaim na làraidh a chluinntinn. Nuair bha e a' cur a' bhaidhsagail an tacsa ris a' chruaich, bha i aig an doras, a cumadh dubh eadar e 's an solas.

"Coma leat dheth! Caith am badeigin e is greas ort a-staigh, 's i cho fuar." Bha i cumail a guth ìosal, mus dùisgeadh i càch. Nuair dhùin e 'n doras dh'aithnich e, ged bha faobhar an uallaich 's na mì-fhoighidinn na guth, nach robh i cho crosda 's a shaoil e bhiodh i.

"Cha robh fhiosam dè bh' air tachairt dhut. Càit idir an robh thu chun a seo?"

Ann an dòigh nach robh e tuigsinn ro mhath, cha robh e airson an fhìrinn innse. B' fheàrr dhà cuideachd gun iomradh a thoirt air an not, no bhiodh i null a' chiad rud sa' mhadainn a thoirt na h-aghaidh air Murchadh, 's gun dad aice mu dheidhinn co-dhiù.

"Tha mi duilich, a Mhairi Anna. Air m' onair. Cha robh mi airson a bhith cho anmoch seo, ach fhuair mi *puncture* air rathad na mòintich 's cha robh dad agam a chàireadh e. B' fheudar dhomh tòiseachadh air coiseachd gus na rug Murchadh orm, dìreach an taobh-sa den Dùn."

Bha a làmh air a' choire, 's i coimhead air gu dùrachdach. "A dhuine bhochd! Shìorraidh, nach tu bhios sgìth! Suidh a-bhos aig an teine, 's ni mi drùdhag tì. Chan eil agam ach brioscaidean. Tha fhios g' eil an t-acras ort. An dèan iad an gnothach?"

"Nì, nì, fìor mhath! Tha mi coma fhad 's a gheibh mi balgam tì."

Nuair lìon i a' phoit, chaidh i null chun an dreasair. "Dad ort, fhad's a bhios an tì a' tarraing, b' fheàirrd thu drùdhag dheth seo." Chuir i 'm botal 's a' ghlainne air a' bhòrd. "Seo am botal a thug thu-fhèin dhachaigh," ars ise. "Nach sinn a tha air a bhith stuama, ge-tà, 's gun mòran air a thoirt às."

Bha i air ais 's air adhart chun a' bhùird le cupanan is brioscaidean, 's i còmhradh a-null 's a-nall. Bha a guth socair a-neisd, 's an t-uallach air falbh dhith. Thug e 'n aire cho sgiobalta 's a bha i, le gùn-dreasaigidh air a cheangal teann mu mheadhon agus sliopars ùra, uaine air a casan. Gu dearbh bha an rùm, 's an taigh uile-gu-lèir, cho glan 's cho comhfhurtail a' coimhead an dèidh taigh dràbhail Eachainn.

"Deach thu chadal idir?"

"Chaidh. Rinn mi beagan norradaich greiseag ach, och, cha b' urrainn dhomh cadal dòigheil. Mu dheireadh dh'èirich mi, 's rinn mi beagan fuaigheil. Bha Eòghainn a-bhos greiseag. Cha chreid mi nach robh beagan uallaich air fhèin mud dheidhinn, cuideachd. Ach ruaig mi sìos air ais e, nuair bha e teannadh air meadhon-oidhche, 's bha e na shuain ann an tiotan. Tha chailleach na suain i-fhèin, o chionn fada.

Ach coma leat — sa' mhadainn bidh i gearain nach d' fhuair i norradh fad na h-oidhche."

Thug i nall a' phoit-tì, is shuidh i mu choinneamh aig a' bhòrd, a làmhan paisgte fo h-uchd. Le blàths na tì agus an uisge-bheatha na bhroinn, agus teas an teine air a shliasaid, dh'fhairich e comhfurtachd a' laighe air a chom. Dh'fhairich e cuideachd sonas iongantach. Thug e 'n aire mar bha i air a falt a leigeil sìos agus mar bha seo a' cur dreach na b' òige oirre air dhòigheigin. 'S cha robh duine nan dùisg ach iad-fhèin. Chrom i nall ris tarsainn a' bhùird agus thug e 'n aire, nuair thog e shùil gu cabhagach on bhroilleach aice, gu robh fiamh a' ghàire na sùil.

"Innis a-neisd an fhìrinn. Càit an robh thu?"

"Cha do chreid thu diog dhe na . . . " Rinn Ludovic gàire, 's e faireachdainn aodainn a' fàs dearg.

"Cho luath 's a thàini' tu staigh, ille, dh'fhairich mi fàileadh a' chruidh asad. Feumaidh mar sin gu robh thu am bàthach air choreigin — a' suirghe, tha mi cinnteach."

"O, sin agad an laogh. Bha e deoghal mo chorragan, nuair stad sinn."

"Nuair stad sibh? Dè bha sibh ris?"

Cha robh dol às ann a-neisd ach a h-uile dad a thachair innse dhi on mhionaid a bhuail e sa' chloich chroiseil ud, a-muigh sa' mhòintich. Amnoch 's gu robh e, shuidh is dh'èisd i ris agus dh'fhairich e a ghuth 's a ghiùlain a' fàs na bu dàine. Nuair dh'èirich i a sgioblachadh a' bhùird, dh'èirich e-fhèin cuideachd a thoirt làmh dhi le na cupanan 's na truinnsearan, 's i deònach an nighe. Thug iad a-staigh feadhainn an urra don chidsin.

Bha a' ghaoth air atharrachadh 's air neartachadh a-neisd, thug Ludovic an aire. Chual e fead fhuar mu na h-ursainnean agus shaoil e gur ann a bha iad mar fhear is bean, seasgair sa' chidsin bheag, bhlàth seo a' sìneadh shoithichean dha chèile. Ach uair de na h-uaireannan, shìn e cupa thuice agus cha do rug i dòigheil air. Thug i boc aisde, às a dhèidh, ga ghlacadh, agus theab i tuiteam. Chuir e a làmh a-mach cabhagach a chumail tacsa rithe. Aig an dearbh àm ghlac a shùil far an do dh'fhosgail broilleach a' ghùin beagan, agus fhuair e sealladh aithghearr de na cìochan geala, cumadail. Rinn ise tapag 's an uairsin lasgan, taingeil nach do thuit i 's nach deach an cupa na spealgan. Bha a làmh air a gualainn agus dh'fhairich e 'm falt aice a' slìobadh cùl a dhùirn. Nuair theannaich a mheòirean sheall i air, iomagaineach, an clàr an aodainn. Bha buille a' ghleoc an ath doras cho cruaidh ri brag an ùird agus chual e fead na h-analach aige fhèin. Ach shìos aig a' chladach bha a' ghaoth pheithreach a' bualadh mu na creagan 's mu na bàigh, 's a' dèanamh air an taigh. Chual iad a' tighinn i. Thàinig fead is bruthadh feargach air an doras a-muigh, agus an uairsin na clachan-meallain air an uinneig. Cha do mhair e ach mu leth mionaid agus bha a làmh fhathast air a gualainn. An dèidh sùil uallachail a thoirt air an uinneig, sheall i air ais air.

"Mhairi Anna — "

"A ghràidh, dad ort. Cha bhiodh e iomchaidh."

Bha a guth cho ìosal 's gur gann a ghlac e na thuirt i. Thionndaidh i bhuaidhe air ais don rùm, ged nach robh iad deiseil de na soithichean. Thug e 'n aire gu robh i air chrith, 's nach b' e fuachd na h-oidhche no cion a' chadail bu choireach. Thòisich i air smàladh an teine, cabhagach, 's gun i ag ràdh guth. Mu dheireadh thuirt i thar a guailne, "Nach ann an siud a bha ghaoth eagalach? Cha chreid mi nach b' fheàirrde mi-fhìn tè bheag mun tèid mi a chadal. Lìon tè dhut fhèin cuideachd."

Lìon e na glainneachan mar a b' fheàrr a b' urrainn dhà, 's a' chrith fhathast san làimh aige.

Nuair chuir e às an solas na rùm fhèin 's e san leabaidh, bha a' ghealach soilleir, fuar os cionn gualainn na beinne. Bhiodh reothadh ann cinnteach ro mhadainn. B' ann nuair chuir e bhuinn air a' bhotal-theth, 's a shocraich e e-fhèin ann am blàths na leapa, a chuimhnich e air an laogh Hearach — fuar, gealtach fon chanabhas.

Pòl MacAonghais